S0-BSP-371

MÁTAME

Stephen White

MÁTAME

Traducción de
María Eugenia Casinelli
y Gabriel Zadunaisky

A **Editorial El Ateneo**

White, Stephen
  Mátame - 1a ed. - Buenos Aires : El Ateneo, 2007.
  336 p. ; 23x15 cm.

  Traducido por: María Eugenia Casinelli y Gabriel Zadunaisky

  ISBN 978-950-02-3091-9

  1. Narrativa Estadounidense - Novela. I. Casinelli, María Eugenia,
  trad. II. Zadunaisky, Gabriel, trad. III. Título
  CDD 813

Título original: Kill me
Traductores: María Eugenia Casinelli y Gabriel Zadunaisky
Editor original: Janklow & Nesbit Asocciates, Nueva York
Copyright © 2006 by Stephen W. White
Todos los derechos reservados, incluidos los de reproducción total o parcial
por cualquier medio

Derechos exclusivos de edición en castellano para todo el mundo
© 2007, Grupo ILHSA S.A. para su sello Editorial El Ateneo
  Patagones 2463 - (C1282ACA) Buenos Aires - Argentina
  Tel.: (54 11) 4943 8200 - Fax: (54 11) 4308 4199
  E-mail: editorial@elateneo.com

1ª edición: junio de 2007

ISBN: 978-950-02-3091-9

Diseño de cubierta: Departamento de Arte de Editorial El Ateneo
Armado de interiores: Mónica Deleis

Impreso en Verlap S.A.
Comandante Spurr 653, Avellaneda,
provincia de Buenos Aires,
en el mes de junio de 2007.

Queda hecho el depósito que establece la ley 11.723
Libro de edición argentina

No se permite la reproducción parcial o total, el almacenamiento, el alquiler, la transmisión o la
transformación de este libro, en cualquier forma o por cualquier medio, sea electrónico o mecánico,
mediante fotocopia, digitalización u otros métodos, sin el permiso escrito del editor. Su infracción
está penada por las leyes 11.723 y 25.446.

Para mi madre

Su historia

Al principio, todo parecía simple.

Apuntes – Primera sesión:
> Pt es un hombre blanco, casado, con algunos problemas de poca gravedad.
> Diagnóstico: ?? Tiene aparente fatiga. Irritable. ¿Ansiedad? R/O:
> 296.82/309.24
> Impresión: Pt es inteligente, evasivo, sarcástico. Objetivos poco claros.
> ¿Confianza?
> Plan terapéutico: ¿Corto plazo? Enfrentar su resistencia, crear confianza. ¿Largo plazo? ETD.
>
> AG

Yo fui su psicólogo clínico. Anoté esas cosas luego de nuestra primera sesión.

Terminé tratándolo —el "hombre blanco casado sin problemas a la vista"– solo tres semanas. En tiempos terapéuticos, eso no es nada.

¿Cuál era el problema por el que lo estaba tratando? Pude diagnosticarlo recién la última vez que lo vi. El primer día descarté depresión atípica y problemas de adaptación con ansiedad. No me pareció desacertado.

¿Por qué tantas dudas? Porque no soy un genio clínico. Y porque los pacientes mienten. Cualquiera que trate a pacientes por más de una semana sabe de qué estoy hablando, esa sensación de que algo que el paciente dice no es verdad.

La parte de mi tratamiento referida a establecer confianza era la usual. ¿"ETD"? En mi taquigrafía personal quiere decir "el tiempo dirá". En general, espero que las cosas se presenten con naturalidad en la terapia. A medida que pasan los días, las falsedades pierden importancia o se convierten en verdades de otra clase.

Resultó que él no tenía tiempo y no llegué a ver la causa crucial que lo llevaba a la psicoterapia. Lo único que sabía por entonces era que parecían faltar piezas.

Por lo general, al comienzo de la terapia eso no tiene importancia.

Era lo que pensaba.

Hasta el final.

El final cambió todo.

Primera parte

Mi historia

Prólogo

Estaba por bajar un cambio.

El motor de mi viejo Porsche 911 rojo ronroneaba cerca de mis oídos, su voz de tenor era tan familiar para mí como la risa aguda de mi mujer. No estaba del todo seguro, pero me pareció que mi primer amor sobre ruedas tenía problemas de válvulas. Toda su vida había sido proclive a ello. Mierda.

No tardé mucho en volver a tomar conciencia de mi realidad –mi realidad peculiar– y el *mierda* se transformó en *de veras no importa*.

Éramos viejos amantes; yo la había poseído, o ella a mí, durante un tercio de mis cuarenta y dos años de vida. Ninguno de los dos era virgen cuando nos conocimos. Otras manos la habían afinado allá por los ochenta, y aún recuerdo cuando acaricié su volante y toqué sus pedales por primera vez en 1993, poco antes de cumplir treinta años.

Mi Porsche y yo devorábamos el cemento en el carril rápido de la ruta interestatal 70 de Colorado, justo donde la carretera empieza a subir en forma dramática por las estribaciones de las Rocosas, desde las mesetas que se extienden debajo de Morrison.

La autopista se adapta a la forma de las montañas con sus subidas empinadas, casi rectas, y sus curvas peligrosas, un verdadero desafío para las máquinas pesadas que intentan escalar los caminos. Estaba llegando a la primera curva larga de ángulo recto, justo antes de que la ruta corte las primeras estribaciones. Ese fue el punto en que estaba por bajar una velocidad.

Me llamó la atención la presencia de un hombre en el terraplén sobre la salida de Morrison, cerca de Red Rocks. ¿Por qué? Tal vez por las noticias recientes acerca de un francotirador. Pero este sujeto estaba demasiado a la vista para parecer peligroso; además, no tenía rifle. Llevaba puesta una gorra de béisbol y una chaqueta forrada en lana. Estaba solo e inclinado hacia delante, con los codos apoyados en una cerca, observando los carriles que van al oeste, mientras sostenía con la mano derecha un teléfono celular pegado a la oreja. Durante los dos o tres segundos que lo miré, no movió un solo músculo. Tenía la vista fija en el tránsito y parecía hipnotizado.

Quizás era un policía de civil de guardia por si aparecía el francotirador.

Bajé a tercera, pasé al hombre a toda velocidad y me dirigí hacia la siguiente subida con impulso renovado para sortear la curva ascendente delante de mí.

La interestatal se nivela en un tramo prolongado previo a la empinada bajada de Floyd Hill, y luego pasa por la tumba de Búfalo Bill y el campamento del jefe Hosa. Mientras dejábamos atrás las salidas serpenteantes hacia los suburbios montañeses de Genesee y Evergreen, mi maravilloso Porsche se mantenía a 120 y, feliz, alcanzó los 130 kilómetros por hora. Para mí y mi máquina alemana, de cuerpo y motor perfectos, las curvas y los pasos de montaña eran un juego de niños. Me concentraba en el deleite de conducir y apenas prestaba atención al paisaje que pasaba volando a mi lado. Hubiera seguido de largo, si no fuera porque vi a otro hombre en la salida de Evergreen con un teléfono celular pegado a la oreja.

"¿Otro policía? –me pregunté–. Raro".

Casi podría haber jurado que el hombre señalaba mi automóvil o me hacía señas con la mano. Pero borré la imagen y dejé que me dominara por un instante la fantasía juvenil de que el puente era la línea de llegada en la pista de carreras de Daytona y yo era un primo de Earnhardt que alzaba el puño triunfal ante la bandera a cuadros.

Un tercer hombre. Un tercer teléfono celular.

Había un Escalade blanco estacionado en la banquina derecha, con el capó levantado y las luces de emergencia destellando. El hombre que vi –a estas alturas ya buscaba otros individuos junto al camino– se encontraba detrás de una camioneta y, por supuesto, tenía un teléfono celular pegado a la oreja. Creí ver que sus ojos se fijaban en mi Porsche rojo cuando giró la cabeza para poder seguirlo. Asentía.

¿Qué sucede? Ah, no. Carajo. ¿Sería ahora? ¿Sería ya?

Nunca supe qué nombre tenía el siguiente tramo de la I-70, la que queda al oeste de El Rancho, pero bien podía llamarse la

"Caída de la Muerte". La máquina concebida en Stuttgart y yo estábamos llegando a la cima de la colina de El Rancho, antes de empezar el descenso por esa larga bajada empinada de la autopista. Los carriles que se extienden hacia abajo recorren el borde de una cresta casi vertical que desciende en forma abrupta hacia las rocosas barrancas de Clear Creek. A la derecha, pasando la banquina del lado descendente del camino, hay un acantilado. ¿Qué altura tiene? Demasiada. Mucho viento. Los conductores ni siquiera pueden ver desde los carriles de cemento cuánto volarían si calcularan mal la maniobra de ese lado de la interestatal.

No importa. No se puede sobrevivir a esa caída.

Los camioneros experimentados bajan en primera para no gastar los frenos en este tramo de la 70, y sus acoplados, a paso de tortuga, siempre impiden el avance en los dos carriles derechos de la mano de bajada. La pendiente es muy pronunciada, de modo que los conductores sin experiencia en rutas de montaña pasan de los 110 kilómetros, que tratan de mantener, a 130 o 140, o incluso a 150, antes de darse cuenta de cómo afecta la gravedad su destreza para controlar el automóvil.

Sabía por docenas –diablos, cientos– de viajes anteriores por esa ruta que tendría una seguidilla de luces rojas de freno destellando adelante, porque los conductores luchan por controlar el repentino aumento de velocidad que impone el descenso.

También sabía que al final de la larga bajada había múltiples accidentes geográficos y complicaciones en el trazado de la ruta que conspiran para confundir aun más a los conductores. En apenas unos cientos de metros, al pie de la colina, el límite de velocidad baja de repente de 120 a 80, la ruta 6 desemboca en la I-70, los carriles al oeste se reducen de cuatro a tres y luego a dos, de golpe. Y un muro no demasiado sutil de granito de unos cuantos cientos de metros de alto obliga al camino a cambiar de curso en forma abrupta, virando casi noventa grados al oeste. En el siguiente kilómetro la ruta se angosta de repente y aparece el curvilíneo contorno de Clear Creek con altas paredes de granito a ambos lados.

Pese a los peligros al acecho, no me parecía necesario frenar cuesta abajo. La experiencia me decía que podíamos esquivar los camiones y pasar los automóviles más lentos. El Porsche

Carrera y yo sólo necesitábamos un carril, ni siquiera en todo su ancho y apenas por un breve instante. No me importaba el límite de velocidad; y tomar una curva de autopista –que los automóviles comunes toman a 80– a 120 por hora no significaba gran cosa para mi pequeña *fräulein* y yo.

Ambos estábamos hechos para eso, más allá de lo que pensaran los ingenieros y la patrulla estatal de Colorado.

Advertí por primera vez la presencia del camión con plataforma cuando iba por el carril rápido, mientras bajaba por la pendiente más allá de El Rancho. El imponente camión, cargado de tambores metálicos de 190 litros, iba adelante, a un par de carriles de distancia, y se acercaba a la mitad de la bajada. Me pareció que el chofer estaba cometiendo un error de novato cuando tomó el tercer carril para tratar de pasar un par de camionetas que avanzaban lentamente, una junto a la otra.

La computadora de mi cabeza organizó la escena de inmediato y calculó las distintas variables: velocidades, la cantidad de carriles, la potencia de los vehículos, la habilidad de los conductores. Decidí que lo más seguro sería suponer que eran muy torpes.

Sin que me lo propusiera, en los siguientes milisegundos ocupé mi mente con el álgebra de la gravedad, las velocidades variables, los conductores inhábiles, los carriles disponibles y los vehículos presentes, y pasé al cálculo de un problema que incluía un conjunto de variables novedosas: tres hombres con teléfonos celulares observando el tráfico en tres lugares diferentes del mismo pequeño tramo de la interestatal de Colorado, tráfico complicado en un tramo históricamente peligroso de la autopista y un camión de plataforma abierta cargando filas inocuas, al parecer, de tambores negros.

De pronto surgió otro problema que no había previsto: el conductor del camión estaba frenando.

Llegué a una conclusión instantánea atemorizante: el camión no estaba acelerando para pasar a las dos camionetas. Estaba frenando para mantenerse a la par de ellas.

¿Por qué?

En los últimos diez minutos había estado pasando junto a una serie de puntos de vigilancia, con hombres provistos de teléfonos celulares, que le transmitían los detalles de mi recorrido al conductor del camión con plataforma abierta que cargaba los tambores negros, para que pudiera medir con precisión su descenso por el peligroso tramo.

Pero ¿por qué? ¿Qué es lo que planeaban?

Mi cerebro ya tenía la respuesta. En un segundo, todo cobró un sentido tan perfecto que ni siquiera me sorprendió cuando el primer tambor negro brillante de algún modo se deslizó cuesta *arriba* de la caja del camión y rebotó con fuerza en el cemento de la autopista. Mis reflejos respondieron de inmediato y bajé la velocidad. El segundo y tercer tambor salieron despedidos del camión una fracción de segundo después. Un par de cientos de metros adelante, una camioneta se desvió bruscamente a la derecha para esquivar uno de los tambores, perdió el control y saltó por el aire. Sentí cómo se estrellaba contra el vehículo de algún conductor que venía por los carriles de subida. Pero pasé de largo el punto de colisión antes de entender lo que sucedía.

No me atreví a levantar la vista del camino para ver el desastre por el espejo retrovisor.

Adelante –no muy lejos– los tambores seguían cayendo de la caja del camión y pasaban rebotando por la carretera. Desesperados, los conductores trataban de encontrar alguna vía de escape al ataque.

El tambor que, sabía, me estaba destinado se deslizó solo de la caja del camión, rebotando una vez, una vez nada más, antes de quedar suspendido en el aire, como si fuera un misil teledirigido, a la espera de que me colocara debajo.

Cosa que, por supuesto, estaba por hacer. En apariencia, estaba destinado a eso. Y eso precisamente era lo que estaba haciendo.

1

¿Por dónde empezar con este hombre, este psicólogo? ¿Ser honesto con él?

Con el tiempo, puede ser. Pronto, espero. Pero no el primer día. Ni con un extraño. Hay demasiado en juego.

El primer día –un lindo día de otoño– tendría que bastarle la verdad. No toda la verdad, no nada más que la verdad. Pero la verdad. Ambos tendríamos que conformarnos con eso.

—¿Alguna vez le hicieron masajes? —le pregunté.

Sí, así comencé la primera sesión con él. Increíble.

"¿Qué fue eso? —pensé—. ¿De dónde cuernos salió eso?"

"¿Alguna vez le hicieron masajes?" ¿De veras le pregunté eso? No pensé comenzar así, por cierto, pero eso fue ni más ni menos lo que le dije, incluso antes de sentarme en la silla frente al doctor Alan Gregory.

Entrecerró un poco los ojos ante mi pregunta. Quizás encogió el hombro derecho como para que pensara que no le daba importancia a mi indiscreción. Quizá no. Consideré que esa combinación de movimientos significaba "seguro", pero también "¿qué importa?". Lo más probable era que los gestos fueran un vago comentario acerca de la manera peculiar que yo había elegido para comenzar la primera sesión de psicoterapia de mi vida.

—A mí me ayudan —continué—. Me he estado haciendo masajes un par de veces por semana. Últimamente —agregué al final.

Podría haberme preguntado con qué me ayudaban, quizá debió hacerlo. Pero no lo hizo. Se quedó en silencio, esperando. ¿Estaba mostrando paciencia o indiferencia? El tiempo lo dirá. Pero tiempo era lo que yo no tenía en abundancia. En ese momento, no sentía ni paciencia ni indiferencia. Si nuestros roles hubieran estado invertidos, sé que le habría preguntado: "¿Con qué lo ayudan?".

No hay duda. Se lo hubiera preguntado. Sí.

Si él hubiera preguntado, le habría respondido que los masajes me ayudaban a soportar el hecho de que me estaba muriendo, aunque no le hubiese dicho todavía lo complicado que me estaba resultando morir.

La verdad, sí. Honestidad, todavía no.

—La masajista que me atiende se llama Cinda. Es buena. Muy buena. Algo que pocos saben: algunos masajistas hacen la mayor parte de su trabajo con una mano. Así es, pero no como un lanzador de béisbol o un cocinero, un pintor o lo que sea. Cambia la mano según en qué esté trabajando, dónde se encuentra. A veces la izquierda, otras la derecha. Pero Cinda es muy especial por lo que hace con la otra mano, la que no se encarga del trabajo pesado.

De pronto me sentí exhausto. Me dominó el cansancio en un instante y me sentí aplastado, como un idiota. Si ese hombre sentado delante de mí hubiese sido un psicoanalista con un sillón de cuero estilo Sigmund con actitud vienesa, quizá me habría estirado y echado a un costado, sólo para contradecirlo. Pero era un simple psicólogo doctorado en Colorado en una vieja y ordinaria casa victoriana en el centro de Boulder y, al parecer, había dispuesto el mobiliario en su oficina de tal modo que el tiempo que pasáramos juntos fuera frente a frente.

—¿Le importa si apoyo los pies en la mesa? —pregunté.

¿Qué iba a hacer? ¿Comportarse como un idiota y decir que no? Abrió las manos en un gesto de aceptación. ¿Qué era ese hombre, un mimo? Levanté mis pesadas piernas y apoyé las zapatillas gastadas en la madera rayada de una mesa que parecía vieja, no una antigüedad. El cambio de postura alivió un poco mi fatiga. La fatiga era algo nuevo, los médicos no podían explicarla. Aún me estaba adaptando.

Por fin, pronunció las primeras palabras luego de la breve presentación –"Hola, soy Alan Gregory. Por favor, pase"– en la sala de espera diminuta. Dijo:

—¿La otra mano?

Debo reconocer que entonó la frase como si fuera importante, para demostrar que había prestado atención.

—En realidad, pienso en ella como su "mano alternativa".

La mano que trabaja es el motivo por el que estamos allí, por supuesto. Es la mano que hace el trabajo y ella domina su trabajo. Cinda es intuitiva. Encuentra contracturas que ni siquiera sé que tengo. Las masajea. Las demarca. Las estira. Encuentra el origen de un músculo como un explorador en busca de las fuentes de un río. Casi siempre logra aliviar la tensión. Hace lo necesario, pero sobre todo con una mano por vez. A veces la mano alternativa ayuda, pero, la mayor parte del tiempo, no.

¿Cómo respondió a ese pequeño discurso? Me invitó con los ojos a continuar. Y eso no es todo. Fue sutil, pero para mí la invitación fue tan clara como si un calígrafo la hubiese escrito en papel, sellado con cera y enviado por mensajero de librea.

Thea lograba eso también, me decía frases completas solo con los ojos. Hablaríamos de Thea más tarde.

¿Por qué me la pasaba hablando con este sujeto sobre las manos de mi masajista? Aún no podía responder a la pregunta, pero me dejé llevar por la inercia, porque no tenía energía para otra cosa.

—Sigo atendiéndome con ella sobre todo por lo que hace con la mano alternativa.

Me hizo otra invitación con los ojos. O repitió la misma invitación. No estaba seguro.

El ritmo de la danza terapéutica se estaba volviendo clara: parecía que yo conducía y él me seguía. Por supuesto, la realidad resultaría ser completamente distinta. Recordé que había decidido ser honesto con él. Si no, ¿qué sentido tendría?

—A veces, la deja a pocos centímetros de donde trabaja con la otra mano. Si me está masajeando la parte baja de la espalda, suele dejar la mano alternativa en mi cadera. Si me está masajeando el hombro, la deja en el cuello. No hace presión. Bueno, algo de presión hace. Un toque suave, aprieta apenas. Pero no trabaja. Está para...

¿Creerá que estoy hablando de sexo?

—Por si se lo pregunta, no me refiero a nada sexual. Cuando hable de sexo, hablaré de sexo. Esto tiene que ver con otra cosa —le miré la mano izquierda; llevaba un anillo—. ¿Es casado?

Rozó el anillo con la yema del pulgar. No respondió. O quizá sí. Si lo hizo, no me di cuenta.

—Yo, sí. A veces, quizá la mayor parte del tiempo, cuando mi mujer hace cosas por mí son parte del acuerdo, el acuerdo matrimonial. Ella hace *x*, yo hago *y*. Ella cocina; yo gano dinero. Pero a veces hace algo especial por mí, como un obsequio. Algo que no es parte del acuerdo. Eso es lo que hace la mano alternativa de Cinda durante el masaje; me transmite que lo que está ocurriendo en ese momento no es solo un trabajo ni solo parte del acuerdo, sino que le importo un poco y que no soy un simple montón de carne en su camilla, que no se trata únicamente de que mis músculos cedan a sus dedos, o de un intercambio de mi dinero por su tiempo.

Respiré hondo antes de que respondiera.

—¿Eso es importante para usted?

Sus palabras me interrumpieron. ¿Acaso no era una verdad universal? ¿No sería importante para cualquiera?

—Por supuesto —respondí.

—¿Su mano alternativa da ternura? ¿Es una buena palabra para decir lo que está describiendo?

Crucé los tobillos y el cambio de postura me dio cierto alivio temporario.

—Me parece más bien una caricia, aunque "ternura" es una buena palabra para lo que siento. Sí.

—¿Y es el motivo por el que vuelve con ella?

—Cinda es buena en lo suyo, pero mucha gente lo es. Sí, creo que es el verdadero motivo por el que vuelvo con ella. Por la bondad, la ternura. Es importante. Incluso esencial... para mí, al menos.

El psicólogo se quedó en silencio largo rato. Al principio, pensé que esperaba que yo empezara a hablar de nuevo, pero noté que estaba reflexionando. Por fin, pareció encontrar lo que buscaba:

—¿Y se pregunta si aquí encontrará lo mismo? ¿La ternura? ¿Si seré "puro trabajo" o si también tengo una mano alternativa?

En realidad, eso no era lo que había estado pensando en absoluto. Lo que me preguntaba en ese momento era qué había en esa pequeña habitación insulsa y quién era ese hombre desconocido, más o menos insulso, que por algún motivo me hacía hablar de Cinda y la seducción de su mano alternativa.

—Quizá —respondí.

Me dejó asimilar mi respuesta. Cuando consideró que ya había tenido suficiente tiempo, agregó:

—Me dijo el nombre de su masajista, pero no el de su esposa.

No era una pregunta. En absoluto.

2

No dije demasiado por teléfono cuando le pedí una cita.

Mi apellido, tan común, no revela nada. Me presenté con el apodo que mis amigos me pusieron mucho tiempo atrás. Le dije a Alan Gregory que me lo había recomendado un colega en el trabajo —en parte era verdad–, que pasaban algunas cosas en mi vida que estaba ansioso por discutir —esa parte era absolutamente cierta– y que el primer día quería verlo dos veces, con un poco de tiempo en el medio. Una sesión –o cita, o como se llame– en la mañana, una a media tarde el mismo día. Eso sería lo ideal.

Al principio dudó, pero aceptó cuando le expliqué que tenía horarios bastante complicados en ese momento. Nos pusimos de acuerdo en los horarios. A las diez de la mañana; y luego a las dos y media de la tarde.

No le dije que aterrizaría en el aeropuerto de Jefferson County sólo para verlo, ni tampoco que saldría volando de allí el mismo día en cuanto termináramos. Tampoco le dije que consideraba ambas citas como una audición. Para mí, conocer a alguien por primera vez siempre es una audición sin que importe quién se presente o para qué.

Si ese psicólogo merecía su doctorado, aunque solo fuera a medias, supongo que eso ya tenía que saberlo.

Dejé su consultorio después de la primera sesión esa mañana sin revelar que había decidido que era posible trabajar con él. No le dije que había pasado la prueba por temor a que me preguntara a qué prueba me refería. No sabía la respuesta. Sólo sabía que la había aprobado.

La terapia ya se había vuelto más complicada de lo que esperaba.

En medio de mis dos citas con el doctor Gregory, tomé un taxi para atravesar Boulder hasta la concesionaria Toyota. Le pedí al chofer que aguardara unos minutos y logré –como era de esperar– que me acosara un vendedor antes de llegar a la puerta de entrada.

—Yo soy Chuck Richter. ¿Y usted es...?

Su apretón de manos era demasiado fuerte. Pensé en regresar al taxi, suspiré y me consolé con la idea de que la situación no iba a durar mucho tiempo.

—¿Chuck? —dije con mi sonrisa más falsa, que usaba cuando, antes de tener tanto dinero, trataba de seducir a un empleado de aeropuerto para que me pasara a primera clase. Chuck y yo hicimos buen contacto visual y respondió a mi sonrisa con otra.

—¿Sí?

—Tengo que salir de aquí en quince minutos, como mucho en treinta. Quiero irme en un Prius nuevo, cualquier Prius nuevo. No me importa el año, modelo, color o el equipamiento que tenga. Lo que quiero es que llames de inmediato al gerente de ventas y me des un precio. Si estoy de acuerdo, pago en efectivo y llego a tiempo para mi almuerzo. Si no has vuelto con un precio en cinco minutos, o si el precio que me traes me demuestra que tu gerente de ventas y tú quieren estafarme, iré al concesionario Honda para hacerle la misma oferta a algún vendedor igual a ti por uno de sus vehículos último modelo. Solo tienes una oportunidad de concretar esta venta. Nada de negociación. ¿Está claro?

Chuck asintió con pequeños movimientos espasmódicos. Quizá temía no concretar el negocio, o tenía más cojones de lo que yo creía y se estaba preguntando cómo sacar ventaja con su gerente de ventas.

—Chuck, no estoy jugando contigo. Es una sola oportunidad.

—Sí, señor.

—No pretendas estafarme.

—Yo no haría eso.

—Sí, lo harías. Pero no lo hagas.

Los diversos personajes tardaron treinta y cinco minutos en hacer los papeles y dejar de tratar de venderme toda la porquería extra, con garantía ilimitada, que los concesionarios de

automóviles usan para aumentar sus ganancias. Mientras esperaba que me prepararan tal y cual formulario, salí a despedir al
taxi. Cuando volví, Chuck me preguntó si tenía algún automóvil
que quisiera dar en parte de pago. Le dije que tenía muchos
automóviles, pero ninguno que quisiera vender. Era solo para
distraerlo.

—¿Es coleccionista? —preguntó. Había acertado por casualidad o Chuck tenía el radar de todo vendedor nato.

—No. Tengo un viejo Porsche, pero sigo usándolo. Un 911
del 88.

—Caramba. ¿Qué color? ¿Rojo?

—Sí, rojo. —Dos aciertos para Chuck.

—La cupé, no el cabriolet, ¿verdad? —comentó.

Asentí. Chuck había acertado tres de tres. Nota para mí
mismo: no jugar al póquer con Chuck.

—Lo compré en 1993.

—Mierda —se le escapó—. Este Prius no es nada deportivo.

Nunca un vendedor de automóviles fue tan honesto.

Para alejarme de Chuck, fui hasta la sección de repuestos y
elegí una funda para mi Prius 2006. Los modelos 2007 aún no
habían arribado. Cuando volví al escritorio de Chuck, estaba listo
para recibir mi dinero. Me llevó por el pasillo hasta la oficina del
gerente financiero; parecía una celda de prisión. Me senté obe-
dientemente en la silla indicada, y llamé a mi banquero para
autorizar el giro.

Para arrancar las llaves de las manos de Chuck tuve que
convencerlo de que deseaba tanto su orientación personal para
automóviles nuevos como una operación de colon sin anestesia.

Pocos minutos después, conduje mi automóvil nuevo hacia
el centro de Boulder, rumbo a un apartamento ubicado en el
segundo piso de una hermosa casa antigua. Estacioné el Prius
en la parte de atrás del apartamento de un amigo que me lo
prestaba en las escasas ocasiones en que iba a Colorado. Era
dueño de una compañía en Boulder con la que había hecho
muchos negocios a lo largo de los años y percibí –cuando le pregunté si podía utilizar su apartamento esporádicamente– que
creyó que yo tenía algún amorío. Dejé que lo creyera. Mientras
no anduviera con rumores, sus sospechas no me molestaban.

Me hundí en la cama en el único dormitorio del apartamento. Y me quedé dormido preguntándome si viviría lo suficiente para descubrir lo que significaba el divertido gráfico que aparecía en la pantalla, en medio del tablero de mi nuevo automóvil.

3

Regresé al consultorio del doctor Alan Gregory a las 14.30. Había dormido un rato. Y me di un baño. A esas alturas, mi fatiga ya parecía crónica, y dejé de darle importancia.

—Nos volvemos a encontrar —le dije al psicólogo. Torpe, por cierto. Pero de veras lo dije. Por algún motivo descubrí que en el consultorio del aquel sujeto me sentía casi poseído, lo que por supuesto me dejó pensando en qué diablos me estaba ocurriendo.

Le devolví unos formularios de "información del paciente" que me entregó al final de la sesión de la mañana. Allí anoté mi sobrenombre, una casilla de correo postal de mi abogado de Denver y el número de mi teléfono celular. Le di una dirección de correo electrónico que sólo iba a mi BlackBerry. ¿Persona para contactar en caso de una emergencia? ¡Ja! Ese casillero lo dejé en blanco.

No era muy probable que reconociera mi verdadero nombre si se lo daba. Si tuviera algo que ver con el campo de la tecnología médica, sin duda mi nombre le resultaría familiar, pero fuera de ese pequeño ámbito, de las filas de los capitalistas de riesgo y los gerentes de inversión que frecuentan las arenosas orillas del Lago Empresario, no soy conocido.

Soy un hombre anónimo, blanco y rico. Una de las muchas revelaciones que se relacionan con convertirse en un hombre anónimo, blanco y rico es descubrir cuántos hay. ¿Cuántos? Es sorprendente la cantidad que hay: más que suficientes para que sea fácil perderse en la multitud.

—Voy a pagar en efectivo cada vez que venga —anuncié, esperando que fuera suficiente para explicar la falta de información de seguro de salud en los formularios.

—Eso lo decide usted. Le entregaré la factura en la última sesión de cada mes.

—Muy bien.

El dinero no me interesa. Podría haberle dicho que dejé de contarlo el día en que decidí que tenía más que suficiente. Ese día ocurrió varios años antes, cuando un par de gigantes internacionales de la tecnología médica decidieron que querían el dispositivo que había diseñado junto con la compañía que creé para fabricarlo y venderlo. Se desató una guerra de ofertas, y vendí todo muy contento por dos o tres veces lo que valía. Y valía mucho. Pero no le dije nada de eso.

Se reclinó en su asiento. Hice lo mismo, pensando que esperaría que yo comenzara otra vez el show. Pero me equivoqué. Habló primero.

—Ahora que sé que le gustan los masajes y que está predispuesto a recibir un poco de ternura, ¿en qué puedo ayudarlo?

Sonreí ante el tono sarcástico de sus palabras. Sobre todo, me gustó que pudiera hablar así. No quería pasar esas horas preciosas con un imbécil. Ahora que me estaba muriendo tenía escasa tolerancia para la gente tediosa.

Tengo que decir la verdad, ¿cierto? Bueno, incluso antes de que me estuviera muriendo tenía poca tolerancia con la gente tediosa.

Notó mi indecisión.

—Empiece por donde quiera —sugirió—. Al final, no va a tener ninguna importancia.

Se equivocaba, pero hablaba en términos generales y basándose en su experiencia. Sabía que si comenzaba por hablar del final, quizá no iba a tener la oportunidad de contarle el comienzo. Tenía que hacerlo bien. Por eso estaba con él allí. En terapia. Literalmente, no había nadie con quien pudiera hablar de lo que sucedía y quería de modo desesperado entender mejor el comienzo, para poder cambiar el final.

Quizás estaba equivocado, pero pensé que debía estar seguro de empezar por el lugar correcto.

4

Hay que contar dos historias para que esto tenga sentido.

Una mirada a mi calendario de 2004 revelaría que la historia que contaré primero ocurrió en realidad después de la segunda que voy a relatar. El orden fue importante. Por cierto que sí. Y lo sigue siendo.

La primera historia.

Era el final del verano.

Esa sala de directorio era mi favorita. El banco de niebla a medio kilómetro de la orilla sobre el Pacífico y las colinas verdes de Santa Bárbara que se extendían debajo de los grandes ventanales parecían nacer en forma abrupta de la nada, como si la inmensa mesa pulida a la que estábamos sentados flotara en un charco infinito y todos en esa habitación nos mantuviéramos a flote. Era un espacio orgánico de luz y aire y agua, un ámbito para los grandes comienzos.

Acepté formar parte del directorio de esa compañía sólo porque muchos de los otros miembros eran visionarios. Mucho antes dejé de participar en directorios llenos de burócratas glorificados que cobraban sumas exorbitantes por conspirar junto con los ejecutivos a fin de ahogar la creatividad, estafar a los accionistas o evitar los riesgos.

De haber querido perder el tiempo viendo a grandes mamíferos galopar con anteojeras, mejor iba al hipódromo.

Pero este lugar –la compañía, la sala– era diferente. Y los miembros del directorio eran jockeys diferentes. Ese día había cientos de millones sobre la mesa. Un cambio radical de orientación para la compañía. Riesgos enormes. Posibles recompensas igualmente inmensas. No necesitaba el dinero que iba a resultar del cambio de orientación que preveíamos aquel día –nadie en esa habitación lo necesitaba–, pero todos queríamos obtener el dinero que podríamos ganar, que deberíamos ganar, con el cambio de orientación.

¿Por qué? Si se les preguntaba a cinco de los presentes, habría seis respuestas diferentes: o porque sí, o para tratar de lle-

nar un agujero ávido de dólares que los caprichos de la vida
habían cavado en su alma. Algunos, para acumular. Otros, para dar.
Convertir un dólar en dos o tres o diez o veinte era lo que
todos hacíamos. Como grupo, no lo cuestionábamos demasiado.
Personalmente, en los días que me lo cuestionaba, prefería pensar que hacía algo más también –algo valioso– con ello. Asimis-
mo, me conocía lo suficiente para considerar la posibilidad de
que eso no fuera más que una racionalización.

Me acomodé en la silla, y me quedé observando cómo la
discusión iba *in crescendo*. Ese día éramos los revolucionarios. ¿Mi
rol? Estaba listo a hacer mi aporte, a desparramar combustible a
diestra y siniestra, a avivar cualquier fuego que pudiera extinguir-
se. Me contentaba con recibir el calor de las brasas de los demás.

Mis colegas sabían que yo era partidario de lanzar los
dados. Sabía que me estaban observando, y esperaban que
entrara al ruedo y exigiera mi turno para tirar los dados. Era mi
estilo en la vida. Y en los negocios.

Los dados estaban rebotando de veras esa mañana. Recuerdo haber pensado que, sin riesgos, la vida no era divertida.

Y entonces comenzó a sonar mi maldito teléfono celular.

Creí que lo había apagado. Dos de mis amigos del directorio rieron ante la irrupción del sonido en la sala. Siempre tuve la
misma musiquita en mi celular: una versión metálica, casi cómica de "Ob-la-di, ob-la-da". La alegre melodía era motivo de
diversión para mis amigos, aunque en realidad estaban encan-
tados de que fuera yo el que se olvidó de apagar su maldito
teléfono.

Pero que yo me olvidara no sorprendía a nadie.

Yo era el que captaba el panorama total, no los detalles.
Todos los que me conocían lo sabían. Llámenme cuando quieran una buena estrategia, cuando necesiten una visión de conjunto. Llamen a otro cuando quieran que les recuerden ajustar
las tuercas de sus llantas o cambiar el aceite. Encender y apagar
teléfonos celulares es un detalle.

—Perdón —me disculpé. Tenía la muñeca derecha enyesada por un accidente de ski y me costaba coordinar con la mano
herida. Manipulé con torpeza el teléfono diminuto hasta abrirlo
y acercármelo al oído.

Sólo dije "¿Sí?" en un tono ligeramente irritado, como si fuera culpa del que llamaba y no mía que me hubiese olvidado de apagar el teléfono y que los Beatles interrumpieran la reunión especial de directorio. La voz que oí al otro lado fue una verdadera sorpresa. Poca gente tenía mi número de celular. Y no me parecía que ella fuera una de esas personas. Escuché. Habló sin parar durante sesenta segundos.

Mierda, mierda, mierda.

El cuarto se oscureció como si una nube inmensa hubiese tapado el sol. Pero no era así. O como si la niebla hubiese llegado a la costa y ocultado las colinas verdes. Pero tampoco era así.

—¿Qué? —susurré por fin. Me puse de pie y fui hasta un rincón de la habitación, al ventanal que daba al oeste, al lugar de la sala donde el infinito comenzaba y colapsaba. Dejé de percibir la presencia de mis colegas. Todos los fuegos creativos de mi interior se apagaron como si los hubieran sofocado con espuma.

Estaba perplejo. Pensé: "Esto no puede ser real; apenas conozco a esta mujer. No puede estar diciéndome esto". Comenzó a repetir lo que acababa de decirme. Más lento la segunda vez, lo explicó de manera más simple, como si pensara que la primera versión había sido demasiado sofisticada para mí.

—¿Está segura? —pregunté cuando terminó su explicación elemental.

Estaba segura. Comenzó a enumerar con gran detalle los dispositivos de seguridad que detectan y evitan los falsos positivos. ¿Falsos positivos? No quería oír nada más.

—Está bien —la interrumpí—. Le creo.

No le creía. Sólo quería que se callara de una vez para poder pensar.

—Tenemos que considerar...

No quería oír lo que debíamos considerar. Cerré el teléfono, volví a mi silla junto a la mesa grande, tomé mis cosas y las amontoné en la mochila maltratada que llevaba colgada al hombro a reuniones empresariales desde hacía dos décadas. Creo que murmuré "tengo que irme". Quizá logré decir "perdón". Quizás alguien me preguntó qué pasaba. No recuerdo nada.

En veinte minutos estaba de regreso en mi avión.

Mi piloto era una amiga, una mujer llamada Mary Reid a quien conocí cuando me escribió una carta sobre cómo uno de los dispositivos de mi compañía había ayudado a salvar la vida de su hija. Su nota me emocionó. Intercambiamos cartas por un tiempo –entonces era una madre soltera que vivía en Tucson– y hablamos algunas veces por teléfono. Supe que había estado en la Marina de Guerra y que había piloteado un 737 de una aerolínea, desde el viejo aeropuerto de Denver, Stapleton, antes de ser una víctima más de la quiebra de Continental Airlines en los 90. Muy a su pesar, debió dejar de pilotear aviones; volvió a la casa de su madre en Arizona, se inscribió en la academia de policía y obtuvo un empleo como agente en Tucson. Echaba de menos vivir en Colorado.

Me pareció que reunía cualidades interesantes. Tres meses más tarde la contraté para que piloteara mi nuevo avión. Empacó a su madre y su hija y se mudó a Denver.

Mary me conocía bien. Vio la preocupación en mi rostro cuando subí por las estrechas escaleras hasta la cabina. El último candidato al puesto de copiloto, vacante por casi medio año, era un hombre apuesto y competente llamado Jorge, que parecía tener menos personalidad que una berenjena verde. Jorge estaba adelante, haciendo controles previos al vuelo. Mary y yo ya sabíamos que Jorge no conservaría el puesto.

—¿Está bien? —me preguntó Mary.

—Sí —mentí.

—No, no es cierto.

Escogí un asiento y me dejé caer.

—¿Nos vamos ya? —preguntó—. ¿Destino?

—Denver.

—¿Centennial?

Mary me preguntaba qué aeropuerto prefería. Pero no le contesté. Eso era un detalle.

Definitivamente, me dominaba el panorama total. Y no era muy promisorio.

5

La segunda historia precedió a la primera. Al menos en términos temporales. Fue a fines de marzo de 2004.

La fecha tiene importancia para entender la naturaleza del destino de un hombre. El mío.

La segunda.

Había esquiado en los Bugaboos dos veces antes, de modo que no puedo alegar ignorancia o declararme sorprendido por lo que pasó ese día.

Cometí un error estúpido, digámoslo así. Si no hubiese cometido ese error, es probable que nunca hubiese conocido a los Ángeles de la Muerte. Y si nunca hubiese conocido a los Ángeles de la Muerte, bueno...

¿"Ángeles de la Muerte"? Ya ve, doctor Gregory, sí que importa por dónde se empieza.

Montrose, el centro glamoroso de Colorado, se ubica en algún punto cerca del de Omaha o Bakersfield, y no se compara con sus vecinos atractivos, Ouray y Telluride, pero tiene un aeropuerto de fácil acceso cerca de mi segundo hogar, sobre la ladera occidental de Colorado. Desde el punto de vista técnico, el aeropuerto de Telluride está apenas más cerca en línea recta, pero su altitud y ubicación –la pista de Telluride está a tres mil metros sobre el nivel del mar, tiene más o menos el tamaño de la cubierta de un portaaviones y la rodean los inmensos picos entrecortados y barridos por el viento– lo hacen complicado como aeropuerto de rutina, por lo que solía apoyar la elección de Mary de la blanda previsibilidad de Montrose.

En principio, nuestra aventura de ski iba a incluir a un grupo de seis, pero uno de mis mejores amigos –que es el abogado más ingenioso que conozco y quizá la persona dedicada a sucesiones más graciosa del planeta– recibió una invitación inesperada para ir a bucear a una cueva profunda de Belice, lo que se moría de ganas de hacer desde hacía tiempo, y decidió que el sol caribeño lo atraía más que las montañas de Canadá.

Con el resto de mis amigos nos reunimos en mi casa y nos quedamos despiertos hasta tarde la noche anterior, jugando a las cartas y contando anécdotas. Antes del amanecer, subimos al jet y despegamos de Montrose con Mary al mando. El copiloto del día era una ex piloto de la Fuerza Aérea llamada Stephanie algo. A Mary parecía gustarle Stephanie. Buen augurio.

Mary aterrizó con suavidad en Calgary poco después de las nueve de la mañana. Prácticamente llenamos un ómnibus suburbano y sus dos estantes para equipaje de mano a ambos lados, y luego de una larga travesía, llegamos a tiempo para nuestro encuentro con un helicóptero de alquiler. Unos minutos antes de la una la máquina se posó apenas lo suficiente para dejarnos lanzar nuestro equipo a tierra y saltar de la cabina atestada a una zona plana, cubierta de nieve, del tamaño de una cancha de voleibol, cerca de la cumbre de la cadena Purcells, muy por encima de la última línea de vegetación, en las paradisíacas, ásperas, agudas, graníticas y glaciares Rocosas canadienses.

El día era maravilloso, perfecto para esquiar. Cielo azul, sol brillante, apenas suficiente brisa para que los cristales de nieve en el aire crearan halos en torno de los picos más altos. La grandeza de las tierras altas de la Columbia Británica se extendía más allá de mi vista. Al otro lado del valle, la belleza áspera de Kootenay parecía tan cercana que sentí que podría llegar esquiando hasta allí.

Habíamos salido a esquiar en helicóptero antes y teníamos un sistema que funcionaba. En cada sección, se adelantaba uno de nosotros y escogía un lugar desde donde filmarnos a los demás desde abajo. En el avión sorteamos los turnos; yo sería el encargado de filmar la tercera caída y calculé que me tocaría el tramo que nos iba a llevar de la primera línea de árboles espaciados al bosque. Si bien el justificativo que dábamos para nuestro procedimiento de filmar con la videocámara era la seguridad –en caso de un deslizamiento o avalancha, la filmación podría aportar indicios para iniciar una búsqueda– todos sabíamos que el verdadero motivo era la fiesta anual en la que siempre tenía un lugar destacado la presentación de nuestras aventuras digitalizadas.

El hecho de que me tocara el tercer turno con la cámara ese día significaba que en los primeros dos tramos, los más maravillosos, en las pistas más empinadas, estrechas, rodeadas de granito, inexploradas, por encima o justo por debajo de la primera línea de árboles, podría disfrutar de la montaña.

Y así fue. El primer par de tramos hizo que valiera la pena el largo viaje a Canadá. Pistas frescas, vírgenes –con nieve tan profunda en algunos lugares como para rozarme las tetillas–, en medio de rocas realmente peligrosas que conducían a caídas casi verticales, cornisas y mucho aire. Mucho aire enrarecido por todas partes, donde no hubiera rocas amenazantes o nieve acogedora.

No bien cruzamos la primera línea de árboles en la segunda corrida, nos reunimos en un risco estrecho para elegir el siguiente tramo, el que nos llevaría al bosque y a nuestra primera corrida entre los árboles.

Sonó un teléfono. Todos rieron por lo absurdo del sonido. Si hay un lugar donde nadie espera oír un teléfono, es en la ladera de una montaña en los Bugaboos. Uno a uno mis amigos se volvieron hacia mí. ¿Por qué? Yo era el hombre importante en el grupo. Yo era el que tenía el avión, el que recibe llamadas urgentes. Pero el teléfono que sonaba no era mío. Nada de "Ob-la-di, ob-la-da".

Avergonzado, Grant Jacobs se quitó la mochila de la espalda y sacó un aparato negro grande de un compartimento del costado.

—Teléfono satelital —aclaró en tono de disculpa—. Callie ha estado enferma. Le prometí a Ginny que traería el teléfono.

Quejas y risas. Tenía la cámara en la mano así que grabé a Grant con el teléfono para hacerle pasar vergüenza en la fiesta. Luego conduje al resto del grupo un poco más allá por el risco, para buscar una ruta hacia el bosque. Grant nos alcanzó pocos minutos después. Su rostro oscuro tenía el color del cemento fresco.

—Grant, ¿Callie está bien? —pregunté.

—Callie, sí. Le bajó la fiebre. Era Ginny. Es por Antonio. La acaba de llamar Marilyn.

Antonio, un romano increíblemente buen mozo, era el amigo

abogado que había decidido ir a bucear a Belice en vez de acompañarnos a esquiar en los Bugaboos. Marilyn era la esposa de Antonio.

—¿Qué sucede? —alguien le preguntó a Grant.

Sentí que ya lo sabía. No los detalles, pero la verdad. Se me hizo un vacío en el estómago.

—Quedó atrapado en una cueva. Algo le pasó a su equipo. No está segura. Y entonces se golpeó la cabeza contra una roca, en un coral. Marilyn no sabía los detalles. Pero está mal. Está... mal.

—¿Antonio está muerto? —pregunté.

—Está inconsciente. Su encefalograma se ve muy mal. Al parecer estaban en la parte más profunda, a unos treinta metros. Se golpeó la cabeza, tuvo problemas con el equipo, estaba tan aturdido que no pudieron lograr que usara el aire de reserva. Lo subieron lo más rápido posible. Tragó mucha agua antes de que pudieran subirlo al bote.

Alguien –uno de los buceadores del grupo– preguntó:

—¿Dices que hicieron un ascenso de emergencia? ¿No se detuvieron para la descompresión? ¿Cuánto tiempo estuvieron abajo antes del accidente?

Si Antonio había estado a esa profundidad por un tiempo, por breve que fuera, tenía que volver a la superficie en forma gradual, con un intervalo para eliminar el nitrógeno acumulado en el organismo, antes de salir a la superficie. Grant no hacía buceo. No sabía nada sobre las paradas de descompresión. Movió la cabeza.

—Marilyn no dijo nada de eso. ¿Es importante? ¿Qué significa?

—¿Cuánto tiempo estuvo abajo... después del accidente? —pregunté, temeroso de la respuesta. No dije "sin oxígeno".

—Creen que cinco o seis minutos después del accidente, no estaban seguros. Pero tardaron otro minuto o dos en subirlo al bote para iniciar la resucitación y que volviera a respirar —Grant apenas podía seguir hablando. Al fin, agregó incrédulo—: Vive de milagro. Por Dios, Antonio casi se ahoga.

—No —intervine, lleno de ira—. Creo que no entiendes, Grant.

La imagen que tenía en la mente era la de mi amigo convertido en un vegetal. Seguramente lo trasladaron en helicóptero –para mantenerlo lo más cerca posible del nivel del mar– a un centro con una cámara hiperbárica, un tubo diminuto presurizado con oxígeno puro. Sábanas blancas ásperas y tubos plásticos, el ruido sibilante de un respirador. Bombas Múltiple IX, drenajes. Monitores que mostraban demasiado y demasiado poco.

—Antonio se ahogó —dije—. Pareciera que casi lo resucitaron.

Después de enterarnos de la tragedia de Antonio, si hubiese sido otro día en las montañas –un día más cerca de mi hogar, esquiando en Ridgway o flotando con la nieve hasta la cintura entre los álamos de Telluride– habríamos bajado por pistas conocidas, zigzagueando hasta la base, ansiosos de regresar a casa lo antes posible para consolar a Marilyn. Pero estábamos en los Bugaboos, en la frontera entre la Columbia Británica y Alberta, a medio camino de nuestro punto de encuentro con el helicóptero, la única manera de retornar a la civilización.

Jimmy Lee era un buen amigo que conocí a través de Thea, mi esposa, el día de nuestra boda. Estuvo en nuestro casamiento acompañando a la dama de honor de Thea. Jimmy estudió abogacía en Berkeley, pero desde que lo conocí siempre trabajó en el negocio de reaseguros. Viajaba tanto como yo por razones de trabajo, y viajaba por gusto casi tanto como yo.

—Debemos salir esquiando de aquí, muchachos. No podemos dejar que la situación de Antonio nos distraiga. Aún no —dijo—. Si no perdemos la cabeza y hacemos las cosas bien, estaremos en casa esta noche. Tenemos que alcanzar el helicóptero en treinta y cinco minutos. Hay que bajar y llegar enteros. Tenemos que concentrarnos. Cuanto más nos precipitemos, peor va a ser.

Jimmy tenía razón, por supuesto. Como de costumbre. Si fuéramos una familia mafiosa en vez de un grupo de empresarios maduros dedicados al deporte de fin de semana, Jimmy sería *consigliere*. ¿Sería yo el padrino? Era probable. Pero eso no me haría feliz.

Me gustaba controlar más de lo que me gustaba ser el líder. En los negocios siempre me veía como el joven Steven Jobs, el que fundó Apple, no el Steven Jobs adulto, el que volvió para hacerse cargo de la empresa. En cuanto al carácter, pensaba que tenía más en común con el Sonny representado por James Caan que con el Vito de Marlon Brando. Tenía dotes de mando, pero no era lo mío. Si otros podían dirigir bien los negocios –"bien" quería decir de una manera que no interfiriera con mis intereses o mi libertad– no me entrometía.

Perdí un poco el equilibrio y se me movió el horizonte cuando me puse las antiparras y me sacudí la presión de los oídos. Hice una pausa mientras me preguntaba si las lágrimas por Antonio me empañarían los lentes antes de que me adelantara a los demás en la bajada por el risco. Esperaba que mis amigos pensaran que estaba buscando el mejor camino hacia los árboles; en realidad, quería tomarme un tiempo para controlar mi pena.

—¿Cómo lo ves? —le pregunté a Jimmy cuando se puso detrás de mí. Me detuve en una saliente recortada. Jimmy estaba un poco más arriba y miraba hacia un cañadón que bajaba alrededor de medio kilómetro hasta un bosque con la densidad de árboles adecuada para descender en esquís.

Dos pinos de buen tamaño al fondo del cañadón indicaban que la pista larga y estrecha no era terreno propenso a las avalanchas. Las avalanchas frecuentes hubieran impedido que los árboles crecieran hasta esa altura. La nieve expuesta en las partes angostas se veía quebradiza debido al sol; más abajo, en medio del bosque, parecía tentadoramente profunda y sin marcas de ningún tipo.

En un día en que no me hubiese enterado de que uno de mis mejores amigos estaba al borde de la muerte, me habría sentido feliz de encontrar ese lugar, hacer esa bajada y ser el primero del grupo en dejarse caer por esa cinta blanca en medio de los árboles. Pero ese día, con la seria situación de Antonio, era apenas un buen camino para llegar adonde quería ir.

—Se ve bien —asintió Jimmy en respuesta a mi pregunta—. Perfecto. Podemos empezar allá —señaló un lugar más cerca de los árboles donde la caída inicial era solo de cinco metros, comparados con los diez desde la saliente en la que nos encontrábamos—. ¡Muchachos! Por aquí. Vamos. Tenemos que darnos prisa.

De pronto el horizonte volvió a moverse. Pero esta vez oí un crujido y la saliente bajo mis pies desapareció tan rápido que me sentí suspendido en el aire como un personaje de dibujos animados. El balcón donde estaba no era de granito, sino una simple cornisa de nieve y hielo, y fe.

Mala fe.

Cedió la cornisa, como suelen hacer las cornisas de hielo, y se desplomó debajo de mí. De repente, quedé en el aire tratando de aferrarme a cualquier saliente, mientras agitaba las piernas para caer justo en la superficie cubierta de nieve más abajo.

Me gustaría creer que si llegara a esa cornisa diez veces y se desplomara diez veces, siete u ocho de esas veces lograría caer en la empinada pendiente en una posición más o menos vertical y dominarme lo suficiente para recuperar el equilibrio y mantenerme de pie. Esa noche contaría mi milagrosa recuperación de la caída. Lo contaría una, dos veces, cinco veces, mientras bebía vino tinto o coñac y mis oyentes bebían lo que fuera. La peligrosa caída a la que había sobrevivido aumentaría, con toda probabilidad, de diez a quince o veinte metros.

Eso lo que me hubiera gustado creer.

Pero esa no fue una de las siete u ocho veces y no caí ni remotamente vertical, y cuando la gravedad completó su obra y el suelo subió a mi encuentro, no logré controlarme de ninguna manera. Lo que sucedió, en realidad, fue que caí hacia atrás y aterricé sobre la punta posterior de mi ski izquierdo. A partir de ahí perdí las esperanzas de recuperar el equilibrio, y comencé a caer, rebotando, por la ladera de la montaña, no como un esquiador, sino como un juguete lanzado al descuido por un tobogán.

Mi esquí izquierdo se soltó con el impacto inicial, y el derecho se zafó mientras caía después de completar mi primer giro en el aire. Los bastones, atados levemente a mis muñecas, se agitaron cuando mi cuerpo rebotó contra la nieve barrida por el viento. Me esforcé por captar los detalles del terreno y mi situación. De alguna manera, después de cada giro y cada caída, logré fijar la vista en los dos árboles al fondo del cañadón que se veían cada vez más grandes. Desde el comienzo, tuve la impresión de que representaban el mayor peligro.

Muy arriba, por encima de mí, oí a Jimmy Lee que gritaba mi nombre. Me llamó una, dos, tres veces. Cada vez sonaba más fuerte, como si, al repetir mi nombre a los gritos o con insistencia, fuera a dejar de hacer tonterías para volver a la cima de esa colina. No obstante, el hecho de que Jimmy me estuviera gritando significaba que no había caído conmigo. Bueno, eso era una suerte.

6

Me encogí y traté de rodar después de ese primer giro con las piernas y los brazos extendidos, pero pronto descubrí una gran verdad universal: que los objetos con forma de bola rebotan colina abajo más rápido que los objetos con forma de maniquí. Era obvio que en mi situación la velocidad no era mi aliada.

El hecho de caer por la ladera de una montaña, sin ningún control, no me daba la misma sensación de fatalidad, de suspensión del tiempo, que he sentido en distintos momentos de mi vida mientras esperaba el impacto de un accidente de tránsito inminente. Cada giro colina abajo era una nueva lección sobre de mi dilema, y cada tantos milisegundos volvía a calcular la trayectoria que me conducía hacia esos dos malditos árboles que parecían las puertas del paraíso o del infierno, en el punto donde comenzaba el bosque al fondo del cañadón.

Como llevaba la cámara en mi mochila, no habría video que me confirmara lo que sucedió en realidad cuando llegué a ese punto, pero Jimmy me contó más tarde que después de incontables giros reboté en un árbol caído tapado con un grueso colchón de nieve. El enorme obstáculo estaba a unos cinco metros de los árboles. Al salir despedido otra vez, me elevé en el aire –"aire de hospital", lo llamó Jimmy desde entonces– y resbalé por una larga rama del árbol a mi izquierda. Rocé la rama con la mano izquierda antes de sentirla en mi abdomen como un latigazo. Después de ese breve contacto, que me puso primero de pie y luego de cabeza, el impulso me llevó más allá de los dos obstáculos arbóreos mortales. Continué girando en el aire hasta caer de frente, con los brazos y piernas extendidos sobre la nieve blanda detrás de los dos árboles.

La cabeza, cubierta con un casco, quedó a no más de medio metro del grueso tronco de un tercer árbol.

Mis amigos, todos esquiadores expertos, llegaron en segundos y me levantaron de la tumba de nieve antes de que pudiera empezar siquiera a elaborar la realidad de lo que acababa de suceder. Sospeché que no estaba muerto porque pude oír a Grant en su teléfono satelital mientras discutía con alguien para que me enviaran atención médica de inmediato. Y podía oír a Jimmy Lee: esta vez me gritaba que no me moviera.

No moverme. Me faltaba el aire de tal modo que ni siquiera pude decirle que no me creía capaz de hacerlo.

La posibilidad de no poder moverme me aterrorizó. Y, cosa curiosa, me horrorizó mucho más que la posibilidad de morirme, porque en ese momento no encontraba la forma de llenar de oxígeno mis pulmones. El temor a la parálisis fue mucho peor que el repentino pánico que experimenté cuando la cornisa se hundió bajo mis pies, mucho peor que todo lo que sentí mientras caía por la montaña sin ningún control.

Mis amigos discutieron entre ellos durante un tiempo que me pareció interminable mientras, palas de avalancha en mano, cavaban como locos a mi alrededor. Por fin, Jimmy los convenció de que moverme del pozo era muy riesgoso. Se concentraron en abrirme un espacio delante del rostro para que pudiera respirar el aire poco denso de las Bugaboos. Se sentían motivados y eran eficientes; no tardaron mucho en cavar una canaleta profunda hasta donde yacía mi cuerpo. Desde mi difícil posición, se veían como una cuadrilla de sepultureros árticos que trataban frenéticamente de corregir un entierro equivocado.

Jimmy se dejó caer junto a mí, me puso la boca al lado del casco y susurró:

—Oye, amigo, ¿estás allí?

No estaba seguro de poder hablar, pero soplé un poco de nieve que me cubría los labios para mostrar que al menos podía hacer eso.

—Bien, bien, me oyes. Maravilloso. ¿Puedes moverte? No quiero que lo hagas, pero quiero saber si puedes hacerlo. Prueba con los dedos de la mano izquierda. Muévelos. ¿Lo puedes hacer?

No tenía modo de saber que mi mano izquierda era la que usé para tratar de detener el árbol. Y fallé. El árbol seguía en pie. Yo no.

Sentí la presión de la mano de Jimmy en el guante. De inmediato sentí también un gran dolor en el brazo y en la mano. Eso era bueno. Estaba lúcido y me daba cuenta de que el dolor era algo bueno.

Traté de responder a su presión. Lo intenté. Pero no sucedió nada. Lo intenté una vez más. Tampoco. Quería decirle que intentara con mi mano derecha, la que no había boxeado con el árbol. Pero aún no podía hablar. Así que volví a soplar nieve. Mis padres me enseñaron de niño que si en la vida no podía hacer algo, debía intentar hacer otra cosa. Al parecer, podía soplar nieve.

Otro de mis amigos murmuró:

—Mierda. No puedo creerlo. Primero Antonio y ahora...

Estoy seguro de que daban por sentado de que no podría oír esas palabras, pero lo hice.

Oía bien.

"Eso es bueno —volví a pensar—, puedo oír". Soy tan optimista.

—Ayúdenme a ponerme de pie —dije, sorprendiendo a todos, incluso a mí mismo.

—Espera, espera —respondió Jimmy, como si yo fuera un caballo brioso tratando de salirme del corral—. Tienes que ser cuidadoso.

—Ayúdame a ponerme de pie —repetí—. Sólo me quedé sin aire. Ayúdame a ponerme de pie.

—No lo vamos a hacer —insistió Jimmy—. Tienes que quedarte quieto hasta que sepamos qué te has roto o lastimado. No empeores las cosas. Escúchame, no seas cabeza dura.

Le dediqué al consejo de Jimmy más o menos la misma cantidad de tiempo que tardó la cornisa en desaparecer y yo en caer despatarrado esos cientos de metros por el hielo. Y me puse de pie.

—Así está mejor. ¿Lo ven?

Mi parco y dramático soliloquio habría impactado mucho más a mis amigos si no me hubiera derrumbado de nuevo en la nieve en menos de un segundo, como una marioneta a la que le cortaron los hilos.

7

Resultó que el colapso fue sólo momentáneo. Aunque menos impresionante, mi siguiente movimiento fue más razonable; logré sentarme. Mis amigos se reunieron en semicírculo delante de mí, como si estuvieran esperando que les dibujara en la nieve los siguientes derroteros y les indicara quién tomaría la delantera.

Cuando no dije nada de inmediato, todos empezaron a hablarme a la vez. Los detuve diciendo:

—Quiero que todos me prometan una cosa.

—¿Qué? —dijeron un par de ellos. Alguien agregó—: Lo que tú digas.

—Dos promesas, en realidad. Grant, guarda tu teléfono satelital. No quiero que nadie llame a Thea. No después de lo que le pasó a Marilyn hoy. Yo mismo lo haré más tarde.

—Seguro.

En forma extraña, se llevó el teléfono a la espalda, pensando tal vez que, si me lo ocultaba, me olvidaría de que lo tenía.

—La segunda promesa —continué—: si no hubiese podido levantarme por mí mismo –si llegara al extremo de no poder levantarme cuando quisiera–, si termino en una cama de hospital, como Antonio en este momento, por enfermedad o heridas... si eso me llegara a pasar, quiero que me prometan, como amigos, mis mejores amigos, que uno de ustedes encontrará la manera de matarme. O al menos de ayudarme a morir.

Silencio.

—Oye —intervino Jimmy por fin. Con el tono de su voz me rogaba que no fuera tan morboso—. Vas a estar bien.

—Drogas —seguí—. Prefiero drogas antes que armas. Todos saben que no me gustan las armas. Asesórense de cómo hacer las cosas bien y mátenme. ¿Entendieron?

—Basta —protestó Jimmy.

—Lo digo en serio. No sirvo para vivir en la situación que,

me temo, está padeciendo Antonio. Muerte cerebral, muerte corporal. Esto —abrí los brazos para abrazar toda la Columbia Británica y Alberta, todo lo que representaba eso para mí en términos de libertad personal—, esto es lo que la vida significa para mí. Cuando ya no lo pueda hacer, cuando no me sea posible pasar días así con ustedes, habrá llegado la hora de que me vaya de este mundo. ¿Está claro?

—Me siento igual que tú —confesó uno de mis amigos.

—Sí, por supuesto —agregó otro—. Estoy de acuerdo. Yo también quiero que me maten.

Entonces me di cuenta de que mi deseo sincero se había convertido en una trivialidad y casi, casi lamenté haberlo expresado.

Casi.

8

Mis heridas no eran nada comparadas con lo que hubiese ocurrido si me estrellaba de frente contra uno de esos árboles.

De haber sucedido, mi cuerpo sería un desastre total, con órganos internos semejantes a un puré de frutillas y un cerebro que sólo serviría para entretener a investigadores de accidentes. El golpe que recibí de la rama me lastimó pero no me mató. Hice un inventario cuidadoso mientras esquiaba por mis propios medios, rumbo al helicóptero que aguardaba. Estaba seguro de haberme roto la muñeca izquierda –si no la sostenía, colgaba en un ángulo que Dios nunca hubiese permitido– y pensé que me había fracturado o golpeado un par de costillas. En uno de mis muchos revolcones por el cañadón nevado, me disloqué o me rompí algo sólido en el hombro izquierdo. Tal vez fuera la clavícula, pero quizás algo más grande. ¿Heridas internas? No me parecía. Hasta entonces mi vida aventurera me había ahorrado, mágicamente, las heridas internas serias, así que no sabía cómo reconocerlas. ¿Conmoción? Tuve un par en mi vida y no me parecía que tuviera una en ese momento.

Mis amigos discutieron inútilmente conmigo durante unos cuantos minutos sobre cómo debía bajar desde donde había terminado mi caída a los tumbos hasta el helicóptero. En forma unánime, opinaron que lo prudente sería una evacuación de emergencia con profesionales que me sacaran de esa remota ladera montañosa de las Purcells. Uno de ellos incluso amenazó con no devolverme los esquís, que alguien rescató por milagro al bajar por el cañadón.

Pero yo no quería ningún rescate organizado. Lo dije una vez y no lo repetí. Jimmy Lee fue el que convenció a los demás de que estaban perdiendo el tiempo. Pensaba en mí y, al mismo tiempo, en Antonio.

De modo que insistí, con toda la terquedad de la que soy capaz, en bajar esquiando, y recordé el viejo consejo de un amigo llamado Hawk, quien me convenció de la gloria seductora de salir de los caminos trillados y esquiar a través de las delicias que ocultan los bosques.

"La primera regla —me aconsejó hace muchos años— es siempre mantener los esquís del mismo lado del árbol".

Hawk era un hombre sabio. Así que eso fue lo que hice camino al helicóptero: mantuve ambos esquís del mismo lado de cada árbol. Y funcionó de maravilla.

Una doctora en la clínica de emergencia de Banff me examinó las heridas. Me vendó las costillas rotas, obligó a un ortopedista que acababa de terminar una operación a que me enyesara la muñeca y me pusiera un cabestrillo al hombro que, por suerte, solo me había dislocado. La médica quería que me quedara hasta el día siguiente en observación, pero le prometí que iría a un hospital esa misma noche cuando llegara a Colorado. La doctora sabía que estaba mintiendo, pero mentí con gracia. ¿Y qué podía hacer ella de todos modos?

Desaparecía la luz del día detrás de las Rocosas hacia la Columbia Británica cuando por fin logramos abordar el avión. Mary entrecerró los ojos al verme y de inmediato obligó a mis amigos y a su última candidata a copiloto a que bajaran del avión después de ayudarme a subir las escaleras.

Pasó cinco minutos a solas conmigo después de instalarme en el sofá en el medio de la cabina. Tenía que convencerse de que estaba en condiciones de viajar antes de permitir que los demás subieran a bordo. Cuando todos volvieron a la cabina, me puso a cargo de Jimmy, con la seria advertencia de que quería que se le informara de cualquier cambio en mi estado. Jimmy asintió.

—Quiero algo más que un gesto, Jimmy —Mary hablaba como un policía.

—Estoy tan preocupado como tú, Mary. No te preocupes.

Solo entonces Mary se dirigió a la cabina a terminar los controles previos al vuelo junto con Stephanie.

Por consenso, se me dio la exclusiva posesión del sofá en el medio del avión, y de inmediato mis amigos me trajeron un cóctel –por la tarde yo bebía coñac con soda– y una botella de agua. Con el agua tomé un par de analgésicos que la doctora me recetó.

Jimmy Lee se sentó frente a mí cuando el avión se niveló.

—Eres un idiota, sabes —dijo en voz baja.

Esperaba que tuviera algo que decir sobre lo sucedido en la montaña. Jimmy era el único del grupo en cuya psique pesaba más el superyó que el yo o el ello, de modo que, si había que juzgar mis actos, él era el indicado. Anticipando su crítica, estaba dispuesto a rendirme y admitir que debí darme cuenta de que me encontraba en una cornisa y no en un bloque de granito.

Pero hasta ahí llegaría mi *mea culpa*. No estaba de ánimo para nada más. Había sobrevivido a una caída legendaria. La palabra clave era "sobrevivido". Las palabras "lo siento" no saldrían de mis labios.

—Todos somos idiotas, Jimmy. Vamos, estábamos esquiando en los Bugaboos. Esas mierdas pasan. Tuve suerte. Pudo ser peor. Podrías felicitarme por haber esquivado esos dos árboles. No estuvo nada mal. ¿Verdad? ¿Te imaginas lo que hubiese pasado si chocaba contra esos árboles? Me hubieran traído de regreso a casa en un vaso.

—No estoy hablando de eso. Yo también creí que la cornisa era de piedra. Los dos podríamos habernos caído. Me refiero a lo que hiciste después de la caída. Primero, debiste quedarte quieto y dejar que un equipo de rescate te sacara de allí y, segundo, esta noche debiste quedarte en el hospital en Banff. Pudiste haberte cortado la aorta en la caída. No debiste viajar hasta que te dieran el alta.

—La doctora dijo que podía viajar. —Era mentira, pero Jimmy no lo sabía—. Además, Marilyn y Antonio nos necesitan esta noche.

—La médica no te dio el alta; nos dijo con toda claridad que quería ponerte en observación durante la noche, pero que tú no quisiste. Se lo pregunté de frente, y no me podía asegurar que no empezarías a sangrar durante el vuelo.

Iba a encogerme de hombros, pero me dolió más de lo que pensaba.

—Si pasa, pasa. Me fui por voluntad propia. Bien sabes que la mayoría de las mujeres quieren ponerme en observación durante la noche. Es una de las cargas pesadas que he tenido que soportar toda mi vida.

Jimmy no estaba de humor para bromas.

—Ese discursito que hiciste en la montaña fue horrible. ¿Qué le pasó al amigo que no le teme a nada? Nunca te vi así. ¿Desde cuándo eres tan fatalista?

Sonó el teléfono de la cabina y la distracción me permitió pensar en una respuesta a su pregunta. Tomé el teléfono. Era Marilyn, con la noticia de que Antonio ya había llegado por helicóptero a Miami y estaba en la cámara de descompresión.

—¿Hay algún cambio? —le pregunté.

—Los médicos no son optimistas. —Respiró hondo y comenzó a llorar, y siguió llorando mientras hablaba—: Les pedí que me dieran esperanzas. No me dan ninguna. Nada. Estuvo sin oxígeno mucho tiempo. Creen que puede sobrevivir. Pero eso no me hace sentir muy bien.

No supe qué decir. Marilyn habló y traté de consolarla por uno o dos minutos más. Le aseguré que podía contar con nosotros, pasara lo que pasara.

Oí que alguien la llamaba.

—Tengo que cortar —anunció. Se cortó la comunicación.

Lo miré a Jimmy.

—Quizá me volví fatalista esta tarde —dije—. Después de lo que le pasó a Antonio en Belice. No estoy seguro de querer que me salve la medicina moderna. Morir en una montaña no me parece nada mal comparado con lo que van a tener que enfrentar Antonio y Marilyn después de hoy. Antonio daría cualquier cosa por la oportunidad que tuve cuando se hundió la cornisa. Sabes tan bien como yo que hubiera preferido con gusto la cueva de Belice como su lugar de descanso eterno.

Jimmy me miró fijo un par de segundos, y entonces movió la cabeza, supongo que a modo de reproche por la insensibilidad de mis palabras. Luego se puso de pie y fue hasta el bar a prepararse un trago. Se pasó un buen tiempo revolviendo el hielo del vodka antes de volver a mi lado. Jimmy solía exprimir bastante limón en su vodka. Esta vez no lo hizo. Se lo bebió frío y sin nada.

—No estuve bien —reconocí—. Lo siento. De veras.

Jimmy era el único que había sufrido algo parecido. Había enterrado a su amada esposa, Eloise, hacía un año y medio, pocos meses después de que un simple dolor de cabeza se convirtiera en un dolor de cabeza crónico que derivó en doble visión y, al final, en un tumor horroroso, un cáncer en el cerebro imposible de operar.

El día de mi casamiento, el día en que conocí a Jimmy, Eloise no estaba con él. No fue la dama de honor de Thea. Más bien, Eloise pescó a un Jimmy despechado cuando la mujer que fue la dama de honor de Thea lo dejó por un centrocampista.

Eloise era de Long Island y no sabía nada de fútbol. Su deporte era el béisbol. Era fanática de los Yankees de toda la vida. Cuando su cáncer venció a la quimioterapia y la radiación, y comenzó a mandar células en misiones secretas contra sus órganos, decía que su muerte sería el resultado de las bombas que lanzaron las células cancerígenas infiltradas, a las que bautizó no sin ironía con el nombre de los eternos rivales de los Yankees, los New York Mets. "Mets", como apócope de metástasis.

Eloise era graciosa. Fue graciosa hasta un par de días antes de morir.

Pero esos últimos días de la vida de Eloise no fueron graciosos para nada. Los dominós en caída que conducían a su muerte se movían en sucesión tan rápida que Jimmy perdió el rumbo y la cabeza. Terminó con el corazón hecho pedazos, y cada mañana se despertaba en estado de shock pensando que tendría que criar solo a los dos hijos que tuvo con Eloise.

Lo observé mientras se daba ánimo, con al menos la mitad del vaso de vodka, para seguir hablando.

—Escucha —dijo por fin—. Es probable que no deba decirte esto, sobre todo en este momento, pero conozco a un sujeto.

—¿Sí? —Aunque hubiera podido parecerlo, mi "sí" no era sólo un comentario para facilitar la conversación trivial. Mi radar había detectado algo muy importante en ese simple anuncio—. ¿Qué clase de sujeto?

Bajó la voz y se inclinó hacia mí después de mirar hacia el fondo para asegurarse de que nuestros tres amigos seguían distraídos jugando a las cartas. Desde hacía por lo menos seis meses, Grant insistía en que nos interesáramos por el juego medieval del Tarot. Donde fuera, llevaba un mazo. Jimmy siguió hablando cuando se convenció de que el seminario de Grant sobre las copas y las espadas continuaba sin interrupciones.

—No lo conozco, en realidad. No es que sea mi amigo... digamos que es un contacto. ¿Entiendes? Alguien a quien... puedo llamar si... bueno, tú sabes.

—Ajá —respondí. Jimmy era un hombre inteligente; la repentina falta de palabras era señal de que estaba pasando algo importante. Traté de no parecer demasiado interesado y repetí—: ¿Qué clase de sujeto?

—Esto es extraño —comentó.

—Sí, lo sé.

Terminó su vodka y masticó un pedazo de hielo, mientras lanzaba miradas al bar.

—Me refiero a lo que dijiste en la montaña. Todos los demás pensaron que bromeabas; estoy seguro de que te diste cuenta. Ninguno te tomó en serio. Pero yo sí. No creo que bromearas. Te conozco demasiado bien.

—Sí —coincidí en que me conocía bien. ¿Demasiado bien? Quizá.

—Oí hablar de él, sabes, y su... su empresa, cuando Eloise estaba enferma. Alguien que conozco en el Este conoce a alguien que lo conoce y sabe qué hace. Algo así. Por interpósitas personas, como tres. O quizá más. Hablé con alguien que habló con alguien que habló con alguien. En todo caso, estuve pensando en mencionártelo —hizo una pausa larga para ver cómo reaccionaba—. Por la situación de Connie. Nada personal relacionado contigo. De todos modos, fue antes de lo que sucedió hoy.

—La situación de Connie es personal.

Connie es como llaman a mi hermano mayor, Conrad. Vivía en New Haven, donde pasó más de veinte años disfrutando de la vida que siempre soñó; enseñaba ética en el departamento de filosofía de Yale. Casi tres años antes, descubrió que sufría del inexorable deterioro provocado por esclerosis lateral amiotrófica, una enfermedad poco conocida y debilitante. Las dificultades de Connie a medida que la enfermedad le quitaba el control de los músculos –y su libertad– me llenaban de temor, incluso a una distancia de más de tres mil kilómetros. Yo no solía hablar de su enfermedad con nadie. Pero Jimmy era una de esas pocas personas con las que no necesitaba entrar en mucho detalle; parecía entender en forma intuitiva cómo me afectaba la situación de mi hermano.

—Dijiste "empresa". ¿De qué tipo de persona estás hablando, Jimmy?

—Alguien que hace lo que dijiste en la montaña —esperó hasta que entendiera lo que me estaba diciendo, y cuando vio mi expresión un tanto escandalizada, susurró—: Exacto. Te mata. Organiza tu muerte. Si tienes una enfermedad grave, como Connie. O si hay un accidente y te pasa algo como a Antonio.

—¿Matarme?

—Es una empresa. Considérala como una compañía de seguros —rio nervioso—. Algo sé del negocio de los seguros, ¿verdad?

—¿Lo hacen por dinero?

Por algún motivo esa idea me afectó en distintos niveles de profundidad. Entré en un estado de agitación y empecé a jadear; olvidé por unos instantes el imperativo biológico de inhalar. En parte, me sentía escandalizado por lo que Jimmy decía y en parte –cierto que no la parte más atractiva de mí– aplaudía el espíritu empresario de aquel negocio.

De pronto, Grant se acercó y ocupó el espacio entre Jimmy y yo. Era un afroamericano alto, de piel clara; tenía que andar muy agachado para moverse en el avión.

—Podemos venir aquí si quieren jugar —dijo Grant, y dirigiéndose más a mí que a Jimmy agregó—: Creo que esos dos torpes por fin empiezan a entender cómo es el juego. Tengo que repetirles una y otra vez que se concentren en los corazones.

Recordé respirar hondo antes de intentar hablar, y respondí:

—Está bien, Grant. Creo que voy a tratar de descansar un poco. Estoy bastante dolorido. No creo que pueda jugar. Estaría en desventaja por lo drogado que me siento.

Jimmy se puso de pie.

—Yo sí juego, Grant. Denme cartas en la próxima mano. Estaré con ustedes enseguida. —En cuanto Grant volvió a la mesa en la parte trasera del avión, Jimmy se inclinó, y se acercó tanto que pude oler su aliento a vodka. Bajó la voz—: Creo que puedo presentarte al sujeto. O al que lo conoce. Si eso es lo que quieres, por supuesto. Si hablabas en serio.

Traté de parecer calmo, más de lo que me sentía. El sedante me ayudó.

—¿No estás bromeando? ¿Realmente hay gente que hace eso? ¿Tienen una empresa?

—Vamos. No bromearía sobre una cosa así.

—¿Pero es una empresa?

Bajó la voz aun más.

—Sí. Una empresa discreta. Algo muy secreto. No cotiza en bolsa. No tienen un sitio en internet.

—Supongo que tendría que ser una empresa discreta —comenté. Recién comenzaba a comprender lo que significaba la existencia de una empresa así—. Parece ilegal.

—Por supuesto que es ilegal. Estamos hablando de contratar a alguien para que te mate. Desde el punto de vista legal, es lo mismo que contratar a alguien para matar a otra persona —me tocó el brazo sano—. No puedes decirle a nadie que te he mencionado esto. Lo negaría. En realidad, se supone que tengo que pedir autorización antes de comentar el asunto con alguien que no lo sabe.

—Dime de nuevo cómo te enteraste de alguien como la gente de la que me hablas. ¿Dónde...?

—Eloise. Hacia el fin, cuando supimos que ya era terminal. Me lo comentó alguien que se dedica a los seguros, con quien tengo negocios en Nueva York –una buena persona–; se enteró de lo que pasaba, me llamó y ofreció contactarme con unas personas. Sus padres tienen Alzheimer. Y su hermana mayor ya tiene los primeros síntomas, aunque acaba de cumplir cincuenta años. ¡Cincuenta años! ¡Lo puedes creer! Aunque no lo dijo, creo que ya es cliente de esa gente. Tiene terror por su predisposición genética y no quiere terminar como el resto de su familia.

Jimmy me observó, a la espera de alguna señal de que había comprendido bien lo me acababa de decir. Entonces agregó:

—Todo esto se sabe solo de palabra. Alguien te tiene que presentar. Tienes que conocer a alguien que conoce a alguien para contactarlos. Nada de tarjetas de presentación, ni de oficinas, ni placa de bronce. No hay correo electrónico.

—Por referencias —intervine, tratando de encontrar una manera mundana de conceptualizar algo tan poco mundano.

—Sí —respondió, aliviado de que empezara a entender—. Solo por referencias. Si te interesa, te investigan antes de contactarse contigo.

—¿Tú has...? —Pese a mi total falta de claridad, Jimmy sabía lo que le estaba preguntando.

—Se supone que sobre eso no se habla. Hay que comprometerse a no comentar el asunto. Decidas contratar sus servicios o no, tienes que mantener todo en secreto. Discreción. Entiendes, ¿verdad? Esta gente no puede operar a la luz del día —casi exasperado continuó—: ¿Yo? Yo soy un padre viudo con hijos pequeños. Mis opciones de futuro son limitadas. No me queda más remedio que agarrar la pelota que me lanzan y echarme a correr con ella.

—Ah —asentí, como si entendiera lo que quería decir con esa metáfora. Pero no entendí ni medio—. Jimmy, desayuna conmigo mañana cuando tenga la cabeza más despejada. Quisiera saber algo más de ese sujeto.

—Bueno, está bien.

Se alejó un paso. Le pregunté:

—Eloise... no lo hizo, ¿verdad?

—No —respondió de inmediato—. No lo hubiera aceptado. Por Dios —exclamó, y movió la cabeza como si hubiese vuelto a

considerar esa posibilidad en ese instante y hubiese reafirma-
do de nuevo su convicción—. No, jamás.

—¿Pero crees que yo lo haría?

—Si te ofende que te lo haya comentado, por favor olvida lo que te dije y me disculpo. Oí lo que dijiste en la montaña. Tu reacción frente al accidente de Antonio. La caída que
tuviste. Parecías sincero. Trato de comportarme como un amigo,
eso es todo.

Jimmy se volvió hacia el bar y el vodka.

—Espera —dije. Se detuvo y me miró—: ¿Es demasiado
tarde para Antonio? —agregué.

Los ojos se le llenaron de tristeza.

—Para Antonio, el mes pasado, o el anterior, habría sido
mucho mejor. Sí, mucho mejor.

9

Jimmy Lee y yo desayunamos juntos a la mañana siguiente en
Ridgway. Nos levantamos sin hacer ruido para no despertar a
los demás y él condujo el auto colina abajo hasta el centro de
la ciudad.

Ridgway, Colorado, todavía conserva el encanto del viejo
Oeste, al punto que ha servido de escenario para más de una
película de vaqueros. El ambiente de pueblo chico lo convierte
en un excelente lugar para vivir. Las únicas personas en la cafetería a las siete de la mañana éramos Jimmy y yo, algunos ingenieros de construcción y un grupo de rancheros que hacían un
alto en un típico día de trabajo que sin duda había empezado
mucho antes. Una camarera hosca, por lo general tan agradable
como la salida del sol, observaba el panorama desde el mostrador, y el hombre habitualmente tranquilo de la cocina parecía
considerar cada pedido que ella le traía como un insulto personal. Thea me había puesto al día con el rumor local de que la
camarera tenía relaciones con el hermano del cocinero. Dada
la tensión, sospeché que las cosas andaban mal en términos
afectivos para la pareja.

Pese al hecho de que me sentía muy dolorido, empecé a

considerar la propuesta de Jimmy Lee del día anterior con frialdad. Antes de que el avión aterrizara esa noche, llegué a la conclusión de que su propuesta formaba parte de la categoría general de manejo de riesgo y que valía la pena tomarla en cuenta.

Cuando era más joven y mucho más pobre, contraté un seguro para riesgos de discapacidad y luego un seguro de vida. En una etapa de mi vida estaba asegurado por millones de dólares. Mi empresa tenía una póliza que aseguraba mi vida por una suma aun mucho mayor. Para ellos, yo era un "hombre clave". Recuerdo que la sola mención de la palabra me llenaba de orgullo en aquel entonces.

Hombre clave.

Aun ahora, que tengo suficientes recursos financieros personales para protegerme a mí y a mi familia contra las consecuencias monetarias de daños físicos severos, enfermedades crónicas o muerte, cada tanto recurro a mis abogados y mis administradores financieros con el fin de asegurarme de que la serie de testamentos, fondos e inversiones libres de impuestos –creados para proteger la solvencia financiera de mis herederos– estén perfectamente en orden y al día.

Los adultos responsables se ocupan de los asuntos desagradables. Casi todo el tiempo me comportaba como un adulto responsable. Cuando no lo hacía, bueno, el mejor ejemplo es el del accidente. Pero también me enorgullecía del hecho de que, como cosa de rutina, cumplía con todos los requisitos, por desagradables que fueran, para poder pertenecer a la Estimable Sociedad de los Adultos.

¿Y cuál era la vara de medida? Ya estaba en edad de permitir que un extraño me metiera el dedo en el culo para palparme la próstata una vez al año. Todo lo que hacía para comportarme como un adulto se podía medir a esa simple escala. ¿Lo que querían hacerme no era peor que un examen de próstata? Entonces, no tenía importancia. Y, si era peor, sentía que mi cooperación era una clara prueba de madurez.

Pero ¿cómo debía tomar la sugerencia de Jimmy Lee?

Quedaba claro que el seguro, esa clase en particular que Jimmy me proponía, iba a costarme unos cuantos dólares, pero yo ya contaba con mucho dinero, más del que iba a necesitar a lo largo de mi vida. Por otra parte, ya había gastado sumas considerables en abogados, contadores, expertos en impuestos y entidades de caridad, para disponer de nuestra fortuna después de mi muerte y la de Thea, de modo que sabía que el dinero no iba a ser el factor decisivo.

También quedaba claro que la propuesta de Jimmy Lee me obligaba a pensar, al menos en ese momento, acerca de algunas cosas —esa mañana tenía muy presente a Antonio en coma, con el cerebro dañado, y a mi hermano Connie, en permanente deterioro— en las que hubiese preferido no pensar en un mundo perfecto.

Pero, como dije, el dinero no era un problema, y de todos modos ya estaba pensando en Antonio, Marilyn y Connie. Al final, decidí investigar el asunto, pues lo que Jimmy Lee me proponía no me parecía peor que un examen de próstata. No olviden que nunca dije que soy un genio. Solo dije que soy rico.

¿Una de las pocas fallas de Jimmy? Toma Coca-Cola en el desayuno. Jimmy sabía que era un vicio que alguien de su posición social no podía permitirse ante determinadas personas y en la mayoría de los lugares que solía frecuentar, así que sólo se daba el gusto cuando estaba seguro de que pasaría inadvertido. Un desayuno en día de semana al amanecer, en una cafetería de Ridgway parecía bastante seguro. Pero ese no era un lugar de comida grasienta y, ante su pedido, la camarera levantó la ceja en señal de desaprobación, lo que era inusual en ella. En cuanto le trajo la bebida, Jimmy la pasó a un jarro de café y le devolvió la botella vacía.

Bebió un sorbo de su extraña infusión matinal como si estuviese demasiado caliente, y dijo:

—Nadie se va a enterar si decides contratar el servicio. Eso te lo garantizan. Se dan cuenta de que es muy importante que tu familia —en especial, tu familia— nunca sepa que organizaste tu propia muerte. En ese sentido, es mucho mejor que el suicidio.

Jimmy acababa de responder a una pregunta delicada que ya me venía planteando. Una pregunta decisiva. ¿Podría evitar que Thea llegara a saberlo alguna vez?

—No entiendo. ¿Por qué es mejor que el suicidio? —pregunté.

—Con el suicidio, por supuesto todos saben quién es la víctima —suspiró—. El problema es que todos saben también quién fue el responsable. Esas cosas dan que hablar a la gente. Forma parte de la naturaleza humana. El otro problema... es que, si estás demasiado enfermo o muy malherido, no vas a poder suicidarte. Como Antonio.

—Podría comprarme una casa en Oregon. La costa es agradable. Allí es legal el suicidio asistido. Me busco un médico compasivo que me inyecte un cóctel mortífero.

—Lo lamento. En Oregon es legal solo si se certifica que tu enfermedad es terminal. Antonio, Dios lo bendiga, no parece estar en esa condición. Ni siquiera estoy seguro de que la situación de Connie le permitiría suicidarse en Oregon. Tendría que revisar la ley. De todos modos, solo es posible si estás dispuesto a que tu familia sepa que tomaste la decisión de darte por vencido en vez de luchar. ¿Quieres que Thea sepa eso de ti?

—No —respondí de inmediato, pero irónicamente las palabras que se me cruzaron por la mente fueron: "Me mataría"—. No, por Dios.

—Si Eloise hubiese sospechado alguna vez que yo planeaba irme de este mundo, que la abandonaba a ella y a los niños por propia voluntad... No quiero ni pensarlo. Si aún estuviera viva... Aun ahora, apuesto a que bajaría del cielo y...

—Y ni hablar de lo que eso significaría para tus hijos —señalé.

—Es cierto.

—De modo que, con esta gente, mi muerte parecería un accidente.

—Exacto. Su parte del trato consiste en armar todo para que parezca una muerte accidental. Cómo lo hacen, depende de ellos. Tu familia no sospecharía nada. Y tú nunca sabrías cuándo te llegará el final o cómo. Lo planean ellos, y se hacen cargo. Prometen muerte repentina e indolora.

—Qué amables.

Hizo un gesto como de exasperación. Me daba cuenta de que yo a veces causaba esa reacción en la gente.

—No tienes que hacerlo —dijo Jimmy—. Es voluntario. Olvida todo el asunto. Por Dios.

—Oye, Jimmy, sí estoy interesado. Pero no es fácil aceptarlo.

—Sí, lo sé. Pero me haces sentir que no hice bien en hablarte del tema.

—¿Nadie nunca se enterará de que contraté el servicio? Es decir, si lo hago. ¿Ese es el acuerdo?

—No, nadie se enterará a menos que se lo cuentes a alguien. Eso no lo pueden controlar.

—Tú lo sabrás, Jimmy.

—No volveremos a tocar el tema. Ni siquiera me interesa saber si decides hacerlo o no. Me hace sentir muy incómodo hablar de esto.

—Pero los agentes de seguros siempre reciben una comisión por los clientes que consiguen, ¿verdad? —bromeé—. ¿No te darán algo por lo bajo?

—No es gracioso. No es nada gracioso.

—Bueno —dije, tomando el menú con la mano sana—. ¿Qué vas a comer con tu Coca? ¿Huevos fritos con patatas fritas? ¿Un banana split?

10

—Está equivocado —le dije al doctor Gregory—. Sí tiene importancia lo que le cuente primero. Quizá no para usted, pero sí para mí.

—De acuerdo.

Me di cuenta de que no estaba convencido, pero aparentemente no le gustaba demasiado discutir. Decidí ser generoso y mostrar algunas cartas.

—No tengo tiempo para equivocarme —expliqué.

Lo dije en tono brusco, como si fuera un hombre ocupado, importante, alguien que no puede perder el tiempo con *faux pas* comunes y corrientes. Él no tenía cómo saber que el peor error hubiese sido contarle demasiado y demasiado pronto, antes de estar seguro de poder confiar en él. Pero mi aparente indiferencia parecía arrogancia, y no le cayó bien.

—No entiendo qué quiere decir eso. Que no tiene tiempo para cometer errores.

—¿Cómo podría entenderlo? —Se me escapó una risa que Thea afectuosamente llamaba mi "risita diabólica", antes de agregar—: Si yo conozco todos los hechos –al menos, conozco la mayoría– y no entiendo lo que esto significa, menos lo va a poder entender usted. Quizá por eso mismo estoy aquí.

—¿Quizá?

—Tengo que tomar una decisión nada fácil. Necesito ayuda.

—¿Con qué?

—Usted tiene cierta propensión a pedir aclaraciones, ¿verdad? —pregunté medio en broma esta vez.

—¿Desde el punto de vista terapéutico? Reconozco que se puede dar más importancia a la claridad de la que tiene. Pero tratándose de usted, de alguien que sufre de algún problema físico —dejó que asimilara esa afirmación— y alguien que ha tenido que hacer algunos cambios importantes para estar aquí conmigo, por el momento prefiero pecar de cauteloso. También soy consciente de que aún no ha decidido cuánto me va a contar. O cuánto va a confiar en mí. Creo que es importante reconocer eso.

—Bueno —dije en tono amable.

—No me malinterprete. Todo eso está bien. Sus dudas respecto de mí y de este tratamiento. Es comprensible, por supuesto, a pesar de esas otras circunstancias que desconozco, lo admito.

—Gracias por darme permiso. —El tono sarcástico no era consciente. Me pasa a menudo. Es un defecto de carácter que me acompañará hasta la tumba.

—Usted no es de esta ciudad —observó.

¿Por qué dijo eso? No estaba seguro. Supuse que estaba tratando de sonsacarme algo, así que yo también decidí intentarlo.

—¿Es una pregunta?

—Por supuesto. Se lo diré como pregunta: ¿es usted de otra ciudad?

—Sí.

—¿Viene de lejos?

—Bastante lejos.

Trató de ocultar su sonrisa irónica, pero no pudo.

—Prefirió venir a verme a mí en vez de acudir a un terapeuta de su ciudad. ¿Por qué?

—Porque no es de mi ciudad. Los de mi ciudad por definición son de mi ciudad.

—Bien —respondió, pero lo dijo como quien se da por vencido, no porque estuviera de acuerdo, y por cierto no para expresar satisfacción de haber llegado a un punto de entendimiento mutuo. Luego agregó—: Usted se cree muy astuto, ¿verdad?

Reconozco que me quedé estupefacto. No por su perspicacia –no era difícil darse cuenta de que me creía muy astuto–, sino por la franqueza de su declaración.

—¿Perdón?

—Apuesto que a veces vuelve loca a la gente —agregó.

Dicho por él, ninguna de sus afirmaciones parecía una acusación, sino el simple reconocimiento de un hecho. Tenía razón en ambos casos –sin duda–, pero yo no estaba dispuesto a admitirlo todavía.

—¿Qué quiere decir?

—Cuando alguien se le acerca, me imagino que hace lo mismo que está haciendo ahora conmigo. Desenvaina la espada y comienza un duelo de evasivas. Su esgrima es en serio y en broma al mismo tiempo, en parte rey Arturo y en parte Monty Python. Seguro que vuelve un poco loca a la gente, en especial, a la gente que le tiene afecto y que aprecia los momentos de intimidad con usted. Y que quizá necesita esos raros momentos de intimidad.

—*Touché* —asentí, siguiendo con la analogía de la esgrima, y le agregué a la palabra mi risita diabólica.

—Quizá podríamos ahorrar un poco de tiempo, un poco de ese precioso tiempo que usted dice que no tiene para las equivocaciones, si dejamos de lado las espadas.

—Resulta que me gustan los duelos —respondí.

—Sin duda. Yo también los disfruto. Pero sería bueno saber si es así como quiere que usemos el tiempo. Solo para divertirnos.

—Mi esposa lo estaría aplaudiendo en este instante —le concedí—. La gente por lo general no me censura por mis estupideces.

—Están resultando unas estupideces bastante caras. Hoy solo nos queda media hora —comentó y miró su reloj.

—No me di cuenta de que este deporte tenía horario.

Sabía, por supuesto, que la terapia se regía por el reloj, pero no iba a hacer concesiones sólo porque me lo pedía. Respiró hondo antes de responder.

—Sí, la psicoterapia se rige por el reloj. Cada sesión dura cuarenta y cinco minutos. Y se me ocurre que usted también está limitado por el tiempo. Pero no controlo en absoluto esa parte de la ecuación. Usted sabe más que yo sobre eso.

Sentí el pinchazo. Si nuestras espadas no tuvieran punta de goma, hubiera sangrado un poco.

—En realidad, no —respondí—. Quiero decir que yo tampoco controlo el límite del tiempo.

Se pasó veinte segundos, quizá treinta, tratando de entender lo que eso significaba. Por fin, dijo:

—Continúe.

—¿Usted se dio cuenta de que estoy muriendo?

Movió la cabeza con lentitud, y me miró fijo. No se había dado cuenta de que me estaba muriendo. Me puse contento. No sé por qué, pero así fue.

Pero no dijo "cuánto lo siento" ni "ah, qué terrible". Le di puntos extras por no ponerse meloso. Aunque mis motivos para estar en su consultorio tal vez parecieran edificantes únicamente para mí y para nadie más, sin duda me consolaba saber que no había venido de tan lejos sólo para recibir una buena dosis de compasión terapéutica.

Después de unos treinta segundos de silencio, empecé a darme cuenta de que comprendía lo que él supo desde que le confesé que me estaba muriendo: lo que se dijera a continuación iba a ser importante, y que él había decidido que las siguientes palabras significativas dichas en ese cuarto debían ser las mías.

—Bueno, así es —dije—. Los motores dejaron de funcionar y no sé cuánto tiempo más va a planear el avión.

—Mi impulso en este momento es tratar de ofrecerle algunas palabras de consuelo, pero creo que eso puede llevarlo en una dirección que usted no desea.

—No es que no tenga opciones —contesté, discutiéndole un punto que él no había planteado—. Puedo tratar de encontrar corrientes de aire ascendentes para mantenerme arriba mientras las corrientes me lo permitan. Puedo tomar la cabina de piloto por asalto y hacer que el avión caiga en picada. También puedo contratar a alguien para que lo baje de un disparo.

—¿Su vuelo?

—Sí, mi vuelo.

—¿Por eso está aquí? ¿Por la decisión que tiene que tomar? ¿Elegir la manera de terminar el vuelo que ya está condenado? —Parecía sorprendido.

—Eso es, más o menos.

—¿Más o menos?

—Ah, otra vez la aclaración.

—Sí, supongo que sí. Quizá quiera decirme por qué se está muriendo.

—En realidad, no.

No respondió.

—Lo que me está matando es bastante común. A menos que me mate primero algo nada común. Vea, hay algunas complicaciones.

—¿Por qué será que no me sorprende?

—Me creo muy astuto —suspiré.

—Sí —asintió—. Así es.

11

El centro del universo del Ángel de la Muerte resultó ser la ciudad de Nueva York. Allí fue donde conocí al contacto de Jimmy Lee. El encuentro se realizó entre mi caída en los Bugaboos y la reunión de directorio en Santa Bárbara, a fines de la primavera, comienzos del verano de 2004. Aún tenía la muñeca izquierda en un cabestrillo, pero en términos generales estaba curado, y muy bien, gracias.

Aunque estaba más o menos preparado para ese primer encuentro, la realidad fue desconcertante. En una rápida llamada telefónica dos días antes, la voz hosca de un hombre me indicó que debía caminar con lentitud por el lado oeste de Park Avenue, entre las calles 53 y 54, a la hora del almuerzo, y que se me acercaría alguien que aparentaría ser un viejo amigo. Se me instruyó que debía ser amable. Seguramente, Jimmy le había advertido a alguien que yo no solía ser siempre muy amable.

El "viejo amigo" que me saludó en Park Avenue resultó ser una mujer hermosa y sofisticada, unos diez años menor que yo. Me llamó por mi nombre y se me acercó en unos tacos increíblemente altos. Me dio un abrazo muy efusivo, del tipo que se reserva por lo general para los aeropuertos o para los nietos díscolos que se reencuentran después de mucho tiempo con abuelas y abuelos.

Pero la mujer me estrechó el pecho del modo que las abuelas no suelen hacerlo y me acarició la espalda y los costados con ternura, antes de que sus largos dedos se posaran en mis mejillas. Primero abajo y luego arriba. Y por fin, me dio un beso no del todo casto en los labios. Al separarse de mí olía a especias y flores, y a algo que me hizo pensar en sábanas crujientes secadas al sol.

Me di cuenta de que acababan de registrarme por segunda vez en mi vida y que en realidad no me molestó. La primera vez lo hizo un policía curtido por el sol de Oklahoma en la banquina desierta de la ruta interestatal 35, en una tarde de julio muy calurosa cuando tenía diecinueve años. No recuerdo que aquella fuera una experiencia tan agradable como esta.

Un automóvil modelo Town Car negro, como miles de otros que circulan por Nueva York, se acercó al cordón de la vereda junto a nosotros. La mujer que acababa de convertirse en mi mejor vieja amiga abrió la puerta trasera, sonrió y dijo:

—Adentro.

Obedecí. Me siguió.

—¿Adónde...?

—Shhh —susurró, mientras se miraba en el espejo de la polvera para revisar su lápiz labial y, me pareció, para mirar hacia atrás por si algún otro vehículo se encontraba detrás de nosotros. Cuando estuvo segura de que nadie nos seguía y de que sus perfectos labios estaban perfectamente bien pintados, deslizó sus perfectas caderas a mi lado en el asiento trasero y soltó el cinturón de seguridad que me había abrochado por reflejo. Con voz sensual y educada, murmuró:

—¿Quieres mi consejo? Cierra los ojos y disfrútalo.

Si creí que me registró en la vereda de Park Avenue, lo que me hizo en el asiento de atrás del Town Car rumbo hacia el centro de la ciudad, fue más parecido a un masaje de cuerpo entero. ¿Hubo alguna parte de mi anatomía que no recorrió o palpó con sus dedos?

Déjenme pensar.

No, ninguna. Ni una. Pero sólo seguí en parte su consejo. Sin duda, lo disfruté, pero no cerré los ojos. Era demasiado hermosa. Cuando terminó, le dije:

—Muchas gracias. ¿Ahora me toca a mí?

Se rio de tal modo que entendí con toda claridad que la respuesta era no y, al mismo tiempo, que si llegaba a conocerla me caería muy bien, sin ninguna duda. La risa también me dijo que nunca llegaría a conocerla.

No sé por qué, pero supe de inmediato que no era mi Ángel de la Muerte. Cumplía una función en todo esto, pero no sería la encargada de apretar el gatillo, en sentido figurado. Digamos que fue pura intuición.

A través de los años he hecho muchos negocios en Nueva York, y conocía el paisaje y las atracciones locales bastante bien, pero no era de ningún modo un residente ni siquiera ocasional de la ciudad. Sin un plano de los distritos, no podía echar una rápida mirada por la ventanilla y saber dónde estaba, si ya había cruzado el límite entre Tribeca y SoHo, o entre Chelsea y Nolita, o incluso entre el distrito de los frigoríficos y el Village. El Town Car por fin se detuvo en una manzana común y corriente en uno de esos vecindarios, aunque no sabía en cuál. Supongo que eso era justamente lo que querían.

—Llegaste —anunció ella y bajó con gracia del automóvil. La seguí, aunque no con tanta gracia.

No dijo "llegamos".

—¿Adónde llegué?

Su rostro reflejó la decepción. Me estaba diciendo medio en broma, medio en serio que esperaba más de mí.

—¿No vienes conmigo? —le pregunté—. Yo invito. El placer es mío.

Frunció la nariz y los ojos de un modo que sabía que era muy atractivo, me tomó de la mano y me llevó a un restaurante lleno de gente que tenía un bar de sushi a un costado. Me di cuenta de que había logrado distraerme con su coqueteo, lo que era sin duda su intención. Debo reconocer que en esos momentos estaba prestando más atención a las curvas sutiles de su cuerpo que a identificar el lugar. Ni siquiera sabía en qué restaurante me encontraba.

Pasamos delante de la recepción hasta una mesa junto a la pared, alejada de las ventanas. Mesa para dos con una sola silla vacía. La silla vacía daba la espalda a la puerta de entrada.

—Que disfrutes de tu comida —dijo, y me dejó de recuerdo un último abrazo. No percibí que ese último abrazo le significara alguna ventaja táctica, y me di el lujo de creer que era, por lo menos, un coqueteo sincero de su parte. Al separarse, me besó ligeramente en cada mejilla, concentrada al parecer en cumplir hasta el final con su tarea, pero entonces bajó el telón y se encendieron las luces de la sala.

Al hombre que se puso de pie cuando nos acercamos a la mesa, el que sostenía la servilleta en la mano izquierda, le susurró con respeto:

—Limpio como la conciencia de un bebé.

El hombre se dirigió a mí:

—Por favor, tome asiento. Gracias por venir.

Antes de sentarme vi que mi compañera hacía girar al menos una docena de cabezas –tanto masculinas como femeninas, era ese tipo de mujer– al salir del restaurante. Distrajo la atención de cualquiera que hubiese notado de casualidad la presentación poco efusiva que acababa de darse entre mi Ángel de la Muerte y yo.

¿Era ese el sujeto con el dedo en el gatillo? Mi intuición me decía que sí.

12

Me presenté. Pero él no lo hizo. Tampoco pidió disculpas. No nos dimos la mano.

—Espero que tenga hambre —dijo, amablemente—. Este es uno de los pocos lugares de Nueva York que están a la altura de su reputación.

Bajé la vista en busca de algún indicio. El menú me indicó que estábamos en Nobu. Genial.

—Siempre quise comer aquí, pero nunca lo hice.

—Sí —respondió, como si ya lo supiera. Pero ¿cómo iba a saberlo?—. ¿Puedo recomendarle un plato? No vengo a menudo, pero conozco bien el menú y podría sugerirle una comida memorable.

—Por supuesto.

¿Por qué no? Cerré el menú, mientras pensaba: "Si no puedo confiar en tu criterio para mi almuerzo, ¿cómo podría poner mi vida o, mejor dicho, mi muerte en tus manos?".

—Queremos el menú degustación —pidió mi anfitrión al camarero. Me miró—: ¿Puede comer de todo? ¿Algún problema con la carne o los mariscos? —Negué con un gesto. Se volvió hacia el camarero—: Le agradeceré que me traiga agua mineral, una Yebisu y un buen sake. Por favor, elija usted el sake.

Mi madre hubiese dicho que mi acompañante era corpulento o de contextura gruesa. Mi mujer no era tan amable. A veces usaba el término "rinoceronte" en situaciones similares, y lo empleaba de un modo que no era muy halagador. Su falta de decoro ocasional respecto de la apariencia de la gente era uno de los pocos rasgos desagradables de Thea. En esos raros momentos, las críticas se le deslizaban por la lengua como insultos en boca de un borracho.

El hombre sería más o menos de mi edad, tal vez unos cinco años mayor o quizás unos cinco años menor. Tenía nariz ancha y labios delgados de un color oscuro poco natural, que me hacían pensar en un par de filetes de anchoa en lata. Lucía un peinado antiguo; y el cabello muy fino, más rubio que gris, dejaba ver un lunar en el cuero cabelludo muy cerca de la frente. En la sien derecha tenía una cicatriz del tamaño de una herida de bala. Supuse que no era, en realidad, una herida de bala. La sien derecha es una de esas partes del cuerpo donde las balas causan tanto daño al hueso y a la materia gris que las consecuencias suelen impedir que la gente disfrute de almuerzos tranquilos en Nobu para siempre o que pueda ganarse la vida como Ángel de la Muerte.

En la calle, nadie le prestaría la menor atención. Era un hombre maduro en traje de negocios, en una ciudad llena de hombres maduros en traje de negocios.

La Yebisu resultó ser una cerveza, una buena cerveza japonesa. No probé el sake; sabía por experiencia que me daría sueño. Mi anfitrión sólo bebía agua mineral.

—¿Y cómo funciona esto? —pregunté.

—¿El negocio? Para mi sorpresa, funciona bastante bien. No hay clientes insatisfechos.

—No es lo que quise decir.

—Sé que no es lo que quiso decir —sonrió—. Lo que hacemos es un asunto serio. Trataba de aliviar la situación con un poco de humor. La comedia es mi pasatiempo favorito.

Aunque le agradecí el intento, su humor era más seco que el aguardiente japonés, y la verdad es que su chiste no le iba a ganar una ovación en un club de humoristas aficionados. Sé por experiencia que, si una persona te dice que es graciosa, ten por seguro que no lo es.

En los minutos que siguieron, mientras probábamos una serie de platos diminutos de comidas japonesas presentadas con exquisitez, que parecían fuera de este mundo por su calidad y frescura, comenzó a explicarme los aspectos prácticos del negocio del Ángel de la Muerte.

—Como cualquier buen negocio, satisfacemos una necesidad que el mercado no cubre.

Noté el uso del plural y me pregunté cuántos empleados tendría la compañía. Supuse que no era un trabajo de sólo dos personas.

—En esta etapa de su vida, cuántas veces ha sabido de un accidente infortunado o una enfermedad devastadora que ha privado a algún ser querido –el amigo de un amigo, quizás, o peor, un verdadero amigo, o aun peor, alguien cercano– de la capacidad de vivir. Cuando digo "vivir" me refiero a hacerlo en plenitud. La posibilidad de disfrutar de toda la belleza del mundo.

Hizo una pausa mientras bebía un trago de agua mineral y dejaba que la idea se asentara. Pensé en Antonio.

—Pero digamos que esa misma enfermedad o accidente no ha terminado de privar a esa persona de lo que los médicos, moralistas y científicos definen como vida en la actualidad. Hablo de la definición clínica: el corazón que aún late, el fluido mensurable de suficiente actividad cerebral.

Tartamudeó un poco al decir "suficiente". Mi hermano tartamudeaba de niño, y me sentí afectado de manera especial. Volvió a beber agua.

—¿Y cuántas veces ha oído a una persona querida murmurar: "Si eso me sucediera a mí, espero morirme al instante"? —Me miró a los ojos un rato largo, antes de agregar—: Tal vez... quizás... usted mismo haya dicho eso.

Volví a pensar en Antonio con dos imágenes, lleno de vida en la primera y convertido en vegetal en la segunda... y tragué saliva. No tenía nada en la boca, pero volví a tragar. Intuí, por supuesto, cómo había llegado a saber eso sobre Antonio.

—La particularidad de nuestro trabajo, dicho del modo más sencillo, consiste en satisfacer ese ruego.

Cada vez que alguien venía a la mesa a servirnos –y dada la cantidad de pequeños platos que nos traían y retiraban, el camarero se acercaba con frecuencia–, mi acompañante guardaba silencio y dejaba bien sentado que esperaba lo mismo de mí.

En el siguiente intervalo, entre las idas y venidas del servicio, mientras saboreaba por primera vez en mi vida una selección de frutas diminutas y desconocidas, me explicó que la estructura de su empresa era similar a la de una compañía de seguros especializada en cubrir a personas contra accidentes poco comunes, pero catastróficos.

—Nos gusta pensarlo como una especie de "precipitación". Precipitar lo inevitable —subrayó. Sostenía los palillos tan cerca del rostro que casi me convence de que estaba imitando de veras a un rinoceronte. Si Thea hubiese estado allí, me habría pateado por debajo de la mesa.

—Precipitar lo inevitable —repetí, en particular porque
quería verificar qué sabor me producía en la boca. La sensación
era un poco como la del atún grasoso que había probado dos o
tres platos antes. Exquisito, voluptuoso. Justo. Casi perfecto. Por
cierto, mucho más que agradable.

—Sí. Arreglamos las cosas. Ponemos los puntos sobre la
íes. Piénselo. Cuando el cliente decide que su salud se ha dete-
riorado más allá de lo que está dispuesto a soportar y ha resuelto, en un momento de lucidez, que no quiere seguir viviendo
—hizo una pausa, no solo para tomar otro sorbo de agua, sino
también para recalcar lo que vendría a continuación—, cuando
esa persona llega al punto de no poder tomar una nueva decisión objetiva y mesurada acerca de su futuro inmediato, y se
encuentra, por así decirlo, demasiado debilitada para modificar
la duración de ese futuro, nosotros intervenimos.

—¿Y ese es el momento –cuando usted y sus colegas
"intervienen"– en que... precipitan lo inevitable?

—Exacto.

—Hay algo que no entiendo —comenté. Me esforcé por
hablar en un tono de voz normal, para disipar la sensación de
"dimensión desconocida" que parecía invadir nuestra conversación. Puse sobre la mesa mi vaso de cerveza vacío y él lo volvió
a llenar de inmediato con lo que quedaba de la Yebisu—.
¿Cómo hacen para poner los límites? ¿Cómo pretenden saber
cuáles son los deseos de sus clientes en situaciones casi impo-
sibles de predecir?

Asintió con paciencia, como alguien de una compañía de
seguros que espera ansioso el momento de explicarles las ventajas de determinados seguros a unos ingenuos recién casados a
punto de comprar su primera póliza.

—No ponemos los límites. Lo hacen los clientes. Esos parámetros derivan por completo del cliente.

—Según su propia definición, el cliente ya no está capacitado para tomar decisiones, y menos esa.

—No, no, no, no —contestó en tono casi jovial—. Para
entonces el cliente ya habrá tomado una decisión. Mucho antes,
en el momento en que el cliente resuelve contratar nuestros servicios, tiene que determinar qué quiere en una larga lista de

posibles eventualidades, parecidas a las decisiones que toma la gente responsable cuando firma un testamento. Cuando llega el momento, las decisiones difíciles ya han sido resueltas. Entonces, ya no es posible cambio alguno.

Eso me sorprendió.

—¿A qué se debe eso?

—Si usted se convierte en cliente y queda incapacitado –"incapacitado" significa que por desgracia atravesó el umbral identificado con anterioridad–, el contrato con nosotros es irrevocable. Una vez que usted entra en ese estado de deterioro, consideraremos, por contrato, que carece de la capacidad para cambiar de opinión.

—¿Esa es su política?

—No, ese es nuestro compromiso. Les prometemos a nuestros clientes que la decisión racional, la decisión lúcida y previsora, la decisión tomada en la plenitud de sus facultades mentales –no obnubilada por los sentimientos–, será la decisión que nos guíe en el cumplimiento de sus deseos.

Terminamos de comer el siguiente plato en silencio, antes de que dejara los palillos sobre la mesa, se pasara la servilleta por los labios y dijera: "Honorarios". Los arreglos financieros que describió a continuación me parecieron muy extraños, pero a fin de cuentas todo el maldito negocio se hallaba en el límite de lo siniestro. Enrolarse –así lo llamó– costaba un millón de dólares.

—Un uno seguido de seis ceros —fue su manera precisa de especificar el monto. Después se hacía una "evaluación de elegibilidad" de tres meses, durante los cuales la compañía llevaba a cabo una investigación exhaustiva de los antecedentes del cliente. De ese modo podían determinar, entre otras cosas, si la compañía estaba en condiciones de cumplir con su compromiso. Si por algún motivo rechazaban al cliente después de la evaluación –no pedí la lista de razones–, se le devolvían setecientos cincuenta mil dólares del millón inicial.

El resto no era reembolsable.

Cuando aceptaban al cliente –perdón, lo "enrolaban"–, la póliza permanecía "inactiva" hasta que llegara el momento de "activarla". Pedí la definición de esas últimas dos palabras. En ese momento, llegó el siguiente plato. Dejó los palillos de mala gana.

—Con el tiempo, todo ha cambiado. Durante el proceso, hemos descubierto que cargar el arma y apretar el gatillo son dos cosas distintas.

La metáfora causó el efecto deseado: me recordó que estábamos hablando de matar personas.

En particular, a mí.

—¿De qué modo han cambiado? —pregunté.

—Al comienzo, cuando empezamos a prestar nuestros servicios, no manteníamos un período inactivo y no identificábamos un suceso crítico entre una y otra etapa. La suma inicial que cobrábamos valía tanto para el enrolamiento como para la activación. Una tarifa fija aparte cubría los costos de la evaluación de elegibilidad. Nuestros clientes, en especial los más jóvenes y sanos como usted, a veces necesitaban un poco de tiempo para sentirse cómodos con la idea de nuestro servicio. Para su tranquilidad, querían tener el arma –nuestro servicio– a su disposición, pero no se sentían cómodos con dejar el arma cargada en manos de un total desconocido. ¿Me entiende?

—Por supuesto. Creo que me siento de ese modo.

—Sí, es comprensible. Debimos tomarlo en cuenta desde el comienzo, pero... De cualquier modo, un hecho –por lo general externo, algo lamentable y trágico que le ha sucedido a un amigo o a un ser amado– suele ayudar a esos clientes a ver con claridad la calma que se adquiere al enrolarse en nuestro programa. ¿Me sigue?

—Sí.

—Para responder a las necesidades de nuestros clientes, hemos adaptado nuestro servicio de modo que se considera inactivo el contrato...

—¿O sea, revocable?

—Inactivo, en realidad, hasta que el cliente haga el segundo pago. Antes de ese punto, el cliente tiene la esperanza de que no va a haber ningún hecho que lo active.

—¿Y cómo se define un hecho que lo active?

—Tenemos una definición básica, que prevé un suceso crítico mínimo para su activación. El cliente puede elegir criterios más estrictos.

—¿Y qué incluye la definición básica?

El camarero se acercó a la mesa. Mi anfitrión, que estaba por responder a mi pregunta, hizo una pausa.

13

Necesitaba un respiro para reflexionar. Contratar mi propia muerte era mucho más complejo de lo que había anticipado. La Yebisu comenzó a hacer efecto y me excusé en ese momento para ir al baño. Me di cuenta de que el Ángel de la Muerte me miraba las manos cuando me levanté de la mesa, y dejé caer la servilleta en la silla.

Cuando regresé, no quedaba nada en la mesa.

—Pensé que podíamos pasar por alto el postre. ¿No le molesta?

—En absoluto. Comí más que suficiente. Fue exquisito.

—¿Té?

—No, gracias. Usted me estaba explicando que se agregó el período "inactivo" al protocolo de su compañía, y me iba a detallar los criterios básicos para determinar un suceso activo.

—Así es. Resulta que algunos clientes tienen más miedo a los accidentes que a las enfermedades. Otros temen más la enfermedad que los accidentes. Los que tienen antecedentes familiares de enfermedades debilitantes suelen buscar una red de seguridad cuando se vuelve más cercano el momento del diagnóstico temido, por decirlo así. Un hombre de cincuenta años se inquieta más por cualquier problema cardíaco que uno de cuarenta. ¿Verdad? ¿Me entiende? El Alzheimer se vuelve una preocupación a medida que envejecemos.

—Sí.

—El agregado de la opción inactiva les permite a todos acceder a lo que necesitan. Por ejemplo, los que se preocupan por las consecuencias de una enfermedad seria pueden extender el período de inactividad hasta que se confirma el diagnóstico.

—Ya entiendo. El segundo pago mencionado... ¿se relaciona con la activación?

—El depósito inicial cubre una década de nuestros servicios. Después, cobramos un millón de dólares por cada cinco años de expectativa de vida adicional, que se basa en el cálculo actuario realizado en el momento de la primera evaluación. Por supuesto, los honorarios totales se pagan por adelantado. Ese es el segundo pago.

—Para un hombre joven, la prima total podría llegar a diez seguido de seis ceros.

—Sí. Para un hombre muy joven. Ahora bien, si nunca se utilizan nuestros servicios y el cliente fallece de muerte natural o accidental antes de su longevidad esperada, donamos en forma anónima cualquier suma que no hayamos ganado –la expectativa de vida actuarial menos la edad real en el momento de la muerte– a un ente de caridad propuesto por el cliente en el momento de la firma del contrato. Jamás se devuelven los fondos a los deudos del cliente, por razones obvias.

—Por supuesto.

—Estoy seguro de que lo entiende.

—Así es.

—Estamos listos para actuar en caso de un suceso inesperado en cuanto recibimos el segundo pago. Pero una vez que el contrato se activa, el carácter de irrevocabilidad de nuestro compromiso exige una inversión no reembolsable de parte del cliente.

Nuestro camarero se acercó en ese momento para presentar la cuenta. Mi anfitrión le echó una rápida mirada al total, sacó un clip con billetes del bolsillo delantero del pantalón, separó tres billetes grandes y los dejó sobre la mesa como una mano de póquer ganadora. Guardó la cuenta del restaurante.

—¿El siguiente paso? —pregunté.

—No le va a resultar difícil conseguir un taxi.

Supuse que era una nueva humorada.

Se encogió de hombros. Fue un gesto que parecía decir: "Nada se pierde con intentarlo". Le concedí ventaja por reconocer que su humor no me causaba gracia.

—Si quiere solicitar su enrolamiento, le daré instrucciones sobre el depósito inicial. En ese momento empezaremos la evaluación. Le garantizo nuestra discreción.

—Quiero solicitar el enrolamiento.

Me sorprendí a mí mismo al decirlo. No era consciente de haber llegado a una decisión.

—Muy bien —asintió—. Por favor, abra una nueva cuenta de teléfono celular y no le dé el número a nadie. A nadie, ¿entendió?

—Sí. No soy tan lento como parezco. ¿Cómo le hago llegar el número?

—Lo sabremos en cuanto se active. Y estaremos en contacto en breve.

—Ajá. ¿Cuántos clientes atiende su organización?

—Lo siento. Me encantaría poder darle más detalles. Tenga la seguridad de que contamos con suficientes recursos para cubrir nuestras obligaciones. Sin embargo, tratamos de ser muy discretos. Para nuestra protección y, en especial, la de nuestros clientes.

Decidí intentar otra vía.

—¿Ha habido circunstancias en las que se volvió necesario que ustedes cumplan con los términos del acuerdo? Que precipitaran...

Se inclinó hacia delante y, por primera vez, susurró.

—Los llamamos servicios para el fin de la vida.

—¿Cómo un hospicio?

No entendió si era una broma. Eso era lo que yo quería.

—Por favor, entienda nuestra posición. Cuando decida enrolarse, hablaremos de esos mecanismos y de otros, en detalle, hasta el mínimo detalle. Le aseguro que nos esforzamos por ser discretos tanto antes como después de la muerte de nuestros clientes, lo que significa que hacemos todo lo posible para proteger a las familias con el propósito de que nunca se enteren de las circunstancias reales del fin de su ser querido. Las circunstancias de la muerte de un cliente jamás parecerán sospechosas —se sonrió como un empresario de pompas fúnebres—. Nunca hemos fallado. No pensamos fallar en el futuro. ¿Hay algo más que quiera saber?

Miré con curiosidad cuando, aparentemente distraído, pasó la servilleta por el borde superior del marco de la silla. Me di cuenta de que acababa de limpiar cualquier impresión digital que podía haber dejado por inadvertencia durante el almuerzo. El sujeto era de veras serio en cuanto a la discreción.

—Por favor —dijo, indicando la puerta del restaurante—. Tengo algo que hacer antes de irme.

Supuse que iría al baño. Hasta en eso era discreto.

Le agradecí la comida y nos despedimos sin estrecharnos la mano. Cuando salí a la vereda, el cielo estaba cubierto y tal vez pronto llovería. Deseé por un instante que mi mejor vieja amiga me estuviera esperando en su Town Car con chofer y sus dedos hurgadores.

No tuve esa suerte.

Conseguí un taxi de inmediato y me sentí afortunado. Le indiqué al chofer que me llevara al aeropuerto, donde me esperaba Mary para llevarme a casa. El chofer decidió que debía decirme cuánto costaba el viaje. Pero yo estaba pensando en otras cosas.

14

—Me gustaría volver —le dije a mi psicólogo al final del par de sesiones de ese primer día—. Fue divertido.

—Sarcasmo, ¿verdad?

—Sí.

—Ya me parecía —respondió—. ¿Cuándo?

—Pronto, quizás. El mismo arreglo. Dos citas en un día. Me viene bien. ¿Cuándo puedo verlo otra vez?

Tomó una agenda de las viejas y no una computadora de mano. Durante un rato, miró aquí y allá, hasta que me dijo:

—Jueves de esta semana. O martes de la que viene.

—Jueves de esta semana.

—¿Tiene alguna urgencia?

Sí, se podría decir que sí.

—¿Qué horarios tiene libres? —dije.

—Diez y media y dos y cuarto.

—Está bien. Ha sido un placer —respondí, poniéndome de pie.

—Si es así —dijo, aún sentado—, entonces no voy a serle de mucha ayuda.

—¿Y eso qué significa?

—Mi impresión es que usted es un hombre que entra en un cuarto y toma el control. Ya sea por seducción o experiencia, o por fuerza de voluntad. Si nada de eso funciona, lo hará apelando a su autoridad. Pero lo hará de todos modos.

No lo contradije. Me gusta controlar el mundo, o al menos la parte en la que vivo. No siempre fui así. La gente que me conoció cuando era más joven me hubiese considerado un alma libre. Pero me convertí en lo que soy desde que tomé la decisión de hacer mucho dinero. No obstante, sentí curiosidad por saber a qué se refería el psicólogo. De modo que esperé a que hablara. Para mi sorpresa, no fue larga la espera.

—Si permito que eso suceda, yo también seré responsable de que pierda su tiempo. Y me temo que cualquier pérdida de su tiempo, dadas las circunstancias y su agenda, no importa cuál sea, sería un crimen.

—¿Cómo sabe tanto de mí? ¿O cree que sabe tanto?

—Sabía mucho, es cierto, pero en otro sentido, no tanto. De todos modos, quería ver qué me respondía si le tiraba ese hueso. Me acomodé para oír su respuesta.

—Sólo sé lo que me ha contado. Cuando conocemos a alguien, si sabemos escuchar y le damos la mínima oportunidad, en muy corto tiempo nos dirá casi todo lo que necesitamos saber de él o ella. Cuando es importante conocer y comprender a una persona, se trata de prestar atención mientras habla y ser su mejor escucha. Es así como sé lo que sé de usted. Usted es el experto sobre sí mismo en esta habitación, no yo. Me ha mostrado aspectos de su persona de los que ni siquiera es consciente. Cuando usted habla de sus asuntos, le presto toda mi atención, y me convierto en su mejor alumno.

—No le he dicho casi nada acerca de mí —contesté. Pero lo que estaba pensando era: "Este hombre hace su trabajo del mismo modo que yo hago el mío. Presto atención. Si hay alguna manera de lograrlo, dejaré que quien esté del otro lado de la mesa muestre sus cartas antes de que esté listo".

Sabía que mi respuesta había sido poco convincente. También él lo sabía.

—Los hechos son basura —sentenció.

15

Fui hasta el Aeropuerto Jeffco y dejé mi nuevo Prius en la playa de estacionamiento del OBF (Operador de Base Fija), una especie de estación de servicio de aviones, pero con un retrete limpio. La paciencia no es una de mis virtudes, de modo que le di a uno de los hombres de la línea, en realidad un muchacho, veinte dólares para que le colocara la funda al Toyota, algo similar a tratar de meter una sandía en un condón.

Mary pasó el día comprando antigüedades al norte de Boulder y algunas de sus compras estaban en los asientos traseros del avión.

Cuando abordé la avioneta, salió a la cabina, pero no me preguntó qué había hecho. Nunca lo hacía. Trace, el copiloto, se quedó adelante mientras realizaba los controles previos al vuelo.

No hubo ninguna novedad durante el vuelo a Montrose. Después de los sucesos turbulentos de esos días, un vuelo tranquilo fue una maravilla.

Los hechos son basura. ¿Será verdad?

16

No sabía que habría una reunión en medio del proceso de reclutamiento, pero me llamaron de nuevo a Nueva York tres semanas después de hacer el pago inicial a Ángel de la Muerte, Inc. Tal como se me comunicó en la primera llamada del teléfono celular que compré según sus instrucciones, envié los fondos requeridos a múltiples destinos *offshore*. El dinero fue a parar a varios falsos entes de caridad. Lo que más me gustó fueron los 225.000 que "doné" a la llamada, con cierta ironía, Fundación para la Juventud en Asia. Tenía su sede en Singapur. Sí. Y yo estaba en la Luna.

Mi asistente, LaBelle, hizo las transferencias. Solía encargarse de los detalles y del papelerío relacionado con todo lo importante en mi vida, tanto de negocios como personal. Me di cuenta de que tenía dudas sobre lo que estaba haciendo con todo ese dinero, e incluso una vez trató de hablarme de ello, pero se lo impedí:

—No te metas en eso, LaBelle. Es un secreto de Estado. ¿Okey?

Negó con la cabeza una vez. Era su manera de mostrarme su desaprobación. Asintió dos veces. Esa era su manera de aceptar mi advertencia. Sabía que la cosa se terminaba ahí. LaBelle era mi roca.

La "evaluación de elegibilidad" fue transparente. Supuse que ya estaba en curso, pero no noté nada. Ninguna de las personas que actúan como los pilares que sostienen los templos de los ricos –mi contador, mi abogado, mis banqueros, mis asesores financieros, mis socios comerciales– me llamó tarde por la noche para avisarme que alguien estaba haciendo averiguaciones sobre mí o mis asuntos. Jimmy Lee nunca me llamó a un lado para preguntarme cómo iban las cosas en Nueva York. Los Ángeles de la Muerte eran tan discretos como decían en su publicidad.

La segunda vez que sonó mi teléfono celular privado, quien llamaba me invitó a volver a la ciudad de Nueva York. Era una mujer. La voz me pareció familiar. Pregunté:

—¿Con quién hablo?

Vaciló por medio segundo ante mi pregunta, pero se mantuvo firme. Siguió explicando los detalles de la "invitación". Traté de iniciar una conversación. Incluso me referí al automóvil, modelo Town Car, que iba hacia el centro por Park Avenue. Rechazó mi flirteo o, para ser más preciso, lo pasó por alto. La llamada era de negocios.

Mary me llevó en el avión a Nueva York la noche previa al encuentro. El copiloto de ese día era un empleado temporario llamado André, que había volado otras veces con nosotros, pero no le interesaba nuestro negocio como trabajo permanente. Una lástima; nos agradaba a ambos.

Tomé una habitación con vista al parque en el Hotel Four Seasons. No me hubiera costado nada una suite inmensa con vista al parque. Diablos, si liquidaba algunas cosas podría haber hecho una oferta interesante por la compra de todo el maldito hotel, pero preferí una habitación estándar con vista al parque. Me gustan las habitaciones de lujo, pero no las demasiado grandes. No me siento cómodo. Tampoco me gustan las bañeras grandes. No sé por qué. Debería mencionárselo a un psicoanalista si alguna vez tengo tiempo para darme el lujo de confrontar a mis demonios de segundo orden.

Cuando entré en la habitación del hotel, me esperaba un recipiente con fruta, una botella de Badoit y un cubo de hielo con una botella de Yebisu, un toque agradable, lo admito. Sólo les dije a LaBelle y Thea dónde iba a alojarme en Nueva York, de modo que el hecho de que el Ángel de la Muerte me hubiera rastreado hasta el Four Seasons era el verdadero mensaje. No era una cosa de súper espías, pero aun así era un mensaje. Sin embargo, la presencia de la Badoit resultaba lo más llamativo.

Badoit es agua mineral importada de Francia. Quizás haya cinco o seis personas en el mundo que sepan que es mi agua de mesa favorita; no recuerdo habérselo mencionado a nadie. Alguien que no haya cenado conmigo en París o Niza no sabría que me gusta el agua Badoit. Pero el Ángel de la Muerte lo sabía.

La nota en la bandeja de plata con la fruta y el agua no estaba firmada. La escritura prolija y andrógina me daba la bienvenida a Nueva York y sugería –¡ja!– un encuentro a las once de la mañana en la entrada principal del MOMA, o sea, el Museo de Arte Moderno. No había estado en el MOMA desde que comenzaron las obras de reparación de Taniguchi, así que decidí ir temprano para ver los avances en el edificio antes de volver al lugar de encuentro.

La ciudad de Nueva York tiene –aunque no con frecuencia– días tan transparentes como los que disfruto en Ridgway. La diferencia en la ciudad es que los habitantes saben que son especiales y salen a celebrar. En esos días gloriosos en Manhattan las veredas cobran vida, las plazas y los parques se llenan de gente, y los cafés y restaurantes sacan mesas al sol. En uno de esos días, bajar al subte oscuro parece una tortura, y por unas pocas horas a los visitantes y turistas no les cuesta creer que realmente hay tanta gente apretujada en esa pequeña isla. Me desperté en uno de esos días en Manhattan y –al igual que unos cuantos cientos de miles de personas que decidieron faltar a la escuela o al trabajo o a lo que fuera, para disfrutar del clima– renuncié a mi plan de pasar la mañana dentro de las irresistibles galerías del MOMA.

Mi vieja amiga me alcanzó en la vereda justo delante de la entrada al museo en la calle 53. Me pregunté si me estaban vigilando. Esta vez no era la mujer elegante y sofisticada de Park Avenue; llevaba unos vaqueros que le realzaban el culo y una chaqueta de cuero suave que revelaba el nacimiento de sus pechos. Era la vestimenta de una esposa de clase media rumbo a un almuerzo y a algunas compras de poca importancia con sus amigas.

Esta vez no me sorprendió su saludo efusivo; en realidad, lo esperaba con gusto. Ya me había quitado la chaqueta para que el cacheo inicial fuera más fácil para ella y más divertido para mí.

—Hola —le susurré al oído cuando se apretó contra mí y me frotó la espalda con las manos—. Si vamos a hacer de cuenta que tenemos una relación tan íntima, sería bueno que supiera cómo llamarte.

—Lizzie —respondió—. Nadie más me llama así. Puede ser algo especial entre nosotros.

Se separó y tomó mi chaqueta. Por unos instantes, mientras palpaba distraída sus costuras y dobleces, sentí una enorme y absurda envidia de mi chaqueta.

—Iba a entrar —dije, señalando el museo, para seguir la corriente—. ¿Quieres acompañarme?

—Ojalá pudiera, de veras quisiera hacerlo, pero no tengo tiempo. Aunque quizá tenga un minuto para un café. ¿Qué te parece? Vamos —dijo, sabiendo que la seguiría. Me tomó de la mano y me llevó en dirección a la esquina más alejada. En cuanto comenzamos a avanzar hacia el final de la cuadra, advertí dos cosas importantes: una, que caminábamos en sentido contrario del tránsito, y dos, que me conducía al Town Car ya familiar.

—Ya llegamos. ¿Recuerdas la melodía?

—Creo que podría tararear unos compases.

Con perfecta afinación cantó las primeras líneas de "Ob-la-di, ob-la-da". Sí, el viejo clásico de los Beatles, o sea, el *ring tone* de mi teléfono celular. Me deslicé dentro del automóvil y ella me siguió.

¿Cómo lo sabía?

Esta vez fuimos hacia el Central Park, y eso quería decir que no iba a haber ninguna nueva visita a Nobu en el futuro inmediato. La congestión habitual de la media mañana nos demoró, hasta que el chofer pudo pasar el Hotel Plaza y tomar uno de los caminos que atraviesan el parque. Lizzie comenzó a cachearme con especial atención.

—¿Qué buscas? —le pregunté, tratando de flirtear—. ¿Te puedo ayudar? Sé dónde está todo. En especial, lo bueno.

—Estaba ocupada con mi pierna izquierda, siguiendo el tendón de Aquiles, mientras apretaba un poco de más el músculo duro de mi pantorrilla y utilizaba las uñas de modo provocador al recorrer el punto vulnerable detrás de mi rodilla—. ¿Armas, micrófonos? ¿Qué?

—No busco nada —bromeó—. Esto no es parte de mi trabajo. Sólo lo hago porque es divertido. Por alguna extraña razón, a la gente parece no molestarle.

Me reí y alcé los brazos. Se movió en el asiento de manera que sus rodillas y mis muslos quedaron en firme contacto, y comenzó a hacer lo suyo en la parte superior de mi cuerpo.

—Más tarde terminaré lo que estaba haciendo por abajo —anunció.

En el minuto siguiente, me relajé y disfruté de lo que hacía con la parte superior de mi cuerpo. Cumpliendo con su palabra, acabó lo que había estado haciendo más abajo. Yo era, sin lugar a dudas, una de esas personas a las que parecía no molestarle.

El chofer salió del parque del lado Este, en la zona más alejada del centro, justo antes de llegar al reservorio. Me dije que debía prestar atención a los sitios donde íbamos. En un par de minutos se acercó al cordón de la vereda en una parada de ómnibus, justo después de la esquina de la 86 y la Tercera Avenida. Sonreí al ver la fachada de la tienda.

—Llegamos —dijo.

Yo seguía sonriendo.

—Al menos sé adónde "llegamos" esta vez.

—Bueno, no es fácil perderse aquí —reconoció, mirando el brillante cartel amarillo, con los colores de frutas tropicales.

Pasó por encima de mí, con el rostro tan cerca que pude apreciar la calidad de su piel y bajó del automóvil. La seguí a la vereda delante del Papaya King. Antes de entrar, miró calle abajo para asegurarse, supuse, de que nadie nos seguía. Seguí su mirada para comprobarlo por mí mismo. No vi nada. Genial.

Al igual que Nobu, el Papaya King es uno de esos restaurantes de la ciudad de Nueva York que están a la altura de su fama. En el presente caso, la fama es por las salchichas.

Nos sumamos a la fila delante del mostrador. Con tan buen tiempo, la perspectiva de un almuerzo al aire libre había tentado, al parecer, a gran parte de los habitantes de la zona, y parecía que todos estaban en la fila, a la espera de poder comer en el legendario emporio de la salchicha.

—¿Hoy somos solo tú y yo? —le pregunté a Lizzie.

—Y una parte considerable de Manhattan. ¿Sería una desilusión para ti? ¿Si fuéramos solo tú y yo esta vez?

—De ningún modo. ¿Y entonces?

Me observó con detenimiento. Pero no respondió exactamente a mi pregunta.

—Tú eres casado —dijo, como si me hubiera adivinado el pensamiento y me rechazara en broma.

Decidí seguirle el juego. ¿Por qué? Flirteo por dos motivos. Flirteo por diversión. Y flirteo para sacar ventaja. En mi juventud la ventaja casi siempre era sexual. Cuanto más años tengo, más complicada se vuelve la ventaja que busco. La realidad es que prefiero la ventaja. Lo que consigo con los retos y fanfarronadas en el trato con los hombres, lo logro con el flirteo cuando trato con mujeres. ¿El factor diversión? Eso era más constante. Flirtear con Lizzie era divertido.

—¿Estamos hablando de que falte a mis votos matrimoniales, Lizzie? Qué interesante. Creí que hablábamos de almorzar en uno de los mejores lugares de Manhattan.

Me apretó la mano y desvió la mirada hacia el gran anuncio del menú.

—Me gustas —respondió—. Lamento las circunstancias en las que nos conocimos. Pero tú sabes...

—Así son las cosas. No lo lamentes. —Volvió a apretarme la mano—. Tú también me gustas.

—¿Qué quieres? —preguntó.

"¿A ti?", pensé. Pero de inmediato me di cuenta de que su pregunta se refería a otra cosa. No necesitaba el menú: sabía cuáles eran mis preferencias en el Papaya King.

—Un Original Especial con una Brisa Tropical. O –si me siento muy audaz cuando nos llegue el turno de ordenar– tal vez un par de salchichas con ensalada de col y una Brisa Tropical. ¿Y tú?

—¿No quieres patatas fritas? Me encantan las patatas fritas.

—Te robaré algunas.

—Inténtalo y te irás de la ciudad sin uno o dos de tus dedos favoritos.

—¿Vas a pedir el King Combo, entonces? —me reí.

—Así es.

—¿Con *sauerkraut*?

Levantó y bajó las cejas con un movimiento rápido y provocativo.

—Pediré *sauerkraut* si tú lo haces.

Nos dimos cuenta de que habíamos entrado en el tipo de tira y afloja que practican los amantes recientes respecto del ajo, en una noche en que saben que, fuera lo que fuese, terminará siendo sólo el aperitivo.

—Quedemos así: yo comeré una salchicha con coles y un Original con cebolla si tú pides *sauerkraut*.

Nos dimos la mano para sellar el acuerdo.

¿Quieren saber en qué pensaba? Estaba pensando en que Thea nunca me hubiese raptado a la hora del almuerzo. Tampoco se le hubiese ocurrido atravesar el Central Park para llevarme al Papaya King más alejado del centro. De ningún modo habría pedido el King Combo, ni *sauerkraut* o cebolla, a menos que tuviera un digestivo en su bolsa y se encontrara sola. No, si hubiese estado con Thea en vez de Lizzie, mi esposa me hubiera llevado de una boutique a otra, y todo el tiempo me hubiera hablado de lo bueno que parecía ser el pequeño restaurante que, casualmente, había en la tienda.

Tampoco estaba pensando en que Lizzie pudiera ser algún día la persona que se encargara de mi muerte. Cosa extraña.

En ese momento, en la simpleza de mi mente, solo estaba cumpliendo un trámite en una compañía de seguros y saliendo a almorzar con mi nueva agente de seguros. Me estaba comportando como un adulto. Y, sin duda, estaba flirteando con una muchacha bonita en un hermoso día en Manhattan. ¿Qué tenía de malo?

17

Hacer fila en un restaurante de comida rápida nunca me ha despertado el apetito. Pero aguardar mi turno en Papaya King, al tiempo que veía a las salchichas retorcerse y tostarse, y las oía chisporrotear, me hacía desfallecer de hambre. Lizzie se las arregló para conseguir un par de taburetes cerca del mostrador mientras yo esperaba con impaciencia que me entregaran el pedido.

Aún temía que se apareciera el animador cómico con el que había estado en Nobu, y que se uniera a nosotros o reemplazara a Lizzie, de modo que me sorprendí, y me alegré, de no ver un tercer taburete cuando llegué con la comida. Ella vio algo más en mis ojos, algo más que sorpresa, algo que yo era consciente que sentía pero que no tenía intención de comunicárselo.

—Eres casado —me advirtió, con un chasquido de desaprobación—. ¿Tengo que decírtelo todo dos veces?

—Este es el almuerzo. El almuerzo. Los hombres casados comemos, ¿sabías?

—De todos modos, sé cosas sobre ti que tu mujer no sabe.

Me quedé pensando en lo que dijo, y me pregunté qué sabría de mí y si lo que sabía le resultaba atractivo o no. Le seguí el juego:

—Es probable que sepas cosas de mí que yo no sé.

—Es probable, sí.

Rápido como lengüetazo de iguana, le robé una de las patatas fritas. Me miró de un modo que era apenas una muestra de lo que me sucedería si intentaba robarle un beso, por ejemplo. Debo reconocer que la mirada me dio ganas de probar.

Estuvimos un rato en silencio. Comí despacio, saboreando

la comida, pero también saboreando la oportunidad de verla comer. Una salchicha y media después, hundió una última patata frita en ketchup, la comió despacio y luego limpió con delicadeza sus hermosos labios.

—No estás seguro sobre nosotros —dijo.

Por la pausa que hizo a continuación, me atreví a pensar que "nosotros" éramos ella y yo. Sin embargo, cuando añadió, "acerca de lo que hacemos", supe que el "nosotros" al que se refería eran ella y sus amigos, los Ángeles de la Muerte.

—Parece que es hora de hablar de negocios —comenté. El griterío, el bullicio y la informalidad que nos rodeaban hacían de Papaya King un lugar casi perfecto para una reunión íntima de negocios a fin de determinar el momento oportuno de la propia muerte—. Pero tengo un problemita. Por naturaleza, soy reacio a tratar negocios cuando los otros saben más de mí que yo de ellos.

—Ya veo.

—Es una filosofía que me sirvió de mucho a lo largo de los años.

—Veamos si esto te ayuda a resolver el problema: este negocio –lo que nosotros hacemos– consiste en pedirles a las personas como tú que renuncien a una parte del control ahora, para que puedan estar seguros de poder ejercer todo el control más adelante.

—¿Más adelante? ¿Cuándo?

—Cuando tu fuerza de voluntad y tu capacidad de mover montañas se vean restringidas. En general, solo atendemos a clientes a quienes les importa tanto la cuestión del control como a ti. Los que no están interesados en el tema no se cruzan en nuestro camino. Piensa en lo que te digo.

Arrojó la servilleta sobre la comida que le quedaba, como si necesitara poner un límite físico entre ella y su deseo de algo más. Presté especial atención a su necesidad de poner una barrera artificial. No era una mujer de las que tienen autocontrol de sus apetitos. Reconozco que me gusta eso en las mujeres.

—Hay algo más que deben saber sobre mí: soy más obsesivo con la cuestión del control que la mayoría de los hombres ricos.

—¿En serio?

—Es cierto.

—No fui totalmente sincera contigo hace un rato —confesó, esquivándome la mirada—. En realidad, hoy vinimos aquí para que yo te sugiera, no, te convenza de que solicites un reembolso de tu depósito inicial.

—¿Quiénes "vinimos"? ¿El otro hombre está aquí? ¿El de Nobu? ¿O se encuentra en otro lugar ensayando su acto cómico para el próximo espectáculo?

—Tú y yo. Solo tú y yo. —Me estaba mirando; se acercó y una vez más me puso la mano en la mejilla, como insistiendo en que concentrara toda mi atención en ella.

—Entonces, ¿eres tú? ¿Tú quieres que renuncie y pida un reembolso?

—Sí, creo que sería lo mejor.

—¿Es tu opinión personal o la de tu empresa?

—De ambos. Creo que debes retirarte. Mis socios están de acuerdo. Te devolverán el depósito.

—Menos el costo de la "evaluación de elegibilidad", por supuesto.

—Por supuesto —concordó, mucho más seria y sin una nota de sarcasmo—. Al igual que en cualquier empresa, tenemos cuentas que pagar.

—Gastos generales.

—Gastos generales, así es. Mantener nuestras fuentes de información abiertas no es barato. Contratar la mejor gente, tampoco. Cualquiera con tu experiencia lo sabe.

Los ojos de Lizzie eran de un color indefinido, oscuros, pero con destellos de verde y puntitos dorados. Su voz, cuando la bajaba como acababa de hacer, resonaba ronca y escurridiza, como el viento entre los arbustos.

Momento de reflexión: cuando una mujer me pone en trance poético, aun en la intimidad de mis pensamientos, estoy en serios problemas. ¿Cómo lo soluciono? Ni idea.

—¿Cuál es el inconveniente conmigo? ¿De qué se enteraron que les hizo tomar esa decisión? ¿Por qué de pronto están tan deseosos de deshacerse de mí?

—No puedes cancelar nuestros servicios como si fuésemos

una empresa de seguros. Después de efectuar el segundo pago, estás adentro, y una vez adentro, quedas adentro. No hay escapatoria. No hay posibilidad de arrepentimiento.

—Reconozco que esa parte del acuerdo no la entiendo del todo. Me molesta. La vida es impredecible. Hay que adaptarse siempre.

—Nuestra experiencia nos dice que los clientes que tienen dudas no quedan satisfechos del todo y son más problemáticos.

—Pero eso es muy subjetivo. Creí que esto solo se trataba de dinero.

—Te aseguro que no es así.

—Eso es fácil de decir.

—Hay algo que la gente no sabe: una parte importante de nuestro trabajo es gratuito. Para que la gente que no puede pagar nuestros honorarios tenga la posibilidad de recibir nuestros servicios, atendemos a un diez por ciento de nuestros clientes en forma gratuita. Tampoco ellos pueden cancelar su contrato. Si lo único que nos interesara fuera el dinero, dejaríamos que esos clientes cancelasen el servicio en cualquier momento, ¿no es cierto?

—Reconozco que es un argumento de peso. Por otro lado, podrías estar mintiendo acerca de los clientes que no pagan. Negocios son negocios.

Pareció ofendida.

—¿Te he mentido acaso?

—Tu nombre no es Lizzie.

—Me caes bien —dijo, enfatizando el comentario con un suspiro que no supe interpretar—. De verdad. Supongamos que les permitiéramos a nuestros clientes cancelar los contratos. Retirarse cuando quisieran. Piénsalo bien. No les serviríamos de ninguna ayuda. Nuestros servicios no tendrían sentido.

—No entiendo. ¿Por qué?

—Porque es parte de la naturaleza humana. Llegado el momento, cuando el médico que conoce tu próstata o tu colon mejor que a ti anuncia que te quedan seis meses de vida, o un año, todos se replantean si quieren seguir viviendo o no. Todos se imaginan un final horroroso, o bien, mucho menos terrible que el que les toque en suerte al final. Todos, por lo menos en ese momento, se olvidan del motivo por el cual nos contrataron y de que prometimos protegerlos. Si permitiéramos las cancelaciones, dejaríamos que alguien que se enfrenta cara a cara con la muerte decida cómo quiere morir.

—¿Y eso qué tiene de malo?

—Nada. La gente lo hace todos los días. Cada día a cada hora. Pero nosotros estamos aquí para atender a un cliente más selecto. Nosotros no nos ocupamos de alentar a la gente que sufre una enfermedad seria, un trauma terrible o está por morir, a que siga luchando y prolongando su sufrimiento; nosotros nos ocupamos de ayudar a la gente que está bien a que decida exactamente en qué condiciones difíciles desea seguir viviendo antes de llegar al final de su vida.

—Cierto, vida con V mayúscula. ¿Esa clase de vida? Me acuerdo del seminario en Nobu.

—Sí, la vida con V mayúscula. No menosprecies el concepto. Es especial.

—Ah —respondí, reconociendo su pasión por el tema y reconociendo, a la vez, que yo estaba a punto de perder la discusión.

—¿Cómo está Antonio? —preguntó Lizzie, también reconociendo que yo estaba a punto de perder la discusión, y con ganas de asestar el último golpe. Su pregunta casual fue como una cachetada.

—No hagas eso —contesté.

Estaba seguro de que sabía cómo estaba Antonio: era la extensión de una cama hospitalaria, el extremo de un tubo de alimentación, materia prima para los excrementos de su cuerpo. No me cabía duda de que ella sabía que los signos vitales de Antonio eran tan débiles que los médicos podrían discutir hasta el cansancio si su estado actual podía calificarse como "de vida".

—Lo que hacemos es importante. Creo en esto con toda mi alma. —Me apretó la mano—. No lo hago por dinero. Gané mucho en mi trabajo anterior.

—Me doy cuenta de que es cierto que lo crees. En este momento, ya no lo dudo. Pero ¿me estás diciendo que Antonio canceló su contrato?

—Discreción, ¿recuerdas? No besamos y luego traicionamos.

Tuve la sensación de que, si esperaba, me revelaría más cosas. Así que esperé.

—Lo único que puedo decirte –y ni siquiera debería confiarte esto– es que tu amigo estaba enterado de la existencia de nuestros servicios, pero en el momento del accidente no era cliente activo de la firma. Por lo tanto, no es cliente nuestro.

"¿Jimmy le contó a Antonio sobre los Ángeles de la Muerte antes que a mí?", pensé. "¿Por qué se lo contó a él primero?".

—Tú sabes lo que pasó en los Bugaboos, ¿no es cierto? —pregunté, cambiando de tema, pero sin cambiar el tema en realidad.

Asintió con la cabeza y respondió:

—Si te caes diez veces, terminarás estrellándote contra alguno de esos dos árboles nueve veces de cada diez.

—Puede ser. Aunque prefiero pensar que si cayera diez veces, conseguiría equilibrarme y detenerme ocho veces de cada diez. En una quizá roce uno de los árboles. Y en la décima, tengo suerte, paso entre los dos árboles y salgo airoso.

—¿En tus fantasías, nunca chocas contra los árboles?

—Nunca.

—Estoy comiendo con un optimista.

—O con un tonto —admití.

—Bueno, puede ser. Pero en mi experiencia con los hombres, las dos posibilidades no son excluyentes.

—De hecho, pasé rozando uno de los árboles cuando bajaba. Por eso me quebré la muñeca.

—Sí, ya lo sabemos. Un poco más a la izquierda y...

Dejó que la idea flotara como un olor que se impregna en la cocina. En este caso, bastante agrio. Demasiado vinagre para mi gusto.

—Supongo que soy un sujeto con suerte.

—Supongo que sí.

—Bueno, Lizzie, a pesar de todos tus esfuerzos, me estás dando un montón de razones para contratar tus servicios. Sin embargo, quieres que cancele mi solicitud, ¿por qué?

Me miró con tristeza.

—Por Adam.

Dios mío. De pronto, no podía respirar.

18

Volé otra vez para asistir a mi segundo día de terapia, busqué el Prius en el aeropuerto y manejé hacia el noroeste hasta el consultorio del doctor Alan Gregory.

El terapeuta no sabía mi nombre verdadero, lo del avión ni lo del aeropuerto, o el hecho de que hubiese comprado un Prius para ir y venir de su consultorio sin ser reconocido, o que le pedí prestado el apartamento a un amigo para no tener que ir a un hotel. El doctor Gregory no sabía mucho acerca de mí. Sin embargo, había decidido que le hablaría de Adam.

—Es posible que haya millones de cosas que debería contarle antes de hablar de Adam, pero la verdad es que no hay tiempo.

—Entonces, hábleme de Adam —respondió.

Cuando dijo eso, tuve que contenerme para no estallar. ¿Qué podía saber él de Adam, de los sentimientos que ese nombre provocaba en mí?

—¿Y el resto? —pregunté, tratando de no escupirle las palabras a la cara.

—¿Qué "resto"? ¿Los millones de cosas?

¿Acaso me estaba desafiando? ¿Sería posible?

—Sí, el resto. Los millones de cosas. ¿Me olvido de todo y listo? ¿Los hechos son basura? —contesté, dando rienda suelta a mi enojo y lanzándole a la cara la frase que me dijo la última vez.

¿Por qué estaba tan irritable? Adam me puso así. No, Adam no. Adam me hacía sonreír. Lo que pasaba con Adam. Eso me ponía así.

—Hábleme de Adam —repitió.

—Mierda —protesté—. No subestime lo difícil que es esto.

—Trataré de no hacerlo —respondió, en tono amable, casi en forma espontánea.

Me sentí aliviado de que no me hubiera agredido, que no hubiera reaccionado ante mi enojo del mismo modo. Traté de tranquilizarme. Me había contestado con calidez, instándome a dejar de lado la desconfianza, las excusas, las racionalizaciones. No podía saber que la única persona con la que yo podía hablar sobre Adam era Thea. Algunos amigos míos sabían que Adam estaba en alguna parte. Pero decidí contarles solo a los que no me iban a preguntar cómo me sentía al respecto. Soy muy cobarde para algunas cosas.

Participé en la creación de Adam cuando tenía veintitrés años, pero no lo conocí hasta los treinta y ocho. En esos quince años, no supe que tenía un hijo. Personalmente, no era de los que se quedan despiertos hasta tarde preguntándose qué habrá sido de los millones de espermatozoides que diseminé por allí, desde el fatídico día en que decidí con entusiasmo sacrificar mi virginidad con una jovencita dispuesta a tal fin en el altar de la hiperexcitación adolescente. Nunca se me ocurrió la posibilidad de que uno de mis pequeños y vigorosos nadadores hubiera encontrado un óvulo ambulante y un útero cálido donde anidar.

La manera en que conocí a Adam me parece trivial cada vez que la recuerdo. Más que trivial, bien de cliché. Fue en 2002. Un muchacho desconocido se apareció en la puerta de mi casa. Una versión lastimera del clásico "vine a buscar a mi papá".

Podría empezar con una lista interminable de críticas sobre la madre de Adam (reconozco que todavía me dan ganas de hacerlo) o podría recitar un sinfín de excusas acerca de la sofocante noche de otoño en que Adam fue concebido. Su madre y yo nos conocimos en una fiesta la víspera de *Halloween* en una ostentosa mansión en las afueras de Atlanta, pero no tiene sentido ensuciar esos recuerdos o empañar los motivos o la personalidad de la madre de Adam.

No era una muchacha formidable y, a decir verdad, la noche tampoco. Era una época en la que el sida todavía era una enfermedad que se contagiaban otros y en la que gente como yo creía que el sexo recreativo no causaba ningún mal que un poco de penicilina no pudiera curar. Una época alegre. La madre de Adam y yo tuvimos un encuentro que duró tan solo unos minutos más de lo que ella tardó en levantarse la falda hasta la cintura y de lo que yo tardé en bajarme los pantalones hasta las rodillas en un lavadero, a pocos pasos de la cocina atestada de gente. Nuestra unión fue ilícita y resultó más excitante por lo ilícito que por lo erótico. Y fue rápida.

¿Si estaba satisfecho? Tenía veintitrés años; nunca estaba satisfecho.

Lamento decir que lo mismo me pasaba tanto a los quince como a los treinta y tres; pero cuando me acercaba a mi cuarta década, los tantos en el marcador podían ser tanto el signo del dólar como la silueta de una muchacha rodeada de luces de neón. La madre de Adam fue la segunda ese mes. O la quinta. O más. Algunos meses eran mejores que otros. No llevaba la cuenta de los tantos que metía, pero metía tantos.

Cuando me acuerdo de esa noche, algo, algún recuerdo perdido me dice que ella quiso besarme cuando terminamos. No durante, después. No creo que la haya dejado. No habría sido propio de mí. Cuando quiso besarme, yo ya había terminado con ella.

Cada uno de esos lamentables datos acerca de los pocos minutos que pasé con la madre de Adam dicen mucho más sobre quién era yo en ese entonces que quién era ella. Es posible que la madre de Adam haya sido una maravillosa joven que se equivocó en un momento pasajero de ilusión y de algo que confundió con romance o, al menos, con deseo apasionado. No le di la oportunidad de que me mostrara nada sobre ella, o sobre sus sueños, o los golpes que sufrió y que le trastrocaron el concepto de vida y amor de tal manera que terminó eligiéndome a mí entre ese montón de muchachos mal vestidos y borrachos. No, no me enteré de nada de eso porque partí enseguida, en el último vuelo nocturno, aun antes de que me pidiera que la llevara a su casa.

Confesión: yo no era un maravilloso joven que se equivocó en un momento pasajero de ilusión, de romance o de deseo apasionado. Era un muchacho egoísta y cruel que quería tener sexo antes de irse de la ciudad. Y esa noche conseguí lo que quería. También conseguí a Adam.

La vida nos tiende trampas.

—Tiene un hijo —dijo el terapeuta, interrumpiendo mi relato. Lo dijo sin sorpresa y con una ternura que me conmovió en lo más íntimo. Quizás él también tenía un hijo.

—Tengo un hijo —contesté, sin mucho más que decir—. Pero no es tan sencillo.

Reflexionó sobre mi respuesta un instante, o dos.

—Tal vez debería callarme —prosiguió—. Estaba haciéndolo bien sin mi ayuda.

Tenía razón. Lo estaba haciendo bien. Para mí, tratándose de Adam, lo estaba haciendo de maravillas solo. Se quedó en silencio, y en forma indirecta me hizo saber que estaba allí.

Me casé tarde con Thea, a los treinta y tantos. Era un hombre importante a punto de vender la compañía de tecnología médica que me haría rico y poderoso. Thea era casi cinco años menor que yo y tuve que gastar una cantidad de energía extraordinaria para convencerla de la autenticidad de mis sentimientos. Su escepticismo nos hizo bien a los dos. Nuestro casamiento fue un cambio prodigioso en mi vida. En un par de años, llegó el cargamento de dinero y cambiamos nuestra primera casa, una casita de Denver linda pero en mal estado, por una mansión semicolonial situada en un amplio terreno en las afueras de la ciudad.

Me gustaba pensar que había cambiado algo más en mi vida que mi estado civil y mi patrimonio. Me gustaba pensar que yo también había cambiado, y quería creer que tenía pruebas para demostrar que era mucho menos imbécil a los treinta y cinco que a los veintitrés.

¿Qué pruebas tenía de mis cambios? Me sentía más satisfecho. Y me consideraba más maduro. ¿Cómo podía estar seguro de que era más maduro? Muy simple: no creía que mi satisfacción tuviera nada que ver con mi riqueza. Si eso no era una señal de madurez, no sé qué sería. Pero me pregunto si estaba listo para casarme cuando Thea y yo dijimos "acepto".

En retrospectiva, teniendo en cuenta esa generosa evaluación de mi progreso madurativo, podría afirmar que me estaba acercando a la línea divisoria que decía "listo". También podría asegurar que Thea me hizo un enorme favor haciéndome esperar antes de darme su voto de confianza.

¿Pero estaba listo para formar una familia? A eso también me estaba acercando. Más allá de mi trayectoria profesional y mi dinero, había crecido. ¿Me animaba a tener un perro? Sin duda. ¿Niños? Podía ser. El problema era que, aunque yo no lo sabía, mi hijo Adam ya tenía doce años.

Un año y medio después de casados, Thea me dio una hija, Berkeley.

El día que Adam apareció en la puerta de nuestra nueva casa, Berkeley era una niña vivaz que caminaba por todas partes. Tenía los mismos ojos de Thea, sus dedos largos y su grueso labio inferior. El nombre de nuestra hija también fue idea de Thea. Aseguraba que se inspiró en George Berkeley, el filósofo británico del siglo XVIII, pero siempre sospeché que su verdadera fuente de inspiración era el amor indestructible que Thea sentía por la universidad en la que hizo sus estudios, situada en la ciudad californiana de Berkeley. Siempre lo negaba, y me discutía que la herencia de la niña era de origen filosófico. Yo, por supuesto, apodé a nuestra hija "Cal", por "California", y Thea fingía que eso la ponía loca.

Cal –también le decimos "Berk"– tenía mi rapidez. También mi "imprudencia", según Thea, y daba la impresión de que reconocer ese rasgo en su primogénita la llenaba de tristeza. Pero a mí me gustaba; sabía que en unos años más Berkeley se pondría los esquís, uno o dos, según la moda del momento y de que a ella le gustara o no esa moda, y que pasaría con su padre por los senderos casi imperceptibles entre los árboles de las montañas en pleno invierno. En unas décadas más, estaría feliz de heredar mi viejo Porsche 911 cuando yo ya no tuviera fuerza para apretar el pesado embrague. Yo no disimulaba mi orgullo por la rapidez natural de Berkeley.

Cuando tocaron el timbre tarde aquel día, tuve que correr para ganarle a mi pequeña en su carrera hacia la puerta.

El muchacho que estaba en la entrada no tenía mi rapidez. Era debilucho y desproporcionado, más alto y más delgado que yo, y se movía con la misma vitalidad que un oso perezoso. Creí que venía a venderme un producto que no me interesaba o que intentaría convencerme de que donara dinero a alguna institución de la que jamás había oído hablar. También pensé que antes de que llegara a la esquina, se habría convencido –si tenía un poco de sentido común– de que ser vendedor no era lo suyo.

Mientras pensaba en alguna frase inteligente para echarlo de mi casa, el joven me miró de arriba abajo como si estuviera tratando de decidir si la ropa que yo llevaba puesta le quedaría bien. Pero no habló, no de inmediato. Me ganó la impaciencia antes de que entrara en juego la imaginación. Esa progresión cognitiva tan particular –impaciencia antes que imaginación– era un defecto común en mí.

—¿Sí? ¿En qué puedo ayudarte? —A decir verdad, le estaba prestando muy poca atención al adolescente que tenía frente a mí con las manos en los bolsillos; mi mayor preocupación estaba dirigida a evitar que mi hija atravesara la pared de contención que yo había formado con las piernas.

Las primeras palabras que me dirigió el muchacho fueron:

—¿Esa es mi hermana?

Hice la asociación mitótica de inmediato –lo más importante era la idea general de que ese muchacho estaba sugiriendo la existencia de alguna relación biológica entre nosotros–, pero no es casual que no haya hecho la asociación mitótica correcta. No me enorgullece reconocerlo, pero mi primera idea fue algo así como que Thea tal vez quedó embarazada de joven –mucho más joven–, dio al niño en adopción y nunca me lo contó. De hecho, estaba orgulloso por no haberme sentido crítico al respecto.

Mi orgullo se transformó en sorpresa y en tranquilidad vergonzosa por la rápida conclusión que saqué enseguida: "Mejor que haya sido Thea y no yo".

Pero la tranquilidad se evaporó en cuestión de segundos cuando el espejismo que me hizo ver un oasis que me liberaba de toda responsabilidad personal se esfumó en el aire, como ocurre con los espejismos. Esos pocos segundos fueron los que tardé en detectar el color de ojos del muchacho –Thea le dice "azul halógeno"– y la forma especial en que se le dilataban los orificios nasales cada vez que respiraba. Todas las mañanas, veo ese mismo iris azul iridiscente y ese mismo ensanchamiento nasal en el espejo.

—Ve a buscar a mamá —le dije con suavidad a Berkeley—. Creo que está en la cocina.

Yo sabía que estaba en la cocina, con sus delicados pies envueltos en las zapatillas de baile que usaba todo el año para caminar por la casa. Me gustaba pensar que mi mujer iba por la

vida como si fuera una función de ballet. Era, en el mejor sentido de la expresión, ligera de pies. Yo era su torpe compañero
de baile.

—¿Quién es? —preguntó Thea desde el fondo de la casa—.
La cena va a estar lista en un minuto.

—Ya te oí. Ocúpate de Berk, ¿está bien? Creo que voy a tar-
dar unos minutos. Empiecen sin mí —le grité antes de salir y
cerrar la puerta tras de mí.

Me quedé mirando al muchacho con sorpresa, con la boca
abierta en una muy buena imitación del gesto de estupor. Me di
cuenta de que tenía las manos en los bolsillos y que estaba
copiando su postura de adolescente a la perfección. Por fin, dije
con palabras lo que era obvio:

—Tú sabes mucho más sobre lo que está pasando aquí que
yo, ¿no es cierto?

—Es probable —respondió. Se mordió el labio inferior
antes de agregar—: Yo sé quién es mi madre, por ejemplo. Posiblemente tú no lo sepas, ¿verdad?

Sus palabras me cayeron como un puñetazo en el estómago. Tuve que luchar para no doblarme en dos; respiré hondo una
vez y luego respiré hondo otra vez.

—¿Podemos dar un paseo? —pregunté.

—Sí, ¿por qué no? —contestó—. ¿Por qué no?

19

Mientras comíamos, Papaya King se llenó de gente. La fila llegaba hasta la vereda.

—¿Qué tiene que ver Adam con todo esto? —pregunté a
Lizzie.

Una vez más, sus manos cálidas envolvían una de las mías
–la que no estaba enyesada– sobre el sucio mostrador. Perdido
en mi meditación sobre Adam, ni siquiera me di cuenta de que
ella seguía aferrada a mí.

—Tiendo a usar mucho la palabra "objetivo" —dijo—. Quizá
demasiado. Pero las decisiones que un hombre, o una mujer,
deben tomar para contratar nuestros servicios profesionales

requieren una evaluación objetiva de la vida y, sobre todo, de la muerte. Del valor que uno les atribuye a ambas cosas. Después de haber estudiado tu caso –el caso completo–, ya no estamos seguros de que estés en condiciones de ser objetivo acerca de la vida y de la muerte.

—¡Qué discurso!

—Debemos evaluar si el caso reúne las condiciones necesarias. Es nuestra responsabilidad.

—¿Y tienen dudas por algo relacionado con Adam?

—Sí, por lo que pasó, lo que pasa, entre Adam y tú.

—¿Y ustedes creen que saben todo lo que pasa entre mi hijo y yo? —pregunté. Pero en realidad pensaba: "¿Cómo es posible que lo sepan? ¿A quién le habrán preguntado? ¿A Thea? Imposible. ¿A Bella? Tal vez. Sí, tal vez. Maldita sea. ¿Y qué? Thea no sabe. Bella tampoco. En verdad, no lo saben".

Por primera vez, me permití hacer la pregunta obvia, que debí haber hecho al principio: "¿Quién carajo es esta gente? Los Ángeles de la Muerte. ¿Quiénes son?". Lizzie me apretó la mano y asintió con la cabeza a la pregunta que, sin darme cuenta, acababa de hacer en voz alta.

—¿No se les ocurrió la posibilidad de que lo que sucede con él me vuelve más objetivo? Con respecto a la vida. Quizá con respecto a la muerte. Al menos, la mía.

—Convénceme.

Parecía un árbitro que le permite a un jugador discutirle una falta. No creí que quisiera dejarse convencer; quizá quería que pensara que me estaba dando una oportunidad. Pero nada en su lenguaje corporal me decía que estaba dispuesta a cambiar de opinión.

De pronto, una mujer se interpuso entre nosotros y nos hizo sombra, como una nube que pasa delante del sol. Llevaba una gran cantidad de comida. Tres salchichas –no parecía tener el menor problema en comer picante en el almuerzo–, dos porciones de patatas fritas y una especie de inmensa bebida tropical desbordaban la bandeja.

—¿Terminaron? Este no es un restaurante de lujo. La gente come y se va. Dejen comer a los demás —nos dijo.

—¿Quieres caminar? —le pregunté a Lizzie.

Miró a la mujer, que estaba ansiosa por ocupar nuestro sitio.

—Nos vamos en un minuto. O dos —le dijo.

—Vamos, el tiempo se les terminó. Los pies me matan. Me duelen las piernas. Tengo tanta hambre que me hace ruido la panza. Y tengo que volver a mi trabajo de mierda en cinco minutos.

—Ya nos vamos —contesté, tomando a Lizzie de la mano. Recogí las sobras de nuestra comida con la mano enyesada. Noté que Lizzie miraba con atención cómo juntaba los restos y cómo los arrojaba en un cesto cercano. La llevé afuera y le expliqué:

—Parece que esa mujer tuvo una mañana difícil.

—No me gusta que me den órdenes —comentó.

Hizo un leve gesto con la mano izquierda cuando habló, un pequeño arco que le indicaba al conductor del automóvil que nos siguiera en nuestro paseo inesperado.

—Lo voy a tener en cuenta —le respondí.

Así sería.

20

Las duchas que solía tomar en el apartamento de mi amigo, entre sesión y sesión con el doctor Gregory, me hacían muy bien. La siesta, no tanto.

—Thea se comportó muy bien con Adam.

—¿Sí? —comentó el terapeuta—. ¿En qué año fue que apareció?

—Hace unos años. En 2002.

—Continúe.

Era como escalar un cerro empinado seguido por alguien que me metía el dedo entre las costillas una y otra vez.

Miré por la ventana del consultorio, y quedé mudo ante la ráfaga impresionante de hojas que caían de los árboles. Era el otoño.

Sin dar la menor muestra de sorpresa ante la engorrosa situación, Thea recibió a Adam esa primera noche como a su sobrino favorito. Se dio cuenta de que yo no sabía qué hacer, y me llevó con delicadeza al lado de mi hijo. Cuando no pude pronunciar ni una sola palabra, me abrazó y susurró: "Sé sincero".

Llegó la hora de acostar a Berkeley. Thea la sentó en la falda de su medio hermano y le alcanzó un viejo libro de cuentos infantiles, ya gastado por el uso. Por la forma en que Adam le leyó a mi hija, como si lo hubiera hecho antes, me pregunté si no tenía otros hermanos. Además de mi hija.

Thea lo dijo en voz alta:

—¿Tienes hermanos, Adam? Además de Berk.

—No, la verdad que no.

Thea se quedó callada, pero ante la naturaleza enigmática de su respuesta, apenas lanzó un suspiro. Hacía lo mismo conmigo cuando mi parquedad habitual la irritaba. Me di cuenta de que quería saber más sobre Adam, pero pudo contenerse.

—Sigue leyendo —le sugirió—. Lo haces muy bien.

Esa noche nos dijo muy poco sobre su vida; las respuestas breves que nos daba eran una muestra clara de que no quería que lo interrogaran. De común acuerdo, tanto Thea como yo decidimos alojarlo en casa. Adam había dado el primer paso, al acercarse a nosotros.

Supusimos que debíamos dar el siguiente paso haciéndolo sentir bienvenido.

Le di a Berk el beso de las buenas noches, y ella le dio a su medio hermano un fuerte abrazo antes de meterse en la cama. Thea se quedó con ella, para dar respuestas a su inevitable curiosidad con respecto a Adam.

Cuando los dos volvimos a la cocina y nos sentamos a la mesa, me dijo:

—Eres demasiado confiado.

—¿Sí? En mi vida me acusaron de un montón de cosas, pero nunca de eso.

—Yo podría ser un estafador, un psicópata. Cualquier cosa. Alguien que ha averiguado sobre tu vida. Un asesino serial, incluso. ¿Qué pruebas tienes de que soy quien digo que soy?

Esa especie de melodrama me hizo gracia. Pude haberle dicho lo del brillo halógeno de su iris y del modo particular en que se abrían sus orificios nasales, pero no lo hice. Pude haberle dicho que ya sentía una unión con él tan sólida como la que existía entre el suelo y las raíces del viejo roble que teníamos en el jardín, pero no lo hice. Solo me encogí de hombros. Me gustaba la novedad de que mi propio hijo me acusara de ser demasiado confiado.

—¿Te gustan las películas viejas? —me preguntó.

—Algunas. No soy un especialista.

—¿El *ciudadano Kane*?

—Oí hablar de esa.

—¿Te acuerdas del trineo?

Entendí la alusión. Me sentí aliviado.

—"Rosebud" —contesté.

—Mi mamá me dijo que si alguna vez te conocía, debía decir una sola palabra.

¿Qué me quiso decir con "Rosebud"? ¿Era alguna especie de juego de preguntas?

—¿Llevé a tu mamá al cine?

Rió. Fue, por decir lo menos, una risa irónica.

—La palabra es "Buckhead". No llevaste a mi madre al cine. —Miró hacia otro lado durante largo rato y, cuando por fin volvió a mirarme, su voz fue mucho más sombría—. La llevaste a un lavadero.

21

En ese momento, no sabía si Adam tenía idea de lo que iba a encontrar en nuestra casa, pero llegada la noche, si en verdad era sincero con respecto a nosotros, debió darse cuenta por la actitud de Thea de que había encontrado una familia, en caso de que fuera cierto que la deseaba.

Yo no estaba seguro de eso. Una parte de mí –la parte del iceberg que está bajo el agua, la parte cínica, la parte escéptica, la mayor parte– estaba segura de que Adam había venido en un viaje de búsqueda, en una especie de viaje de placer retorcido, con ganas de encontrar, por fin, la versión familiar y personal de la montaña, el bosque, el cañón, o cualquier otro fenómeno natural que yo representaba en su mente curiosa. Supuse que su visita duraría apenas para sacar algunas fotos –digitales o figuradas–, y que luego volvería a su casa, quién sabe dónde.

Una parte más cínica de mi cerebro consideraba la posibilidad de que el propósito de Adam fuera reclamar parte de mi fortuna.

Sin embargo, lo que en realidad pensaba era que, al final, se marcharía por donde había venido, en forma subrepticia y sin mucho ruido, y que de mí quedaría solo una foto de cuatro por cuatro en la cartelera de noticias de su mente, o en la puerta de la heladera de su cocina. El gran especialista en tecnología médica. El padre distante. Imaginé mi expresión sonriente colgada, en un ángulo extraño, debajo de una foto cualquiera de lugares turísticos. Un imán con forma de piña me tapaba casi toda la cabeza.

—¿Le dije que Thea se comportó muy bien? —le pregunté al terapeuta.

—Sí.

—Bueno, así fue. Pudo haber hecho que ese día fuera un infierno. Pudo haberme atado a una cama de torturas y atormentado de todas las formas posibles. Pero no lo hizo. Estuvo divina.

Cuando quedó claro que se quedaría a pasar la noche, y que ese había sido su plan desde el principio, le preparamos el cuarto de huéspedes en la planta baja. Adam nos aseguró que su madre sabía dónde se hallaba, y como los dos estábamos al tanto de que yo no recordaba su apellido, ni qué decir del nombre de su madre, él estaba al tanto también de que yo no tenía derecho a cuestionar que le hubieran dado permiso para quedarse a dormir en mi casa. Decidí comportarme como padre, al menos un poco, así que le pasé el control remoto y lo ayudé a buscar un canal en el que pudiera ver *SportsCenter* por espn. Me preguntó si teníamos el *History Channel*. Me estaba poniendo a prueba. Le dije que lo teníamos, pero que no sabía el número del canal. Su sonrisa burlona me indicó que no la aprobé.

—Yo lo busco —contestó. Por el tono, me di cuenta de que quiso decir "fallaste, papá", pero tuve la clara impresión de que estaba contento de que al menos hubiera intentado. Quizá me daría una nota alta por el esfuerzo.

—Seguro que lo vas a encontrar. Hasta mañana, Adam. Este día fue distinto.

Tomé el picaporte, listo para cerrar la puerta al salir.

—Bella —dijo.

—¿Cómo?

—En realidad, no sé si te interesa. Pero mi madre se llama Roberta. Todos los que la aprecian le dicen Bella. Creo que estás en ese grupo, o alguna vez lo estuviste. —Hizo una pausa—. Al menos durante unos minutos. Esa noche en Buckhead, probablemente te dijo que se llamaba Bella. Es amigable, sociable. Le cae bien a la gente. Te debe de haber dicho que su nombre era Bella antes de...

No quería terminar la frase. Y yo no quería terminarla por él. Hice un gran esfuerzo por no prestar atención al cuchillo que acababa de clavarme en la espalda.

—Gracias —dije—. No me acordaba de su nombre. Lo siento.

—Ella sabe el tuyo —continuó, los ojos fijos en la pantalla del televisor—. Sabía exactamente dónde vives, dónde podía encontrarte. Me mostró un artículo sobre ti de la revista *Business Week*. Grabó un programa en el que apareciste, en uno de esos estúpidos canales empresariales por cable.

Asentí con la cabeza. Yo tenía un gran talento para la televisión en vivo –podía estar pensando en mis pies y hacer que la entrevista fuera interesante–, así que daba muchas entrevistas para los canales de cable. No tenía idea de cuál habría visto Adam, pero había sólo un artículo sobre mí en *Business Week*. No era malo; detallaba con precisión la naturaleza meteórica de mis primeros logros y finalizaba, de manera imparcial, con el hecho indiscutible de que el aspecto prometedor desplegado en los comienzos de mi vida empresarial aún estaba a la espera de una segunda oportunidad.

Dicho de otro modo, fui de los que pasan al estrellato con un único éxito. Consideré la posibilidad de que mi hijo me lo estuviera reprochando, pero me consolé con el hecho de que, al menos, había sido un éxito rotundo.

Adam no había terminado de decir lo que quería. Su ansiedad lo traicionó. Por la manera rápida en que hiló las palabras, me di cuenta de que estuvo esperando un buen rato para hacerme las siguientes preguntas, y quizás hasta las había ensayado.

—¿Sabías en esa época, la noche de la fiesta, cómo se llamaba?

¿Bella? ¿Roberta? Los nombres no me eran familiares. Para nada. Decir la verdad no fue tan difícil como pude haber imaginado. Negué con la cabeza, para mostrar que no sabía el nombre de la muchacha de aquella noche, pero el consejo de Thea de ser sincero me seguía dando vueltas y sabía que, aunque el gesto fuera la verdad, no era suficiente, ni era sincero.

—No, Adam. Creo que no sabía su nombre. Ojalá pudiera decir que lo sabía.

—Sí.

Su "sí" fue desdeñoso. Una versión amable de "vete a la mierda".

—No me siento orgulloso de cómo era en esa época, Adam. Era... Es difícil de explicar... Crecer es difícil.

—¿Sí?

—Lo que sucedió cuando yo era joven es...

Respiró con fuerza por la nariz para interrumpirme.

—Yo soy lo que sucedió cuando eras joven. Fui yo.

—Nunca me enteré —intenté defenderme—. No es una excusa. No está bien que no lo supiera. Pero yo era yo. Jamás me detuve a pensar ni por un instante en lo que tuviera que ver con...

Desistí en mis intentos por encontrar un modo de explicarle a un joven de catorce años lo que significa tener veintitrés, lo que es ser el centro del universo, lo que pasó esa noche en la que tuve relaciones sexuales anónimas con su madre.

Aburrido por mi egocéntrico discurso, esperando que me fuera con la cola entre las patas, empezó a pasar de un canal a otro con el control remoto. El canal en el que yo estaba, mientras buscaba el modo de terminar la frase y explicar mi comportamiento, fue el primero que Adam cambió.

No era de extrañar, ya que había tenido suficiente de papá por esa noche.

Observé cómo se desvestía Thea. Primero las zapatillas de baile rosa pálido, después los pantalones de satén. Por último, se quitó la camiseta de algodón de manga larga por la cabeza, con un giro especial, un movimiento casi como el de un tirabuzón que siempre me encantó. Era cerca de la medianoche cuando se acurrucó junto a mí en la cama. Sentí su cuerpo caliente y sensual; apenas un rastro de sudor pegaba su piel a la mía. Las cortinas estaban abiertas, como la mayoría de las noches. Me besó el hombro una vez, luego otra vez, y justo cuando estaba haciéndome a la idea de que comenzaría a pedirme los detalles acerca del fatídico encuentro con la madre de Adam, me dijo:

—Amor, ¿por qué crees que Adam vino hoy?

Adam no nos había dicho demasiado –fue proporcionando información sobre su historia personal poco a poco, como si se tratara de una ración de comida que debía durar mucho, mucho tiempo–, pero logré hilar mis recuerdos hasta estar bastante seguro de cuándo ocurrió el encuentro. Visité a un viejo amigo de la universidad que estaba haciendo un posgrado allá por 1987. Haciendo un poco de esfuerzo, ayudado por las pistas que me proporcionó Adam, también recordé algunos detalles vagos acerca de la fiesta que tuvo lugar en la mansión de Buckhead en la víspera de *Halloween*, y también me vinieron a la memoria algunos recuerdos más vagos aún de la joven con la que estuve –y que al parecer dejé embarazada– en el lavadero de la casa durante el punto culminante de la prematura celebración de la víspera de Todos los Santos. Bella era alta y delgada. En ese entonces tenía cabello rubio, corto, y ojos brillantes.

Thea estaba sorprendida pero no consternada por todo lo sucedido ese día; ella sabía quién era yo a los veintitrés años. La vida que llevé antes de conocernos no era un secreto entre nosotros. En los comienzos de nuestra relación, cuando trataba de convencerla de la autenticidad de mis sentimientos, dejó en claro que había rechazado a muchos hombres iguales a mí en sus épocas de soltera. Hombres que nunca jamás relacionan la palabra "muchacha" con "responsabilidad". Y me lo dijo de tal modo que estaba seguro de que, a pesar de sus precauciones, había caído en la trampa más de una vez. Las cicatrices que quedaron de esas relaciones eran mínimas –Thea se cercioró de que las heridas sanaran bien–, pero estaban allí. De eso no cabía duda.

A pesar de todo, lo único que esperaba de mí en ese momento en nuestra cama matrimonial, era saber cuáles eran mis ideas acerca de la razón por la que mi desconocida progenie se apareció ese día en nuestra puerta. La pregunta me desconcertó a mí también, y me sentí muy agradecido de que Thea fuera capaz de hacer a un lado los aspectos más lascivos de su curiosidad. Además, estaba lúcido como para saber que no me sentía preparado para dar respuestas complicadas con respecto al adolescente que estaba abajo, en el cuarto de invitados.

—Para ver quién es su padre, supongo. Debe de ser un gran esfuerzo para un muchacho de su edad.

—¿Crees que es así de fácil?

Obviamente, ella no creía que fuera así de fácil. Ni siquiera un poco fácil. Pasó sus largos dedos por el ralo vello de mi pecho. No había seducción en su gesto, solo intimidad. El tono de su voz era de lo más comprensivo, pero yo sabía que me estaba presionando para que profundizara un poco más.

De acuerdo, poco no, mucho.

—Su madre le contó todo acerca del momento en que fue concebido. Todos los detalles. ¿A alguien de su edad? ¿No te parece raro que una madre...? A mí me parece...

—¿Impensable? —dijo Thea con una risita.

Aunque el humor estaba bien, la broma era para mí, y la palabra me dolió un poco cuando la dijo. Me di cuenta de que acababa de comenzar una conversación que no quería seguir y comenté:

—Adam está mirando no sé qué cosa de historia en la televisión. —De algún modo me di cuenta de que estaba pasando rápido de un canal a otro con Thea, como mi hijo había hecho conmigo un rato antes.

—Bueno, entonces...

—Me dirá por qué está aquí cuando esté listo —respondí, tratando de convencerla de la profundidad de mis pensamientos, con un tono de voz que pretendía demostrar que estaba hablando con gran conocimiento de las motivaciones que empujan a los jóvenes adolescentes. La verdad es que recordaba sólo una motivación adolescente con claridad. Era la que perduró más allá de mi adolescencia y me puso en aprietos con Bella.

—O cuando él sienta que tú estás listo —contestó Thea.

Ese día se dijeron muchas verdades en nuestra casa, pero tal vez ninguna tan cierta como esa.

¿Cuáles fueron las últimas palabras de Thea esa noche asombrosa? Fueron palabras de madre, palabras sabias, palabras que lo resumen todo. Pero más que nada fueron palabras esperanzadoras, sorprendentes.

—Tenemos un hijo —dijo.

El ritmo de su respiración me dio a entender que, en cuestión de segundos, estaba dormida.

En un tono que no denotaba ningún tipo de inflexión, mi terapeuta comentó:

—Tuvo una hija. Antes de eso tuvo un hijo.

Pensé que era su forma de decirme que él sabía que había mucho más que contar. Tenía razón. Pero no sabía ni la mitad.

22

Me aseguré de que el terapeuta me estuviera prestando atención de verdad antes de continuar.

—Al día siguiente, mientras yo hablaba por teléfono y Thea se estaba duchando, Adam se fue. Así nomás, se marchó. No dejó una nota, no se despidió, nada. Estuve buscándolo un rato por el barrio, pero no lo encontré. Su madre, Roberta –Bella–, llamó unas horas más tarde. Thea atendió. Bella estaba preocupada, pero no angustiada, y quería saber si habíamos visto a Adam.

—¿Quiere decir que la madre no sabía que él fue a visitarlos? —preguntó Alan Gregory.

—Es rápido, usted —reaccioné con aspereza. No le di importancia. Él, sí.

—Lo pone incómodo hablar de su hijo conmigo. Cuando se siente incómodo se pone un poco, cómo decirlo... ¿antipático? ¿Irritable?

Me sorprendió darme cuenta de que sus palabras no eran acusatorias, solo interrogativas. No estaba acostumbrado a que me enfrentaran sin acusarme de algo. En mi experiencia, esas dos cosas iban de la mano.

—Sí, me pongo antipático. —Y no agregué: "¿Es un problema, acaso?".

—Quería cerciorarme de que ambos sabemos de que existe esa tendencia. Puede ser importante, es todo. Continúe.

—Vivían en las afueras de Cincinnati. Bella estaba separada de su segundo marido. Thea admitió que Bella le pareció simpática; le cayó bien. Amistosa, desprejuiciada, tal como dijo Adam. Hablaron de lo que ocurrió con Adam en casa. Hablaron de Berk.

Pensé que el psicólogo iba a decir algo –quizás esperé que dijera algo–, pero no fue así.

Comencé a hablar de Berkeley, de lo especial que era, y noté que el terapeuta entornaba los ojos.

—¿Qué? —pregunté.

—¿Salimos por la tangente?

—Es probable —reconocí—. La madre dijo que Adam se había escapado otras veces. Algunas veces. Ella las llamaba sus "aventuras" y les daba un toque romántico. Pero siempre la llamaba y le avisaba dónde estaba. Esta vez no tenía noticias suyas desde hacía tres días. Empezaba a preocuparse.

Hice una pausa para darle la oportunidad de que hiciera algún comentario juicioso, o quizá de que criticara porque sí la política prescindente de Roberta como madre, pero no hizo ningún comentario, ni criticó a Bella, o tal vez no era más que un gran hijo de puta.

—¿No tiene nada que decir? —le pregunté.

Tenía un comentario para hacer.

—Bella decidió llamarlo a usted. A pesar de que no tenía motivo para pensar que usted sabía siquiera de la existencia de Adam –en sentido literal–, debe de haber sospechado de algún modo que usted podía saber dónde estaba. ¿Por qué iba a llamar a su casa si no fuera así?

Me encogí de hombros.

—No importa.

—¿No?

—No. —Pude haberme detenido ahí, pero noté que ya le empezaba a parecer un petulante. Quería ser petulante –tenía ganas de serlo–, pero también quería parecer razonable—.

Adam apareció en Ohio al día siguiente. Bella nos llamó para avisarnos que estaba bien. Esa vez hablé yo con ella. Me pidió que la llamara si él me visitaba otra vez. Fue breve, pero su voz me trajo recuerdos de Buckhead. En esa época ella era una muchacha agradable. Yo era un desgraciado.

Una vez más, silencio. ¿Para qué le pago a este sujeto? Continué:

—Ese día, en el teléfono, si bien no estaba de muy buen humor, seguía siendo una joven agradable. No me comporté como un desgraciado. Y eso me hizo sentir orgulloso. De verdad.

No sabía que con la conversación estaba llegando a ese punto. ¿Él lo sabía? Creo que sí.

Quizá por eso se quedó callado. Quizá por eso le estaba pagando.

23

Lizzie se recuperó rápido del mal momento que pasamos con la mujer en Papaya King.

—Te quedan cosas por resolver. No lo digo para criticarte, sino para que sepas lo difícil que es la situación. La verdad es que te comprendo. A cualquier padre le gustaría saber que el vínculo que lo une a su hijo está bien establecido antes de...

—¿A Adam? ¿Te refieres a Adam?

—A Adam —me confirmó.

—Vuelvo a la pregunta que nos atañe. ¿Por qué eso es importante para ti, para tu organización?

Su estado de ánimo cambió de pronto; el brillo cautivante de sus ojos se ensombreció, y cierta tristeza apareció en su lugar.

—Hemos comprobado –a veces de la peor manera– que este acuerdo funciona bien cuando nuestros clientes están en paz con el mundo. En los casos en que hubo resistencia por parte de los clientes a que pusiéramos fin a su vida, el motivo siempre fueron cuentas pendientes, a veces algún asunto referido a grandes sumas de dinero o cuestiones laborales importantes. Pero, casi siempre, se trataba de cuentas pendientes emocionales. Por lo general, temas familiares. Es inevitable que las dudas con respecto a la vida generen dudas con respecto a la muerte. Mi experiencia me dice que las dudas con respecto a la vida que más nos atormentan son las relacionadas con nuestros hijos. Para que nuestros servicios sean eficaces al máximo, la experiencia le ha demostrado a nuestra organización que debemos hacer todo lo que está a nuestro alcance con el fin de cerciorarnos de que nuestros futuros clientes no tengan problemas desde el punto de vista financiero, emocional y psicológico. Estar en armonía con tus hijos es parte importante de todo esto.

Quería que le volviera el brillo a los ojos. La miré con una sonrisa socarrona y repetí:

—Desde el punto de vista financiero, emocional, psicológico. —Resalté los tres criterios con los dedos—. Entonces, ¿cuál es mi puntaje? ¿Uno de tres? ¿Dos de tres?

De pronto se le iluminó la expresión, me dio un golpecito en el pecho y comenzó a caminar rápido delante de mí. Por un instante, me felicité por haber logrado que recuperara el buen humor, pero entonces me di cuenta de que lo hice sin pensar y sin saber qué monstruo la había entristecido en primer lugar.

—Me parece que me saqué una mala nota —dije—. Un uno, por ejemplo.

Se dio vuelta y comenzó a caminar hacia atrás, mirándome. No hay que ser un genio para saber que no es la mejor manera de caminar en Manhattan.

—Tienes dinero. Así que al menos tienes un uno. Los niños ricos siempre sacan uno.

—Las niñas bonitas también —respondí.

—Es cierto. Y los niños bonitos reciben medio punto.

—¿Entonces, soy un niño bonito? —pregunté, queriendo con desesperación que dijera "sí".

No me contestó.

—Bueno, ya tengo un punto y medio. Cubo de basura —le avisé.

Lo esquivó como si tuviera un radar.

—Anciana con carrito de compras.

Esta vez giró la cabeza para mirar. No había nadie detrás de ella.

—Mentiroso.

—A veces miento, sí. El truco está en saber cuándo miento y descubrir por qué. En Papaya King, me dijiste que no te gustaba que te dieran órdenes. Bueno, a mí no me gusta que me digan que no. No estoy acostumbrado. Tengo bastante dinero. Ya estoy grande; sé en lo que me meto.

Una vez más, como si tuviera un radar en la espalda, Lizzie se detuvo justo antes de chocar contra una pila de cajones de madera llenos de fruta y verduras delante de la cocina de un restaurante. Acorté la distancia que nos separaba y quedé bien cerca, como para inclinarme y besarla. No se había retocado el lápiz labial desde Papaya King, y percibí la acidez de la col en su aliento.

—Leí tu legajo —dijo—. Sé acerca de tu propensión a...

Me enterneció que buscara una forma amable de completar su idea.

—¿Sabes de mis propensiones? Me dijeron que son más grandes que las de la mayoría de los hombres.

—Me lo estás complicando —murmuró.

—Mis propensiones siempre me trajeron problemas. Pero es probable que eso ya lo sepas. Si sabes lo de Adam.

—Nosotros investigamos a fondo.

—Entonces seguro que sabes todo lo de Antonio. Y lo de mi hermano, ¿no es cierto?

Le cerré el paso. Aún me encontraba a pocos centímetros de ella.

—¿Conrad?

—Connie.

—Connie, sí. Esclerosis múltiple.

—Esclerosis lateral amiotrófica. De modo que sabes que tengo buenos motivos para contratar los servicios de tu empresa. Motivos *objetivos* —enfaticé su palabra a propósito—. Sé lo que significa morirse poco a poco. Sé cuál es el precio que hay que pagar cuando no nos preparamos para los imprevistos. Valoro la vida más que la mayoría de los hombres. La vida con V mayúscula. Por completo.

Se quedó pensando en mis palabras.

—Tu hermano no aprobaría lo que hacemos.

Tenía razón. Y yo no aprobaba que ella supiera lo de mi hermano.

—¿Por qué estás tan segura?

—¿No estás de acuerdo?

—No. Me pregunto si hablaste con él.

Se encogió de hombros. Me miró la boca.

—¿Estás pensando en besarme? —me preguntó.

—Lo estoy meditando —le contesté. Hasta ese momento no lo había pensado, pero hice el intento.

—No lo hagas.

—Antes te pusiste triste, cuando hablamos de Adam. ¿Por qué? Déjame acercarme un poco a ti, Lizzie.

No utilicé esas palabras a propósito por el doble sentido que tenían, pero en cuanto me di cuenta del efecto, me puse incómodo. Ella no se dio cuenta del doble sentido o no le importó. No cedió ni un centímetro, ni corporal ni retórico.

—Nosotros vendemos paz interior. ¿Sabes en cuántos casos intervenimos? No muchos. Si supieras la cantidad de clientes que llegan a situaciones en las que necesitan nuestros servicios, te sorprenderías.

—¿Porque es baja?

—Sí. La gente joven, como tú, por lo general muere de pronto. Tiene un accidente, un paro cardíaco, una apoplejía. Algunas enfermedades crónicas –cáncer, problemas cardíacos– se prolongan lo suficiente para que intervengamos. Pero nosotros no vendemos muerte. Y si bien estamos preparados para poner fin a la vida en casos de enfermedades prolongadas, no nos interesa el negocio de la eutanasia. No te confundas. El nuestro es el negocio de la calidad de vida. Lo que vendemos y lo que hacemos muy, muy bien es asegurarte que, si te ocurre lo peor, tus últimos días serán como tú lo decidas. Esa es la verdadera paz interior.

—¿Sí? —Ya había deducido las partes racionales de su argumento por mi cuenta. A pesar de su elocuencia, su monólogo no me impresionó. Pero todavía quería besarla—. ¿Entonces, me aceptan?

—No creemos en venderle lecciones de canto a un mudo. O en venderle un Monet a un ciego.

—¿Así soy yo? ¿Mudo y ciego?

—En cuanto a la paz interior, puede ser. ¿Recuerdas lo que te mencioné acerca de las cuentas pendientes?

—Todo el mundo tiene cuentas pendientes.

—No —contestó, hiriente como una bala—. Hay circunstancias que no todo el mundo va a vivir. Hijos que no verá graduarse. El casamiento de una hija en el que no estará. Vacaciones al Mediterráneo o un hermoso lugar de retiro que no podrá disfrutar. Una montaña que tal vez nunca llegue a escalar. Pero no todos tienen cuentas pendientes como las tuyas con Adam. Cada respiro exige una exhalación, menos el último. Con Adam, todavía no has exhalado.

—¿Cómo sabes...?

El automóvil alquilado vino hasta nosotros y se detuvo. ¿Le habrá hecho una seña?

Mi última pregunta quedó flotando en el aire. Se escabulló y bajó del cordón de la vereda. Mientras abría la puerta del automóvil, me dijo:

—Te contactaremos para comunicarte nuestra decisión final. Me tengo que ir. —Entró en el automóvil y cerró la puerta.

—Gracias por el almuerzo.

Bajó un poco la oscura ventanilla trasera.

—Pagaste tú.

—Valió la pena.

24

Esa noche en la ciudad de Nueva York, compré unos sándwiches para cenar y los comí en la habitación del hotel con media botella de Yebisu. Una especie de ama de llaves fantasmal había puesto la botella de cerveza en un balde plateado para champán y la había mantenido con hielo todo el día. Lindo gesto.

Me quedé absorto en mis pensamientos viendo cómo se oscurecía Central Park a medida que la luz del día se iba... ¿adónde? ¿Adónde se iba?

Alguien golpeó a mi puerta. ¿Otra vez el servicio de habitación? ¿Más toallas para seguir apilando, en caso de que me dieran unas ganas terribles de secar a un elefante mojado? ¿Otro bombón para poner sobre la almohada?

No, era un muchacho con traje, joven, negro, un lindo traje. No trabajaba en el hotel; eso estaba claro. No llevaba un distintivo con su nombre. Me entregó un sobre. Observé que usaba guantes. Guantes blancos. No eran para darle un toque de elegancia. No. Los guantes blancos eran para no dejar huellas dactilares en el sobre.

—Buenas noches, señor —saludó. Después de entregarme el sobre, ladeó apenas la cabeza y añadió—: Gracias, señor.

Me quedé en la puerta y lo vi marcharse por el corredor hasta que entró en el ascensor. Cuando volví a la habitación, arrojé el sobre en la cama. Era un sobre delgado y supuse que se trataba de la respuesta a la solicitud de ingreso. Un sobre delgado significaba rechazo. Uno grueso significaba: complete los formularios, envíenos un cheque y quedará inscripto.

Por supuesto, el verdadero mensaje era el mensajero. Me estaban diciendo que podían meterse en lugares –como el hotel Four Seasons– en los que no debería ser fácil entrar.

Pensé en leer la carta de rechazo más tarde. Los eufemismos de la Muerte que sin duda emplearon para referirse a los servicios que me negaban, me harían reír.

No me iban a hacer llorar.

A decir verdad, lo único que lamentaba era que no vería otra vez a Lizzie. No me importaba demasiado que los Ángeles de la Muerte no me consideraran un candidato adecuado. Si tuviese que elegir entre tener a Adam conmigo o ser uno de los preferidos de los Ángeles de la Muerte, la elección habría sido fácil. Ya había comenzado a racionalizar su rechazo. ¿De todos modos, qué probabilidades había de que alguna vez necesitara sus servicios?

La mayoría de la gente se muere en forma predecible, o repentina. La misma Lizzie lo dijo. Yo sería uno de esos. Mi 911 y yo nos estrellaríamos contra un árbol. Nos caeríamos por un acantilado. Chocaríamos contra un camión con acoplado. Caería un rayo del cielo. O, una tarde invernal, me detendría a descansar en una saliente que en realidad era una cornisa... O, quizá, la única vez que no lograse colocar los dos esquís en el mismo lado en cada árbol por el que pasara.

Thea llamó y puso a Cal en el teléfono para que yo pudiera hablar con ella antes de que se distrajera con otras cosas. Cal ya tenía edad suficiente para que le resultara extraño hablar por teléfono con su padre cuando este se encontraba en alguno de sus tantos viajes, pero era una niña excepcional, alegre y tierna, que toleraba la mayoría de las peculiaridades de sus padres.

Thea tomó el teléfono.

—¿Cómo te fue hoy en la reunión?

Mi mujer creía que yo estaba negociando un ofrecimiento para trabajar con General Electric en el desarrollo y comercialización de su nueva línea de escáneres portátiles. ¿Por qué creía eso? Porque esa era la mentira que le dije para justificar mi viaje a Nueva York.

General Electric no necesitaba mi ayuda.

—Bien. Ahora sólo tengo que decidir si quiero tomarme la molestia.

—¿Quieres?

—No lo sé todavía.

—¿Puedo decirte lo que pienso?

—Piensas que debería dejarlo.

—Me casé con un hombre brillante. ¿Irás a visitar a Connie mañana?

—Sí, creo que tomaré el tren a New Haven a la mañana, así paso el día con él.

—No sabes cuánto admiro a tu hermano. Me ha inspirado mucho.

—Lo sé.

—Cuando me pongo impaciente por cualquier tontería, o me pongo mal porque tengo un resfriado o dolores menstruales, pienso en Connie. Mándale saludos de mi parte. Dile que trataré de ir a Connecticut pronto.

—Bueno.

—Te oigo triste, mi amor.

—Estoy cansado, nada más. Y tengo miedo: no sé con qué me voy a encontrar mañana cuando vea a Connie. Ya lo sabes, no mejora, y es difícil soportarlo.

—Sí, lo sé.

—Te quiero.

—Yo también —me respondió.

Cuando me aburrí de las bobadas en la televisión, abrí el
sobre que estaba en la cama. La nota estaba escrita con la misma
letra común y corriente que la que recibí después de registrarme en el hotel. Esta decía: "Estaré en el vestíbulo hasta las diez".
Según mi reloj, tenía veinte minutos para llegar abajo.
"Lizzie", pensé, y me dio un pequeño vuelco el corazón. De
acuerdo, me dio un gran vuelco. Pasé de no saber que tenía
pulso a saber que lo tenía.

¿Pensé en Thea en los instantes que siguieron? No. Pero
no era Lizzie la que me esperaba en el vestíbulo. Era el futuro
comediante con el que almorcé en Nobu. Me hicieron una
broma pesada.

25

Estaba sentado a una mesa cerca de la entrada del vestíbulo,
esperándome. Tenía un trago de color ámbar. Cuando llegué, se
levantó para saludarme y luego lo seguí hasta una mesa alejada,
ubicada en un entrepiso que daba a la calle. Hice señas a la
camarera de que no quería beber nada.

—Cuando se enferme o accidente, quedará inscripto. Si de
pronto Adam decide que es su mejor amigo, o si no lo hace, no
cambiará nada —dijo a modo de saludo.

Yo sabía que si Adam mostraba algún interés en mudarse
conmigo a Colorado o en dejarme intervenir más en su vida,
todo cambiaría para mí. Todo. Pero respondí:

—Entiendo.

—Lo que quiero decir es que una vez que haya realizado
el segundo pago y se produzca el suceso desencadenante, no
puede cambiar de opinión.

—Entiendo a qué me comprometo. Su compañera dejó
bien en claro que la política de su empresa no era flexible.

—Casi digo "Lizzie", pero recordé que probablemente no era
su nombre verdadero.

—No se lo tome a la ligera. Somos muy serios al respecto. —Intentó atraer mi mirada, pero lo evadí por un instante, solo para mostrarle que podía hacerlo. Cuando me di por vencido y lo miré fijo a los ojos, agregó—: No encienda la mecha a menos que esté absolutamente seguro de que quiere que estalle la bomba. Llegado cierto momento, no habrá forma de apagarla.

—Dije que entiendo.

—Bien.

Hizo remolinos con el coñac o lo que fuera que tenía en la copa. Pero no bebió nada.

—Pero hay algo que quiero saber —añadí—. ¿Qué pasa si me echo atrás? Me refiero a antes de tener un accidente o una enfermedad. ¿Qué sucede si les digo que se queden con todo el dinero que pagué y que me dejen tranquilo? Si los libero de la responsabilidad.

—Hasta ahora no ha ocurrido nunca. En teoría es posible, pero ¿en la práctica? No podrá encontrarnos para decírnoslo. Después de que haga el último pago y de que especifique los parámetros de intervención, dejaremos de tener contacto con usted. La discreción es importante para nuestros clientes, y para nosotros también. Necesitamos protegernos a nosotros mismos si queremos proteger nuestros compromisos. Ser invisibles en todas las etapas. En todas. Siempre.

—¿Y cómo sabrán si yo...?

—Todos los controles de su estado de salud se harán en forma remota e invisible. Es parte de nuestro servicio integral.

—Yo tengo recursos —comenté.

—Sólo trabajamos para gente con recursos. Créame cuando le digo que no podrá encontrarnos; ni se moleste en intentarlo. Si no le gustan las reglas del juego, no participe. Existen geriátricos llenos de gente que decidió no participar. A menos que, y hasta que sea cliente nuestro, a mí no me importa.

—Jimmy se comunicó con ustedes para contarles que me interesaba el servicio.

—Si usted completa la inscripción, y así lo desea, le proporcionaremos una vía para que nos contacte con gente. Eso depende de usted.

—¿Jimmy está inscripto?

—No dije eso.

—Pero los inscriptos pueden recomendar gente.

—Si lo desean.

—Entonces, puedo contactarlos, ¿ve?

—Utilizamos una cadena de intermediarios. Siempre. Su amigo Jimmy se enteró de la existencia de nuestra organización durante el deterioro de la salud de su esposa. Cuando usted mostró interés por controlar las circunstancias al final de su vida, Jimmy Lee se acercó a un intermediario. Todos los intermediarios tienen orden de no proporcionar más información que la que dio el contacto con respecto al interesado. No se comporte como un niño. Si lo que necesita es un modo de destruir nuestro sistema, los servicios que ofrecemos no son para usted. Nadie lo está obligando a inscribirse.

—No me gusta que me digan lo que tengo que hacer. Me está costando mucho dinero.

Se acomodó en la silla. Habló en tono desdeñoso:

—Cuando compra un automóvil, no puede pedir uno que ande con tres ruedas. Cuando compre su próxima avioneta, no le darán la opción de que vuele con una sola ala. El dinero tiene sus límites. Sea realista.

—Esto es un servicio, no un objeto. Su analogía no es buena.

Al igual que sus modales.

—Un servicio específico. Como el del automóvil. Como el de la avioneta. Cuatro ruedas. Dos alas.

—A mí me gusta hacer las cosas a mi manera.

—Ya lo sabemos. Por eso es que, finalmente, decidimos aceptarlo y eso es lo que, también finalmente, lo convertirá en buen cliente. Nuestros servicios están hechos para la gente a la que no le gusta que el destino le determine la vida. Firme con los ojos bien abiertos y se asegurará de que su vida acabe a su manera. O retírese ahora y permanezca vulnerable al destino. La elección es suya.

En eso tenía razón. Él sabía que tenía razón. Más importante aún, yo sabía que él tenía razón.

—No lo necesitamos como cliente —continuó—. Vaya con la competencia.

—No conozco a su competencia.

—No tenemos.

Era su primer chiste de la noche. Esperaba que fuera el último. También fue el momento en que me di cuenta de que él y yo habíamos pasado, en sentido figurado, a la salita de la concesionaria. La insulsa oficina donde se llevan a cabo las verdaderas negociaciones. El cuarto donde se desarrollan los juegos de ventas. Él estaba tratando de convencerme de que podía retirarse del trato que estábamos negociando. Se preguntaba si yo podría hacer lo mismo. No me gustaba mi posición en el juego.

Metió la mano en el bolsillo de su chaqueta y colocó una foto sobre la mesa. Un hombre, o algo parecido, en una cama conectado a tantos tubos y monitores como para llenar un pabellón hospitalario.

—Entiendo que no lo reconozca. Ni su madre podría reconocerlo. Es Toby Bonds un mes después de que un camión de cemento chocó de costado contra su limusina en Miami. Supongo que habrá oído la noticia. Por algún motivo, la bolsa de aire del automóvil de Toby no se infló. Pero su cabeza sí. —Hizo una pausa—. Lo conoce, ¿no?

—Sí. Lo conozco.

Antes del accidente, Toby era un hombre de peso en el mundo de los capitales de riesgo. Nos cruzamos unas cuantas veces a lo largo de nuestra vida profesional. Claro que sabía de su tragedia. Era una de esas cosas de las que se habla en voz baja en las reuniones.

Siempre pensé que Toby era un imbécil engreído.

—Me lo imaginaba. Entonces, es probable que sepa lo del camión de cemento. Toby tenía sus dudas sobre nosotros; se parecía a usted. Nunca hizo el segundo pago. Todavía estaba pensándolo cuando el destino le jugó la mala pasada. —Tocó la foto—. ¿No hacer el segundo pago? Es como apostarlo todo a una escalera simple. Es arriesgado. A veces se pierde.

—Algunos se arriesgan.

—¿Antonio? —preguntó. El tono con que pronunció el nombre de mi amigo hizo que sonara como una blasfemia. Recé en silencio para que el cómico no sacara una foto de Antonio. Le miré las manos. Continuó—: Se arriesgó en esa cueva en Belice,

¿no es cierto? Usted también corrió esos riesgos algunas veces. ¿Lo que Antonio sufre como consecuencia del riesgo es lo que usted está dispuesto a soportar?

—Ya veo lo que me quiere decir.

Sacó otra foto espantosa y comencé a preguntarme hasta dónde llegaría su lista de catástrofes.

—Margo Johannsen.

Conocía el caso. Margo era colega mía. Fue directora de operaciones en una de las grandes empresas de biotecnología y sufrió una apoplejía a los cuarenta y siete años. Solíamos vernos unas veces al año, y me gustaba estar con ella cuando nos cruzábamos en las reuniones de negocios. En la fotografía, se la veía en un centro de rehabilitación. La sostenían dos asistentes terapéuticos. No tenía mucha apariencia de directora de operaciones. Más bien parecía una ruina.

—Está bien, está bien —acepté—. Ya vi suficiente. No necesito que me digan las cosas dos veces.

Apretó los oscuros labios como si estuviera esforzándose por ocultar una sonrisa.

—¿Sabía que, en inglés, para referirse a las personas en estado vegetativo, usan la palabra "*gork*"? Es una sigla con sentido despectivo.

—No, no lo sabía. —Iba a preguntarle "¿una sigla de qué?", pero intuía que me lo iba a decir de todos modos.

—"*God only really knows*". Sólo Dios lo sabe. Antes de que se generalizara su uso, era un término médico. La descripción de una situación que es insondable para el mundo de la medicina. —Arqueó las cejas y gesticuló hacia la foto de Margo. Ella era la "*gork*" en cuestión.

Suspiré. Yo era el futuro "*gork*" en cuestión.

Arrojó otra fotografía sobre la mesa. Reconocí a ese zombi internado de inmediato, tragué saliva y sentí una fuerte presión detrás de los ojos.

—¡Dios mío! Ese es Will Durrell, ¿no es cierto? ¿Qué le...?

—Aneurisma de la aorta. Fue hace tres días. Una operación sorprendente le salvó la vida, pero había perdido mucha sangre y los médicos no pudieron evitar que se le dañara gran parte del cerebro. A él también lo conoce, ¿no? ¿Conoce a Will?

Él sabía que sí. Me daba cuenta. No eligieron la fotografía de Will al azar. Me pregunté cómo habría hecho el cómico para conseguirla.

—Sí, lo considero un amigo. —La foto de Will Durrell me afectó más que las otras. Ni siquiera sabía que estuviera enfermo. El verano pasado, Will me invitó a participar de la reunión anual en el centro de recreación Bohemian Grove del Río Ruso, en California. Me contó muchas cosas sobre su vida, y aprendí mucho de él, en la semana que estuvimos juntos. Tocaba el saxo de una manera que hacía llorar a los árboles y podía dibujar la caricatura de cualquier persona en menos de tres minutos.

—A ver si adivino. Will nunca hizo el segundo pago.

—El señor Durrell retiró su solicitud antes de ser aceptado. Me alegra que empecemos a entendernos. Facilita mucho la negociación final.

Me quedé contemplando la foto de Will unos instantes más. La última vez que lo vi estaba fumando un habano, bebiendo un buen vino y tratando de formar una banda de jazz itinerante. Ya había reclutado a uno de los hermanos Marsalis y estaba bastante seguro de que Eric Clapton también se sumaría. Me ofrecí a cargar los instrumentos para estar cerca de ellos cuando tocaran. Eran las diez de la mañana y el sol se abría camino entre los árboles para inundar el campo. La banda itinerante nunca se concretó. Will se distrajo porque se le presentó la oportunidad de hacer montañismo con Richard Branson.

—No entiendo. Su colega se pasa el día tratando de convencerme de que anule el acuerdo. Ahora, usted viene a mi hotel a tratar de convencerme de que firme.

—Nuestros clientes forman parte del uno por ciento de la población más rica. Nosotros no publicitamos nuestros servicios; sin embargo, rechazamos dos posibles clientes por cada uno que aceptamos. Si tuviéramos una puerta, la gente la derribaría a golpes. Si tuviéramos un sitio Web, nuestros servidores estarían sobrecargados. Satisfacemos una verdadera necesidad. Considérese uno de los pocos afortunados.

—¿Cuál es la diferencia entre los rechazados y los elegidos?

—Eso es privado.

No esperaba menos. Me dije que no tenía que agradarme el sujeto. Cualquier antipatía que sintiera por él estaba más que compensada por el cariño –por decirlo así– que sentía por Lizzie.

—Mis socios y yo llegamos a la conclusión de que usted constituye un riesgo aceptable. Mi función esta noche solo consiste en asegurarme de que comprende que nuestro acuerdo es irrevocable. Irrevocable, más allá de lo que suceda entre usted y su hijo. Como no podemos asentar nada por escrito, hacemos todo lo posible para estar seguros de que no se nos escapa nada. Nada.

No me sentía tan contento. Todavía estaba tratando de superar mi desilusión por no estar bebiendo esa copa con Lizzie.

—Comprendo. ¿Cómo continuamos?

Mencionó el nombre de una de las grandes compañías de telefonía celular, una distinta de la que había utilizado la vez anterior.

—Consiga una línea nueva cuando vuelva a casa. Estaremos en contacto.

—¿Eso es todo? —pregunté.

—Sea modesto. Compre un teléfono simple. Lo utilizará una sola vez. Poco tiempo después, recibirá instrucciones sobre cómo efectuar la segunda serie de pagos, y revisaremos los parámetros de intervención. Después de eso, no volverá a tener noticias de nosotros. Trabajamos en secreto, como cualquier buen sistema de seguridad.

—Tengo una pregunta más —dije.

—¿Sí?

—Esta vez no me revisaron. ¿Por qué?

—Piense en la conversación que tuvimos. No dije nada importante esta vez. Por eso. Tal vez hablábamos de un seguro de vida irrevocable, ¿no es cierto? O de un seguro contra discapacidades. Uno nuevo. Distinto. Uno que especifica que no tendrá que preocuparse nunca más si queda discapacitado de por vida.

Aunque el coqueteo es un entretenimiento para mí, el enamoramiento es una fuerza de la naturaleza. Yo coqueteo mucho.

Thea también. Es muy buena para eso. Extremadamente buena. De hecho, es mejor que yo.

El flirteo es inofensivo. En serio. El enamoramiento es otra cosa. Si el flirteo es una invitación al placer, el primer trago de una cerveza helada, burbujas de champán en la punta de la nariz o una brisa fresca un caluroso día de verano, el enamoramiento es un fenómeno más intenso: un huracán, un tornado, un incendio. Una avalancha. Algo peligroso y cinético. Algo muy grande para ocultarse de él. Algo muy grande para tratar con ligereza.

Si me hubiese detenido a pensar un poco, me habría dado cuenta de que ya había caído en la trampa.

En cuanto el hombre se levantó de la mesa del Four Seasons, esperé unos minutos y salí a la serena coreografía nocturna de la calle 57. Con las manos en los bolsillos, caminé sin rumbo fijo hasta que de pronto me encontré de nuevo ante la puerta del museo en la 53, y me di cuenta de que en realidad no había caminado sin rumbo fijo como creía. Aunque acababa de tomar una decisión fundamental con respecto a mi salud y a mi futuro, no podía dejar de pensar en Lizzie. No volvería a verla nunca más.

Seguí caminando hacia Times Square y me dejé llevar por la multitud. Oí hablar una decena de idiomas y vi miles de caras de cien colores distintos. Pero ninguna de ellas pertenecía a la mujer con ojos multicolor que olía a ropa recién lavada.

¿Y si estuviera en la multitud? No sé. Era mejor así. Yo amo a Thea. De verdad.

26

Al día siguiente, tomé el tren desde la estación Penn hasta New Haven para visitar a mi hermano. El deterioro de Connie había avanzado rápido desde mi última visita unos seis meses atrás, y su cuerpo estaba tan demacrado que me quedé sin aliento. Supuse que esa podía ser la última vez que lo vería con vida, pero en otras ocasiones pensé lo mismo y me había equivocado.

Connie era un sobreviviente. Su enfermedad estaba ya en

el punto en que la silla de ruedas era en una necesidad imperiosa y hablar significaba un gran esfuerzo para él. Para preguntarme sobre Thea y los niños, levantaba el mentón –todavía podía hacerlo– y simplemente decía: "¿La familia?". Pronunciar una frase corta le llevaba casi un minuto. Aunque él siempre fue un académico excéntrico que economizaba el uso de adverbios y adjetivos, cuando la enfermedad lo despojó de su vitalidad comenzó a hablar con una parquedad típica de Raymond Chandler. Al parecer, Connie estaba a un paso de perder la capacidad del habla por completo. De ahí al aislamiento total no faltaba mucho.

Desde hacía dos años, a Connie lo cuidaba un guatemalteco maya llamado Félix. Era un hombre bajo con la cara redonda como luna bronceada, paciente y amable con mi hermano. Félix se tapaba la boca, y los dientes podridos, con la mano cuando sonreía, lo que hacía a menudo. En agradecimiento por la generosidad de Félix, Connie era Connie. Una tarde, estuvo casi una hora contándome el maltrato y el terror que Félix y su familia sufrieron durante la guerra civil guatemalteca. Connie le pagaba bien y siempre le daba una importante suma extra por mes que Félix enviaba a Guatemala para convertir en quetzales y ayudar a sus familiares empobrecidos.

¿Cuál era el mensaje que Connie quería darme? No era difícil darse cuenta. Me estaba diciendo que algunas cosas eran peores que eso, que su enfermedad.

Hablamos del último escándalo en Sudán, los huérfanos que quedaron en Asia por el tsunami, y la tríada destructora del África subsahariana: el sida, la pobreza y la falta de acceso a la educación. Hablamos del futuro de las mujeres con fístulas en Etiopía, de la prostitución infantil en Asia y de la futilidad del esfuerzo por buscar una solución al conflicto entre judíos y palestinos. Cosas que para mi hermano eran mucho peores que un sujeto privilegiado que tuvo una vida maravillosa en New Haven y que ahora padecía esclerosis lateral amiotrófica. Mucho, mucho peores.

Connie nunca se quejó de su situación delante de mí. Ni una vez desde que le diagnosticaron la enfermedad. Durante mi visita, pensé en la posibilidad de contarle acerca de la reunión que tuve el día anterior en Nueva York, pero no lo hice. ¿Por qué? En parte me sentía culpable. Pero en gran parte sentía vergüenza.

Aunque no tenía cargo de conciencia por haber decidido compartir mi destino con los Ángeles de la Muerte, me avergonzaba reconocer que no podría enfrentar, o prefería no tener que enfrentar, los problemas con los que Connie y millones de personas como él lidiaban día tras día. Estaba seguro de que uno de los "parámetros de intervención" a los que debería responder era si yo deseaba seguir viviendo en caso de que necesitara un asistente personal para hacer las cosas cotidianas.

Si me tocara vivir momentos tan terribles, no me gustaría ser de los que se quejan, pero me conozco muy bien. Y sé, además, que nunca tuve la suerte de contar con la entereza de Connie o con su ecuanimidad con respecto al destino.

De modo que, ese día, cuando viajaba en el tren desde Nueva York, tomé la decisión de comprar la póliza de seguro de lujo que me ofrecían los Ángeles de la Muerte. Y una de las cosas que les diría a mis agentes de la muerte era que si yo alguna vez llegaba a tener un deterioro físico como el de mi hermano, prefería morir a vivir en esas condiciones.

Cuando terminó la visita a mi hermano, Mary me recogió y me llevó a casa. Mientras sobrevolábamos Ohio, dejó los controles en manos de su último copiloto y se sentó a mi lado. Le pregunté cómo le había ido en la ciudad con los encargos que le había dado.

—No hubo ningún problema. ¿Quiere que le cuente?

—Ahora no. Ya te diré cuándo. Mantenlo en secreto, ¿de acuerdo?

—Está bien. —Hizo el gesto de sellarse los labios y señaló la cabina—. ¿Quiere volar un rato? Le daré un descanso a Trace y usted puede manejar la palanca de mando.

Yo tenía licencia para volar, pero no estaba capacitado para manejar el jet por mi cuenta. Algunos días me encantaba volar. Pero ese no era uno de esos días.

—No, mejor no. Gracias.

—¿Cómo le fue en las reuniones?

—Bien.

—Ah —dijo, imitando mi hablar taciturno. Si bien sentía un gran cariño por Mary, no tenía ganas de conversar. Ella se dio cuenta y se levantó para volver a la cabina de mando.

—Mary.

—Sí, jefe.

—Te agradezco la ayuda. Todo lo que haces.

—No es nada. Tengo un trabajo espectacular.

Asentí con la cabeza.

—¿Trace queda?

Sonrió.

—Puede ser. Es un gran muchacho.

—Avísame cuando quieras que hable con él.

Mary elegiría a su copiloto. Cuando enviara al elegido o elegida a hablar conmigo, sólo sería una formalidad.

Tres días después de mi visita, estaba de regreso en el campo, en Colorado. Me senté frente a las enormes ventanas de mi estudio –enmarcaban una parte espectacular de la escarpada cadena montañosa Sneffels– e hice los arreglos para transferir la segunda serie de pagos a las supuestas instituciones de caridad que los Ángeles de la Muerte tenían en el exterior.

En mi oficina de Denver, LaBelle dejó bien en claro cómo se sentía con respecto a lo que fuera que yo estuviera haciendo con mi dinero; sin embargo, envió cada dólar en su viaje feliz al extranjero.

Al día siguiente a la confirmación de la última transferencia, estaba manejando el Porsche cuesta abajo desde mi casa en Ridgway hacia la ferretería del pueblo, cuando noté una camioneta estacionada en el borde del camino, con el capó levantado. El conductor llevaba puesto un pantalón de corderoy ajustado y botas de montaña que jamás habían pisado un sendero –a mí me parecía el típico modelo de Ralph Lauren–, y me hizo señas para que me detuviera. Salí del camino. Era evidente que el joven había recibido una doble dosis de mala suerte. Además de tener problemas con el automóvil, estaba perdido.

—¿Algún problema? —pregunté tras bajar la ventanilla—. ¿Quiere que lo alcance hasta el pueblo? ¿Necesita que llame a alguien?

—Ningún problema —contestó con simpatía. Y dijo mi nombre.

En un pueblito como Ridgway, casi todos saben el nombre de casi todo el mundo. La cuestión es que, si alguien con quien me cruzo en la ruta sabe mi nombre, por lo general yo también sé el suyo. Pero estaba seguro de que nunca había visto a este joven en mi vida.

Por una fracción de segundo, por algún motivo, pensé: "¡Es un secuestro!". ¿Por qué? No sé, tal vez he visto demasiadas películas malas. Debe de haberme notado la cara de susto, porque levantó las manos y dijo:

—No se preocupe, señor. Soy...

Demasiado tarde. Acababa de encender la mezcla explosiva de paranoia y adrenalina. No esperé a que terminara la frase. Apreté el embrague y tomé la palanca de cambios para meter primera.

—...amigo de Lizzie —agregó, con calma.

Puse la palanca en neutro y poco a poco disminuí la presión sobre el embrague.

—Me hizo cagar de miedo.

—No fue mi intención, disculpe. Por todo lo que sabemos de usted, supusimos que se detendría a ayudar a alguien en la ruta si estuviéramos en el campo. No pensé que...

—¿Qué quiere?

—Vine para terminar de completar su solicitud. Específicamente, para confirmar sus decisiones con respecto a los parámetros de intervención de su póliza. Eso nos permitirá completar su legajo e iniciar la cobertura. Eso es todo, señor.

Me invitó a sentarme junto a él en el asiento delantero de su camioneta alquilada. Después de reflexionar por un instante si le creía o no, estacioné el automóvil delante del suyo en la banquina, me bajé, me senté en el asiento del acompañante de su camioneta y le pregunté:

—¿Me va a revisar?

—No. Está claro que lo sorprendí con mi visita. ¿Qué razón tendría para llevar un micrófono escondido?

Colocó un grabador digital entre los dos sobre el tablero de mando, y apretó el botón de "grabar". Una lucecita situada al costado del botón se puso de color rojo sangre.

—Tengo una serie de preguntas que hacerle.

—Adelante.

—La mayoría son para responder "sí" o "no". En algunas, tendrá que elegir una de varias opciones. Sus respuestas quedarán grabadas. ¿Está claro?

—Sí.

—La grabación servirá de prueba del acuerdo entre usted y nosotros. No habrá registro por escrito. Ninguna firma; sólo su palabra de consentimiento. ¿Entendido?

—Sí.

—Estoy autorizado para informarle que las pautas que usted me indique hoy serán respetadas tanto como nos sea posible. La póliza que compró entrará en vigencia hoy, hasta el día de su muerte, ya sea que se produzca en forma natural o después de haber recibido ayuda para tal fin.

Tragué saliva.

—¿Acepta las condiciones? —me preguntó.

—Sí, acepto —respondí.

Me pareció que había cierta ironía en el hecho de que fuera la segunda vez en mi vida que pronunciaba esa misma frase en el contexto de "hasta que la muerte nos separe".

Establecer los parámetros de intervención significaba responder a una larga lista de preguntas, de las cuales solo algunas eran más complejas que las que tuve que contestar hacía poco para mi cobertura médica.

Supuse que el hombre que hacía las preguntas no tendría mucho más de treinta años. Era de físico fuerte y mente sagaz, y no se lo veía incómodo por mi situación, o la suya. Era un hombre que no estaba acostumbrado a que se metieran con él. Me hacía las preguntas de memoria en forma monótona, al tiempo que aclaraba con paciencia y metódicamente mis preferencias acerca del umbral de discapacidad o enfermedad que estaba dispuesto a tolerar antes de que entraran en juego los Ángeles de la Muerte. Y el umbral a partir del cual la póliza era irrevocable.

A medida que respondía a las preguntas, me di cuenta de que colocaba el límite muy cerca del suelo. Pero aceptaba, desde tiempo atrás, que mi tolerancia para la discapacidad era muy poca, y estaba seguro de que, llegado el momento, estaría más contento si dejaba el mundo unos días antes que unos días después, cuando ya fuera demasiado tarde.

Todo el proceso tardó unos veinticinco minutos. Cuando dijo que habíamos terminado, esperé que apagara el grabador. Pero no lo apagó. Repitió mi nombre, mencionó el lugar donde estábamos, la fecha, la hora, y luego me hizo unas cuantas preguntas finales.

—¿Las preguntas que le acabo de hacer y las respuestas que acaba de proporcionar reflejan con honestidad y precisión sus deseos con respecto a los servicios que ofrece nuestra empresa?

—Sí.

—¿Estuvo bajo coacción o coerción durante este interrogatorio?

—No.

—¿Hay algo que desea modificar antes de terminar con el interrogatorio?

Pensé en la respuesta por un instante. Señalé el grabador y dije:

—Quiero una copia de la grabación.

Sonrió con calidez, como si pensara que estaba bromeando.

—No estoy bromeando —afirmé.

—No permitimos que haya copias desperdigadas de ningún acuerdo con nuestra empresa. Estoy seguro de que comprende el motivo de nuestra política. Protegemos a nuestros clientes y también nos protegemos a nosotros.

Claro que comprendía. Sin embargo, mi comportamiento cuando era joven me había enseñado una verdad universal: si no se lo pides, rara vez llegas a acostarte con ella. Hasta el día de mi muerte, seguiría pidiendo.

—Por favor, diga su nombre, la fecha, el lugar donde nos encontramos y la hora —continuó.

Repetí todo. Apagó el grabador.

—¿Y ahora cómo sigue? —pregunté.

—En menos de una hora, pasaré la grabación a un sistema codificado que ingresaré en nuestro centro de almacenamiento a través de una conexión segura a internet. Luego destruiré la grabación. Su póliza entrará en vigencia a la hora del almuerzo. Felicitaciones.

—¿Me volveré a encontrar con más sorpresas al costado del camino?

—No. A partir de hoy, ya no lo molestaremos. Le pido disculpas si lo asusté antes. Para nosotros, mantener la reserva es fundamental. El efecto sorpresa nos ayuda a cerciorarnos de que así sea.

—Espere.

—¿Sí?

—¿Su verdadero nombre es Lizzie?

—No —respondió sin dudar—. Pero ella me dijo que lo usara para llamarle la atención, en caso de que fuera necesario.

27

Aunque ahora me parezca extraño, en pocos días olvidé por completo que, en efecto, había contratado a los Ángeles de la Muerte para vigilar a mi Ángel de la Guarda, y también olvidé que mi nuevo y costoso ángel asesino estaba listo para aniquilar a mi barato ángel protector en el momento en que mi salud se deteriorara al punto de superar los parámetros de intervención establecidos.

En realidad, mi forma de vida no cambió en nada. Trabajaba cuando tenía que trabajar. Trataba de ser el marido que le prometí a Thea que sería, y el padre que Berkeley se merecía. Casi todas las noches, me iba a dormir contento con mis logros. Era mejor marido de lo que me imaginé, y mucho mejor padre de lo que, alguna vez, temí llegar a ser.

También me divertía. Pensaba que las heridas de la caída en los Bugaboos se curarían, así que hice planes para practicar un poco de ala delta en el viaje que íbamos a hacer Thea, Cal y yo a Sun Valley en el otoño. No hacía surf desde los veinte años, pero como las nuevas tablas habían revolucionado el deporte, Thea y yo planeábamos alquilar una casa al norte de Kapalúa en Navidad, a ver si tenía la suerte de remontar una de esas olas realmente grandes. Todavía me quedaban esperanzas de que me volvieran a invitar al encuentro anual en Bohemian Grove, para codearme con los creativos y poderosos que cada verano se reúnen en el Río Ruso, en California.

Mi intención era volver a los Bugaboos en la primavera. Y los que practicábamos buceo, en mi grupo de amigos, teníamos pensado hacer una peregrinación a la gruta que le robó la vitalidad a Antonio, en las profundidades de Belice.

Visité a Antonio una vez por semana durante los primeros meses después del accidente, pero las largas permanencias junto a su lecho me parecían un sinsentido, y la clínica de cuidados permanentes en la que "vivía" –pensaba aún que la palabra "vivir" era demasiado generosa para describir su estado– me parecía deprimente. De modo que, en vez de ir a ver a Antonio, comencé a visitar a Marilyn. Después de un tiempo de intenso dolor y confusión, parecía que estaba recobrando las fuerzas para seguir adelante. Su querido esposo no se iba a recuperar. En su fuero interno, ella lo sabía. El espíritu de Antonio murió mucho antes que su cuerpo.

Poco tiempo después de sellar mi acuerdo con los Ángeles de la Muerte, me llamó un amigo para avisarme que Will Durrell había fallecido a causa de su enfermedad, o por complicaciones de la operación que le dio unos días más de vida, o por una combinación de ambas cosas. Thea y yo volamos a Chicago para asistir a su funeral. Durante gran parte de la oración fúnebre, y durante casi todo el velorio, me estuve preguntando cuántos de los presentes –muchos eran colegas míos y de Will– eran clientes de los Ángeles de la Muerte.

¿Fui acaso el último en enterarse de ese servicio tan particular, o uno de los primeros?

28

Se terminaba el tiempo de la segunda sesión del día con el doctor Gregory, y ya no me quedaban energías. A pesar de la siesta del mediodía y de la ducha que tomé después, comenzaba a sufrir las consecuencias de tanta actividad. Lo que a la mañana fueron claras muestras de vigor, ahora eran apenas vestigios de esa fuerza perdida. Pensé en utilizar la poca energía que me quedaba para levantarme y despedirme por última vez del terapeuta, pero decidí que consumiría menos de mi fuerza menguante si dejaba que el tiempo se disipara en el aire.

El doctor Gregory, me di cuenta, solía tratar el silencio como un buen vino –lo consumía poco a poco y no se daba prisa por acabarlo–, de modo que no pensé que recibiría ninguna queja suya por dejar pasar unos cuantos segundos. Pero me sorprendió. Después de menos de un minuto y de un enorme bostezo –mío, no suyo–, preguntó:

—¿Habrá otro encuentro?

—¿Con usted? —contesté, sorprendido de que me hubiera preguntado. ¿Acaso estaba presenciando signos de inseguridad profesional?

—Con Adam —prosiguió—. Otra historia que tendría que contarme.

¡Claro! Era evidente que él también tenía puesto un ojo en el reloj y que no estaba contento con dejar que, simplemente, se agotara el tiempo.

—¿Por qué cree que hay otra historia? —pregunté. Reconozco que tenía curiosidad por saber cómo había llegado a esa conclusión, pero también pensé que sería más sencillo para mí si lo dejaba hablar. De ese modo, podía continuar ahorrando energía y el reloj seguiría avanzando.

No me respondió. Los dos sabíamos que no tenía que hacerlo.

—Creí que los hechos eran basura —dije.

En ese momento, los dos sabíamos que yo había adoptado su frase como lema –me gustaba mucho– y que esperaba que me sirviera igual que a él, como una carta de triunfo en cualquier conversación.

Sin embargo, él llevaba más tiempo que yo en el juego y no iba a ceder ante esa táctica de "los hechos son basura".

—No me interesa cuánto tiempo hizo fila para los juegos cuando llevó a Adam a Disneylandia. No me importa si el muchacho es el mejor bateador de su equipo de béisbol, o cuántas truchas pescó cuando fueron de paseo al río. Lo que me interesa es qué significó para usted el encuentro, o los encuentros, que tuvo con Adam. O mejor dicho, qué significan.

—¿Por qué?

—Porque a usted le gustaría que a mí me interesara, o mejor dicho, porque usted necesita que me interese. Porque sospecho que esa es una de las razones principales por las que vino a verme. —Quizá no parecí convencido. Añadió—: Y porque los aviones no planean para siempre con los motores apagados.

Eso sí captó mi atención.

—Está bien —acepté—. La próxima vez puede ser que hablemos del siguiente encuentro con Adam.

—Usted se cansa —comentó—. Mucho.

No quería reconocerlo. Pensé en mentir, pero dije: ·

—Sí. Es parte de lo que me sucede.

—¿Su problema de salud?

—Sí.

—¿Qué más?

—Náuseas. Pérdida del equilibrio. Las náuseas y los problemas de equilibrio son de esperar; lo que los médicos no comprenden es la fatiga.

Hizo un gesto de asentimiento y aceptación. Él sabía que no le estaba dando todas las piezas del rompecabezas, y no tenía ninguna intención de esforzarse en resolverlo antes de que yo lo hiciera.

—Algo más —continuó—. Me atrevería a decir que usted no está acostumbrado a esto. A hablar de cosas que son... importantes.

Eligió la última palabra con cuidado. Me sobresalté de inmediato:

—¡Ah! ¿Intimidad? ¿A eso se refiere? Mierda, eso es diferente, una novedad. ¿Me está diciendo que tengo conflictos? —dije, repitiendo una crítica que varias mujeres me han hecho cientos de veces durante al menos veinte años. Me ponía bastante susceptible con el tema.

—No se engañe —respondió. Su voz no denotaba ni una pizca de la intensidad que yo tenía—. No es intimidad lo que hay aquí entre usted y yo. Apertura, tal vez. Subrayo "tal vez" porque no lo conozco tanto como para estar seguro. Pero lo que sí sé es que para que haya intimidad, debe haber algo más, como mínimo.

—¿De qué carajo está hablando? —Mi protesta era débil, pero si confiarle mis secretos sobre Adam no era entrar en intimidad, entonces no sabía lo que era.

—Podría ir a la Taberna West End —se dio cuenta por mi expresión de que no sabía qué carajo era la Taberna West End—, un buen bar en Pearl Street, sentarse en la barra al lado de cualquier extraño que esté bebiendo y contarle todo lo que me contó. Lo de Adam, lo de su madre, lo de la muerte. Todo. Eso no lo haría entrar en intimidad.

Entendí.

—Está bien. ¿Qué sería íntimo? ¿Debería quedarme hasta tarde e invitarlo a mi casa?

Me pareció que era un buen ataque, pero él prefirió pasar por alto mi sarcasmo infantil y agregó:

—Lo que falta aquí es lo que Adam consiguió aquel día poco después de haberlo conocido.

—¿Y qué sería eso? —pregunté desorientado.

—La capacidad de herirlo.

—Dos preguntas: ¿por qué iba a querer que alguien tuviera ese poder sobre mí, y por qué es importante?

—Una respuesta: es un elemento necesario, pero no suficiente, para crear intimidad —Gregory esperó a que yo comprendiera. Cuando era evidente que no podía seguirlo, continuó—: Usted se mostró vulnerable ante Adam. Desde la primera frase que pronunció en la puerta de su casa. "¿Esa es mi hermana?", creo que dijo. Desde ese momento, usted se mostró vulnerable ante el muchacho.

—Sigo siéndolo —comenté, sin pensarlo dos veces.

—Sí.

—De acuerdo. —Mi "de acuerdo" quería decir "¿y con eso qué?".

—Sin vulnerabilidad no hay intimidad —explicó Gregory.

Me percaté de la repetición y me di cuenta del razonamiento que estaba haciendo. Adiviné, también, lo que esperaba que hiciera a continuación.

—¿Y cree que debería hacer lo mismo frente a usted? ¿Es eso lo que quiere decir?

—Hace más de cincuenta años, una neofreudiana llamada Karen Horney habló sobre los peligros de la "tiranía del *debería*". Creo que es un buen consejo. De todos modos, no dije que debería sentirse vulnerable conmigo, ni tampoco es eso lo que quise decir. Pero he notado que cuando me dice algo que podría hacerlo sentir un poco vulnerable, enseguida se pone a la defensiva.

—Entonces, ¿qué es lo que trata de decirme? Estoy agotado.

No respondió. Algo insinuaba. Yo estaba demasiado cansado, o demasiado atontado, para entender lo que me quería decir. Sentía casi —casi— tanta curiosidad como exasperación.

—¿Qué quiere? ¿Que empecemos desde el comienzo? —pregunté.

—Me parece una buena idea —sentenció el doctor Gregory, impasible.

Me puse de pie. Con el tono más irónico que pude, contesté:

—¿Esto me ayuda? ¿Esto es bueno para mí?

—Eso lo decide usted.

—¿Lo decido yo? Y su trabajo, ¿cuál es?

—Buena pregunta. Todavía no me queda claro cuáles son nuestros objetivos. No sé por qué viene a verme. ¿Porque está enfermo? ¿Porque se está muriendo? ¿Por otra cosa? ¿Algo relacionado con Adam? Eso es lo que creo —se trata de Adam—, pero no lo sé, y reconozco que me resulta difícil darle a un blanco que no me dejan ver.

—Bueno, bienvenido al club.

Dio un golpecito a su reloj.

—Tengo más tiempo, si desea continuar.

—¿Ahora?

—Ahora.

—Pensé que eso iba contra las reglas. Siempre oí decir que ustedes son estrictos con eso de "se le terminó el tiempo, váyase".

—Hay muchas ideas falsas sobre los terapeutas y la terapia. Pero esa no lo es. En términos generales, somos bastante respetuosos con el tiempo. Demasiado, diría. Pero a veces hago excepciones.

—Estoy muy cansado. —Bostecé para demostrarlo.

—Ya lo sé. Lo siento.

—No quiero que me tenga lástima.

—No era mi intención. Desde mi punto de vista, su fatiga es positiva. Sus defensas no se mostrarán tan flexibles o tan resistentes. Sin embargo, trataba de ser comprensivo. No le estoy exigiendo nada que usted mismo no se haya exigido otras veces.

Mi expresión revelaba que seguía sin entenderlo.

—Estaba pensando en la historia que me contó y en el valor –o la terquedad– que necesitó para salir de los Bugaboos en esquí con las costillas rotas, un hombro dislocado y una muñeca fracturada. Comparado con eso, quedarse conmigo veinte minutos más no es nada, ¿no es cierto?

Suspiré. Pensé en explicarle que para mí era como hacerme un examen de próstata, pero decidí no hacerlo.

—De acuerdo —dije—. La siguiente visita de Adam.

29

Adam volvió a Colorado siete meses después de su primera visita. En ese momento, era el año 2003 y tenía quince. De algún modo, supo que nos encontraría en la casa de Denver y no en Ridgway.

Bella llamó a Thea para avisarnos que creía que su hijo estaba en camino. No tenía idea de cuánto tiempo decidiría quedarse. Las madres de mis hijos resolvieron que debíamos mostrar sorpresa cuando Adam llegara a casa, lo que implicaba no decirle nada a Berkeley, ya que su capacidad para guardar secretos dejaba mucho que desear. No me consultaron. Las mujeres supusieron, con razón, que el bloque de madres que constituyeron desestimaría cualquier objeción de mi parte contra el plan.

En esa ocasión, Adam llegó casi de noche. Thea estaba bañando a Berk, así que atendí la puerta.

—Hola, papá —saludó.

Sus palabras me hicieron sonreír, no porque fueran afectuosas, sino más bien porque eran bastante irónicas.

—Hola. Qué bueno verte, Adam. Pasa.

Llevaba la mochila al hombro. No traía suficiente abrigo. Entró detrás de mí.

—¿Puedes quedarte un tiempo?

—Ya veremos —respondió. Me examinó unos instantes y añadió—: Bella llamó, ¿no?

A veces llamaba a su madre por el nombre de pila. Otras veces, no.

—Sí. Pero se supone que tengo que simular que no llamó.

—Eres muy mal actor.

—En realidad, depende de lo que tenga que interpretar. Este no es uno de mis mejores papeles. ¿Faltar a la escuela no es un problema para ti?

—Para nada. No voy a la escuela. —Luego agregó, en tono burlón—: El mundo es mi escuela. ¿Broadway ya está dormida?

—¿Broadway?

—Mi hermana. La pequeña actriz. Quiero verla.

Me reí y comenté:

—Sí que es una pequeña actriz. —Adam dio en el clavo. Sin duda, Berkeley había nacido para destacarse y tener éxito. Si para mi hijo el mundo era su escuela, para mi hija ese mismo mundo era un escenario—. Thea la está bañando. Estará encantada de verte. Le puedes leer un cuento antes de que se vaya a la cama; le gusta que le leas. ¿Tienes hambre?

—Mucha. —Se quitó la mochila del hombro, la dejó caer al suelo y caminó delante de mí por el pasillo hacia la cocina—. No te preocupes, les seguiré el juego a Bella y a Thea. Y tú puedes actuar y fingir gran sorpresa de que esté aquí.

—¿Estás tan seguro de que yo no participé?

—Te conozco.

¿Me conoces?

Le preparé algo de comer: dos quesadillas de pollo y un bol de chips de tortilla. Hice una pasta de palta, tomate y pimiento, para hacer un guacamole pasable, y abrí una gaseosa helada. Me quedé observándolo mientras devoraba todo, y me sentí muy bien.

Durante su visita, nos enteramos de que Adam tomaba clases en su casa desde sexto grado. Bella había notado sus capacidades intelectuales extraordinarias hacía mucho, de modo que, para estimular su mente, lo inscribió en distintos programas para niños superdotados cerca de su casa.

Yo sabía que Adam no era un adolescente común y corriente, lo que quería decir que no se parecía en nada a mí cuando tenía su edad. Sin ser un especialista en el tema, podía afirmar con seguridad que mi hijo y yo vivíamos en galaxias adolescentes distintas. No sabía qué era primero, si el huevo o la gallina; es decir, si el extraño comportamiento de Adam provenía de sus dotes intelectuales, o si sus idiosincrasias sociales eran el resultado de las diferencias que lo marcaron durante su educación.

En esa segunda visita, estaba leyendo a Esquilo como parte de su adhesión voluntaria a un programa universitario de grandes obras. Intentó conversar conmigo sobre *Las coéforas* con respecto a la influencia que Esquilo ejerció en la evolución de la tragedia, pero pareció desilusionado cuando vio que yo no lo había leído. Se habría desilusionado aun más si le hubiera dicho que ni siquiera había oído hablar del libro. No se lo dije.

Sí, ya sé, la vulnerabilidad.

Adam tenía un cubo mágico en su mochila. Lo sacó una mañana mientras desayunábamos y me apostó diez dólares a que resolvía el juego en menos de un minuto. Mezclé las caras del cubo y se lo devolví; se quedó con mis diez dólares cincuenta y cinco segundos después.

—Doble o nada, treinta segundos esta vez —propuso, tras pasarme el cubo para que lo mezclara de nuevo. Lo mezclé muy bien. Veintiocho segundos después, cambiamos sus diez dólares por veinte de los míos. Enseguida quiso devolverme el dinero—. No estuvo bien —se disculpó.

—¿Cuál es tu récord?

—Ese fue mi récord. Veintiocho segundos. Pero casi siempre hago alrededor de treinta si no me distraigo.

—Felicitaciones.

—Tampoco es la cura del cáncer —dijo, restándole importancia.

Tenía razón, pero dejé que se quedara con los veinte dólares.

Cuando le pregunté cómo conseguía dinero habitualmente, me explicó que ganaba bastante sacando virus, gusanos y programas espías de las computadoras de los amigos de su madre. También jugaba al póquer online. Con los límites que le imponía su madre para apostar, promediaba los veinte dólares la hora. Bella le había abierto una cuenta. Sus cibercompañeros de póquer lo conocían como "belladonna", y creían que era una madre soltera deprimida de treinta y ocho años que vivía en Cincinnati.

—¿Cómo viajaste desde Ohio? —le pregunté.

—Tomé el tren hasta Denver. Conocí a una persona en la Union Station que me acercó con el automóvil. Luego caminé.

—Es un poco arriesgado, ¿no te parece? —comenté, típico de padre.

—Sé juzgar bien a la gente —contestó. Parecía totalmente seguro de poder detectar un sujeto peligroso a pocos metros.

—Mi papá, tu abuelo, era muy inteligente. No tan brillante como tú, pero bastante. Aunque no creo que hayas heredado esos genes de mí. O si es así, son recesivos. Supongo que son parte de la contribución de tu madre a tu legado genético.

—Nunca subestimes el poder de la mutación.

Contuve la risa. ¿Mi hijo era tan gracioso y tan mordaz, o ese comentario era una alusión irónica a su madre? No estaba muy seguro.

30

—¿En qué estás trabajando? —me preguntó al comienzo de su visita—. En tu empresa. ¿Algo que yo pueda ver?

Me contuve antes de responder "nada importante", que es como contestaría a la pregunta en el noventa y nueve por ciento de las veces a nueve de cada diez personas. La palabra "empresa" para mí eran unas veinte personas inteligentes que hacían investigación y desarrollo de algunos conceptos tecnológicos revolucionarios –esperábamos– en el campo de la medicina. Algunas de las ideas eran mías, pero las más prometedoras, no.

El proceso de investigación y desarrollo era técnico y aburrido;
los conceptos más interesantes eran secretos. Pero le dije la verdad a Adam.

—Estamos estudiando la fabricación de pequeños estimu-
ladores nerviosos implantables que ayudarían a la gente a controlar el apetito. Son para combatir la obesidad.

—¿Sí?

—Todavía falta, pero promete.

—Gran mercado —comentó—. ¿En qué nervio están trabajando? ¿El vago?

—Sí. —¿Cómo podía saberlo? Cuando tenía su edad, nunca
hubiera podido identificar el nervio vago, a menos que el hecho
de saberlo me hubiera permitido de algún modo bajarle la ropa
interior a alguna muchacha.

—¿Tienen un prototipo?

—No es implantable, pero la tecnología actúa como si lo
fuera.

—¿Están haciendo pruebas con animales?

No podía creer que estuviera conversando sobre ese tema
con un joven de quince años. Estaba acostumbrado a tratar con
inversores bancarios que tenían maestrías en administración y
que necesitaban explicaciones detalladas.

—Sí, con ovejas.

—Ovejas. ¿Son un buen modelo?

—Resultaron ser buenas.

Adam vino conmigo al trabajo al día siguiente y todos los
demás días hasta que partió de nuevo. Cuando lo que yo hacía
en el trabajo lo aburría –en general, cuando iba a reuniones–,
leía uno de los clásicos que llevaba en la mochila, o jugaba a los
últimos videojuegos en las máquinas de mi empresa, o acompañaba a nuestra especialista en tecnología mientras la joven
revisaba las computadoras. Yo suponía –casi esperaba– que iba
tras ella porque era preciosa, pero ella me llevó aparte y me dijo
que Adam tenía un talento innato para el programa Java y que él
le había enseñado varias cosas sobre cortafuegos y la vulnerabilidad de puerto abierto.

A esas alturas, ya nada me sorprendía.

Al parecer, a todos en la oficina les gustaba que Adam estuviera allí. Aunque no era nada sociable, tenía un lindo modo de tratar a la gente y en general despertaba sonrisas al pasar.

Cuando mis colegas le preguntaban, respondía que su madre y yo habíamos estado muy unidos en una época y que él estaba haciendo una pasantía conmigo para la facultad. Él decía que era "mi sombra".

El tercer día que fue a la empresa, tomó una computadora que no se usaba y comenzó a experimentar con la idea de un dispositivo implantable que irritaría el tubo digestivo cada vez que el estómago de una persona alcanzara cierto grado de saciedad. Empezó a familiarizarse con nuestro sistema de *software* y acribillaba a preguntas a nuestros ingenieros acerca de qué fracción de voltio causaría suficiente irritación sin debilitar al paciente. En algunas ocasiones, incluso llegó a cuestionar la confiabilidad de los aparatos existentes para medir en forma objetiva el grado de saciedad gástrica.

La madre de Adam tenía cálculos biliares y él sabía, por experiencia, al observar la agonía de su madre, que el dolor que causa una piedra en el conducto biliar era un magnífico supresor del apetito. Le expliqué que había algunas cuestiones éticas que considerar en cuanto a la aplicación comercial de su dispositivo. Aproveché la oportunidad para contarle que tenía un tío en la Universidad de Yale con quien tal vez le gustaría compartir sus ideas. Un especialista en ética.

—¿Sí? ¿Tengo un tío en Yale? ¿Un maestro?

—Profesor. Sí.

—¿Sabe de mí?

—No.

Sin dar muestras de amargura, preguntó:

—Te avergüenzas de mí, ¿no es cierto? ¿Cómo es posible que no le hayas hablado de mí?

—¿Alguna vez te dijeron que eres demasiado directo?

Trató de no sonreír, pero sonrió. Sin proponérmelo, le acababa de hacer un cumplido.

—No me avergüenzo más de ti que tú de mí, Adam. ¿Qué le estás diciendo a la gente aquí? ¿Que tu madre y yo éramos "muy unidos"? ¿Que tú eres mi pasante? ¿Mi sombra? Por favor. ¿Quién se avergüenza de quién?

—Tómalo como un acto de generosidad de mi parte. Te estoy evitando el problema de tener que lidiar con tus empleados por la cuestión del hijo bastardo. No creo que sea un lindo tema de conversación a la hora del almuerzo o en los descansos. —Me vio abrir y cerrar la boca antes de proseguir—. Estabas a punto de explicarme tus razones para ocultarle mi existencia a tu hermano, estoy esperando.

A la hora del sarcasmo y la ironía, era mejor que yo, y eso me perturbaba y me llenaba de orgullo al mismo tiempo. Su habilidad tenía un efecto secundario, uno que sin duda era adrede: la mitad de las veces no sabía si hablaba en serio o no.

—No le conté nada sobre... —*Sé sincero*—. Mi hermano, tu tío, tiene esclerosis lateral amiotrópica.

—Bueno, con razón. Ahora se entiende perfectamente. Todo el mundo sabe que enterarse de pronto de que uno tiene un sobrino ilegítimo es como una sentencia de muerte para la gente que tiene esa enfermedad. No necesitas decir nada más.

—Adam —dije. Sólo pronuncié su nombre porque no tenía idea de cómo explicar mejor mi comportamiento. Su burla explícita me dejó sin argumentos.

—¿Está muy enfermo?

No quería contarle que tenía un tío y acto seguido contarle que su tío se estaba muriendo. Por eso no le había dicho que tenía un tío.

—Tu tío Connie está muy enfermo.

Me miró de soslayo.

—¿Tengo un tío que se llama Connie?

A los pocos días de la visita de Adam, Thea llegó a la no tan sorprendente conclusión de que su visita era una prueba.

—Está pensando en mudarse aquí, a nuestra casa. Seguro —insistió esa noche en la cama—. ¿No te parece fantástico? ¿Que venga a vivir con nosotros?

El entusiasmo que Thea sentía por mi hijo era reconfortante y me parecía muy generoso. La relación que tenía con Cal –la llamaba "Broadway" de verdad– era fantástica, y daba gusto verlos juntos. Y aunque no podía dejar de pensar, por mi forma de ser, en los inevitables problemas que aparecerían en el camino, me encantaba la idea de que viviera bajo mi techo.

Le pregunté a Thea si pensaba que Bella podría presentir que Adam estaba estudiando el terreno en Colorado. Thea me aseguró que era imposible. Supuse que tenía razón. Hacía solo seis meses que lo conocía, había pasado menos de diez días con él y, no obstante, tenía que admitir que quería al muchacho de un modo especial que no se comparaba con nada que me hubiera pasado en la vida, excepto el nacimiento de mi hija. Bella conocía a Adam desde antes de que naciera y fue una madre dedicada y cariñosa durante quince años. ¿Cómo podría soportar compartir a su hijo con un hombre que, en todo ese tiempo, ni siquiera sabía que ellos dos existían?

Adam se marchó antes del amanecer de la mañana siguiente, después de pasar nueve noches en nuestra casa.

Thea se quedó mirando largo rato la cama vacía en el cuarto de huéspedes, antes de ajustarse la bata, apretar los labios en línea recta y asentir con la cabeza como si hubiera sabido de antemano que Adam se iría de noche. Fue a la cocina y llamó a Bella para avisarle que Adam estaba en camino una vez más.

Le compré un teléfono celular cuando aún estaba con nosotros y marqué el número varias veces el día de su partida. Quería que volviera. Cuando me hice a la idea de que no iba a regresar, quise despedirme de él y ofrecerle transporte adonde fuera que quisiera ir. Cada vez que llamaba, me atendía el contestador. Supuse que ni siquiera tenía encendido el teléfono. El mensaje de su contestador era: "Hola, soy Adam. Lo más probable es que no levante tu mensaje, pero si quieres dejarlo, y te hace sentir bien, por favor hazlo. Adiós".

Quería dejarle un mensaje, y me hacía sentir bien:

—Soy papá. Que tengas un buen viaje. Te queremos. Te quiero. Vuelve cuando quieras. Si necesitas dinero, abre el bolsillo que está al costado de tu mochila. Si necesitas cualquier otra cosa, aquí estoy.

31

—¿Estamos llegando a algún lado? —le pregunté al terapeuta al final de la sesión.

—A algún lado, sí. Pero este país es muy grande, hay mucho territorio que recorrer. Eso dependerá de usted.

Pasé por alto el comentario.

—Bien. Estoy agotado. Seguiremos la próxima.

—El lunes puedo a las mismas horas que hoy.

—Estaba pensando en venir otro día.

—El lunes —sentenció.

—Está bien —acepté. Estuve a punto de discutir sólo por salvar las apariencias. Pero no lo hice. El lunes estaba bien. Por Dios que estaba cansado.

—¿El lunes hablará de cómo Adam hirió sus sentimientos? —preguntó. Estaba escribiendo en su agenda.

Me quedé esperando que las cosas se calmaran un poco para poder salir del consultorio con cierta sensación de paz. Sin embargo, él no dejaba de subir el volumen.

—¿Está tan seguro de que Adam me hirió?

—No importa si yo estoy seguro o no. Me equivoco muchas veces.

—Ah, ya veo. ¿Por eso le pago muy bien? ¿Porque se equivoca muchas veces?

—Usted me paga muy bien porque mi tenacidad –algunos le dicen testarudez– es un buen rival para su resistencia. ¿Sabe qué es lo sorprendente de todo este proceso? ¿De la psicoterapia? Puedo estar equivocado y aun así servirle de ayuda. Basta con que yo pueda ayudarlo para que no sea usted quien se equivoque.

—Estoy muy cansado para tratar de entender lo que me acaba de decir.

—No, no es verdad. Pero si quiere irse creyendo eso, no hay mucho que yo pueda hacer.

Tenía ganas de darle una trompada. Pero tenía más ganas de irme de su consultorio de una vez por todas. Ya casi había llegado a la puerta, cuando volvió a hablarme.

—Creo que usted sabe por qué está aquí, por qué vino en busca de terapia. Yo no lo sé.

Me apoyé en el picaporte para sostenerme. Tenía toda la razón. Yo sabía muy bien por qué necesitaba la terapia, y si no pensaba decírselo a él, estaba perdiendo el tiempo.

—Voy a pensarlo.

Terminada mi larga sesión de terapia, encontré el Prius donde lo había dejado, al lado de un parquímetro en frente del hotel Saint Julien. El tiempo, por supuesto, se había cumplido. Una multa bajo el limpiaparabrisas mostraba la eficiencia de los controladores de parquímetros de Boulder. Tomé la citación, la arrojé al piso del asiento trasero y rápidamente me olvidé de su existencia. Las multas de estacionamiento son una de las tantas cosas de la vida que pierden importancia para la gente que se está muriendo.

Al parecer, el joven que trabajaba en la oficina de embarque del aeropuerto me estaba esperando. Me avisó que el avión estaba listo. Los tanques de combustible estaban llenos. Le di veinte dólares más y le pedí que me cuidara el automóvil.

—Sus pilotos están en la oficina. ¿Quiere que los llame?

—Sí, por favor.

—¿Quiere que cubra el automóvil otra vez?

—Sí. El baúl está abierto. La funda está allí.

—¿Vuelve pronto?

—En un par de días. Dime, ¿cuántos años tienes?

—Dieciséis.

La misma edad que Adam.

—¿Sabes volar?

—Tengo licencia. Hago estas cosas para pagar las horas de vuelo. Me gusta estar cerca de los aviones.

Asentí y señalé el avión que estaba listo para llevarme de regreso a casa.

—¿Te gustaría volarlo alguna vez?

—¿Lo dice en serio?

—En el asiento de la derecha, pero sí, lo digo en serio. Hablaré con Mary, mi piloto, y veré qué puedo hacer.

32

Podría decir que ese día en terapia se me pasó el tiempo. O que me quedé sin fuerzas. Los dos motivos son ciertos. Pero es cierto también que esa tarde me fui del consultorio de Gregory sin haber dicho algunas cosas importantes, cruciales. La próxima, me dije. La próxima vez que lo vea, le cuento. Él supo que yo le ocultaba algo, y eso me ponía furioso. La próxima.

Este es el prólogo de una parte de la información que no conté:

Tarde en la noche, después de la partida de Adam, después de su última visita, sonó el teléfono. Le tuve que dar a Berk algunas respuestas vagas de la razón por la que se fue su hermano y de por qué esa noche él no la acompañaba como todas las noches, y luego le leí unos cuentos y la arropé en la cama. Thea estaba disfrutando de un buen baño de inmersión.

Se iluminó el identificador de llamadas en la pantallita del teléfono inalámbrico. Decía "Teléfono celular". Podía ser cualquiera, pero yo sabía que era él.

—Gracias por el dinero —oí la voz de Adam—. Me viene bien.

"El dinero es fácil —pensé, pero no se lo dije—. Tengo todo el que necesites. Siempre".

—Fue un placer. ¿Estás bien? ¿Ya llegaste a tu casa?

—Llegaré mañana, creo. Sí, estoy bien.

—Me encantó verte, Adam. Espero que vuelvas pronto.

Un silencio, sordo y frío, nos envolvió durante cinco segundos, hasta que respondió:

—Te conté que a mi padrastro lo mató un conductor ebrio.

El cambio brusco de conversación me sobresaltó, como la turbulencia repentina durante un vuelo. Me aseguré de que el cinturón estuviera ajustado y balbuceé una respuesta, con la esperanza de que siguiera hablando.

—Cuando tenías siete años, sí.

—Bueno, fue así. Lo mató un conductor ebrio.

Soy rápido con los pies cuando tengo puestos los esquís y debo encontrar una forma de descender por una montaña llena de obstáculos. En el trato con la gente, no soy tan astuto cuando tengo que leer entrelíneas. Lo único que se me ocurrió decirle a mi hijo fue:

—Lo siento, Adam. Imagino que debe de haber sido terrible para ti. Es una edad difícil.

Lo oía respirar por el teléfono celular que le había regalado. La señal era clara y continua; supuse que se había detenido, en algún lugar, para hablar conmigo. ¿Dónde? ¿En la esquina? ¿En la otra punta del país? ¿En una estación de autobús?

—Él era el conductor ebrio —añadió Adam.

No lo comprendí al principio. Las palabras de mi hijo eran una simple declaración, pero no les encontraba sentido.

—¿Qué?

—Mi padrastro era el conductor ebrio. Se mató. Se estrelló contra un árbol.

Mierda. Entendí.

—Adam, yo...

Cortó la comunicación. Mantuve el teléfono en el oído casi un minuto, con la esperanza de que se reanudara la conversación con mi hijo como por arte de magia. Tuve la sensación de que yo había hecho algo mal, pero no tenía la sagacidad para saber qué.

Me quedó dando vueltas la revelación de Adam acerca de la muerte de su padrastro el resto de la noche, pero no podía expresar en palabras lo que sentía.

Thea pudo.

Una hora después, estábamos los dos en la cama. Ella se tendió boca abajo, entre mis piernas, sobre un par de almohadas pequeñas. Apoyó la cabeza en mi falda. Le di un masaje en la espalda para quitarle los nudos de sus músculos firmes. Su cuerpo todavía estaba tibio y flexible por el baño. Gemía –no era un gemido sexual–; me decía de esa forma que había encontrado el lugar justo. Estaba terminando de contarle la breve e intensa conversación telefónica que tuve con Adam.

—Te hizo saber el riesgo enorme al que se está exponiendo contigo —comentó, casi de inmediato.

—¿Cómo? —dije, y al instante me pregunté cómo era posible que algunas personas –en especial mi mujer– comprendieran las razones de los otros con tanta facilidad. No lo entendía.

—Se siente vulnerable.

Otra vez esa palabra.

—¿Con nosotros? Lo tratamos bien. De maravilla. Dadas las circunstancias, debemos felicitarnos, sobre todo tú.

Se rio con cierta ironía. La risa me decía: "No entiendes".
Continuó:

—Eso no es lo importante. Adam se siente vulnerable contigo. Eres tú el que importa en todo esto. Te acaba de decir que
el único padre que conoció lo abandonó en forma repentina.
Fue negligente, egoísta. En su vida, las mujeres demostraron ser
un poco más confiables.

¿Se estaba incluyendo? Sí, claro.

—¿Pero qué es lo que quiso decir? No entendí. ¿Por qué
cortó? Cuando decidió venir aquí y acercarse a nosotros, era un
riesgo para todos. Para ti, para mí. Para él, para Bella. Incluso
para Cal. A todos nos afecta. Y a todos nos afectará lo que pase a
partir de ahora.

—¿Recuerdas anoche, tarde, cuando me levanté para ver
por qué estaba despierta Berk? Adam también estaba levantado. Me senté un rato con él. Estaba mirando todos los DVD de las
excursiones con tus amigos. Todas las locuras que hiciste con
ellos. Me preguntó si todavía haces cosas así. Le conté sobre el
viaje que estás planeando a los Bugaboos en la primavera.

—Está bien. ¿Y con eso qué?

—¿No te das cuenta? Adam te dijo que su padrastro era
imprudente. ¿No manejó borracho? Y te está haciendo saber el
impacto que eso le produjo. Piensa en la pérdida que sufrió.
Vamos.

Pensé por un instante y me encogí de hombros.

—Debe de haber sido terrible para él —concluí.

Mi mujer suspiró con exasperación.

—Profundicemos un poco, amor. Sabe lo que haces. ¿Para
qué te llamó? Te está diciendo que tiene miedo. Te está pidiendo que no seas imprudente.

—¿Imprudente? ¿Cómo imprudente? Yo sé lo que hago.

—Te arriesgas mucho, amor. Antes, lo sospechaba; ahora, lo
sabe. Y la verdad es que le da miedo. Eso es lo que te está
diciendo.

—Yo no manejo borracho.

—Borracho no, pero a veces manejas después de haber
bebido un poco. Pero eso no es lo que le preocupa, no es su
peor miedo. Mira tu vida, mi amor. Corres carreras de automóvi-

les los viernes por la noche con tus amigos. Buceas en lugares terribles. Vas en bicicleta a zonas montañosas donde no iría ninguna persona en su sano juicio. Estás por irte a esquiar en los malditos Bugaboos otra vez. Con el avión te metes en tormentas que deberías esquivar. Él sabe todo eso. Ha visto por toda la casa las fotos de las aventuras de tu grupo de amigos. Para Adam, actividad al aire libre es dar un paseo o pescar en el río. No entiende esos juegos de porquería que hacen ustedes. No es un muchacho al que le sobre testosterona. En su mente, riesgo fue venir a nuestra casa aquella vez y golpear a la puerta. Se arriesgó y ahora se siente vulnerable y quiere tener garantías de que es seguro confiar en ti. Le aterra saber que puede perderte como perdió a su padrastro.

—Su padrastro se mató por conducir ebrio. Eso es lo que me quiso decir, que no quiere que yo haga lo mismo. Es un muchacho. Es directo. Los jóvenes piensan así.

Los ojos de Thea me decían que le costaba mucho tenerme paciencia.

—¿Crees que Adam tiene un pensamiento concreto? No, no me contestes. No lo hagas. No quiero oír tu racionalización. Porque tu hijo no es así, ni un poquito. Desde el punto de vista de Adam, el riesgo es riesgo. Es simple, pero para él es algo tremendo. Creo que deberías tomar distancia y tratar de ver las cosas desde su punto de vista.

Presentí que se estaba armando una conspiración contra mí, y me dispuse a defender mi estilo de vida a rajatabla.

—¿Qué, debería renunciar a todo? ¿Todas las cosas que me gusta hacer? —Me sentí un poco ofuscado por el hecho de que mis palabras sonaran tan petulantes e inmaduras. Incluso para mí—. Lo siento. No era lo que quería decir.

Creo que Thea sospechó que eso era, precisamente, lo que quería decir, y que mi arrepentimiento no era tan sincero.

—¿Qué es más importante para ti? ¿Las locuras que te gusta hacer o la gente que te quiere? ¿Te estamos pidiendo algo imposible?

Tarde, me di cuenta de que ya no estábamos hablando sólo de lo que Adam sentía con respecto a "esos juegos de porquería". Thea pensaba lo mismo.

—¿Thea, tú también quieres que me detenga? Nunca dijiste nada. Creí que...

Me frenó con un rápido movimiento de cabeza.

—Ahora sólo le queda un padre. Cuando vino por primera vez, no sabía con qué se iba a encontrar al llamar a la puerta. ¿Yo? Yo sí sabía en lo que me metía cuando dije "acepto". Tenía los ojos bien abiertos. Pero es posible que ganarte el amor de Adam te cueste más de lo que te costó ganarte el mío.

—¿Qué me estás queriendo decir, Thea?

—Espero que tengas otra oportunidad de preguntarle a tu hijo lo que él cree que deberías hacer. Seguro que algo ha pensado al respecto. Debe tener una opinión sobre todo esto. Quiero decir, sobre el tema de la responsabilidad, la imprudencia y la pérdida. Algo que te ayude a entender lo que te dijo hoy por teléfono.

—Thea.

—Si es necesario, puedo criar sola a la niña. A Adam también, si me dan la oportunidad. Lo haría con gusto. Te amo, y yo sabía en qué me metía cuando me enamoré de ti. Pero si llega el día en que tenga que sepultarte y resulta que nos dejaste por culpa de alguna aventura estúpida, egoísta, machista, yo... —Dejó la idea inconclusa, excepto por un gruñido gutural.

Supuse que la omisión tenía algo que ver con la idea de defecar sobre mi tumba.

33

La relación con Adam había cambiado.

Después de su dramática revelación acerca de las verdaderas circunstancias de la muerte de su padrastro, y de mi respuesta, evidentemente inadecuada, Adam no mostró ningún interés en mudarse con nosotros.

Thea se empecinaba en afirmar que yo, con mi terco apego a un estilo de vida lleno de riesgos, había frustrado el deseo de Adam de mudarse al oeste. Para mí, no era esa la razón. Me consolaba diciéndome que el verdadero problema era la tendencia de mi hijo a huir de los riesgos, y no mi tendencia a buscarlos.

Necesitaba un pretexto para no salir del extraño mundo que disfrutaba en compañía de su madre, y mi vida al borde del peligro era un muy buen motivo para no hacerlo.

Mi mujer y yo no estábamos de acuerdo con respecto a las razones que habían alejado a Adam de nuestra vida y de nuestro hogar, pero decidimos no discutir sobre el tema. En el fondo, en realidad, no estuvimos de acuerdo en discrepar. Simplemente, acordamos no pelearnos.

Aunque al principio Bella se negó a cobrar los cheques que Thea y yo le enviábamos para ayudarla con la educación de mi hijo, al final cedió. Bella estaba muy agradecida de que hubiera incluido a Adam en la cobertura médica de mi familia, porque hacía poco su empleador les había quitado ese beneficio a sus empleados.

Me sentí encantado de poder ayudar. Pero me di cuenta de lo irónico de la situación: ahora que Adam me excluía de su vida, me convertía en la caricatura del padre ausente. Para sentirme mejor, volqué mis energías paternas donde siempre eran recibidas con una amplia sonrisa: en Berkeley.

Thea, Adam y yo establecimos una rutina que no me satisfacía para nada. Nosotros lo llamábamos seguido. Él no contestaba. Dejábamos mensajes. Rara vez devolvía los llamados. Cuando llamaba, las conversaciones eran breves e incómodas. Pedía hablar con su hermana. Los dos charlaban y reían. A menudo lo invitábamos a venir a nuestra casa en las montañas, en Ridgway. Decía que lo iba a pensar. Nunca nos daba una respuesta definitiva. Nunca se apareció frente a nuestra puerta.

No dejó de vernos por completo. De tanto en tanto lográbamos estar con él. Pero las visitas eran en Ohio, no en Colorado; duraban una noche o dos, no una semana o dos. Lo llevábamos a cenar a lugares que le gustaban, cerca de su casa en Cincinnati. Nos enseñó a comer sándwiches triples sin mancharnos de condimento y queso. Se reía y divertía con su hermana, y era cordial y simpático con Thea. Pero cuando se quedaba solo conmigo, se comportaba como si tuviera que irse rápido a otro lugar.

¿Cuál fue el mayor cambio en mi vida? La relación entre nosotros –que había comenzado el día en que me preguntó si

Cal era su hermana– desapareció. Mi hijo me trataba como si yo fuera un tío lejano. Sin embargo, cada vez que lo veía, cada vez que hablábamos, sentía que lo quería más y más. Cada vez ansiaba acercarme un poco más a él. En todas las ocasiones, me evadía.

Pero sí me las ingenié para lograr un último encuentro largo con Adam. Tuve que recurrir a mi mejor carnada.

Por invitación mía, Adam aceptó acompañarme a visitar a Connie antes de que la salud de su tío empeorara. El viaje de padre e hijo para ver al hermano-tío tuvo lugar en 2004, poco tiempo antes de que me rompiera la muñeca en los Bugaboos –y, por lo tanto, antes de que supiera sobre los Ángeles de la Muerte–, pero no antes de que la enfermedad de Connie lo hubiera privado de la posibilidad de moverse en silla de ruedas por su propia casa.

Adam se negó a que lo pasara a buscar por Cincinnati en mi avión, de modo que viajamos por separado, en vuelos comerciales, con destino a la ciudad de Nueva York. No tuve oportunidad de abrazarlo hasta que apareció en el andén de la estación de trenes. Nuestro abrazo fue torpe. Lo abracé, haciendo un esfuerzo para que no se notara mi alegría. No me devolvió el gesto.

Malhumorado, pensé que ese acto físico se parecía mucho a los abrazos que yo le daba a mi hermano incapacitado. Desde el punto de vista afectivo, fue más bien como abrazar a una estatua.

Durante la visita, Connie y Adam se entendieron a las mil maravillas, como dos superficies planas pegadas con cola. Connie dependía de su silla de ruedas y había perdido las fuerzas y la movilidad pero, a pesar de sus limitaciones, Adam y él no se separaron ni un minuto en los pocos días que pasamos juntos en New Haven. Cuando Connie dormía o descansaba, Adam no se quedaba conmigo, sino con Félix. Lo atormentaba con preguntas sobre su tío o sobre Guatemala en buen castellano. Estaba fascinado con las historias que Félix le relataba sobre las hostilidades históricas y las políticas locales de Chocolá. Sentía especial curiosidad por la terrible situación de la industria cafetalera del lugar. Me dolía que me excluyeran, y de hecho se me ocurrió la posibilidad de que Adam estuviera utilizando su relación con Connie para castigarme por lo que fuera que se rompió entre nosotros.

Por otro lado, me conmovía la relación que Adam había establecido con mi hermano. Vi con toda claridad qué era lo que faltaba entre mi hijo y yo, y también experimenté un sentimiento desconocido: envidia.

Adam daba largos paseos solo para estar un rato en las bibliotecas de la Universidad de Yale y para ver el departamento de filosofía donde Connie había enseñado tanto tiempo. Leyó cada palabra que escribió su tío desde que llegó a Yale como profesor adjunto. No sé cómo, encontró cintas de video y DVD de las conferencias de Connie, e incluso consiguió una copia de la vieja disertación que su tío escribió hacía más de veinte años, acerca de las consideraciones éticas de la política exterior europea después de la Segunda Guerra Mundial.

Connie le regaló a Adam libros de su biblioteca personal, decenas de volúmenes que estaban llenos de anotaciones suyas en lápiz. Para cerciorarnos de que los tomos no se dañaran o rompieran en el viaje, mi hijo y yo los empacamos como si fueran huevos Fabergé. Yo disfrutaba de las tareas cotidianas de envolver y despachar porque así podía estar con él.

En cambio, para Adam, no era más que el empleado de una casa de encomiendas.

Ese viaje se trató del vínculo tío-sobrino, no del vínculo padre-hijo.

34

¿Recuerdan la llamada que interrumpió mi reunión de directorio en esa hermosa sala de conferencias que flota sobre el infinito en las alturas de Santa Bárbara? ¿La llamada que me obligó a tomar mis cosas, interrumpir la reunión y salir a los tumbos de la sala?

"Ob-la-di, ob-la-da, la vida continúa, bra-la-la, cómo sigue la vida."

La mía, no. Mi vida se detuvo en ese momento y en ese lugar. Con esa llamada.

Los huesos de mi muñeca –la que me rompí en los Bugaboos, en la primavera de 2004– no sanaron bien. Tuve el brazo enyesado más de cinco meses, después de haber demostrado la ley de Newton y haber caído por ese pasadizo helado en Canadá. Cada vez que mi traumatólogo me pedía una última radiografía para revisar cómo se iban soldando los dos huesos fracturados, meneaba la cabeza y decía:

—Usted es una persona que sana muy despacio, ¿lo sabía?

No lo sabía. Siempre pensé que me recuperaba de las lesiones como un niño. Recuerdo que me quedé perplejo un minuto o dos. Pero eso fue todo.

La mujer que me llamó ese día, la que me sorprendió con el llamado al teléfono celular durante la reunión, era una traumatóloga cirujana del Centro de Especialidades Médicas de Denver. También era la reina de las muñecas en las Montañas Rocosas –"la mejor especialista en muñecas del estado"–, recomendada por mi médico local. En todo caso, era una mujer brillante; una israelita que estudió en las universidades de Brown y Harvard y que fue a parar a Denver porque deseaba estar cerca de las montañas. Pero en cuanto al trato con la gente, tenía la actitud de un soldado israelí en un punto de control fronterizo con Cisjordania: ese era el clima en su clínica.

Mi muñeca y la prolongada resistencia de sus huesos a soldarse dejaron a mi genia israelí en estado de perplejidad. Después de haber insinuado sin demasiada sutileza que la principal causa del misterio médico probablemente fuera mi culpa –sin duda, culpa suya no era–, me hizo muchas preguntas acerca de mi alimentación, mi estado de salud y mi actividad física. Me molestó –y estoy seguro de que se dio cuenta– que se desviara del tema y pusiera especial atención a tres cosas que a mí me parecían de poca importancia para comprender la génesis de mis escafoides recalcitrantes: empezaron a darme muchas jaquecas, un poco de náuseas en forma esporádica, y un día me pasó algo cómico en la cinta de correr, pues perdí el equilibrio y casi me fracturé la otra muñeca.

Después de oír mi letanía de pesares, masculló algo en una lengua que no entendí y me ordenó –sí, me ordenó– que me sometiera a un montón de análisis más, entre ellos, un estudio óseo y dos resonancias magnéticas, una de la muñeca y otra de la cabeza.

Encontré un rato libre en mi apretada agenda y me hice los molestos análisis, temprano a la mañana, antes de la reunión de directorio que tenía en California. En cuanto los especialistas terminaron conmigo, salí corriendo de la clínica al aeropuerto, donde Mary me esperaba con el jet listo y café caliente.

La llamada que recibí en el teléfono celular, en Santa Bárbara, fue el modo elegido por mi gurú israelita para darme los resultados de los estudios de ese día.

—Tiene un aneurisma en el cerebro. Eso no es bueno.

Ni la menor sutileza. Ningún "¿puede hablar en este momento?" ni "tengo malas noticias".

Simplemente: "Tiene un aneurisma en el cerebro. Eso no es bueno".

¿Qué fue lo primero que pensé cuando me enteré? "¿Y cómo carajo lo sabes? Tú eres especialista en muñecas."

"La-la, cómo sigue la vida."

Soy un caso único pero, días después, cuando por fin logré respirar hondo y reflexionar sobre lo ocurrido, el trauma que siguió al diagnóstico fue como despertar y ver, de pronto, que me estaban conduciendo hacia el asiento delantero de una montaña rusa realmente siniestra.

Los sucesos de aquellos días transcurrieron rápido, demasiado rápido como para que mis sentidos los captaran como algo más que visiones borrosas. Aterrizar en el aeropuerto Centennial, conducir hasta Denver, ingresar en la clínica de la especialista en muñecas, su discreto y rutinario "lo siento mucho", las crudas imágenes de la resonancia magnética, la subida en ascensor para ver a otro médico, esta vez un neurocirujano, su expresión al observar mi arteria inflamada, y las palabras "proceso natural" que utilizó para describir el ciclo de vida de los aneurismas como el que tenía en un lugar tan comprometido del cerebro. De hecho, el hombre no era mal dibujante y realizó un bosquejo caricaturesco de mi cerebro y su aneurisma, una representación concreta de mi problema para mostrar a amigos y seres queridos.

Me dieron turnos en otras clínicas para hacerme más análisis, me recetaron medicamentos. Me dieron instrucciones. Pasé de una persona a otra con expresiones de: "Lo siento mucho".

¿Qué era lo más irónico de todo? Que la gurú aún no sabía por qué no se me curaba la muñeca. ¡Ja!

Conduje a casa y traté de mantener la calma cuando le di la noticia a Thea. El momento no podía ser peor. Thea estaba en el tercer trimestre de su embarazo, en espera de nuestro segundo hijo. Asintió con la cabeza muchas veces y me sostuvo la mano. Por dentro, me sentía destruido. Contaba con que ella fuera mi sostén. Ella, sin duda, contaba con que estuviera presente para ayudarla a criar a nuestros hijos. Primero, le conté la parte buena de las malas noticias.

—Puede haber estado ahí toda mi vida. Los médicos dijeron que tal vez se mantuviera estable. Quizá no haya que cambiar nada.

Por naturaleza, Thea no era tan optimista como yo. O su negación era peor. A veces no logro diferenciar entre ambas cosas.

—¿Se puede operar? —preguntó.

—Me explicó que no está en un buen lugar para operar. No pueden llegar a la arteria con facilidad. Sería riesgoso.

—¿Muy riesgoso?

—Casi seguro habría daño.

—¿Daño? —Tragó saliva—. ¿Cerebral?

—Sí.

—¿Cuánto?

Me quedé pensando en la pregunta. Ya la había meditado bastante, pero quería tener las ideas claras antes de presentarle el dilema a Thea. La verdad era la siguiente: en cuanto al daño cerebral, ya había llegado a la conclusión de que ningún grado era aceptable. Finalmente, respondí:

—Mucho más que si lo dejan así y no se rompe. Mucho menos que si lo dejan así y se rompe.

Mi mujer se dio cuenta de lo difícil de la situación de inmediato.

—¡Dios mío! ¿Y ahora, qué?

—Más análisis. Más opiniones. Con calma. No hay apuro para tomar decisiones.

De un día para el otro, me había convertido en una máquina de clisés médicos. También había decidido dejarme llevar por mi optimismo o mi negación; cualquiera fuera la parte de mí que me convencía de poder sobrevivir a todo.

—¡Vamos! Quizá no cambie —comenté—. Nunca. Pudo haber estado allí toda mi vida, ¿no? Eso es lo que me dijeron. Tal vez se mantenga estable. Eso también me dijeron. En serio. Quizá podría quedarse así. Pero me haré todos los análisis. Veré a los médicos. Mientras tanto... mientras tanto, nos quedamos quietitos y vemos qué pasa.

Thea estaba acostumbrada a arreglar las cosas, no a observarlas.

—Entonces, ¿por qué tienes jaquecas? ¿Y náuseas? Si la inflamación no empeora, ¿por qué te caíste de la cinta de correr? ¿Por qué te pasan todas esas cosas? ¿Por qué ahora?

Me di cuenta de que mantener mi actitud negadora con Thea me iba a costar gran trabajo.

—No sé.

—Después de los análisis, si los médicos dicen que no se mantiene estable, ¿qué va a pasar?

—¿A qué te refieres?

—¿Y si revienta? Si se rompe, quiero decir. ¿Qué sucederá?

¿Si revienta? Me vino a la mente una imagen repentina de mi cabeza estallando como el Krakatoa. La borré de inmediato.

—Podría matarme. O podría terminar en una terrible apoplejía. Podría quedar... en estado vegetativo.

—¡Dios! —murmuró.

—Sí. —Me acerqué y la abracé.

—¿Qué vamos a hacer?

—Seguimos adelante. Solo seguimos adelante. Y vemos qué pasa.

—Está bien —respondió, indecisa, unos segundos después, pero su comentario no fue claro; no me habría costado nada poner esa frase entre signos de interrogación.

En ese momento, me di cuenta de algo que no me aportó ningún consuelo: si ella y yo hubiéramos competido para ver cuál se sentía más aterrado, habríamos ganado los dos, empatados con ese dudoso premio.

¿El aneurisma iba a matarme? Dependía de a quién le preguntara. Me estaba tratando con buenos médicos, pero no confiaba mucho en la opinión de ninguno de ellos. Después de tanto contacto con especialistas, llegué a creer que los que más sabían eran los que vivían fuera de la ciudad, y como tenía la suerte de estar en condiciones económicas de ser escéptico, realicé varios viajes con Mary y Trace en busca de segundas opiniones por parte de especialistas en aneurismas. Y luego busqué segundas opiniones de las segundas opiniones.

Fui al Hospital Presbiteriano de Nueva York.

A la Clínica Mayo.

A la Clínica Cleveland.

Al Hospital General de Massachusetts.

A la Universidad de California en Los Ángeles.

Discutimos muchas estrategias para afrontar el problema. Algunos de los expertos preferían prensar la arteria; otros creían que hacer un *bypass* quirúrgico era la mejor solución. Unos pocos opinaban que era un candidato perfecto para la embolización endovascular, o *coiling*, una terapia que consiste en introducir espirales de titanio en la arteria para evitar el sangrado del aneurisma.

Mientras tanto, consultaba libros de medicina para traducir los consejos de todos a lenguaje simple y para aprender todo lo que pudiera sobre mi arteria inflamada. Según la mejor información que encontré, no mucha gente de mi edad vivía más de cinco años con aneurismas como el mío. El porcentaje de personas con aneurismas similares que no sufrieron sangrado o ruptura en un período de cinco años era bajo. Demasiado bajo para quedarme tranquilo.

No es de sorprender que Thea y yo interpretáramos los riesgos de distinto modo. Ella me preguntó lo siguiente: si estuviera en la cima de un cerro muy escarpado, con los esquís puestos, en una zona de avalanchas, y el mismo Dios me dijera que las probabilidades de llegar abajo con vida eran del veinte por ciento o treinta por ciento, como mucho, ¿habría bajado? ¿Habría apuntado los dos esquís hacia abajo y seguido adelante?

La pregunta de Thea era producto de su forma de ver las

cosas: ella creía que, con ese aneurisma, el destino me había repartido muy malas cartas. Mis probabilidades no eran buenas. No me quedaba otra alternativa que lamentarme por mi mala suerte. Pelear hasta el final, sí. Pero ¿lamentarme?

Comencé a analizar el problema de un modo un poco diferente. En las semanas siguientes a mi diagnóstico, consideré la situación en conjunto, el panorama total. Desde ese punto de vista, en realidad me gustaba la mano que me había tocado en suerte. Viví cuarenta y tantos años interesantes y satisfactorios, logré madurar durante esos años, formé una gran familia, con una mujer espléndida, y conseguí dinero, más del que nadie tenía derecho a pretender.

Tenía un trabajo que era, más bien, una diversión; un trabajo que le había cambiado la vida a algunas personas. Contaba con muy buenos amigos.

Es cierto, en ese momento tenía un aneurisma. Esa carta sin duda era inservible. Con esa carta destapada sobre la mesa, era verdad lo que decía Thea, que no tenía una mano perfecta. Pero aun así la jugaría. Después de todo, la última carta puede cambiarlo todo.

En mi juego, la vida siempre tiene una carta de triunfo.

Pensé largo tiempo en la respuesta a la pregunta que me hizo. Por fin, le expliqué mi punto de vista:

—Si yo me encontrara con los esquís puestos en la cima de ese cerro muy escarpado en una zona de avalanchas, y el mismo Dios me dijera que las probabilidades de seguir vivo y sano eran mínimas a menos que esquiase, ¿descendería? ¿A ti te gustaría que apuntara los dos esquís hacia abajo y siguiera adelante?

Thea entreabrió la boca. Abrió los ojos mucho más.

—¿Eso es ser optimista para ti? —me preguntó, con apenas un dejo de cariño en la voz.

—Sí.

—Tú crees que puedes superar esto, ¿verdad? Que puedes desafiar las probabilidades. ¿No es cierto?

Los ojos se le llenaron de lágrimas; la voz se le entrecortó por la presión que ejercía sobre ella mi optimismo tan peculiar. Me estaba interrogando en busca de señales de esperanza. Rogaba tener suficiente para mí, y que yo tuviera suficiente para ella.

—Tengo tres motivos para creer que puedo superar esto. —Le señalé la panza—. Cuatro, en realidad. ¿Cuántos motivos se necesitan?

Nunca le dije, por supuesto, que mis riesgos tenían un límite. Si el aneurisma se rompía pero no me mataba, ya había contratado a un grupo de profesionales que se encargarían de terminar el trabajo.

Con Ángeles de la Muerte o sin ellos, estaba decidido a derrotar el aneurisma. Así de simple. Aunque algunas personas perdían la batalla contra el mismo enemigo, sabía que otras llegaban a tener una vida larga y productiva. Los neurocirujanos que consulté al principio no querían hablar mucho de probabilidades. Después de escuchar sus opiniones, llegué a la conclusión de que había tres resultados posibles en mi caso. ¿Cuál era el mejor? Fácil, la cosa no se revienta; se mantiene estable. ¿El segundo mejor resultado? Intervención. Operación exitosa. Pero incluso los cirujanos más optimistas me advirtieron que, debido al lugar desafortunado donde se encontraba mi aneurisma, sufriría daño cerebral, tolerable en el mejor de los casos. La tercera opción se subdividía en dos: a) la arteria reventaría por sí sola y sufriría un ataque masivo, o b) la arteria reventaría durante la operación y sufriría un ataque masivo.

Como es de suponer, nunca me gustaron demasiado las alternativas 3a y 3b.

El argumento de minimizar el riesgo pedía a gritos que me decidiera por la cirugía. Pero yo no era como otros pacientes; nunca me conformé con una vida plácida, sin riesgos. A diferencia de la mayoría, no evitaba los riesgos, era más fuerte que muchas personas; por lo tanto, encontraría el modo de vivir la vida a mi manera, tuviera o no una arteria frágil en el cerebro. Para lograrlo, sería mejor paciente, un paciente más aplicado, un paciente más optimista.

Esperaría, observaría y derrotaría a la maldita.

Como pensaba derrotarla —y además no soportaba la idea de que la gente me tratara como a un frágil jarrón de la dinastía Ming—, Thea y yo acordamos que mantendríamos la noticia del aneurisma en secreto. ¿Qué sentido tenía dar a conocer una batalla silenciosa contra un enemigo que, en última instancia, sería aniquilado? Después de un tiempo, un tiempo lo bastante largo para comprobar que realmente había salido victorioso de la pelea contra una tonta arteria inflamada en el cerebro, los dos organizaríamos una fiesta con todos nuestros familiares y amigos para anunciar al mundo lo que logramos superar.

Sería un gran festejo. Sí. Ese era el plan.

Cumplí con mi parte desde el principio. Luchando contra todos mis impulsos por hacer lo contrario, me convertí en un paciente ejemplar. ¿Actitud positiva? Era el rey del optimismo. ¿Buen paciente? Si hubieran dado premios, habría merecido la medalla de oro. ¿Vida saludable? Ejercicio y fibras, vitaminas y aceites naturales. Dejé de comer carne roja. Sí, incluso hice meditación y yoga. Y masajes, por supuesto.

Por fin, se curaron los huesos de la muñeca. Me sacaron el yeso. Pero no le conté a nadie el secreto de mi enfermedad. Inventaba excusas por las veces en que me ausentaba del trabajo; le echaba la culpa de mis síntomas constantes –jaquecas y náuseas– al estrés o a un virus.

Entretanto, estaba convencido de que podíamos convencer a todos de que gozaba de buena salud. Para completar el engaño, continué llevando la vida de siempre. Yo la llamaba "plena". Thea la seguía llamando "imprudente". No importaba. Yo iba a ganar como fuera. Ese era el plan.

35

Irónicamente, o no, no pensé demasiado en los Ángeles de la Muerte en los días y semanas que siguieron al diagnóstico del aneurisma. Tenía presente la idea de morir, sin duda, pero como algo abstracto, lejano, no como un peligro inminente. El año anterior, cuando completé la inscripción al costado del camino en las afueras de Ridgway, supuse que los arreglos que hice nunca iban a ser necesarios, y si lo fueran, no sería antes de alcanzar los setenta u ochenta años.

La presencia del aneurisma no cambió nada, no de un

modo significativo. No me levantaba todas las mañanas pensando que ese era el día en que iba a reventar la arteria. Esa no era mi forma de ver la vida.

Tampoco me engañé creyendo que la póliza de los Ángeles de la Muerte que adquirí me iba proteger contra la muerte. Y nadie –ni uno de todos los médicos con los que hablé después de mi diagnóstico– se sentía capaz de predecir en qué momento sufriría un incidente que pondría fin a mi vida, o un deterioro inhabilitante en el corto plazo, a causa de la arteria inflamada. En la ciudad de Los Ángeles, un estúpido pensaba que me moriría antes de Navidad. Le pregunté cuál Navidad. Me contestó: "Esta Navidad". Y un neurocirujano de Boston me aseguró que se sorprendería si mi arteria de paredes delgadas duraba tres años. Otro arriesgó cinco. Una mujer amorosa dijo que muy probablemente ella moriría antes que yo. No obstante, hasta el último me recordaba que esa cosa podía reventar en los siguientes cinco minutos.

Utilicé las contradicciones como prueba para convencerme de que, en realidad, no sabían qué ocurriría conmigo y mi aneurisma. Y luego me convencí de que eso era una buena señal.

El único aspecto de toda la cuestión de los Ángeles de la Muerte que sí consideré en esos días –pero sólo un poco– era el hecho de que había cruzado el umbral a partir del cual mi póliza no era cancelable.

La norma en la que Lizzie hizo hincapié aquel día en Papaya King sostenía que en cuanto le diagnosticaban a un suscriptor una enfermedad mortal o inhabilitante, o sufría un accidente –el eufemismo que utilizaban los Ángeles de la Muerte para referirse a una apoplejía o un paro cardíaco, supongo– o heridas que probablemente derivaran en una discapacidad seria o en la muerte, el acuerdo con los Ángeles de la Muerte se tornaba irrevocable. Me acuerdo de que hablamos un poco al respecto, quizás incluso discutimos un poco, y que al final acepté las condiciones sin pensarlo demasiado y sin ninguna objeción concreta.

Pero no me importaba tanto. Como cliente de los Ángeles de la Muerte, siempre creí que lo mío era la vida. O la muerte. El problema es que no esperaba que se concretara tan pronto.

Sabía que el único límite que aún no había cruzado me pondría el blanco en el pecho.

Y ese límite lo tracé yo durante ese encuentro inesperado al costado del camino en las afueras de Ridgway: el límite que señalaba los parámetros de intervención y daba comienzo a los servicios terminales.

Otra cosa en la que no reparé demasiado era en cómo llevarían a cabo las actividades terminales los Ángeles de la Muerte. Me refiero a los detalles, la mecánica.

¿Cómo me matarían –paso por paso– cuando ocurriera lo inevitable, el principio del fin? Vale la pena pensarlo. ¿Cómo se hace para que la muerte de un extraño parezca accidental, no muy inesperada, sin levantar sospechas de los familiares, la policía o...?

Supongo que cuando contraté sus servicios, y supuestamente firmé en la supuesta línea de puntos, di por sentado que el modo que emplearían para ponerle fin a mi vida era problema suyo, no mío. Pero parecía que, en poco tiempo, sería problema mío.

¿Cómo diablos pensaban matarme? Muy buena pregunta.

Sin embargo, lo que más me sorprendió durante las semanas y los meses después de mi diagnóstico fue que la presencia de un Ángel de la Muerte sobre mi hombro no me tranquilizaba mucho. No sentí ningún deseo de ponerme de rodillas y agradecerle a alguna deidad por mi previsión de suscribirme al plan de salida rápida.

36

Ya superada la conmoción que provocó la noticia de mi enfermedad, Thea y yo estábamos contentos de tener un motivo para centrar nuestra atención en el bulto de su panza y no en el de mi cerebro. La amniocentesis reveló que en poco tiempo tendríamos dos hijas en vez de una. En ese entonces, Cal tenía casi cinco años. Su medio hermano mayor, Adam, tenía diecisiete.

No obstante, la muerte no dejó de captar mi atención. Connie murió en forma inesperada a fines de 2004 e interrumpió mi travesía por el país en busca de segundas opiniones. Adam tomó el tren en Cincinnati para unirse a Thea –que acababa de entrar en el tercer trimestre de un embarazo difícil y no debía estar viajando–, a su hermana, Berkeley, y a mí en el funeral de su tío en New Haven.

Connie se había convertido al cuaquerismo, y el funeral consistió en una despedida de amigos en la que cientos de personas apretujadas en un salón compartían historias y comentarios acerca de la notable vida generosa de mi hermano. El servicio fue mucho más espiritual que religioso. A mí me reconfortó. Adam parecía estoico.

Félix habló en español cuando decidió ponerse de pie y reflexionar sobre la vida de Connie. Mientras él hablaba, mi hijo se acercó a mí, colocó los labios cerca de mis oídos y me tradujo palabra por palabra. Su aliento cálido era como una caricia. Me distraía tanto y me reconfortaba tanto que luego no pude recordar nada de lo que dijo Félix.

Más tarde, yo también hablé.

El sobrino de mi hermano esperó para hablar hasta el final, hasta que el salón quedó en silencio por unos minutos. La elocuencia de Adam con respecto a su tío y la profundidad con la que había comprendido el significado de su vida me daban escalofríos. Él fue el último en meditar sobre la vida de Connie; nadie en esa sala se hubiera atrevido a decir nada más después de ese soliloquio encantador.

Mi hijo no lloró en ningún momento durante el servicio. Ni una sola vez. Yo, nunca paré.

En las semanas siguientes, a medida que se acercaba el nacimiento de su nueva media hermana, Adam comenzó una cruzada encarnizada a larga distancia desde Ohio para continuar la tradición de poner nombres de filósofos que habíamos iniciado en nuestra pequeña familia. Él proponía que la pequeña se llamara "Wittgenstein".

—"Vitt" de sobrenombre —le dijo a Thea por teléfono—. ¿Qué te parece?

Tuve que ingresar el nombre en un buscador de internet para saber algo sobre Ludwig Wittgenstein –comienzos del siglo xx, austríaco, lógico–, el filósofo que había inspirado la

campaña nominativa de Adam. Estuve cinco minutos tratando
de entender aunque fuera un poco acerca de la contribución de
Wittgenstein a las grandes obras de la antimetafísica y la lógica
del lenguaje, pero me dio un dolor de cabeza fulminante.

Aunque estaba casi seguro de que Adam se tomaba del
todo en serio el nombre que proponía, pensé en buscar alguna
pista de la razón por la cual se inclinaba por Wittgenstein y no
por otro, pero al final me contenté con que no estuviera haciendo campaña por llamarla "Schopenhauer".

Thea puso fin a lo que se transformó en una extensa negociación, cuando confesó de una vez por todas que Berkeley se
llamaba así por la universidad en la que su madre realizó sus
estudios, situada sobre la costa oeste de la bahía de San Fran-
cisco, y no por el fallecido empirista británico. Adam aceptó de
buen grado el cambio de postura de Thea y adoptó de inmediato la idea de elegir el nombre de una universidad y comenzó a
presionarnos para que le pusiéramos "Yale" en honor a su recién
fallecido tío Connie.

Para Thea y para mí, era evidente que Adam había decidido homenajear a otro filósofo. Y especialista en ética, también.

Thea comenzó a llorar cuando Adam le sugirió el nombre
"Yale" por teléfono. La oí decir: "¡Qué dulce! Lo voy a pensar,
Adam. Lo voy a pensar en serio. De verdad". Luego me pasó el
teléfono. Tenía la otra mano sobre el abultado vientre.

—Quiere que se llame "Yale" —me contó, tapando el auricular con la mano—. Quiere llamarla así por Connie. Háblale tú. Yo
no puedo. —Después de pasarme el teléfono se secó una lágrima.

Hablé con él. Adam no mostraba interés en hablar conmigo
muy seguido en ese entonces. Pero a mí me encantaba hablar
con él.

Pasó la Navidad y llegó el Año Nuevo. Mi segunda hija, mi nueva
hija, se adelantó una semana y terminamos poniéndole "Haven".
A Adam le gustó mucho la elección. A nosotros, también. En
cambio, Cal creyó que todos nos equivocamos y escribimos mal
"Heaven", o sea "Cielo", en inglés.*

* Haven: Refugio. Heaven: Paraíso. (N. de T.).

Cuando el verano dio paso al otoño, Thea y yo pensamos que había llegado el momento de decirle a Bella que sería un privilegio para nosotros pagar la universidad de Adam. Bella, que se veía siempre en la necesidad de que un sueldo le alcanzara hasta cobrar el otro, se emocionó con el ofrecimiento. Adam no estaba tan contento. Era más escéptico en relación con mi dinero que conmigo, y era aun más escéptico en cuanto a recibir educación formal en alguna institución.

—Vas a conocer gente como tu tío Connie. Gente estimulante —lo alenté—. Y harás amigos para toda la vida.

—¿Sí? —preguntó, sin convencerse.

—Sí.

Respondió que lo pensaría. Poco después, Bella llamó a Thea y le dijo que Adam había decidido hacer el intento.

Me sentí feliz. Me ofrecí a ayudarlo a elegir una universidad. Quedé impactado, y aliviado, cuando aceptó.

Durante unos prodigiosos meses en los que, si hubiera asistido a la escuela secundaria, Adam estaría cursando la segunda mitad de su último año —según afirmaba con fingido orgullo, pertenecía a la promoción 2006 de la Escuela Secundaria Bella de Cincinnati, Ohio—, yo me hallaba en un extraño momento de mi vida. Tenía una hija que comenzaba el jardín de infantes y un hijo que buscaba la universidad más adecuada para él. En la misma semana, Thea y yo nos sentábamos en las sillitas de algún jardín de infantes que estuviéramos evaluando para nuestra hija, y luego yo tomaba un avión —un avión de línea; Adam aún no quería saber nada con mi jet— y me encontraba con mi hijo en alguna localidad del país para hacer una recorrida veloz de tres o cuatro días por las universidades prestigiosas del lugar.

Me consideraba un hombre joven. Pero, como pasé la mayor parte de mi vida adulta bajo la ilusión de que me había convertido en padre siendo ya mayor, siempre imaginé que sería un hombre de edad avanzada cuando tuviera la responsabilidad y la alegría de ayudar a un hijo mío a elegir una universidad. Cuando Adam y yo fuimos a ver facultades, me encontré con que el tiempo que pasábamos juntos en las distintas instituciones era un campo rico en descubrimientos. Los dos aprendimos mucho sobre universidades.

Creo que también aprendimos bastante sobre nosotros dos. No nos acercamos más durante esa época. Adam dejó en claro que eso era impensable. No me quedó más remedio que aceptar mi papel de financista y observador de la vida de mi hijo, y aceptar su proceso. Pero lo que en un principio me pareció un proceso superficial, somero, impaciente –léase "adolescente" en el peor sentido de la palabra–, en realidad era una tarea delicada para Adam, y era tan personal, profunda e idiosincrásica para él como sería elegir el sombrero correcto para una dama de la alta sociedad. El día que nos despedimos después de visitar la última universidad, todavía me trataba como si yo fuera un padre que no había conocido hasta los catorce años, un padre que pasó gran parte de la vida sin saber que su hijo existía.

Adam no hizo las cosas a mi modo en ninguna etapa del viaje, pero supe darme cuenta, e incluso aceptar de momento, de que hacía las cosas del modo que necesitaba hacerlas.

El mes de agosto, y con él el comienzo de las clases, llegó rápido.

Adam fue aceptado en seis de las siete universidades en las que se presentó. La única que lo rechazó fue la que los padres ansiosos como yo considerábamos "segura", su lugar de contención. Aquella en la que sin duda ingresaría. Adam tomó el rechazo como una medalla de honor. Decidió concurrir a Brown y debía asistir a clase cerca de New Haven, en Providence. Nos pidió a Thea y a mí que no fuéramos a Rhode Island a acompañarlo, de modo que Bella lo llevó en automóvil desde Cincinnati unos días antes del comienzo de las clases y lo ayudó a instalarse. Su compañero de cuarto era una estrella de lacrosse –un deporte que practicaban los indios de Norteamérica y que se juega con una raqueta de mango largo–, cuyo padre había jugado al lacrosse en Brown.

Cuando le conté a Thea sobre el compañero de Adam, le aseguré que lo primero que Adam aprendería en la facultad era por dónde se sostenía una raqueta de lacrosse. Él me lo confirmó en un e-mail que me envió esa noche, en el que contaba maravillado que existía un deporte que se jugaba con un "suspensorio masculino en la punta de un palo".

A pesar de que me moría de ganas de hablar con él, no lo llamé de inmediato. El largo intervalo de relativa estabilidad que logré sostener con mi aneurisma se acabó de pronto. Empecé a sufrir mucha fatiga a diario, y las jaquecas y las náuseas se hacían cada vez más persistentes. No estaba seguro de poder mantener la verdad en secreto, pero seguía firme en mi decisión de que Adam no se enterara.

El neurocirujano de Denver que me atendía –lo elegí porque era el que menos me asustaba de todos– volvió a hacerme exámenes del cerebro y me dijo, sin inmutarse, que la inflamación había aumentado.

—No está estable —explicó—. Quisiéramos que permaneciera estable.

"Y sí, claro", pensé.

—¿Está más grande? —pregunté. Tenía la imagen de un globo de agua en la mente.

—No mucho. Fracciones de milímetros. Pero debe saber que puede romperse en cualquier momento. Podría tener un pequeño sangrar hoy de regreso a casa. O mañana.

No me gustaba el hecho de ser un paciente para quien el verbo "sangrar" se había transformado en sustantivo. La excusa de que mi arteria cerebral tenía paredes delgadas no estaba cumpliendo con su parte del trato, el que hice con mi capacidad para la negación. Para simplificar la compleja cuestión médica, vale decir que un aneurisma inestable no era un buen signo.

Después de la consulta, le reiteré a Thea que no quería que Adam supiera lo del aneurisma. Como siempre, ya lo había previsto.

—Adam no puede echarte la culpa. Esto no es una imprudencia.

Lamentaba que estuviese equivocada. Adam sí podía echarme la culpa. Y sí había un poco de imprudencia de mi parte. Pero ella no sabía nada al respecto. No sabía lo de los Ángeles de la Muerte.

—Tienes que volver a pensar en la posibilidad de operarte, mi amor —añadió.

Los neurocirujanos opinaban lo mismo. Lo pensaría y repensaría hasta el día en que hubiera vuelos diarios a Marte.

Pero bien sabía que no ocurriría nunca. Mi situación –y mis Ángeles de la Muerte– hacían que esa opción fuera imposible.

Al día siguiente, recibí un llamado. No hubo saludo. La voz que oí era femenina y conocida. Cariñosa también.

—Ya estás en el límite. En cuanto tengas síntomas nuevos, habrás cruzado el umbral.

Pensé: "Dios, sí que son buenos".

—Lizzie —murmuré.

—Supongo que te están presionando para que te operes, ¿no? ¿Los médicos?

—Sí.

—Bueno, veámoslo así: estás en un callejón sin salida —prosiguió—. Si decides no operarte, pronto el aneurisma empeorará otro poco y cada vez tendrás más síntomas. Y si eso sucede, nosotros, por supuesto, te mataremos. O el aneurisma se romperá. Tarde o temprano; en realidad, más temprano que tarde. Y, tomando en cuenta el lugar del cerebro donde está localizado, lo más probable es que mueras. Y si no, quedarás muy incapacitado. Y si eso llegara a suceder, nosotros, por supuesto, te mataremos.

Hizo una pausa para que el peso de sus palabras hiciera efecto, o para prepararse para lo que iba a decir a continuación.

—Si al final quieres la operación, suponiendo que salga bien, sin duda sufrirás algunas discapacidades. Casi seguro, esas discapacidades superarán los parámetros que estableciste para que la póliza entre en efecto. Y si eso sucede, nosotros, por supuesto, te mataremos.

—Lizzie —repetí.

—Si tienes algún asunto que resolver, sugiero que lo resuelvas ya.

Cortó. Me pareció que estaba triste.

37

Cumplí con mi palabra, y por fin le conté al doctor Gregory las maneras en que me había herido Adam.

Después de decidir que lo haría, me tomó un buen rato

hablar del tema. Primero le tuve que contar sobre la relación de Adam con su tío, después lo de mi diagnóstico y la muerte de Connie. Así pude explicarle qué era lo que me causaba tanto dolor. Llené ese espacio en blanco con un relato que duró toda una sesión, en la que le detallé la trascendental segunda visita de Adam, y la revelación que me hizo sobre la muerte de su padrastro. Terminé el relato confesándole al terapeuta que tenía toda la razón, que Adam me había hecho sentir vulnerable.

Le hablé de la alegría que sentí durante las visitas a las universidades que hicimos juntos, y el maravilloso proceso de conocer a mi hijo durante ese tiempo. También le confesé la angustia que me causó el hecho de que no me dejara acercarme a él.

El terapeuta me escuchó con paciencia, pero me di cuenta de que sabía que, hasta el momento, no le había dicho la verdad, y esperaba la parte más importante de la historia. La parte en que Adam me clavó el cuchillo.

Aquí va.

La Universidad Brown, en Rhode Island, es un ambiente académico similar al que un muchacho brillante, educado en su casa, autodidacta y de mentalidad ecléctica está acostumbrado. Brown no tiene requisitos curriculares, y es un lugar que alienta a sus alumnos a elegir con libertad entre las múltiples alternativas que ofrece. Brown permite que un alumno seleccione lo que quiera de la larga lista de especialidades, o bien, que arme la propia de acuerdo con su pasión académica. Mi hijo eligió bien su universidad. Si Adam iba a progresar en algún entorno académico organizado, yo coincidía con su decisión de optar por Brown.

Sin embargo, dado que tenía dotes intelectuales únicas y prodigiosas, y un enfoque con respecto al aprendizaje poco ortodoxo, no estaba seguro de que Adam fuera a progresar en ningún entorno académico organizado. Thea, Bella y yo manteníamos los dedos cruzados para que el experimento de la educación superior formal diera resultado.

Adam también tenía sus dudas. Sus últimas palabras antes de que Bella lo dejara en su cuarto fueron: "No te desilusiones si esto no sale muy bien". Ella le prometió que no se desilusionaría. Cinco minutos más tarde, cuando nos lo contó desde su teléfono celular, Thea y yo prometimos no desilusionarnos tampoco. Todos estábamos mintiendo.

El primer mes de clases pasó volando. Thea y yo aprovechamos que el cumpleaños de Berkeley era en diciembre y decidimos posponer su aventura del jardín de infantes un año más, de modo que los cuatro –Thea, Cal, Haven y yo– estuvimos juntos al comienzo del otoño. Un largo veranillo dominaba el clima de Colorado, así que dividíamos el tiempo entre Denver y Ridgway.

Aunque en esas semanas el contacto con mi hijo seguía siendo más esporádico de lo que me hubiera gustado, nos comunicábamos sobre todo por e-mail. Y me sentía satisfecho de que su adaptación a la universidad pudiera calificarse entre "estándar" y "buena".

Sin embargo, en octubre se desató el caos.

¿En qué momento? Es difícil de decir, porque Bella mantuvo en secreto las primeras señales de la crisis que se avecinaba. Thea y yo nos enteramos de que algo sucedía cuando supimos que Adam faltó a clases cuatro días seguidos. Por la misma época, su compañero de cuarto nos dijo que hacía seis noches que Adam no dormía en su habitación.

En realidad, el muchacho creía que eran seis, pero como salió de gira con el equipo de lacrosse por no sé qué cosa fuera de temporada, nos dijo que quizá fueran siete u ocho las noches que Adam se ausentó.

Mierda.

—Es alguna de sus aventuras —nos explicó Bella por teléfono, con tono de "creo que tenemos un problema, en realidad no estoy tan preocupada, pero supuse que debían saberlo"—. Siempre hace esas cosas. Siempre.

Estaba claro que Bella no estaba perturbada en absoluto y aún no había cruzado la línea que divide "ansioso" de "preocupado". Calificaba su propio estado mental como "confuso".

—Está lejos de su casa, Bella. ¿Por qué se iba a escapar?

—No se escapó. No suele escaparse. Adam explora. Seguro que algo le llamó la atención, tal vez algo que está estudiando en la facultad. Y decidió echarle un vistazo más de cerca. Es lo que suele hacer; así es como aprende. Cuando tenía trece años, estaba leyendo un libro sobre cómo desovan los salmones y se fue a un río en el estado de Washington para verlo por sí mismo. Ese es nuestro hijo. Es un estudiante experimental.

El muchacho no se contactaba con nadie hacía más de una semana. La explicación de "estudiante experimental" no me satisfacía. Pero Bella también dijo "nuestro hijo", y oír esas palabras me impedía dirigir cualquier sentimiento de frustración hacia ella.

Es raro, pero Thea se mantuvo al margen de todo el asunto el tiempo que duró. Al principio, aplaudí la prudencia que reflejaba su silencio y admiré su capacidad de tomar distancia de la pelea que, me temía, estaba a punto de iniciarse entre Bella y yo acerca de cómo actuar ante la ausencia de Adam.

Luego tuve una revelación acerca de lo que, en realidad, le pasaba a Thea. Pensé en mis conclusiones gran parte del día, mientras intentaba rechazarlas y convencerme de que estaba equivocado. Pero cuanto más pensaba en ello, más sentía que tenía razón. También me sentí muy mal.

Separé a Haven del pecho de Thea, la cambié y la volví a poner en su cuna antes de leerle a Cal unos cuentos y meterla en la cama. Cuando las niñas estuvieron listas, me senté junto a mi mujer, bajo la ventana en nuestro cuarto de Denver. Thea estaba recostada en el sofá, leyendo un libro, y tuvo que moverse un poco para hacerme lugar. Lo hizo de mala gana.

—Hola —le dije.

Puso el dedo en un punto cerca del final de la página izquierda, me miró y sonrió. Era una sonrisa de lo más desanimada. Me decía "te quiero", pero también "espero que me interrumpas por algo que valga la pena; estoy disfrutando del silencio y de mi libro". Le sonreí. Quería que la sonrisa dijera a gritos "yo también te quiero". Con voz calma, como conversando, sin buscar pelea, dije:

—Le contaste a Bella, ¿no es cierto?

—¿Contarle qué? ¿De qué estás hablando? —contestó demasiado rápido, y volvió a concentrarse en el libro, como si no aguantara ni un minuto más que la distrajeran de su lectura.

Mi esposa era terrible para mentir. Cuando trataba de engañar a alguien, casi siempre terminaba esforzándose por parecer segura.

—Lo del aneurisma.

Nunca le decía "mi aneurisma", siempre "el aneurisma". Como parte de la campaña para mantener la parodia del optimismo, necesitaba tratar al desgraciado como si fuera un intruso, no un residente. Un parásito, no un compañero. No tenía que considerarlo parte de mí. Si hubiera sido parte de mí, no hubiera podido eliminarlo. No permitiría que se convirtiera en parte de mí.

Thea hizo una mueca de descreimiento que fue casi cómica. Por su expresión, era como si yo hubiera empezado a hablar en algún lenguaje extraño, y ella quisiera hacerme entender que no era su culpa si no podía descifrar mis palabras. Simulé no haberme percatado de su falsa negativa. Era más fácil así.

—¿Cuándo? ¿Cuándo le contaste?

Cerró el libro y se lo puso sobre la falda. Me miró un instante –supongo que quería ver si estaba enojado o no–, luego me dio la espalda y asintió con la cabeza dos o tres veces en dirección a la oscuridad detrás de las ventanas.

—A fines de septiembre, creo. Era un lindo día. Estábamos hablando por teléfono. Y las dos estábamos cocinando. Ella estaba haciendo pan. Yo, tortitas para Berk y sus amigos.

—Maldita sea —exclamé sin ninguna emoción, ni enojo. En mi fuero interno, ya sabía que Thea le había contado a Bella lo del aneurisma y, mucho antes de enfrentarla, toda la irritación que pudiera sentir al respecto se había desvanecido. El "maldita sea" era apenas una forma de reconocer lo complicadas que serían las cosas con mi hijo de ahí en adelante.

Thea pronunció mi nombre. Lo dijo como una súplica.

—Bella le contó a Adam —respondí—. Por eso se fue.

Todo me parecía tan obvio.

—¿Por qué iba a contarle?

No lo preguntaba por curiosidad; estaba a la defensiva. Para ella también era obvio lo sucedido.

—Porque Bella es Bella.

—Tal vez no —comentó. No era una idea; era otra estrategia

de defensa. Lo sabía y yo también—. Quizá te equivoques. Siempre fuiste duro con ella. Dijo que no le contaría. Me prometió que no lo haría.

—Thea, estamos hablando de Bella. No sabe ocultarle nada a Adam. No soporta que haya barreras entre ellos. Los dos lo sabemos, vamos.

Thea no quería que fuera cierto.

—¿Por qué iba a contarle?

—Es su forma de ser buena madre. Siempre fue así. Utiliza el permiso como sustituto de la responsabilidad, y la sinceridad como sustituto del criterio.

Thea pensó un rato en lo que dije y decidió no discutir conmigo sobre mi conclusión. En vez de eso, decidió ponerse a merced de la corte. Fue una buena decisión; el juez se sentía misericordioso ese día.

—No —dijo, protegiendo a Bella—. Fui yo. Metí la pata. Bella es tan buena. Cuando nos enteramos de que el aneurisma había empeorado, necesitaba hablar con alguien. Es tan difícil mantener todo en secreto. Y ella está tan lejos... Pensé que no habría peligro en...

¿Entonces es mi culpa? ¿Esto pasó porque yo quería mantener mi enfermedad en secreto? Iba a decirlo, pero me contuve. Lo que dije fue:

—En cuanto a Adam, Bella es una madre sin límites. Su criterio es terrible. Es por eso que no se lo íbamos a contar, ¿te acuerdas? Hablamos específicamente de Bella.

En ese momento, me di cuenta de que armamos todo el engaño de "no tengo un aneurisma" para proteger a Adam. O, mejor dicho, para protegerme a mí de los sentimientos de Adam.

—Metí la pata. Lo siento —reconoció Thea.

La besé.

—No es culpa tuya. No debí haberte puesto en esta situación. Pero, ahora, Adam cree que voy a morir. Que lo voy a abandonar. Ese es su mayor miedo con respecto a mí. El aneurisma va a ser un gran problema entre nosotros. Una cadena montañosa. Un océano. No sé cómo arreglar todo esto, el hecho de que sepa la verdad. No sé cómo borrarlo. Tengo que decidir qué hago ahora.

—Pero ¿por qué se escapó?

—¿Para resolver las cosas? No sé. No conozco tanto a mi propio hijo como para contestar esa pregunta.

Esa confesión dejó a mi mujer sin aliento. A mí también.

—Bueno, se equivoca. Tú no morirás. Solo tenemos que encontrarlo y decírselo —afirmó cuando se repuso, e hizo un gran esfuerzo por parecer desafiante—. Le mostraremos los números, las estadísticas; le explicaremos todo lo que estás haciendo para maximizar tus posibilidades; lo dejaremos hablar con los médicos. Es inteligente; se dará cuenta.

—El aneurisma se está agrandando, mi amor. Podría reventar. Los dos lo sabemos.

—Pero tal vez no reviente. ¿No es cierto? ¿No es cierto? Esperanza. Determinación. ¿No es cierto? Y siempre está la posibilidad de la operación.

—Thea, ni siquiera sabemos dónde está Adam. En esta situación, es un poco difícil convencerlo de cualquier cosa, ¿no crees?

—Lo vamos a encontrar.

—Seguro que sí —comenté—. Seguro que sí.

38

Contraté tres detectives para que buscaran a mi hijo. No le dije nada a Bella. No se lo dije a Thea, tampoco. No le pedí permiso a nadie. Tenía que comunicarme con él. Aunque fuera sólo para decirle adiós.

A principios de noviembre, llamé a uno de los detectives. Lo encontré en Wisconsin; estaba siguiendo una pista vaga. Una joven de Chicago vio una fotografía de Adam y dijo que se parecía a un muchacho que conoció en una fiesta universitaria en Northwestern, que al parecer viajaba a Milwaukee.

—¿A Milwaukee? —pregunté—. ¿Cree que es un buen dato?

—A decir verdad, no. La gente me dice cosas, luego tengo que confirmarlas. La mayoría de las veces, no son confiables. Todavía no tengo informes sobre ningún tipo de registro –tarjeta de crédito, o algo así– que me indique dónde está su hijo. No está usando el teléfono celular que le regaló. Ni siquiera lo tiene encendido. A menos que tenga suerte o consiga una pista firme, sigo rumores. Si quiere que pare, paro. Si quiere que continúe, continúo. Es su dinero. Yo lo único que tengo es tiempo y buenas intenciones.

No estaba seguro de que el sujeto fuera muy competente, pero era honesto, y por eso me caía bien.

—Continúe —respondí.

39

No habría ido al Este, en un supuesto viaje de negocios, de no haber sido porque Adam seguía sin aparecer. Pero seguía sin aparecer, así que fui al Este.

Thea me rogó que no viajara. Había tenido que llevarme de urgencia al hospital St. Mary's al principio de la semana porque mis síntomas empeoraron. Los médicos me internaron un día para rehidratarme porque había vomitado mucho. Al final, decidieron que el bulto en el cerebro no estaba sangrando; todavía no. Sólo estaba creciendo.

Cuando Lizzie me llamó, hacía apenas una hora que estaba de regreso en Ridgway.

—Acabamos de tener una teleconferencia. Con los nuevos síntomas, superaste los parámetros de intervención —me avisó.

Traté de tragar. No pude. Tenía la garganta tan seca que no podía hablar.

Me cortó.

El blanco estaba oficialmente en mi pecho. Yo era el centro del blanco. Era la presa en esa cacería.

Hacía casi un mes que Adam había desaparecido de la Universidad Brown.

Concerté algunas reuniones en Nueva York para salvar las apariencias. Para mi pesar, esas reuniones me tomaron casi toda la tarde. Era la clase de estúpido juego financiero que Adam habría evitado, el tipo de reunión de la que me hubiera ido sin más ni más de haber tenido el coraje de hacerlo. Los ejecutivos se quedaban sin ideas mucho antes de que se quedaran sin palabras, de modo que estaba esperando que cerraran la boca mucho antes de que, por fin, cerraran su maletín. Salí corriendo del edificio, me zambullí en el subterráneo junto con un millón de personas y me metí en un vagón repleto de gente que iba al centro de la ciudad. Pude haber tomado un taxi o alquilado un automóvil o una limusina, pero, a pesar de mis quejas, me gustaba el apretujamiento de gente en los túneles que corrían por debajo de la ciudad, sobre todo a la hora de mayor afluencia de tránsito.

Cuando al fin llegué al hotel, eran casi las seis y Mary me estaba esperando en el vestíbulo del primer piso, el mismo en el que tuve la cita con el hombre cómico para mi última clase sobre el reglamento de los Ángeles de la Muerte. Mary estaba bebiendo agua gasificada; no bebía ni una gota de alcohol cuando tenía que volar.

—¿Qué tal tu día? —le pregunté, feliz de ver su cara redonda.

—Más o menos —contestó. Para ella, ningún día que pasaba lejos de su familia se merecía un calificativo más elevado. Nunca intentó disimularlo. Le encantaba volar; lo que no le gustaba era el hecho de que sus continuos vuelos la obligaran a pasar la noche lejos de su hija.

—Usted me rescató de convertirme en policía antes de que llegara a ser detective. Ahora, a veces me toca hacer de los que aparecen en la televisión. Es divertido. —Metió la mano en su bolso y me pasó unas notas escritas a mano a través de la mesa—. No creo que tenga mucho problema con esto. La mujer es una auténtica criatura de hábitos fijos.

—Gracias. ¿Se habrá dado cuenta de que estuviste allí? ¿Siguiéndola?

—¿En esta ciudad? No lo creo. —Hizo una pausa y me miró con reproche—. No es una prostituta, ¿no?

—¿Qué? ¡No! No. Es una socia de negocios. Es demasiado reservada para mi gusto, eso es todo. Sabe muchas cosas de mí y quiero que el campo de juego sea parejo. —Me acomodé en la silla—. ¿A quién quiero engañar? No me gusta un campo de juego parejo. Me gusta que el equipo local tenga cierta ventaja.

—Es cierto, usted es así —comentó Mary. Me di cuenta de que no creyó ni por un instante la historia que le estaba contando.

—¿Vas a ver a tu prima esta noche?

Asintió con un gesto. Su prima conducía una camioneta de reparto para FedEx y vivía en Brooklyn, pero trabajaba en un edificio grande en Greenwich Village, cerca de la calle Hudson.

—Ahora está mirando vidrieras en la Quinta Avenida, y los ojos ya se le deben de haber salido de las órbitas a estas alturas, estoy segura. Nos vamos a encontrar más tarde para cenar en un restaurante chino que a ella le gusta.

Metí la mano en el bolsillo del saco y saqué dos entradas para el teatro.

—De mi parte. Para ustedes dos. Que lo disfruten.

Examinó las costosas entradas –fila cuatro, centro– y luego me miró. Había curiosidad en sus ojos.

—¿Cómo las consiguió? Estas entradas están agotadas hace siglos.

—Eso no importa. —No quería confesar que LaBelle le había cobrado un favor a uno de los inversionistas que colaboró con la venta de mi empresa años atrás, y de ese modo me consiguió esas ubicaciones—. Hay un restaurante de mariscos no muy lejos de aquí, en la calle 54. Se llama Oceana. Supongo que te va a gustar. —Al parecer, una de las pocas debilidades de Mary eran los mariscos. Sobre todo los moluscos—. Tu prima y tú tienen una reserva para una linda cena antes del teatro. Coman lo que quieran; ya me encargué de todo.

Sonrió.

—Gracias, jefe.

—Gracias a ti, Mary. Vete, no tienes tiempo que perder conmigo, busca a tu prima, tienen que llegar al teatro. Trataré de avisarte con varias horas de anticipación cuándo estaré listo para volver a casa.

—Usted tampoco tiene tiempo que perder.

Cuando oí esas palabras, estoy seguro de que parecí sorprendido. ¿Acaso lo sabía? Hizo un gesto para señalar los papeles sobre la mesa.

—Ella está por llegar a casa. Créame. —Se puso de pie y juntó sus cosas—. ¿Se siente bien, jefe?

—Sí, bien.

Mary me dijo "adiós" y se fue del hotel con rapidez. Recogí las notas que me dejó y comencé a leerlas. En realidad, nunca me preguntó por qué quería que siguiera a Lizzie. Ni siquiera se mostró curiosa. Una vez más, me pregunté si no lo sabría.

Si hubiera tenido tiempo, habría caminado hasta el centro. Pero no tenía tiempo, así que le pedí al botones del hotel que me llamara un taxi. Terminé de leer las notas de Mary en el cómodo asiento trasero, forrado en plástico, de un taxi neoyorquino.

No había estado muchas veces en el barrio de Lizzie en los últimos años, pero conocía el lugar. Un concierto sinfónico de tanto en tanto en el Centro Lincoln. El recital de violín de la hija de un amigo en Juilliard. Una o dos comidas con colegas en restaurantes de la zona. ¿Si me sorprendía que Lizzie viviera allí? No, la verdad no tanto. Después de nuestro primer encuentro, pero antes del almuerzo en Papaya King, habría supuesto que era una muchacha del Upper East Side, uno de los barrios más ricos de Nueva York. Además, pensé que nunca me llevaría a almorzar cerca de su casa, porque corría el riesgo de que la reconocieran.

En las notas de Mary figuraba la dirección de Lizzie y un número de apartamento marcado como "probable, no seguro". Lizzie parecía el tipo de mujer que vivía en un buen edificio. Para poder entrar a verla, me vería obligado a seducir o sobornar al conserje en uniforme, seguro un sujeto inmune a la seducción y resistente a todo soborno que no fuera exorbitante. Pero no pensaba ir a su apartamento, no en esa visita. Quería que, al menos, nuestro primer encuentro pareciera casual.

"Tiene una obsesión con las revistas —escribió Mary—. La seguí hasta su casa tres veces. Las tres se detuvo en un puesto de periódicos cerca de la esquina y se llevó dos o tres revistas".

Sentía curiosidad por saber si vivía sola. Si leía una pila de revistas por noche, suponía que o bien vivía sola o estaba distanciada de quien fuera que viviera con ella.

"Hay un mercado justo detrás del puesto. Dos de las tres noches, entró y compró algo. Creo que fruta, pero no estoy segura".

Miré la hora. Eran las 6.50.

"Horas de llegada: 6.55, 7.05, 7.25".

El tránsito alrededor del parque no estaba peor que de costumbre a esa hora: o sea, estaba terrible. Sabía que podía perder la oportunidad de toparme con Lizzie fuera de su casa. Guardé las notas de Mary en el bolsillo y me acomodé en el asiento. Necesitaba un rato para planear mi jugada.

Por pedido mío, Mary estuvo esperando fuera del Museo de Arte Moderno el día de mi encuentro con Lizzie, cuando almorzamos en Papaya King. La única pista que pude darle a Mary para ayudarla a seguirnos era que pensaba que habría una limusina negra con vidrios polarizados en una esquina cercana. Por desgracia, en la ciudad de Nueva York, esa pista era tan útil como aconsejarle que se fijara bien dónde había excrementos de paloma.

Sin embargo, Mary llegó temprano, inspeccionó la zona y eligió el automóvil correcto, suponiendo bien que era uno que estaba mal estacionado al final de la calle, por donde ingresaba el tránsito, y no a la vuelta de la esquina, de donde salían los automóviles. Para seguir el automóvil de Lizzie, cualquier vehículo que circulara por la calle 54 hubiera tenido que dar la vuelta a toda la manzana.

En Nueva York, una demora como esa significaba perder la pista.

La prima de Mary conducía una vieja motocicleta restaurada que había pertenecido a su hermano. Con Mary montada atrás, las dos primas no tuvieron ningún problema para seguir de cerca el automóvil alquilado, el Town Car, mientras Lizzie me revisaba, en camino hacia Papaya King.

Las primas se sentaron en un bar con mesas en la calle a metros de donde Lizzie y yo saboreamos nuestras salchichas con patatas fritas. Más tarde, Mary nos siguió a pie cuando salimos a caminar, y luego ella y su prima permanecieron cerca de Lizzie el resto del día. Vigilando la limusina, llegaron a un edificio de oficinas en Park Avenue, donde Lizzie pasó toda la tarde. Después, la siguieron hasta su supuesta casa cerca del Centro Lincoln.

Esa fue la primera vez que Mary tomó nota de las paradas que hizo Lizzie en el puesto de periódicos y en el mercado coreano.

El taxi me dejó en la calle 67 y Broadway. Según mi reloj, habían pasado unos minutos de las siete. Me di cuenta de que quizá me había perdido el regreso de Lizzie a su casa.

Enseguida divisé el puesto de periódicos que mencionó Mary y, no muy lejos, el mercado coreano. El edificio de Lizzie, una torre alta de la época de la década del 30, de ladrillos claros y sucios, ocupaba el centro de la cuadra. Lo que al edificio le faltaba en estilo arquitectónico, lo compensaba con ventanas. Sin duda, algunas de las grandes ventanas de los apartamentos superiores tenían hermosas vistas del río Hudson y del atardecer.

Esperaba que estuviera en uno de esos apartamentos y contara con una de esas vistas.

Una pila alta hasta la cintura de canastitas con frutos marroquíes bordeaba un abundante despliegue de frutas y verduras que se extendía desde la puerta del local hasta un mostrador de comida hecha que se encontraba en el interior y que tenía buen aspecto. Compré un periódico en el puesto, le pagué por una botellita de agua gasificada a la joven coreana que atendía la caja registradora del mercado y volví a salir a la calle. Supuse que Lizzie llegaría en taxi, como yo, y busqué un lugar para esconderme cerca de una parada de autobús que había pasando la puerta de su edificio. Sostuve el periódico en una posición extraña para que me tapara casi todo el rostro y esperé a que apareciera algún taxi que se detuviera a bajar pasajeros.

Lizzie no tenía motivo para prestarme atención. Yo era un hombre que leía el periódico y esperaba el autobús. Una más de las cien mil personas que hacían lo mismo esa noche en Nueva York.

Debí haber considerado la posibilidad de que llegara en subterráneo, pero no lo hice, de modo que casi quedo al descubierto cuando caminó directo hacia mí desde la estación Centro Lincoln.

Tenía el cabello más corto que en Papaya King y se había hecho unos reflejos de lo más atractivos. Y aunque ya empezaba a caer la noche, usaba lentes oscuros. Sin duda, tenía la forma de caminar del habitante de Manhattan: iba derecho a algún lugar, no se paraba a husmear en las tiendas y no hacía contacto visual con los desconocidos. Cuando un neoyorquino tiene un destino en mente, más que caminar, marcha.

Cuando Lizzie llegó a la vereda detrás del puesto de periódicos y luego pasó por el mercado, pareció detenerse por una décima de segundo, con los ojos puestos en mí. Por un instante, temí que me hubiese descubierto. Sentí un inmenso alivio cuando giró y volvió sobre sus pasos hasta el puesto. Tardó menos de un minuto en elegir dos revistas y pagarlas. Las metió en su bolso y se dirigió de inmediato hacia el mercado.

Hice mi movida. Entré después de ella, fui derecho al primer mostrador, tomé un paquete de golosinas y me puse en la fila para pagar. Lizzie estaba frente a los canastos de fruta al otro lado del angosto local, a no más de tres metros de distancia.

La fila avanzaba muy rápido. De acuerdo con mi improvisado plan, Lizzie debía quedar detrás de mí mientras yo pagaba y decía mi parte. Cuando me llegó el turno de pagar, recurrí al plan B, dije: "Perdón, me olvidé algo", y me hice a un lado. Simulé que no sabía qué pastillas comprar para hacer tiempo a que Lizzie terminara de elegir su fruta. Cuando, con mi visión periférica, vi que se daba vuelta para ponerse en la fila, me apresuré a colocarme al final. Un segundo después, quedó detrás de mí, tan cerca que podía olerla.

Llegó mi turno. Puse la golosina y las pastillas sobre la caja. La empleada apretó unas teclas en la registradora y dijo:

—Dosdossiete.

Con un tono de voz unos decibeles más alto que lo normal, pregunté:

—Estoy buscando un restaurante que se llama Picholine. ¿Sabe dónde queda? Creo que está cerca de aquí.

La empleada me miró como si le hubiera hablado en otro idioma. No debí haberme sorprendido tanto: le había hablado en otro idioma. Antes de recuperar la compostura, me gruñó algo corto y probablemente grosero en coreano. Le di cinco dólares y me di vuelta para dirigirme a la siguiente persona en la fila: Lizzie.

—Disculpe, ¿sabe, por casualidad, dónde queda el restaurante Picholine?

Los ojos de Lizzie se agrandaron cuando me reconoció y, bueno, también se llenaron de consternación.

—¡Dios mío! No lo puedo... Tengo una cena de negocios en el Picholine. ¿Estoy cerca?

Ella sonrió, más con los ojos que con la boca. La sonrisa parecía sincera al principio, pero perdió la gracia y terminó siendo artificial.

—Un segundo —murmuró. Levantó un pequeño canasto de frambuesas—. Tengo que pagarlas.

Mantuvo la fruta en alto para que yo la inspeccionara. Orgánica. No me sorprendía. Tomé el vuelto y salí a la calle para esperarla.

Cuando se acercó a mí, ya no tenía puestos los lentes oscuros y sus ojos multicolores me miraban con desconfianza. Eran encantadores, sí, pero desconfiados.

—Queda en la calle 64, entre esta y el parque. Te va a gustar mucho, en serio.

—Seguro que no tanto como me gustó Papaya King.

Desvió la mirada un instante, luego me volvió a mirar. Me pareció que era un gesto de coquetería. Una buena señal. Hice mi jugada.

—Hola, Lizzie. Qué bueno verte.

Me di cuenta de que ella también percibió algo en mis ojos. Esperaba que lo que veía fuera picardía y rogaba que malinterpretara qué clase de picardía. Movió la cabeza.

—Vete. Ve a tu reunión. No cometas una tontería. Tú sabes que tengo razón.

—Yo no sé nada. Soy un idiota.

—Si hiciste esto a propósito, eres más que idiota.

—¿Qué estás...?

Levantó el índice. No estaba interrumpiéndome solamente; no quería oír mi protesta.

—No podemos vernos. Y punto. Ni en un mercado, ni en la calle, ni en un café de Praga.

¿En un café de Praga?

—¡Vamos! Sólo un trago. Tengo un rato libre antes de la cena. ¿Qué daño puede hacer un trago? Lo pasaremos bien. Sabes que es así. Siempre lo pasamos bien juntos.

—Esto no puede pasar. Ve a tu cena. Olvidaré que nos encontramos. Sugiero que hagas lo mismo. —Me dio la espalda y dio dos pasos rápidos.

—Estoy dispuesto a cancelar mi cena, si me dejas llevarte a algún lado. Yo invito.

Enfiló al instante hacia mí como un soldado al que le ordenan marchar.

—No es posible. No. —La mandíbula se le puso rígida y se acentuó el fulgor de su mirada—. Esto no había pasado nunca. No puede pasar. Las consecuencias serán graves. ¿Entiendes lo que te digo?

Me comporté como si no me estuviera echando. ¿Qué otra cosa podía hacer? Necesitaba tiempo para encontrar a Adam.

—¿Trabajas por aquí? ¿Vives por aquí? ¿Qué? ¿Estabas yendo a la sinfónica o algo así? ¿Es la temporada de ballet?

—Vete. Ahora, por favor.

Me estaba suplicando. Pero me he quedado delante de muchas puertas a lo largo de mi vida, ya sea para robar un beso o para lograr que me invitaran a pasar a beber "un último trago". Así pues, cuando una mujer me dice que me vaya, sé si lo dice en serio. Y sé cuando no es así. En realidad, Lizzie no quería que me fuera.

—Un trago, Lizzie. Uno. Inofensivo. —No respondió de inmediato, así que insistí—: Vamos, ¿tengo que repetir todo dos veces?

Ese comentario le trajo un recuerdo y con el recuerdo, una sonrisa. Una sonrisa pequeña, es cierto, pero su barniz se empezaba a resquebrajar.

—No puedo. Y tú te tienes que ir.

—Nuestro negocio terminó. Los contratos están firmados, por decirlo así. ¿Qué tiene de malo un trago entre amigos?

—¿Terminó? ¿Terminó? —Hizo un ruido con la garganta que denotaba gran exasperación—. Tú sabes a la perfección... —Vaciló cuando se dio cuenta de que no podía determinar qué era lo que se suponía que yo debía saber—. Esto no puede estar pasando. ¡Por Dios! ¡Vete! ¡Piensa! ¡Piensa! Por favor, por favor, recuerda en qué tipo de negocio estamos.

No iba a seguirle la corriente. Si lo hacía, sabía que me daría por vencido.

—A decir verdad, ¿cuántas probabilidades hay de que nos encontremos por casualidad? ¿En una ciudad tan grande como esta? ¿En un barrio que no visito nunca? El destino nos está queriendo decir algo. No podemos pasarlo por alto, ¿o sí?

—Sí —contestó, de pronto recuperando la compostura, y la perspectiva. Y de pronto comenzando a sospechar—. ¿Cuántas probabilidades hay?

Sin duda, no quería que siguiera esa línea de razonamiento. La quería desconcertada, no llena de desconfianza. Me miró los labios, dio un profundo suspiro, se alejó de mí y empezó a caminar de nuevo hacia la estación Centro Lincoln, con la bolsa de plástico con las frambuesas balanceándose a su lado. Cuando vio que un taxi se detenía para dejar a una elegante pareja, cambió de rumbo tan rápido como pudo y se zambulló en el asiento trasero. No pude oír las instrucciones que le dio al conductor.

Después de perder de vista el taxi, seguí más o menos los mismos pasos que ella; primero caminé en dirección al subterráneo, luego, después de cambiar de parecer, me acerqué al cordón de la vereda para tomar un taxi. Cuando pasé por el puesto de periódicos, el vendedor dijo:

—No le fue muy bien, ¿no?

Me acerqué y me detuve frente a una pila alta de revistas *Maxim*, metí la mano en el bolsillo, y seguí una corazonada. En silencio, coloqué un billete de cien dólares sobre un pequeño mostrador todo rayado.

—¿La conoce?

El billete desapareció en un instante.

—Viene siempre. Es una de mis mejores clientes. Claro que la conozco. —Utilizó la cabeza para gesticular en sentido a su apartamento.

—¿Por casualidad conoce al conserje de su edificio?

Dudó como calculando si esa clase de respuesta estaba incluida en mi primera inversión de cien dólares.

—Sí. Hace once años que trabajo acá. Conozco a mucha gente.

—¿Es un hombre razonable?

—Depende de quién se le acerque. Tiene sus momentos.

—Yo puedo ser muy generoso.

—Esa es una de las cosas que ya sé de usted. Y yo puedo ser muy persuasivo. Es algo que debería saber de mí. Con el incentivo adecuado, me podría acercar a él de parte suya. Llegar a un acuerdo.

—Entonces, tal vez pueda ayudarme.

—¿Quién sabe? Todo es posible en este mundo. Eso me decía mi mamá.

—Bien. Estaremos en contacto. ¿Está aquí todos los días?

—Todos los días son muchos días.

—¿Mañana?

Se encogió de hombros. Puse otro billete de cien en su mostrador.

—Bien temprano. Si ella tiene que trabajar, saldrá por esa puerta un poco antes de las nueve. Nunca antes de las ocho y media.

—¿Subterráneo o taxi?

—Setenta de las veces uno, treinta el otro. Si el día está lindo, noventa-diez. Pero no trabaja todos los días. No tiene un horario fijo. A veces viaja. Se va un día. Una semana. Nunca se sabe.

Comencé a alejarme. Me detuve.

—¿Es cierto que su mamá le decía eso? ¿Que todo es posible en este mundo?

—Ni siquiera conocí a mi mamá.

Cuando subí al taxi, pensé en Connie. "Hay cosas peores –me diría–. Cosas peores".

40

Uno de los placeres de los buenos hoteles es el servicio de habitación.

Media docena de frutillas perfectas en un bol plateado: dieciocho dólares. ¿Por qué cuestan tanto? ¿Por qué no? Más seis dólares de "recargo por servicio". ¿Por qué hay que pagar el servicio? Porque es la manera que tiene el hotel de evitar la vergonzosa realidad de que lo que quiere cobrar por ese simple bol de frutillas son veinticuatro dólares y no dieciocho. El precio que desean cobrar no es la cifra exorbitante de tres dólares la frutilla, sino la ridícula cifra de cuatro dólares la frutilla. Y eso no incluye el diecisiete por ciento de propina que se necesita para indemnizar al pobre camarero por el doble trauma de tener que soportar la subida y bajada en ascensor y la obligación de ver a algún ricachón en bata. O quizás un ricachón con menos ropa que una bata.

¿Por qué no? El servicio de habitación no consiste en cenar, sino en darse un gusto. Seis dólares además de darse un gusto sigue siendo darse un gusto. Diecisiete por ciento más sólo para darse un gusto sigue siendo darse un gusto, ¿o no? Yo necesitaba darme un gusto.

Me había convencido –a ciegas, con arrogancia, tal vez, sí, incluso con optimismo– que mi simulado encuentro sorpresivo con Lizzie terminaría con los dos sentados uno al lado del otro en algún bar neoyorquino donde compartiríamos pequeñas porciones de comida de calidad y una botella de buen vino, un Auslese tal vez. Pensé que ella dejaría de lado su desconfianza y aceptaría la mentira de que nuestro encuentro fue casual, y que escucharía mi triste historia con compasión y se ofrecería generosamente a hablar con sus compañeros de los Ángeles de la Muerte para que hicieran una excepción conmigo dadas las circunstancias particulares que estaba viviendo con respecto a mi hijo.

Mi hijo, Adam. Tenía que encontrarlo. Tranquilizarlo. Convencerlo. Quererlo.

Unos meses de demora, quizás, en el umbral. Seis meses como máximo. Era todo lo que necesitaba.

En mi juventud, había convencido a tantas mujeres de que se quitaran la ropa interior que estaba totalmente seguro de que podría convencer a Lizzie de que me consiguiera una prórroga de unos meses con los Ángeles de la Muerte. Era evidente que me equivoqué un poquito.

Para compensar en parte la desilusión, pedí un montón de comida de un montón de clases del menú del hotel. La joven que me atendió por teléfono me saludó por mi nombre como si nos conociéramos de toda la vida –o, para ser más preciso, como si yo conociera a sus padres de toda la vida–, y me informó que me enviarían la comida en unos treinta y cinco minutos. No se sorprendió en lo más mínimo de que hubiese hecho un pedido muy por encima de los cien dólares y que toda esa comida fuera para una sola persona. Me pareció que tenía acento francés. Del sur de Francia, agradable. No parisino, desagradable. Le di las gracias. Me contestó que el placer era suyo. Ambos sabíamos que no era cierto. Que el placer fuera suyo. Pero la ilusión que crea un buen hotel ejerce la misma magia en mí que un buen libro o una película atrapante: con gusto, dejo de lado mi escepticismo para que me mimen otros con su experiencia.

Mientras esperaba que llegara la comida, me di una ducha rápida y elegí del canal de películas pagas una que Thea no quiso ver conmigo en el cine. Golpearon a la puerta unos cinco minutos antes de tiempo. Un hotel de categoría siempre se esfuerza por superar las expectativas.

Abrí la puerta. Había un hombre negro de unos veintitantos años detrás de un carrito de acero inoxidable cubierto con un mantel. Me pidió permiso para entrar. Le dije que dejara la comida en el carrito para poder comerla a medida que tuviera ganas. Fui al otro extremo del cuarto y miré las oscuras sombras del parque por detrás de la torre del Hotel Pierre, mientras el joven maniobraba las bandejas con torpeza.

—¿Señor? —dijo un instante después.

Me di vuelta, listo para firmar la cuenta, dispuesto a agregar unos dólares al diecisiete por ciento que le correspondía.

Llevaba puestos guantes blancos. ¿El que me sirvió el desayuno esa mañana también tenía guantes blancos? Me pareció que no. Pero el sujeto que me había entregado la nota para que me reuniera con el cómico en el vestíbulo sí tenía guantes blancos. Me acordaba de él.

Este joven era aquel sujeto. Le miré la solapa. No había ningún distintivo.

El hombre con guantes se encontraba entre la puerta y yo. El carrito del hotel se alzaba entre nosotros como un fuerte de acero inoxidable. Prosiguió:

—Tengo órdenes de exigirle que no realice ningún otro contacto con ningún miembro de la organización.

El corazón me latía con violencia. Pensaba: "Sí que son buenos". Luego: "¿Dijo 'exigirle'?".

—No sé de qué está hablando. Si ya terminó, por favor retírese antes de que llame a seguridad.

—Le sugiero, con todo respeto, que no juegue con nosotros. Lo asombrarían los recursos con los que contamos.

—Por favor, váyase de mi cuarto.

Levanté el teléfono que estaba en la mesa más cercana. No tenía tono.

—Está desconectado por el momento, señor. La línea volverá en breve, cuando me retire con su promesa respecto al tema en cuestión.

—¿Qué hará si no le prometo nada? ¿Matarme?

Pareció mirarme con un poco de lástima. Eso me puso furioso. Me dijo:

—Vine aquí de buena fe, señor. Todo lo que hacemos, lo hacemos de buena fe. Esperamos lo mismo de nuestros clientes. ¿Es tan ilógico eso?

Decidió tratarme con condescendencia. Mala estrategia conmigo. Debieron de haberlo sabido.

—Necesito unos meses.

—Quizás el destino le brinde los meses que necesita. Nosotros no controlamos el destino. Jamás intentamos hacerlo. Pero cumplimos con nuestros compromisos una vez que el destino muestra sus cartas. Eso es todo; nada más ni nada menos.

—Bueno, los libero de su compromiso. Firmaré lo que quieran. Quédense con mi dinero. No me importa.

—Como usted bien sabe, señor, cuando se ha producido el suceso desencadenante, no se permite la cancelación del contrato. Ya que le diagnosticaron una enfermedad de riesgo, y por ende se produjo el suceso desencadenante, no se puede volver a demarcar el límite.

—Pero ¿no entienden lo que digo? No quiero que me maten. Necesito unos meses más. Después pueden venir y matarme, maldita sea.

En respuesta a mi irreverencia, su expresión se endureció como una máscara. Repitió la frase del comienzo:

—Tengo instrucciones de exigirle que no realice ningún otro contacto con ningún miembro de la organización.

—La última vez dijo que tenía órdenes.

—Órdenes, entonces, señor. Órdenes.

—Váyase de aquí. Váyase a la mierda.

—Veámoslo así, señor: ¿cómo se sentiría si de pronto decidiéramos anular una parte del contrato? Por ejemplo, la parte que se refiere a mantener sus deseos en secreto para que no se enteren sus seres queridos. Por ejemplo, sabemos que su mujer... ¿Thea? ¿Ese es su nombre? ¿Qué suced...?

—Basta —lo interrumpí.

—O su hija mayor, Berkeley. Supongo que ya tiene edad para comprender que...

—Basta —repetí, pero con menos fervor. Me senté en una silla tapizada y me quedé mirando el parque. Le di la espalda al hombre cortés de guantes blancos. Me encontraba en la posición perfecta para un estrangulamiento bien ejecutado, si él hubiese querido.

—Señor, desearía que reconsiderara...

—Basta —dije de nuevo—. Lo oí la primera vez. Lo oí la segunda vez. Váyase.

Unos segundos después, la puerta se abrió y se cerró. Había venido a amenazarme. Era un hombre competente; sin duda, fue bien claro. Si yo no respetaba las reglas, los Ángeles de la Muerte le contarían todo a Thea –o, peor aún, a Cal, o, Dios bendito, a Adam–, todo acerca del dinero que gasté para asegurarme una salida rápida si las cosas se ponían demasiado duras para mí.

El carrito del servicio de habitación seguía estando al pie de la cama, obstruyendo el camino. Después de un rato, me puse de pie y fui a ver, no porque estuviera hambriento, sino por pura curiosidad. Me quedé atónito cuando descubrí que debajo de las tapas plateadas de las bandejas no había comida. Nada. Adiós a mis pretensiones de darme un gusto.

Me senté en la cama y levanté el teléfono. Había vuelto el tono. Apreté el botón para comunicarme con el servicio de habitación. La mujer que me atendió no era francesa, no hablaba francés agradable ni desagradable. Me llamó por mi nombre. Le pregunté por mi pedido.

Me contestó que no figuraba ningún pedido de mi habitación desde el desayuno. No obstante, si deseaba pedir algo, ella estaría encantada de ayudarme.

41

Esperé hasta cerca de la medianoche para que Mary y su prima tuvieran tiempo de tomar un café o comer el postre y volver a Brooklyn después de terminada la obra que fueron a ver.

Mary atendió el teléfono celular enseguida.

—¿Sí? —respondió. Sabía quién era.

—¿Recuerdas el encargo que te pedí? Resulta que necesito un poco más de información de ese lugar de Park Avenue. ¿Sabes de qué te hablo? ¿Puedes hacerlo?

—Claro. ¿Lo que averigüé hasta el momento no fue suficiente? ¿Satisfactorio? ¿Qué?

—No, no, estuvo fantástico. Pero resulta que lo utilicé mal. Creo que lo eché a perder. Es todo culpa mía. Espero que me vaya mejor si cuento con más datos.

—¿Mañana?

—Sí, a primera hora. A estas alturas, es muy probable que la gente de la tienda dé por sentado que vas a volver a pasar por allí.

—De acuerdo. Por ahora, no creo que tenga problemas.

Suspiré.

—¿Cómo estuvo la obra?

—Lo pasamos muy bien. Fue mucho más divertido de lo que me imaginé. No sé cómo agradecerle. Me ocuparé de su encargo mañana y después lo llamo.

Nos despedimos y cerré el teléfono. Lo volví a abrir y llamé a Thea, en Colorado.

—Hola, te extraño.

Estaba medio dormida. Hablamos de las niñas, de los perros y de mi salud durante un rato. No tenía noticias de Adam. Le dije que tenía al menos un día más de reuniones. Lo tomó con naturalidad. Le dije que la amaba y le pedí que besara a las niñas de mi parte. Me dijo que me cuidara.

Todo parecía tan normal.

42

A la mañana siguiente, volví a pedir el servicio de habitación y desayuné huevos, tocino y tostadas, con las cortinas muy abiertas para ver el parque y mientras escuchaba las noticias por televisión. Como postre, estaba el inefable bol plateado con frutillas frescas.

Pensé que terminaría por arrepentirme de mi necesidad de darme gustos. Mi estómago no lograba procesar mucha comida junta hacía semanas. Tuve que distraerme para no imaginar el vómito que me produciría la mezcla de tocino y frutillas.

Una de las noticias me llamó la atención. La crónica de un hecho ocurrido no lejos de mi casa. La noche anterior, un hombre fue asesinado a tiros en la Interestatal 70, al oeste del área metropolitana de Denver, poco antes de las once de la noche. De acuerdo con las pruebas que hallaron, las autoridades consideraban la posibilidad de que el hombre fuera víctima de un francotirador. El noticiero mostraba imágenes de la escena del crimen, proporcionadas por un conocido periodista y tomadas desde una alta meseta escalonada que se elevaba sobre un risco clausurado por la policía. A lo lejos, sobre el hombro del reportero, se veía el ancho tramo de ruta que iba desde las altas planicies hasta las montañas.

Era una de las rutas que comunicaba mi casa de Denver con la de Ridgway. La víctima era un hombre de cuarenta y dos años con tres hijos. Iba manejando un Honda Odisea blanco por el carril lento hacia el oeste. A veces, yo tomaba esa ruta cuando me dirigía de Ridgway a las afueras de Denver, o a la inversa. Caí en la cuenta de que el francotirador había matado a su víctima alrededor de una hora después de que eché de la habitación al falso camarero sin prometerle lo que me exigía.

Antes de salir del hotel, le pedí a uno de los empleados de la recepción que me diera dinero en efectivo. Supuse que iba a necesitar un buen fajo de billetes.

Tomé un taxi para volver al Upper West Side y le pedí al conductor que me dejara una cuadra antes de llegar al edificio de Lizzie. Eché una mirada para confirmar que el puesto de periódicos estuviera abierto y detecté la galería de una casa desocupada con una buena vista de la entrada del edificio.

Eran las ocho y media. Quería llegar temprano, en caso de que ella saliera temprano. Mi precaución no fue necesaria. Dieron las nueve menos cuarto. Y luego las nueve. Ni noticias de Lizzie.

Nueve y cuarto, nueve y media. Lo mismo.

—No está, jefe.

El hombre del puesto de periódicos me sorprendió, incluso me asustó. También me sorprendió el hecho de que midiera alrededor de un metro y medio. Observó que mis ojos registraban su estatura.

—Cuando trabajo, me subo a un cajón de bebidas que es una antigüedad —comentó.

—Buenos días. ¿Qué quiere decir con que no está?

Tenía las manos en los bolsillos. Los ojos oscuros le bailaban. Estaban de lo más joviales.

Ah, claro.

Saqué el rollo de billetes del bolsillo delantero del pantalón y separé tres billetes de cien dólares. Después de mostrárselos en forma de abanico para que los evaluara, le pregunté:

—¿Suficiente por lo que sabe?

—Mi opinión personal es que ninguna mujer vale tanto. Menos si nunca estuve con ella. Pero no es mi dinero, y no es mi miembro.

—No se trata de eso.

Se encogió de hombros.

—Primera regla: siempre se trata del miembro. Segunda regla: si cree que no se trata de eso, entonces vuelva atrás y estudie la primera regla.

Le di el dinero. Lo metió en el bolsillo de la camisa con indiferencia, como si todas las mañanas de su vida llevara tres billetes grandes encima a modo de dinero extra.

Me cayó bien.

—Empacó un montón de cosas, como para llenar dos de esas valijas con rueditas, y se fue antes de la medianoche. Un rato después, aparecieron dos hombres y cargaron más cosas en una camioneta de reparto sin ningún cartel. Eran seis cajas de cartón, por lo menos. —Me dio un pedazo de papel—. Este es el número de patente de la camioneta. Es de Jersey. Seguro que es falso. Y ahí tiene otro número. Al costado, el del taxi. Es falso también.

—¿Cómo eran los hombres?

—Jóvenes, de piel amarillenta. De esos con los que no hay que entrometerse. Uno llevaba un arma bastante grande.

—¿Estuvo aquí toda la noche?

Me miró como diciendo: "¿Está loco?".

—Necesito dormir. Ocho horas. Soy un guiñapo si no duermo ocho horas. El que estuvo fue el sereno. Le di parte de lo que usted me dio anoche y le dije que prestara atención.

—¿Cuánto le dio?

Sonrió.

—Veinte.

—Le estoy pagando demasiado, ¿no es cierto?

—Usted puede pagarlo, jefe. Llamémoslo reparación. ¿Su gente y mi gente? ¿Qué pasó? ¿Usted sabe?

Estuve tentado de oír su versión de la historia, sobre mi gente y su gente y lo que pasó, pero no era el momento.

—Me gustaría ver su apartamento —agregué—. Por dentro.

—Deme media hora para arreglarlo. Búsqueme en el puesto.

—Gracias. —Me di vuelta para irme.

—No tiene que agradecerme. Le va a costar.

—Todo cuesta, de un modo u otro.

—No acepto cheques. Si necesita un cajero automático, hay uno en el mercado coreano —señaló por encima del hombro—. Cuidado con la vieja. Es una bruja.

Fui al bar y me puse en la fila del baño. Mary me llamó cuando estaba en la mitad del asunto. Atendí con una mano. La señal del teléfono celular era fraccionada e irregular, exacto reflejo de mis circunstancias.

—¿Sí?

—Parece que la tienda de Park Avenue cerró. Así nomás. Cierre definitivo. Todavía no se han llevado los muebles, pero los escritorios están vacíos. No hay nada. Ni computadoras ni teléfonos. Una cosa de lo más rara.

Estaba sorprendido, pero a la vez no lo estaba. ¿Conocen esa sensación?

—Fíjate si puedes averiguar si tienen sucursales. Pregunta si los vecinos del edificio notaron algo.

—De acuerdo. —Dudó un instante y luego me preguntó—: ¿Estamos metidos en algún problema?

Me gustaba que hablara en plural. Mary se consideraba parte del equipo, aunque no supiera lo que pasaba. Traté de usar un tono entre indiferente y aburrido.

—Tenemos un problemita que resolver, Mary.

—Pero ¿es importante? ¿Tiene que ver con algo más que dinero?

—Sí.

—¿Algo más que una mujer?

Recordé que quizá Mary vio cuando Lizzie me tomó las manos en Papaya King. Quizá notó lo cerca que estuve de besarla.

—No se trata de una mujer, Mary. No en ese sentido.

A Mary no le hubiera gustado ayudarme a cometer una infidelidad. Apreciaba a Thea.

—Está bien.

Eso quería decir que lo aceptaba, no que me creía. Esperaba que la convenciera.

—Se trata de mi familia, Mary. Y es complicado.

Para Mary, esas palabras valían más que si hubiera jurado sobre la Biblia.

Esperé hasta las diez para acudir a mi encuentro con el hombre del puesto de periódicos. El sujeto delante de mí, en la fila, estaba comprando una revista pornográfica, el *Financial Times* y una golosina.

—Ve, es como le digo, siempre tiene que ver con el miembro viril —dijo a modo de saludo el hombre sobre el cajón de bebidas cuando me acerqué al mostrador—. Si tiene un trabajo como el mío, se aprenden muchas cosas, se aprenden.

Sonreí.

—Tal vez sienta vergüenza de ser un agente de bolsa o un inversionista y sólo compra pornografía para disimular.

—Esa es buena. Esa me gustó. Le voy a hacer un descuen-

to. Mi contacto en el edificio se llama Gastón y va a necesitar
que le dé unos cien más. Para lo que usted quiere, no es nada.
Los otros apartamentos del piso están vacíos hasta el mediodía,
por lo menos. Los de vecinos de al lado se fueron de viaje; los
de atrás están todos trabajando. Gastón dice que uno de ellos
tiene un bar de *striptease* que abre a la hora del almuerzo. No
vuelve a su casa; quiere controlar a sus muchachas. Gastón es
estricto con las reglas, así que el trato es este: tiene cinco minutos para ver el apartamento, eso es todo. Ni un segundo más. Si
suena el teléfono, cierra la puerta y baja por la escalera de
emergencia. Nada de tonterías. Espere ahí cinco minutos antes
de volver a la entrada.

—¿Hay alarma?

—No.

—¿Seguro?

—Sí. Otra cosa: no se lleve nada. Nada. Ni una prenda de
ropa interior. Nada.

Abrí la boca para quejarme de su insinuación pero me di
cuenta de que no valía la pena.

—Trato hecho. —Saqué otro billete de cien y lo puse sobre
el mostrador. Quería dejarlo contento y tenía la sensación de
que volvería a necesitar de sus servicios—. Gracias por toda su
ayuda —agregué, y me di vuelta para marcharme.

—¿Quiere una revista? Regalo de la casa.

Lo miré. Tenía levantada una revista sobre casas de lujo y
sonreía.

—La puerta de servicio de atrás va a estar abierta. Entre
por ahí. Vuelva a salir por ahí.

Gastón era un hombre delgado que tendría mi edad, un sujeto
de raza indeterminada, cabello corto y ojos saltones. Tenía la
piel oscura con pecas grandes, y un círculo colorado alrededor
de la nariz y las orejas, como si padeciera de alguna inflamación crónica. Sus ojos eran sagaces y la mandíbula parecía fija-
da en cemento. No era de los que se ponían a bromear o a discutir con la gente. Supo quién era en el instante en que llegué
a la recepción por la parte de atrás, y dio por sentado que
conocía las reglas.

Le di la mano. El saludo comenzó con cien dólares en la palma de mi mano y terminó con cien dólares en la palma de la suya.

—Dieciséis cero dos —me informó. Me tendió la mano para volver a saludarme. Un rápido movimiento y de pronto tenía dos llaves en mi mano transpirada.

Mientras subía por el ascensor al piso dieciséis, se me cruzó por la mente la idea de que todo era una trampa, que Lizzie les había ofrecido a Gastón y al hombre del puesto de periódicos una cantidad de efectivo mucho mayor de la que yo estaba repartiendo, para que me pusieran directamente en sus manos.

Me pregunté qué sucedería si eso fuera cierto. En mi mente, vi una escena muy interesante con Lizzie y el cómico de Nobu, el negro con guantes blancos, y, tal vez, el joven *yuppie* que apareció al costado del camino cerca de mi casa de Ridgway y que simuló estar perdido antes de tomar nota de mis instrucciones con respecto a los parámetros de intervención.

No había vuelta atrás. Ya había apuntado los esquís hacia abajo. La ladera era escarpada –ni qué decir que se trataba de una pista difícil– y me dirigía a un frondoso bosque de álamos. No había tiempo para pensar cuándo doblar; debía confiar en mis instintos para deslizarme a toda velocidad entre los blancos troncos de los árboles.

Para mantenerme con vida lo único que tenía que hacer era seguir el consejo de mi viejo amigo y colocar los dos esquís sobre el mismo lado en cada árbol.

Estoy convencido de que, al igual que el sendero que conduce al corazón de una mujer, las cerraduras de todas las puertas viejas tienen sus propios trucos. Es una de las pocas verdades universales del mundo. Para poder entrar rápido, hay que saber cuándo meter la llave un milímetro más adentro y cuándo pegar un tirón, cuándo tratarla con suavidad y cuándo con fuerza, cuándo empujar con todo el peso del cuerpo, cómo sostener la llave, y qué se siente antes de que por fin se oiga *clic*.

Para mí, la experiencia de tratar de ingresar en el apartamento de Lizzie fue como estar con una mujer por primera vez; todavía no conocía los trucos íntimos, no tenía el toque especial.

Cuando estaba con una mujer, por lo general me encantaba el proceso de descubrimiento, todo lo relacionado con la revelación de los secretos. Pero esa vez, solo en el pasillo, no sentí lo mismo. Me sentí como un ladronzuelo torpe que roba golosinas en una tienda de barrio, esperando que me atraparan con la mano metida en el pantalón.

Luché por burlar las cerraduras de la puerta de Lizzie durante demasiados segundos hasta que por fin logré que los dos pestillos se soltaran al mismo tiempo.

Me di vuelta y eché llave a las cerraduras por dentro. Por las dudas. Luego, solo luego, miré el apartamento de Lizzie.

Ya había decidido no crearme expectativas con respecto a lo que iba a encontrar tras la puerta del 1602. El hecho de no albergar expectativas significaba que no debería de haberme sorprendido. Pero me sorprendí. Por Dios que sí.

43

Siempre que tenía la oportunidad, iba a Boulder a ver al doctor Gregory. Reconocí que necesitaba verlo. El tiempo era escaso. Debía llegar adonde estaba yendo.

¿Adónde estaba yendo?

Todo se relacionaba con Adam, por supuesto, y con la idea de morir. Mis hijas podrían contar con Thea, con todas sus virtudes y gran fortaleza, para sobreponerse a la pérdida de su padre. Adam tendría a Bella, con su bondadoso corazón y su mal criterio. Pero él también tendría que superar una historia terrible. Comprendía todo eso, pero no mucho más. Quería que Gregory me ayudara a aprovechar al máximo esas últimas semanas de vida. La desaparición de Adam, su vulnerabilidad y la cercanía de mi muerte volvió más apremiantes mis visitas al psicólogo. Comprendía la sensación de apremio, la urgencia, pero no me sentía nada cómodo al respecto. Nunca había sentido urgencia con relación a un hombre. Solo con mujeres.

—El tema de hoy es el suicidio —dije, después de acomodarme en el asiento frente a él. Fue la última visita al psicólogo antes de mi viaje al Este en busca de Adam. En busca de Lizzie.

Habíamos hablado sobre las formas en que Adam podía herirme –lo de la vulnerabilidad–, hasta que llegó la hora de llevar mis revelaciones al siguiente nivel. Intuía que ese era el motivo por el que me encontraba en el consultorio del doctor Gregory –el verdadero motivo–, y decidí que era el momento oportuno para que él y yo nos aproximáramos, aunque fuera un poco, a esa verdad. En forma paulatina, nos fuimos acercando a una respuesta a la pregunta que me hizo el primer día: "¿Cómo puedo ayudarlo?".

"De acuerdo" fue como contestó a mi anuncio sobre el tema del día. Lo dijo sin dar muestras de sorpresa, sin pestañear siquiera. Me pregunté si mi propuesta sobre el suicidio era en verdad tan trivial o si después de tantos años de escuchar a gente como yo, le habían salido callos monumentales.

Sabía que lo dije de ese modo –sin preámbulos– para lograr alguna reacción manifiesta de su parte, pero mi táctica no dio resultado. Para la preocupación que le produjo, habría dado lo mismo que hubiera dicho que el tema del día eran las hemorroides o la picazón en los genitales.

Al menos, no bostezó.

—Si, hipotéticamente, le dijera que estoy pensando en matarme, ¿qué haría?

—Depende.

El hombre ya había pasado por eso.

—Eso no me ayuda en nada —refuté. Llegó la hora de la ironía.

—No es que no quiera darle una respuesta o no trate de comprenderlo. El problema es que no sé lo suficiente sobre su situación hipotética.

De acuerdo, eso era razonable.

—Supongamos que yo quisiera terminar con esto –con mi vida– antes de que la naturaleza siga su curso. Mientras aún tenga control sobre el fin de las cosas. ¿Qué haría si le dijera eso? ¿Cómo trataría el tema? ¿Conmigo? Hoy, aquí.

—Le pediría que me hablara al respecto.

Simulé una sonrisa. Me estaba exasperando, pero un ataque de furia significaba perder el poco tiempo que no tenía.

—No, lo que quiero decir es: ¿cuál sería su responsabilidad? ¿Intentaría convencerme de que no lo hiciera? ¿Trataría de detenerme? ¿Usted tiene responsabilidades legales o éticas que determinan el modo en que debe actuar? Estoy tratando de entender las normas. Usted parece un hombre que se guía por normas.

—Sí, tendría obligaciones. Éticas y legales. Si llegara a la conclusión de que usted representa un peligro para sí mismo, tendría que tomar ciertas medidas de acuerdo con mi evaluación del caso.

Me di cuenta de que no reaccionó a mi provocación del "hombre que se rige por normas". Probablemente fuera lo mejor. Pero algo me decía que estuvo tentado de responderme.

—¿Informarle a alguien, por ejemplo? ¿Esa podría ser una de sus obligaciones?

—Es posible. Pero lo más probable es que hiciera una evaluación y, si considero que el riesgo es real, opte por internarlo.

—¿Internarme?

—En una clínica psiquiátrica.

—¿Y si yo no cooperara? La cooperación no es uno de mis rasgos de carácter predilectos.

Sonrió por lo que dije. Tuve una pequeña sensación de triunfo. Respondió:

—Mire, de acuerdo con mi evaluación, trataría de buscar ayuda externa para llevarlo a un lugar seguro.

—¿La policía?

—Sí.

—¿Un "lugar seguro" es un eufemismo para referirse a la clínica psiquiátrica?

—Sí.

—No me subestime, por favor. Me ofende. Además, no es necesario. Y solo tengo tiempo para lo necesario.

No dijo nada. Pudo haberme recordado que desperdiciaba nuestro tiempo mucho más que él. De haber estado en su lugar, quizá yo hubiese hecho eso.

No me di cuenta, pero me estaba inclinando hacia él. Me incorporé, y en voz baja y calma dije:

—Es irónico, ¿no le parece? Internarme en un hospital contra mi voluntad porque no quiero que esta enfermedad avance hasta un punto en el que termine confinado en un hospital, contra mi voluntad.

—Me ha preguntado sobre mis responsabilidades. Me parece que usted preferiría una respuesta directa. Por eso le advierto que mi obligación sería intervenir. Las circunstancias del caso determinarían de qué modo debo intervenir. Claro que, si logra matarse, mi ayuda no le va a servir de mucho.

—¿Cree que no? ¿Qué pasaría si yo no estuviera de acuerdo con esa premisa? ¿Y si le dijera que he llegado a la conclusión de que –debido a acontecimientos que ahora están fuera de mi control– el único modo en que usted podría ser de gran ayuda para mí es si logro poner fin a mi vida bajo mis propias condiciones?

—Si es así, no comprendo cuál es mi función. Por qué está aquí. Quiero decir, por qué está haciendo terapia.

—¿Por qué le resulta tan difícil de entender? Me parece que el único motivo por el que un psicólogo se vería confundido ante mi situación es si insistiera en creer que lo único que mueve a un hombre a decirle a su terapeuta que tiene la intención de matarse es el deseo de que el psicólogo lo salve de sí mismo.

No me respondió de inmediato, pero sus ojos me decían que estaba pensando eso exactamente.

—Continúe.

—El suicidio no es siempre irracional; no es siempre patológico.

—Sí —coincidió conmigo. Ambos sabíamos que en realidad no estaba de acuerdo con mi tesis—. Supongo que se refiere al avión metafórico, el que mencionó el primer día, el que se queda sin motores. ¿Esa es la impotencia que siente? Una de las opciones que nombró era la de tomar los controles y apuntar la nariz hacia abajo.

—No quiero llegar a ser el tipo de hombre que no ve ninguna alternativa.

—¿Eutanasia?

Su pregunta parecía sincera. Ingenua –muy ingenua–, pero sincera. Sin tener conocimiento de su existencia, estaba tratando de entender a los Ángeles de la Muerte y su pequeña empresa.

—No exactamente. En la situación hipotética que estoy planteando, no me refiero a buscar una forma misericordiosa de poner fin a mi sufrimiento. La eutanasia es elegir la muerte para detener un tormento inútil antes del fin cercano, inevitable. No es como el caso del doctor Kevorkian o el de Terri Schiavo. Estoy hablando de otra cosa, de terminar con mi vida de acuerdo con mis condiciones mientras tenga la energía para hacerlo, para morir antes de quedar discapacitado mental o físicamente, o antes de quedar debilitado por el dolor. Estoy hablando de actuar antes de que la eutanasia sea necesaria. Incluso mucho antes de considerar la posibilidad de desconectar el respirador artificial.

—¿Es una elección de vida? —Lo dijo como si se tratara de una cirugía estética en la nariz o en los senos.

—De algún modo, sí.

—Nunca me había planteado esa pregunta.

Suspiré. No fue un suspiro de frustración. Era un suspiro de alivio, porque el doctor Gregory por fin se daba cuenta de lo novedoso de mis circunstancias.

—Yo tampoco —admití—. Pero tengo una gran necesidad de entenderla bien. Por eso estoy aquí.

Sonrió. No puedo decir lo orgulloso que me sentí por haberlo hecho sonreír en ese momento.

—Entonces, ¿lo está haciendo? —preguntó.

—¿Haciendo qué?

—¿Pensando en suicidarse?

—Si sus responsabilidades como profesional lo obligan a tratar de frustrar planes como los que me interesan, no creo que sea buena idea confesarle si los estoy considerando o no.

Permaneció un rato en silencio. En las pocas horas que llevamos juntos, aprendí a identificar en él al menos dos formas de silencio diferentes. Una, la más común, era el silencio de la súplica. Era una invitación mediante la paciencia. Era el silencio que me decía: "Estoy dispuesto a esperar mucho, mucho tiempo para que usted nos lleve adonde sea que debamos ir". La otra era el silencio de la reflexión. Aunque tenía una mente rápida, de tanto en tanto yo le planteaba un dilema o una cuestión que lo hacían detenerse y pensar.

Lo que veía en ese momento era el tipo de silencio número dos, el silencio de la meditación. La pausa en nuestra charla aumentó de segundos a un minuto, y luego más. Por fin, dijo:

—Me expresé mal antes. Le dije que si consideraba que usted representaba un peligro para sí mismo, me vería obligado a tomar algunas medidas, de acuerdo con las circunstancias del caso.

—Sí. ¿Pero eso no es del todo preciso?

—Omití una palabra. La palabra que omití es "inminente". Estoy obligado a tomar ciertas medidas si considero que usted representa un peligro inminente para sí mismo. O para otras personas.

—Eso nos da un poco de libertad —comenté, percatándome de su invitación a hablar—. Algo de margen.

No asintió con la cabeza, pero tampoco la usó para negar. Estaba de acuerdo con mi afirmación. Mi terapeuta tenía margen de acción.

—Entonces, ¿podemos hablar? —continué, creyendo haber leído bien el mensaje en tinta invisible que había insertado entre las líneas de nuestra conversación.

—Supongo que podemos hablar. Cuando lleguemos a un punto delicado –si es que llegamos–, le avisaré. Si veo que nos acercamos demasiado, también le avisaré. Cuando le avise, usted decidirá si quiere proseguir con su relato. ¿Qué le parece?

—¿Me está pidiendo que confíe en usted?

Reflexionó sobre la pregunta.

—Estoy invitándolo a que confíe en mí. Si no, no tiene mucho sentido que siga hablando conmigo.

—Yo corro un riesgo. Un gran riesgo. Si resulta que deposito mi confianza en la persona equivocada.

—A mí me pasa lo mismo.

Tenía razón. Volvió a quedarse en silencio, pero estaba casi seguro de que era el silencio número uno, el silencio de la súplica. Utilicé la larga pausa para tratar de entender qué esperaba que yo viera. No pude ver lo que fuera que tenía que ver. Nada.

—Hemos hablado del tema de la vulnerabilidad —me dijo, ofreciéndome una pista. Muy generoso de su parte.

—Sí. Sí, sí, sí. El cóctel de autorrevelación y vulnerabilidad sobre el que estuve aprendiendo. ¿Lo que es necesario pero no suficiente? Estamos por entrar en el terreno de la intimidad, ¿no es cierto? ¿Usted y yo?

—Parece que sí. Sí, parece que sí.

—Mi primera vez con un hombre —añadí. No pude resistir la tentación de hacer el chiste. Él sí pudo resistirse.

—De hecho, creo que la primera vez fue con Adam. Pero me siento honrado de ser el segundo.

—Tal vez le cueste creer lo que voy a contarle —comencé—. Pero es la pura verdad. Negaré habérselo contado si alguna vez me lo preguntan fuera de esta habitación.

—Cuénteme —me alentó.

—Hay unas personas que yo llamo... los Ángeles de la Muerte.

Sentí una descarga eléctrica de dolor que me empezó en algún lugar profundo del cráneo, siguió por el tronco cerebral y luego bajó por la médula espinal, donde la agonía se diluyó en los tejidos, como si la columna fuera un pararrayos clavado en tierra fértil. Respiré hondo para recuperarme de la descarga y musité:

—No puede contarle a nadie nada de lo que voy a decirle.

—Comprendo. Puedo sentir su vulnerabilidad desde donde estoy.

—Es amable de su parte, pero no comprende. En verdad, no. Todavía no le conté nada. Pero va a tener que confiar en mí.

—De acuerdo. Y es probable que usted tenga que confiar en mí, también.

—Sí.

Estaba decidido a contarle todo, pero tardé un minuto más en comenzar. Pensé varias frases posibles. Algunas eran buenas; otras, no. Por fin, dije:

—A cambio de una gran suma, contraté a unas personas, las que yo llamo Ángeles de la Muerte, para que me maten si alguna vez sufro una enfermedad o un accidente que me deje incapacitado.

Lo observé mientras hablaba, pero no noté ninguna reacción, excepto por un cambio involuntario en el tamaño de las pupilas.

—Hace poco, me enteré de que mi enfermedad ha avanzado hasta tal punto que ya pasó el umbral que acordé con ellos. Ahora, soy presa de caza para los Ángeles de la Muerte. Están obligados a ponerle fin a mi vida. No tengo forma de revertir el proceso.

—¿Es en serio?

—Muy en serio.

—Continúe.

Continué. Le conté todo.

44

Recordé que el hombre del puesto de periódicos había hecho hincapié en que solo tenía cinco minutos para estar en la casa de Lizzie.

Desperdicié gran parte de uno de esos minutos porque permanecí con la boca abierta observando los espaciosos ambientes delanteros del apartamento –la sala de estar, el comedor, el estudio y la cocina– y pensando lo siguiente: Thea podía haber sido la persona que decoró el apartamento de Lizzie. Por eso me pareció tan familiar.

La decoración era una mezcla de estilo antiguo y moderno, interrumpida por algunos muebles exóticos que no correspondían a ninguno de los dos, más una notable influencia asiática que le daba un toque diferente al lugar. Desde el punto de vista del diseño, parecía que fueran pequeñas versiones de los ambientes de nuestra casa de Ridgway.

Extraño, ¿no?

Los muebles de la sala de estar miraban hacia tres ventanales que daban al río Hudson. Más tarde, los ventanales enmarcarían el sol cuando se pusiera en el oeste, en dirección a Colorado. Una mecedora preciosa –una ofrenda de felpilla a la soledad y el confort– descansaba junto a los ventanales, con una delicada mesita china al lado que sostenía una lámpara de lectura y una pila de libros. Todos los libros eran novelas, la mayoría ejemplares de escritores famosos que aparecían en televisión. La escena resultaba bastante conmovedora.

Me sentí en falta estando allí, viendo todo eso. ¿Qué esperaba encontrar en la casa de Lizzie? No lo sabía. Quería poder adivinar qué era lo que contenían las cajas que se había llevado de un día para otro la Empresa de Mudanzas de los Ángeles de la Muerte. Y quería encontrar alguna pista de dónde podría haber ido Lizzie. Una nota pegada en el refrigerador con una dirección habría sido un gesto especialmente grato. Quería saber qué faltaba en la casa. Quería ver fotografías suyas de ella y su familia, o con su amante. Quería descubrir cuál era su nombre verdadero. Quería averiguar qué revistas compraba todas las noches en el puesto de periódicos.

Pero, sobre todo, quería encontrar algo que me permitiera obtener el tiempo que necesitaba para arreglar las cosas con Adam antes de que los Ángeles de la Muerte llevaran a cabo su plan de servicios terminales.

Revisé la puerta del refrigerador en busca de la nota con la dirección. Por desgracia, no tuve suerte. Aunque no estaba lleno, el refrigerador no había sido vaciado del todo. A Lizzie le gustaba el yogur natural, y vi cuatro latas de café con crema Starbucks y seis latas de Coca-Cola dietética. A Lizzie sí que le gustaba la cafeína. En el segundo estante estaba el envase de plástico con las frambuesas orgánicas que compró abajo, en el mercado coreano. No había comido ninguna.

El estudio de Lizzie era extrañamente masculino. Era un cuarto pequeño, quizá de dos por tres metros, con puertas deslizantes de vidrio opaco que daban a la sala de estar y al lejano puente George Washington. La pared del fondo tenía un aparador largo amurado y estantes del suelo hasta el techo de madera sólida oscura. En el medio de la habitación, había un escritorio sencillo: nada más que una tabla enorme de hermosa teca vieja sobre dos caballetes de hierro forjado.

A excepción de una lámpara de lectura, el escritorio estaba vacío, pero pensé que un borroso rectángulo de polvo indicaba que alguna vez hubo una computadora allí, justo frente a la silla. Los estantes de libros en la pared opuesta estaban llenos de punta a punta; supuse que podía dar por sentado que la biblioteca de Lizzie no fue alterada durante la repentina mudanza de la noche anterior. Los anaqueles ubicados debajo de los estantes tenían apariencia de sólidos. Hice presión sobre los paneles de madera en varios lugares, con la esperanza de que se abriera una puerta secreta.

Nada. Qué desperdicio de espacio. Maldición. ¿A quién se le ocurre tener una oficina sin el correo de ayer, sin archivos ni cuentas pendientes de pago? ¿Quién tiene una oficina sin fotos?

Según mi reloj, ya habían pasado dos minutos de mi tiempo. ¿Y qué descubrí? Nada.

Mierda.

Un pasillo angosto revestido en madera y con piso de parquet comunicaba la entrada con el baño y dos dormitorios. Pasé por alto el baño y fui directo al primer dormitorio. Era un cuarto de meditación, no de huéspedes. Lizzie no recibía invitados a menudo o, si lo hacía, dormían en su cama. Los únicos muebles en la habitación eran dos sillones estilo reina Ana que hacían juego; supuse que habrían ocupado el lugar que ahora tenía la mecedora junto a los ventanales con vista al Río Hudson.

¿En el armario? Ropa de fuera de temporada, nada más. Ninguna caja de zapatos con cuentas pagas. Ningún atado de viejas cartas de amor escondido en el estante superior.

Su perfume, sí. Por todos lados. En la ropa colgada. Especias y flores y ese aroma seductor a ropa recién lavada y secada al sol.

Pasaron tres minutos.

Volé al cuarto principal. Di un paso hacia dentro y sonó el teléfono. El sonido era apagado, pero aun así bien audible, como para que el corazón me diera un brinco. Carajo. ¿En qué quedé con el vendedor de periódicos? Si sonaba el teléfono, debía irme de inmediato, buscar la escalera de emergencia, esperar cinco minutos y luego bajar a la entrada del edificio.

Me paré en seco y miré a mi alrededor en busca del teléfono, pensando: "Identificador de llamadas, tengo que ver el identificador de llamadas".

No había ningún teléfono al lado de la cama de Lizzie. ¿Vi alguno sobre el escritorio del estudio? No. ¿Y en la cocina? Creía que no. ¿Entonces? ¿Dónde estaban los teléfonos? ¿Se los llevaron los de la mudanza? Y si fue así, ¿por qué?

Pero lo más importante: ¿dónde estaba el teléfono que sonaba?

Me di cuenta de que el sonido venía de algún lugar delante de mí, no detrás de mí. Di otro paso hacia dentro. Entré en la tierra de las jovencitas. Para Lizzie, el país de ensueño era un palacio extravagante en la campiña francesa. No la campiña delicada, sino la que se asemeja a morder un limón o a hundirse en un campo de lavanda. Había suficientes telas y lienzos provenzales como para tapizar una flota de Citroëns.

Thea no había decorado esa habitación. Imposible. En absoluto.

"No te distraigas –me dije–. No te distraigas". El teléfono seguía sonando. Descubrí que el sonido provenía de un pequeño armario. En un costado, había alguna ropa colgada. Los espacios vacíos me indicaban que Lizzie llegó a empacar lo suficiente para que le durara un tiempo. Cuando decidió marcharse, sabía que quizá no fuera una salida breve. La otra mitad del armario estaba dividida en dos estructuras amuradas que iban del suelo al techo. Una de ellas contenía estantes ajustables; la otra, una cajonera alta seguida de más estantes.

El primer cajón que abrí era el de la ropa interior. No fue suerte o casualidad que abriera ese primero; era típico en mí hacer esa clase de descubrimientos. Tenía un radar especial. Allí, justo encima de una prenda de encaje perfectamente doblada, muy delicada y de color ros...

"¡Concéntrate!"

El identificador de llamadas del teléfono móvil que estaba en el cajón de Lizzie decía "Teléfono público". Antes de que pudiera hacer las conexiones mentales y motrices necesarias para alcanzarlo, el teléfono dejó de sonar.

—Fiu —dije en voz alta. Quizá por primera vez en mi vida, usé realmente la expresión "fiu".

De inmediato, me convencí de que el hecho de que el teléfono dejara de sonar significaba que en realidad no tenía que irme todavía del apartamento de Lizzie, que podía utilizar mi último minuto para echar otro vistazo.

¿Un minuto? Mierda, mierda, mierda. Solo me queda un minuto y no encontré nada. Dejé el teléfono en su lugar, y abrí y cerré los otros cajones, rápido. Nada. Revisé la ropa colgada y la doblada, y abrí un par de carteras. Nada.

Oí el ruido de algo que raspaba. O que daba golpecitos. Un ruido de metal contra metal que provenía del exterior del apartamento.

Tardé tres segundos en reconocer el sonido que me llamaba tanto la atención: alguien estaba luchando con las cerraduras de la puerta de entrada al apartamento de Lizzie. Alguien que no tenía experiencia, alguien que no conocía los secretos, alguien que no tenía el toque especial. Alguien que ni siquiera sabía qué llave iba en qué cerradura. Alguien que no era Lizzie.

Detrás de mí, el maldito teléfono comenzó a sonar otra vez. Mierda.

45

Estaba en el piso dieciséis. Dejando de lado la opción de salir volando desde el balcón que daba al río Hudson, el apartamento tenía una sola salida. Con esas limitaciones, supuse que no ganaba nada con seguir avanzando. Así que retrocedí.

Volví al dormitorio principal, volví al armario y volví al teléfono. ¿Por qué? Tenía que callar a la maldita cosa antes de que la persona que estaba del otro lado de la puerta lograra burlar las cerraduras, entrara en el apartamento y oyera el teléfono.

Me di el lujo de creer que el intruso era Gastón, el portero, que venía a avisarme algo. La idea me calmó sólo un poco, hasta que me di cuenta de que, si Gastón tuvo que subir hasta el piso dieciséis para llamarme, la situación ya se había complicado mucho.

Levanté el auricular y estaba a punto de cortar la llamada cuando escuché que decían mi nombre. Dos veces.

—¿Ya llegaron? —preguntó una voz femenina. Lizzie.

¿"Llegaron"? En el peor de los casos, esperaba que fuera un "llegó", en singular.

Mierda.

—Sí —murmuré—. Están en la puerta. Alguien está tratando de entrar.

—Las cerraduras se traban. Tardarán un minuto en darse cuenta del mecanismo. ¿Estás en el armario, en mi cuarto?

—Sí.

—No te gusta escuchar a nadie, pero es importante que ahora sí me escuches. ¿Está claro?

—Sí.

—Mete la mano derecha detrás de la cajonera que está justo delante de ti. Busca una pequeña ranura en el fondo. Pon los dedos adentro.

Pasé el teléfono a la mano izquierda y busqué detrás de la cajonera con la derecha.

—¿La encontraste?

—Todavía no.

—Un poco más abajo. Imagina que tienes mi altura. Un metro setenta.

¿Uno setenta? Pensé que era más alta. ¡Concéntrate! Deslicé la mano hacia abajo.

—¿Ahora?

—Sí, la encontré.

—Tira. ¡Fuerte! Dale un tirón.

A lo lejos, oí el sonido metálico de los pestillos de la puerta de entrada que cedían.

—Ya casi están adentro —murmuré.

—Tira —insistió—. Hazlo.

Tiré con fuerza. Toda la estructura se movió hacia delante unos veinticinco centímetros. Funcionaba con algún sistema de rieles.

—Se movió.

—Métete por detrás. Hay lugar ahí, te prometo; entrarás. ¡Date prisa! No te caigas, te vas a topar con algo en el piso.

Busqué la abertura con la mano y me metí. Me di un fuerte golpe en los pies con lo que fuera que había en el suelo.

—Ubícate mirando hacia el armario. Ahora, agarra lo que tienes delante de ti, justo adelante. Tómate de uno de los estantes y tira –con suavidad esta vez– hacia ti. Toda la estructura se deslizará.

Obedecí. Sucedió lo que me dijo; la estructura volvió a su posición original.

—Hay lugar para que des dos pasos hacia atrás, más o menos. Retrocede despacio hasta que sientas la pared. ¿Entendiste?

—Sí.

—Bien. Luego, busca por el costado con la mano derecha, a la altura de la cintura. Mi cintura, ¿recuerdas? Encontrarás un interruptor. Enciende la luz. Así podrás ver dónde estás. No te preocupes, la luz no se ve de afuera.

Seguí sus instrucciones, encontré la pared del fondo y el interruptor, y encendí la luz. No comprendí de inmediato lo que estaba viendo. Al principio, lo único que hice fue balbucear un "Dios mío". Luego, comencé a reconocer lo que me rodeaba y las piezas empezaron a encajar. Balbuceé:

—Tú eres... Trabajas...

—Shhh. Después. No es a prueba de ruidos. Ponte los auriculares que ves en el estante.

—¿Todo esto es para...?

—Shhh —repitió—. Cuida que no te encuentren. No te va a gustar lo que suceda.

Colgó.

—¿Lizzie? —murmuré.

Uno de los tres pequeños monitores a color que tenía delante de mí mostraba la puerta del apartamento abierta y a dos hombres que nunca había visto. "Jóvenes, de piel amarillenta. De esos con los que no hay que entrometerse". Así los había descrito el vendedor del puesto de periódicos la noche anterior. Estuve en total acuerdo con su definición. Los agregué a mi lista mental de Ángeles de la Muerte y pensé: "En total, van seis".

Me puse los auriculares que estaban en el estante a la altura de los ojos. De inmediato, empecé a oír los ruidos que provenían del resto del apartamento.

Los dos hombres se separaron en la sala de estar. El más robusto empezó a caminar por el apartamento y a hacer una rápida pero cuidadosa inspección del lugar. Estaba buscando a alguien. A mí.

El otro era alto y flaco, tenía lentes sin armazón y mandíbula cuadrada y prominente; se quedó junto a la ventana, mirando el río. Tenía los pies separados y las manos a la espalda.

Me dio la impresión de que era la clase de sujeto que quiere parecer sereno, paciente y superior. Pero algo me decía que su actitud disimulaba un incipiente carácter explosivo. La postura con las piernas abiertas me indicaba que tal vez fuera ex militar o ex policía. También daba la impresión de que no creía que el otro fuera a encontrar nada durante la inspección.

Pasé gran parte del minuto siguiente observando al primer hombre mientras hacía sus rondas por el apartamento: recorrió el pasillo, el cuarto de huéspedes, el dormitorio principal, el baño principal y el armario.

Uno de los tres monitores estaba fijo en la sala de estar, y otro, en el dormitorio principal. Sin embargo, el tercero parecía responder a un sistema más sofisticado; la imagen seguía en forma automática al hombre que caminaba por el apartamento y cambiaba el enfoque a medida que iba de un lugar a otro. Supuse que en el apartamento de Lizzie había detectores de movimiento que seguían los pasos del hombre y transmitían la información a cámaras específicas para que lo enfocaran. Después de una inspección rápida del apartamento, volvió a la sala de estar y se detuvo a dos pasos del otro, que seguía mirando hacia el río. El que estuvo haciendo la búsqueda dijo:

—No está aquí.

—Vuelve a salir y revisa la escalera de emergencia —ordenó el otro, confirmando mi sospecha de que era el que estaba a cargo—. Primero, sube hasta el techo del edificio, luego baja hasta el subsuelo. Quiero tener noticias tuyas cada tres minutos. Y cerciórate de que ninguna de las salidas de emergencia de ningún piso esté abierta.

—¿Cómo pudo...?

—No sé. Esa es una de las cosas que debemos averiguar. Pero, primero, debemos terminar la búsqueda. Anda.

No bien salió el segundo hombre del apartamento, el jefe fue a la cocina y husmeó en el refrigerador de Lizzie. Abrió algo envuelto en papel. No le gustó lo que había en rebanadas adentro. Me pareció que era queso. Pero la resolución de la cámara no era muy buena. Tal vez fuera pavita ahumada.

Lo seguí con la mirada cuando se agachó y sacó las frambuesas orgánicas que Lizzie había comprado la noche anterior.

Abrió la caja y examinó el contenido con cuidado. Convencido, aparentemente, de la frescura de la fruta, arrancó una toalla de papel de un rollo de cocina, salió y retomó su posición al lado de los ventanales de la sala. Comenzó a arrojarse las frambuesas a la boca una por una, como si estuviera comiendo palomitas de maíz en el cine.

46

El hombre comió casi la mitad de las frambuesas, puso la caja sobre la mesita que estaba al lado de la mecedora y se limpió los dedos con la toalla de papel. Dobló la toalla en tres partes, como quien se dispone a meter una carta en un sobre, y comenzó a dar un paseo relajado por el apartamento de Lizzie. A diferencia de su compañero, no estaba buscando nada en particular. Sólo estaba interesado en ver qué había.

Con la toalla de papel doblada como aislante, tomó algunos libros –de los estantes detrás del escritorio de Lizzie–, los abrió, pasó las hojas de principio a fin como un abanico y luego dejó los libros en una pila desprolija en los estantes inferiores. Los aparadores le llamaron la atención, igual que a mí, y pasó las manos por varios lugares obvios en busca de algún resorte que indicara que los paneles en realidad eran puertas. Tampoco logró abrir ninguna.

No me hubiera sorprendido que levantara algo pesado que le sirviera de martillo para romper los paneles y descubrir sus secretos. Pero no lo hizo. Los aparadores, si eran aparadores, protegieron sus misterios.

El segundo dormitorio le interesó más de lo que yo creía. Se detuvo justo en el centro del cuarto y, poco a poco, rotó trescientos sesenta grados, como si no pudiera creer que la habitación no tuviera nada más que ropa de fuera de temporada y dos sillones en desuso.

El dormitorio de Lizzie llamó aun más su atención. Se sentó en el borde de la cama y revolvió el único cajón de la mesa de luz. Examinó una caja de condones con sorprendente curiosidad, como si nunca antes hubiera visto una. Leyó la etiqueta de

MÁTAME   211

un frasco color ámbar que contenía alguna medicación recetada y quitó la tapa para examinar el contenido. Antes de cerrar el cajón, guardó una de las tabletas en el bolsillo de la camisa. Se llevó a la nariz una de las almohadas de la cama e inhaló su perfume. Su proceder no tenía nada de sensual o libidinoso; más bien, parecía un sabueso olfateando el aroma para referencia futura.

No desperdiciaba ni un segundo; toda la inspección del baño principal le llevó menos de un minuto.

Luego, vino al armario.

Contuve la respiración. Se detuvo adrede delante de la alta cajonera, como si hubiera sido su intención desde el principio. Me pareció que miraba directo al lente de la cámara, situado en algún lugar dentro de la cajonera detrás de la cual me ocultaba. Era como si me estuviera mirando directo a los ojos. ¿Sabe que existe este lugar? ¿Sabe que hay cámaras? ¿Sabe que estoy aquí atrás? ¿Lizzie...?

Un chirrido resonó en mis auriculares y casi se me escapó un grito. El hombre se llevó la mano a la cadera y luego abrió el teléfono celular con un movimiento suave, estudiado. Se lo puso delante del rostro, como un *walkie-talkie*. Susurró:

—Dije cada tres minutos.

—Perdón, perdí la noción del...

—No me interesa. Cuando digo tres, no son cinco. ¿Encontraste algo? ¿Dónde estás?

—No encontré nada camino al techo. Ahora estoy bajando, pasando por la puerta del quinto. Pronto estaré en el subsuelo.

—Llámame cuando llegues. —Cerró el teléfono y lo volvió a meter en la funda.

Comenzó a revolver los cajones. El ángulo del lente no me dejaba ver en qué centraba su atención. Cuando terminó con los cajones, se dio vuelta y comenzó a tocar la ropa colgada, dándole golpecitos, estrujándola. Me pareció que era demasiado cuidadoso con las prendas, como un enamorado que lamenta la pérdida de algo que teme no ver nunca más.

"¿Es su amante?", me pregunté. Traté de imaginármelos juntos, pero no pude. Me dije que no importaba.

De tanto en tanto, se acercaba la manga de una camisa o

de un suéter a la cara, para agregar alguna variación nueva del perfume de Lizzie a la biblioteca olfativa que tenía en algún rincón primitivo de la memoria.

El chirrido de su teléfono me aturdió los oídos otra vez. Lo sacó de la funda, salió del armario y dijo:

—Sí.

Con el teléfono delante del rostro, cruzó la habitación y se fue por el pasillo de parquet.

—Nada. ¿Quiere que vuelva a subir y golpee las puertas de su piso? ¿Veo si los vecinos vieron algo?

—No tiene sentido. Hay demasiados apartamentos en el edificio. Espérame en la recepción. Bajo en un minuto.

Di un suspiro de alivio.

Se dirigió hacia la puerta, pero en vez de salir del apartamento, giró y volvió sobre sus pasos. Cruzó el pasillo, el dormitorio principal, y regresó al baño de al lado. Se quedó mirando unos segundos y abrió el botiquín —aunque la cámara lo enfocaba de perfil, me di cuenta de que fruncía el ceño—, y luego abrió las puertas de vidrio acanalado de un armario alto y angosto. Sábanas. Papel higiénico. Pañuelos de papel. Una bandeja de plata afiligranada con frascos, lociones y cremas. Nada que me pareciera fuera de lo normal. Cerró las puertas con cuidado, asomó la cabeza para inspeccionar la ducha y salió del baño.

De inmediato, regresó al armario del cuarto. Esta vez, estaba buscando algo específico. Algo que supuso que debía estar en el baño y no estaba. Algo que esperaba encontrar en el apartamento y no había encontrado.

¿Qué?

Volvió a abrir los cajones. Todos. No podía verlo revolver los cajones, pero podía sentir que lo hacía. El último lo cerró de un golpe. Lo pateó con el pie.

Tenía razón. El sujeto estaba aguantando la ira. Una pequeña frustración más y estallaba. Estaba claro que no encontraba lo que creía que debía encontrar.

Caminó hasta la cocina y comenzó a abrir todas las alacenas y los cajones uno por uno. Observaba el interior de cada uno durante unos segundos, lo cerraba y pasaba al siguiente. Una vez más, parecía que no hallaba lo que estaba buscando.

Dejó la toalla de papel doblada sobre la mesada de la cocina.

Se marchó del apartamento en cuestión de segundos. No se molestó en volver a cerrar la puerta con llave, lo que indicaba que le daba lo mismo que Lizzie se enterara o no de que alguien había estado allí.

Dada la forma tan particular en que dobló la toalla de papel, se me ocurrió que los tres dobleces eran una marca personal y que le estaba dejando a Lizzie el inconfundible mensaje de que la había visitado en su ausencia.

Me flaqueaban las rodillas. ¿Volvería? No lo sabía. Pero no me atrevía a moverme.

Lo que supuse que el hombre buscaba en el baño principal y en el armario del cuarto y en la cocina estaba a mi alrededor, en mi escondite.

El diminuto lugar en el que me encontraba —no tenía más de un metro cuadrado— estaba lleno de estantes angostos a cada lado. En realidad, el armario dentro del armario era una despensa oculta. Empotrado a la pared debajo de los estantes de la derecha, había un refrigerador chiquito, incluso más pequeño que los de las habitaciones de hotel.

Los estantes —todos, excepto el que sostenía los monitores y demás aparatos electrónicos— estaban repletos de insumos médicos, publicaciones médicas, libros de medicina y archivos con informes médicos.

Un portasueros ocupaba la mitad del suelo. Lo que pateé, cuando me escabullí en su interior, era la pesada base rodante que lo sostiene. Las bombas y los tubos que lo complementaban le quitaban espacio al escondite, lo que me obligaba a recostarme contra la pared.

En los estantes había frascos de pastillas y medicamentos. Cientos de carpetas. Decenas de libros. Una pila de publicaciones científicas. Paquetes cerrados de jeringas, agujas, tubos, conectores, gasa, paños embebidos en alcohol, vendas. En el último estante, frente al refrigerador, había un monitor para controlar el pulso, la respiración y la saturación de oxígeno. También había otras cosas. Al lado del monitor, se veía un aparato automático para tomar la presión arterial.

Los olores me resultaban conocidos. Las imágenes me eran conocidas. Incluso las etiquetas de algunos frascos me eran conocidas.

Levanté la primera carpeta de la pila de informes médicos –quizás unas cinco carpetas en total–. Los nombres de los pacientes que aparecían en los informes eran todos distintos. Ninguno de ellos era Lizzie, o alguna de sus variantes obvias. Pero todos los pacientes eran mujeres solteras de treinta y siete años de edad.

Con cáncer de mama.

Llegué a la desagradable conclusión de que Lizzie me mandó esconderme de los Ángeles de la Muerte en su diminuta enfermería secreta, en su privadísima clínica de tratamiento contra el cáncer.

Empecé a sospechar que el único paciente al que atendían en esa clínica era Lizzie. También, que ella era la única médica de la clínica. ¿Por qué tanto secreto? Tenía una idea al respecto.

47

Esperé un rato, por si volvían los dos hombres. Sonó el teléfono celular. No el mío. El de ella. Lo saqué del bolsillo tan rápido como pude. Esta vez, el identificador de llamadas no decía "Teléfono público". Decía "Fuera del área de cobertura".

—¿Lizzie?

—No digas mi nombre.

Casi respondo: "No es tu nombre". Pero no lo hice.

—¿Qué quieren? —le pregunté—. ¿Esos sujetos quieren hablar conmigo? ¿Me quieren matar? ¿Qué? —No me respondió—. ¿Qué? —exigí.

—Ahora se fueron, pero volverán. Mira tu reloj. ¿Qué hora tienes? Exactamente. Sé preciso.

—La una y doce.

—Baja por la escalera hasta la planta baja. Espera allí, en la escalera de emergencia, y entra en la recepción a la una y veinte en punto. Sal de inmediato por la puerta de servicio, no la principal. Ve en sentido contrario a Broadway; es decir, dobla a la derecha. ¿Entendiste todo?

—Sí. ¿Y todas esas cosas en el armario? ¿Qué carajo es...?

Me cortó. Otra vez. Maldición.

48

Mi salida, cronometrada de acuerdo con las instrucciones de Lizzie, fue un anticlímax.

A la hora señalada, ingresé en una recepción que estaba vacía: vi que afuera, en la vereda, Gastón discutía con un pordiosero que, al parecer, estaba protegiendo un carro de supermercado repleto de fierros oxidados. Por qué alguien se obsesionaba tanto por un carro de compras lleno de barras de metal usadas estaba más allá de mi comprensión. Supuse que era parte de una treta que Lizzie había armado a último momento, así que me apresuré y salí por la puerta de servicio. En un minuto, estaba en el asiento trasero de un típico taxi amarillo neoyorquino, dirigiéndome al norte de la ciudad.

—¿Adónde? —preguntó el conductor. Era un hombre tosco, corpulento, con una barba de tres días y pelos de tres décadas en las orejas. Su voz tenía un acento que soportaba el peso de varias generaciones de historia europea oriental.

—Por ahora siga andando nomás, gracias.

No bien cruzamos la calle 89, le dije que me había decidido y que quería ir al centro de la ciudad. Respondió doblando a la derecha de golpe desde el carril central en medio de la intersección, y enfiló hacia la calle 90 en dirección a Central Park. Durante la maniobra, el parachoques de un autobús me pasó a centímetros de la cara. Ni siquiera se me aceleró el pulso.

—¿Adónde en el centro? —me preguntó.

—Estoy pensando —respondí. No lo había decidido.

Me miró a través del espejo retrovisor y dio un golpecito al medidor, avisándome que mi indecisión iba a costarme caro.

—No importa —dije.

Después de unas cuadras, comencé a sentir ruidos en las tripas, esos que me indicaban que la presión de la arteria inflamada sobre algún nervio empezaba a afectarme –de nuevo– la parte superior de mi sistema gastrointestinal. Le pedí por favor si podía acercarse al cordón de la vereda por un instante.

—¿Acá? ¿Ahora? ¿En Central Park? ¡No! No parar —respondió, mirándome a través del espejo y gesticulando todo el tiempo con la mano derecha.

Lo miré fijo: era el rostro de un hombre que había soportado muchos años de sol y sufrido los estragos del veneno de cientos de miles de cigarrillos. Mostraba a las claras la corrosión capilar de los que consumen suficiente vodka para llenar un jacuzzi. En la fotografía de la licencia del taxi parecía al menos diez años mayor que en persona. Y en persona, no era tampoco un dechado de juventud. Según la licencia del taxi, se llamaba Dmitri. Su apellido era rico en consonantes, pobre en vocales y, para mi lengua, impronunciable.

Con el tono más moderado que pude dadas las circunstancias, le dije:

—Entonces creo que voy a arrojar en su automóvil.

—¿Qué "arrojar"? ¿Qué?

Creo que pensó que lo estaba amenazando.

—Vomitar —expliqué. En ese momento, cuando noté que me miraba por el espejo retrovisor, hice la mímica de meterme el dedo índice en la garganta—. Creo que estoy a punto de... devolver.

Por supuesto, el mero hecho de decirlo casi precipitó el vómito.

Dmitri clavó el pie en los frenos, giró el volante a la izquierda y comenzó a arrimarse a la vereda que estaba justo frente al extravagante planetario situado en el sector oeste del Central Park. Mientras tragaba vómito y esperaba que el automóvil se detuviera, me encontré mirando por la ventanilla un gran cartel que decía CENTRO FREDERICK PHINEAS Y SANDRA PRIEST ROSE DE LA TIERRA Y EL ESPACIO.

Antes de que el taxi se detuviera por completo, abrí la puerta trasera, saqué la cabeza hacia ese espacio, sobre esa tierra, y vacié todo el contenido del estómago en una hedionda alcantarilla del Upper West Side. Detrás de nosotros, una sinfonía de bocinas y profanidades acompañaron mis enérgicas arcadas.

Dos adolescentes vestidas con la blusa blanca y la falda tableada de algún colegio privado pasaron al lado del taxi. Entre espasmos violentos, las vi cuando me lanzaron una mirada rápida y despectiva. Una de ellas dijo:

—¡Qué asco! Míralo. ¡No! ¡Mejor no!

Dmitri se asomó por la ventanilla y las echó agitando las manos. Les gritó "él arroja", como si eso hubiera bastado como disculpa. Mi taxista estaba defendiendo mi honor. Me pareció un gesto amable y generoso.

—¿Está bien? ¿Vamos? —preguntó cuando me incorporé—. ¿No más arrojar?

—Sí, nos vamos. Gracias por detenerte. Te lo agradezco. De verdad. Espero no arrojar más. —No estaba del todo seguro de esa parte, de que no iba a arrojar más, pero habría apostado una gran suma a que cualquier cosa que saliera de mi boca de ahí en adelante provendría de algún órgano más abajo del tubo digestivo que el estómago.

Sentí la presencia desconcertante de una sustancia granulada en la boca. Por la textura, parecían restos de algún café viejo; sin embargo, por el gusto, era como si acabara de hacer gárgaras con un cóctel de vinagre, pis de perro, ginebra y café instantáneo.

—¿Adónde vamos? —preguntó Dmitri, la voz teñida de compasión por mi problema, fuera cual fuese.

—Al Four Seasons.

—¿Restaurante? ¿Usted comer? ¿Usted seguro? No creo buena idea. —Su voz en realidad daba a entender que creía que era una idea psicótica.

—No, el restaurante no. El hotel. En la calle 57. O la 58. Donde sea.

—Usted dormir. Creo mejor idea.

—¿Eres de Rusia?

—Ucrania. Kiev —sonrió con orgullo. Porque era de Kiev o porque no era de Rusia, no me quedó claro.

Dmitri tomó por Broadway, a la altura de Columbus Circle, en dirección al hotel cerca de Park Avenue. En ese momento, me di cuenta de que me estaba apresurando en cuanto a la elección de mi siguiente destino.

—Detente otra vez, por favor, Dmitri.

—¿Arrojar?

—No. Pero, por favor, detente.

Se detuvo y otra vez golpeó el medidor con el índice. El golpe era para avisarme, no para advertirme. Extraje el rollo de billetes del bolsillo, separé uno de cincuenta dólares y lo coloqué en la ventanita de vidrio que nos separaba. El medidor marcaba diez dólares y monedas.

—Para ti —le dije. Levantó las espesas cejas unos centímetros. Le aseguré—: Sí, por toda tu gentileza.

Dmitri me sonrió y mostró los dientes. Vi que necesitaba internarse un mes en el consultorio de un buen dentista.

Cuando el automóvil se detuvo en una zona de prohibido estacionar en la calle 58, llamé al hotel por el teléfono celular y le pedí a la operadora que me comunicara con la conserje, una mujer joven que se presentó como Jennifer Morgan.

—¿En qué puedo ayudarlo? —me preguntó.

Le di mi nombre y el número de mi habitación y le dije que tenía un pedido extraño que hacerle, y que esperaba que pudiese ayudarme.

—Estaré encantada de hacer todo lo que pueda para ayudarlo.

—¿Podría enviar a alguien a que empaque mis cosas? ¿Todo lo que hay en la habitación?

—Por supuesto. ¿Se retira hoy?

—En realidad, no. Me gustaría tener la habitación por dos noches más, como lo planeé en un principio. Voy a seguir necesitando el cuarto.

—¿Pero desea que le empaquemos las cosas?

—Le dije que era un pedido extraño.

—Es cierto. Debí haberle tomado la palabra. —El tono de su voz era agradable, casi juguetón. Otro día, en otra época, me habría gustado cerciorarme de si no estaba coqueteando—. ¿Entonces pasará a buscar su equipaje en unos días?

—No. Quisiera arreglar para que alguien lo recoja en diez minutos, si es posible. Enviaré un taxi a la entrada de la calle 58, el conductor se llama Dmitri, el número del taxi es —abrí la puerta y salí del automóvil para leer el número escrito en el cartel del techo del taxi— 2-K-1-7.

Cuando volví a sentarme, vi que la misma secuencia estaba pegada en todo el interior del automóvil.

—¿Diez minutos? —dijo Jennifer Morgan, sin duda, y como era de esperarse, con dudas acerca de mi límite de tiempo—. ¿Necesitaremos empacar muchas cosas? Diez minutos tal vez no sea suficiente.

—No, viajo con pocas cosas y no me molestan las arrugas. Pido disculpas por avisar con tan poca anticipación.

—Estaré encantada de ocuparme de su pedido, pero, por cuestiones de seguridad, necesito confirmar sus datos. Espero que comprenda.

En respuesta a las preguntas que me hizo a continuación, le confirmé la dirección de mi casa, la fecha de arribo al hotel, mi número de teléfono y los cuatro últimos dígitos de la tarjeta de crédito que utilicé para garantizar el pago.

—¿Con eso alcanza? —pregunté.

—En realidad —añadió—, ¿le molestaría decirme qué desayunó esta mañana?

Como medida de seguridad, era una pregunta muy buena. Le detallé los ingredientes del desayuno que me trajeron a la habitación, e hice hincapié en la fuente plateada con frutillas. Agregué por mi cuenta que esa mañana pedí dos periódicos en vez de uno.

—¿Aprobé? ¿Cree que podrá ayudarme?

—Por supuesto. Será un placer. Sus pertenencias estarán en la entrada de la calle 58 en diez minutos.

—¿Señorita Morgan?

—¿Señor?

—Incluya en mi cuenta una propina de cincuenta dólares para usted. Y para el botones y el portero, veinte a cada uno.

—Gracias, señor.

—Me gustaría que este pedido quede entre nosotros, señorita Morgan. Supongo que no es necesario que nadie más lo sepa.

—No creo que haya ningún inconveniente —respondió.

—Le agradezco mucho su ayuda.

—Es un placer —contestó.

Cerré el teléfono y miré a Dmitri, que esperaba con gran

curiosidad saber qué ocurriría a continuación. Le pasé otro billete, esta vez de cien dólares, a través de la ventanilla del taxi.

—¿Te molestaría hacer un encargo para mí?

Entornó los ojos y observó el medidor, que seguía corriendo. Ya habíamos pasado los quince dólares.

—La empresa —comentó.

—Claro. Por supuesto. El medidor es independiente. Deja
que siga corriendo. Deja que siga corriendo —repetí.

Pronunció algo en su idioma que me pareció una expresión
de felicidad.

Me senté en un bar de la calle 58 y bebí agua gasificada
directo de la botella mientras Dmitri hacía el viaje al hotel, a
sólo un par de cuadras de allí. Estaba tentado de comer algo
liviano. Un poco de compota de manzana. Unas galletas saladas,
tal vez. Pero sentía el tubo digestivo superior inflamado y tenía
miedo de que volviera a erupcionar si intentaba hacer pasar más
comida por ahí.

Antes de sentarme en el bar, entré en la tienda de al lado y
compré un teléfono celular barato de servicio prepago. Los
Ángeles de la Muerte habían demostrado que eran buenos, que
contaban con múltiples recursos y que estaban conectados a las
redes de telefonía móvil. No quería tentar al destino descu-
briendo demasiado tarde que de algún modo estaban siguiendo mis pasos de una torre de transmisión a otra mediante el
teléfono del "Ob-la-di".

Saqué el teléfono de Lizzie del bolsillo y lo puse sobre la
mesa delante de mí, esperando que sonara. No sonó.

Dmitri se apareció en la puerta del bar unos quince minutos después. Tocó la bocina y me hizo señas con la mano. Cuando vio que lo miraba, levantó los pulgares en señal de éxito.

Dejé un billete de cinco dólares sobre la mesa, salí del bar
y me subí al asiento trasero. Toda la adrenalina que me venía
dando fuerzas se me acabó de repente. Estaba hecho trizas. Del
otro lado del asiento, vi mi bolso de mano y la familiar valija
negra, pequeña y desvencijada que me había acompañado en
mis viajes alrededor del mundo varias veces.

—¿Ahora adónde, jefe? —me preguntó Dmitri.

—A Brooklyn.

—¿A Brooklyn?

Movió la cabeza y me volvió a mostrar los dientes podridos. No esperaba que le dijera Brooklyn. ¿Yo? Yo no creía que fuera tan fácil sorprender a los Ángeles de la Muerte como a Dmitri.

Mientras estábamos atascados en el tránsito, usé mi teléfono nuevo –esperaba que todavía fuese anónimo– para llamar a Mary.

—Soy yo —dije—. Me gustaría que nos encontráramos. Cerca de la casa de tu prima. ¿Puede ser?

—Por supuesto.

—¿Las calles?

Las nombró, y añadió:

—¿No quiere la dirección exacta?

—No. No estoy seguro de que estemos hablando en privado. ¿Hay algún mercado o bar, o algún lugar cerca de su casa donde podamos encontrarnos?

—Hay un lugar que se llama Julio. Se ve desde la esquina. Tiene un toldo rojo. ¿Cuándo?

—Estaré allí en media hora.

—Yo también.

—Espera. —No me gustó el plan—. Mary, cambié de opinión. Quiero que vayas al avión. Vigílalo y revísalo bien. Llama a tu prima. Fíjate si puede encontrarse conmigo en Julio. Le pagaré por su tiempo. Ella puede llevarme... adonde estás tú.

—Esto es serio, ¿verdad? ¿Está en problemas?

—Serio, sí. ¿Problemas? Todo es relativo.

Me di cuenta de que a Dmitri le dio lástima que me fuera cuando finalmente me dejó en Brooklyn. Además de aprender el significado de la expresión "arrojar", era probable que no hubiese pasado un par de horas tan interesantes ni tenido un turno tan lucrativo desde que comenzó a trabajar como taxista en Nueva York. Le di la mano, le dije adiós y le agradecí con otro billete de cien dólares.

En realidad, le pedí que me dejara dos cuadras antes de la intersección que, según Mary, estaba cerca de la casa de su prima, y caminé hasta encontrar el lugar llamado Julio, que resultó ser un bar de mala muerte.

Entré y compré una botella de Gatorade para tratar de recuperar el equilibrio de electrolitos del cerebro y lograr que los neurotransmisores respondieran cuando los necesitara. Llevé afuera la poción de color azul artificial y me recosté contra una de las mesas destruidas, desde donde escuché un debate acalorado sobre el modo en que actuó la policía ante un accidente en la esquina, ocurrido la noche anterior, en el que el conductor se dio a la fuga. Todos estaban de acuerdo en que la policía no hizo bien las cosas.

Oí la vieja motocicleta mucho antes de verla llegar. La prima de Mary se acercó al cordón de la vereda, me detectó –estoy seguro de que era el único extraño en ese lugar– y me señaló con un casco en la mano. El hecho de que viniera en moto fue una sorpresa, aunque no hubiera razones para que lo fuera, y supe enseguida que tenía que tomar una decisión. Mi vieja y confiable valija no haría ese viaje al aeropuerto; no había lugar. Tomé la decisión, le sonreí a la prima de Mary y me subí a la motocicleta con el bolso de mano colgado al hombro.

Mi vieja valija, con toda mi ropa, excepto la que tenía puesta, quedó varada donde la dejé, al lado de la mesa del bar. Estaba seguro que algún vecino le daría buen uso a mis pertenencias.

Me puse el casco en la cabeza. Me veía como el modelo de un diseñador de muñecas cabezonas de colección. La prima de Mary me miró, divertida, mientras trataba de ajustar la tira del casco.

—Mi hermano tenía cabeza grande —explicó con cariño.

—Mary dice que era un joven especial —comenté.

—¿Usted sabe cómo murió? Una muerte inútil.

Antes de que se me ocurriera decir algo, puso la motocicleta en marcha, se metió en el tránsito y recorrimos a toda velocidad las calles de Brooklyn. Retomamos el camino que acababa de hacer con Dmitri. A pesar de los sucesos del día, sentí la excitación que aparece con el comienzo de una nueva aventura. Tenía una gran sonrisa en la cara y estaba más que preparado para terminar con unos cuantos bichos aplastados en los dientes.

49

Cuando sobrevolábamos Colorado, fui a la cabina de mando y le pedí a Mary que esperara hasta el último minuto posible y luego modificara nuestro plan de vuelo para aterrizar en el Aeropuerto Jefferson County en vez del Centennial, nuestro lugar habitual. Una mera precaución.

A pedido mío, hizo los arreglos necesarios para que tuviéramos un hangar privado y custodios armados para el avión las veinticuatro horas. Le pregunté si el avión necesitaba alguna reparación. Me aseguró que acababan de revisarlo por completo y que faltaban casi cien horas de vuelo para el siguiente mantenimiento. Si llegaba a surgir algo inesperado, prometió controlar las reparaciones en persona.

Thea y las niñas estaban en la montaña, en nuestra casa de Ridgway, y era mejor así. Necesitaba con desesperación estar con ellas todo el tiempo que pudiera, pero era consciente de que la prudencia me obligaba a mantenerme alejado. No sabía qué harían los Ángeles de la Muerte. Lo que sí sabía era que no deseaba que Thea o Cal o Haven fueran parte de su plan.

Presa de la paranoia, dejé el Prius donde estaba y tomé un taxi para que me llevara hasta el apartamento de mi amigo en Boulder. En el camino, llamé a los detectives que había diseminado por todo el país en busca de alguna señal de Adam. No me sorprendió que no tuvieran nada nuevo que informarme.

Estaba dormido cuando sonó el teléfono. No solo estaba dormido, sino que ya había entrado en esa niebla densa del sueño REM, la del "movimiento rápido del ojo" que acompaña los sueños más intrincados y, al principio, el ruido del teléfono fue un estímulo más que mi cerebro introdujo en los confines súper flexibles de mis meditaciones nocturnas. Sin embargo, y a pesar mío, pronto regresé de la tierra de los sueños a un estado de confusión que me dejó semidespierto. Me percaté de que sonaba un teléfono y de que el teléfono no estaba en mis sueños sino en el lugar físico donde yo me encontraba durmiendo.

Reconozco que, al principio, no me di cuenta con precisión de dónde estaba. Lo primero que supuse fue que me hallaba en un hotel, y estiré la mano para tomar el teléfono que por lo general se encuentra al lado de la cama.

No había ninguno.

Tanteé en busca de un interruptor y encendí la lámpara de la mesa de luz. Tres teléfonos, no uno, ocupaban la superficie de la mesita. Balbuceé "mierda" y agarré uno, presioné un botón y me lo llevé al oído.

—Hola —balbuceé.

Nada. Probé con el segundo. La pantalla de ese estaba encendida: una buena señal. Y decía: "Fuera del área de cobertura".

—¿Sí?

—Estoy cansada. Pero no puedo dormir. ¿Te desperté?

Lizzie. Mis ojos registraron los dígitos que marcaba el despertador que tenía al lado de la cama. Recordé que estaba en Boulder. Las 8.47 en Colorado significaba que eran las 10.47 en la costa este.

—No. Tenía que levantarme para atender el teléfono de todos modos.

—Eres encantador —me dijo—. A veces.

—No me siento demasiado encantador. Qué día que tuvimos. O qué días.

—Es cierto. ¿Estás bien?

—Estoy confundido, preocupado también, pero sí, estoy bien. ¿Y tú? —pregunté. Me esforcé por mantenerme alerta, para definir de algún modo la situación en la que me encontraba, pero todavía estaba saliendo de las profundidades del sopor, y los límites de mi realidad estaban más que un poco borrosos.

—Las cosas se complicaron más de lo que me imaginé —continuó—. Pero algunas veces la vida es así.

—Dímelo a mí —reí.

—Tengo un consejo para darte.

—Soy todo oídos.

—No, no es verdad. Te gusta creer que es así, pero no eres todo oídos en absoluto. Por lo que vi, eres casi todo pene y cerebro, pero como soy una eterna optimista, voy a darte el consejo igual.

Volví a reírme.

—¿Debería tomar como un insulto lo que me acabas de insinuar?

—No se trata de eso. Y en realidad, no insinué nada. Solo describo lo que veo. A decir verdad, creo que la relación pene-cerebro te beneficia mucho más que a la mayoría de los hombres.

Se le enronqueció la voz y dejé que me calmara como una mano que me masajea los músculos de la espalda con suavidad.

—¿Y eso es bueno? ¿Estamos hablando de cerebro grande, pene pequeño, o al revés?

Esta vez rio ella. Luego se quedó callada. Quería que me siguiera hablando. Su voz me acariciaba como una melodía.

—Cuéntame —dije, utilizando otra frase que le robé al terapeuta.

—¿Que te cuente qué? —preguntó; era obvio que carecía de experiencia con la frase de final abierto típica de la psicoterapia.

—Lo que quieres aconsejarme.

—No estás en tu casa, ¿no?

—No, con los sucesos de los últimos dos días, no me pareció lo más prudente.

—¿En un hotel?

—No importa.

—¿No quieres decirme? Está bien. Pero tienes razón; no tiene importancia. Hay algo que deberías saber sobre nosotros: nunca cumpliríamos con nuestras obligaciones en tu casa. Eso está vedado. En tu casa estás a salvo. Tu familia, también.

—¿Sí?

—A menos que quedes confinado en tu casa, por supuesto.

—Por supuesto. ¿Me lo juras?

—Te lo juro.

Sentí el impulso de un niño de ocho años de añadir: "¿Y que te mueras si mientes?". Pero estaba muy mal preguntar eso desde todo punto de vista. Traté de decir algo más propio de un hombre sensato, más racional.

—¿Por qué?

—¿Por qué qué? ¿Por qué estás a salvo en tu casa? ¿O por qué deberías confiar en mí?

—Las dos cosas.

—Se supone que no debo decirte nada, pero piénsalo. Al principio, los clientes siempre expresan su deseo de que no se viole la intimidad de su hogar para cumplir con el contrato. Es comprensible. Nosotros somos muy cuidadosos con las estrategias que empleamos para poner fin a la vida de nuestros clientes. A raíz de los pedidos que nos hacen los clientes en el momento de la inscripción, hemos establecido pautas. Límites en lo que haremos para alcanzar nuestras metas. Para eso no escatimamos recursos. Las casas son inviolables.

—Bueno. ¿Y por qué debería confiar en ti?

—Creo que ya te lo demostré.

—Me demostraste que debería confiar en ti, no por qué.

—Bien dicho —comentó.

Era un cumplido. Respondí:

—Gracias. Ahora dime por qué.

—¿Por qué? —repitió despacio, más para sí misma que para mí—. Quizá me tocas una cuerda sensible. Quizás eres una estrofa de mi canción favorita. Quizá porque es lo correcto.

—¿Quizá?

—Déjame pensarlo. Te volveré a llamar cuando tenga una respuesta mejor.

—Gracias, creo.

—Otra cosa. Eso que hiciste hoy con el avión. Cambiar de aeropuerto, de destino. Un hangar nuevo. Toda esa gente de seguridad que contrataste...

—¿Sí?

—No hace falta. Y si hiciera falta, no sería suficiente. No es posible ocultarle un avión al grupo, ni lo sueñes. La empresa cuenta con muchísimos recursos. La realidad es que ningún miembro de la organización va a derribar tu avión. La política es no sacrificar bienes que valgan más que un automóvil. Tu avión está a salvo.

—¿Servicio de atención al cliente, otra vez?

—En parte. La base de nuestro negocio es satisfacer al cliente. Pero no es necesario derribar un avión que ha costado millones de dólares para hacer nuestro trabajo y, además, llamaría la atención de agencias como el Consejo Nacional de Seguridad del Transporte –hoy en día, incluso los payasos de

Seguridad Interna intervendrían–, y nadie tiene ganas de atraer a los curiosos. Nuestros clientes protestarían con toda razón por el riesgo innecesario al que expondríamos a colegas y familiares si comenzáramos a derribar aviones. El punto fundamental es que la gente no firma contratos con nosotros para que destruyamos sus bienes más valiosos. Se inscriben para quedarse tranquilos de que no tendrán que pasar sus últimos días padeciendo limitaciones físicas o mentales que no están dispuestos a tolerar.

Parecía la locutora de un comercial.

—¿Qué sucedería si tuviera una Ferrari? —pregunté, haciéndome el gracioso—. Destruir algo así sería una picardía.

No le pareció divertido.

—Tal vez deba cambiar de parecer sobre la relación penecerebro en tu caso.

—Me agradas, Lizzie.

—Lo sé.

—¿Por qué me estás ayudando?

—Esa sí que es una buena pregunta.

Me quedé callado unos quince segundos; esperaba una mejor respuesta que la última vez. Lizzie no tenía intenciones de contestarme nada.

—Te caigo bien, ¿no es cierto?

—Puede ser.

Esperé un poco más. Nada. No sé cómo hacía mi terapeuta, cómo hacía para esperar que terminara el silencio.

—¿Ahora estás con ellos? —le pregunté, suspicaz.

—¿Con quiénes?

—Con tu equipo. ¿Sigues con ellos? ¿O te abriste? ¿Renunciaste?

Pasó por alto mis preguntas.

—¿Recuerdas el lugarcito ese en el armario de mi apartamento? ¿Donde te escondiste? Es una historia cómica. Lo mandó construir una parisina que vivió en mi apartamento a principios de la década del noventa, como una especie de bóveda de joyas y cuarto de seguridad. Tenía la idea de que los Estados Unidos era un lugar muy peligroso y quería contar con un lugar donde esconderse por si alguien invadía su casa.

Cuando vendió la propiedad y regresó a Francia, se mudó una pareja y el hombre hizo instalar todas las cámaras. Era un diplomático venezolano que trabajaba en la ONU y también era un mirón al que le gustaba ver a su mujer con otros hombres. Él se metía en ese cuartito y miraba a su mujer con hombres que ella elegía y llevaba a la casa. Parece que no duraron mucho como pareja. Ella se quedó con el apartamento cuando se divorció y me contó todos los secretos después de vendérmelo. Un día la invité, y me mostró el cuarto y todos los juguetes electrónicos. Dejó todos los equipos en su lugar. Yo actualicé algunos.

La historia que Lizzie me contaba era interesante –lo reconozco–, pero no iba a dejarme distraer.

—¿Ellos saben que estás enferma?

No se inmutó en lo más mínimo.

—¿Mis colegas? Sí, claro.

—¿Saben que tuviste un suceso desencadenante?

Contó hasta diez antes de responder:

—No.

—¿Y no quieres que se enteren?

—No te llamé para hablar de mí.

—¿Ellos saben dónde estás ahora?

—No tengo que rendirles cuentas a ellos. No es ese tipo de empresa. Asumo mis responsabilidades. Esperan que cumpla con ellas, eso es todo. Mi tiempo libre es mío.

Lizzie no sabía que yo sabía que los hombres de la mudanza se habían llevado cajas y valijas de su apartamento a la medianoche. O tal vez sí lo sabía. Casi con seguridad el vendedor de periódicos se lo dijo.

—Supongo que no te permiten hacer llamadas sociales a clientes. Deben de tener reglas al respecto.

—Por supuesto que hay reglas. Pero tú puedes suponer lo que se te antoje.

—¿Esta es una llamada social?

—La pregunta que sigue —respondió.

—Eres médica. ¿Esa es tu función con ellos?

—Sí. Entre otras cosas, superviso los sucesos terminales. Desde ya que para eso se necesita a alguien con conocimientos de medicina. Manejamos mucha información técnica. Análisis de laboratorio. Estudios. Informes patológicos. Jerga médica.

—¿Tú también proporcionas servicios terminales?

—Siguiente pregunta.

—Tomaré eso como un "sí". ¿Tu especialidad?

—¿Qué?

Tenía miedo de que le estuviera preguntando qué forma de quitarle la vida a alguien era su especialidad.

—Tu especialidad médica —le aclaré.

—Al principio, oncología. Pero no era lo mío. Me cansé después de unos años, hice otra residencia y me recibí de neuróloga.

—Hay mucha ironía en tu caso. Ironía hipocrática. Ironía en eso de cansarte de la oncología y luego sufrir de cáncer de mama.

—¿Ironía hipocrática? ¿Crees que hago daño con lo que llevo a cabo? Es un punto de vista interesante, viniendo de uno de nuestros clientes.

—Puede ser —balbuceé—. Pero, teniendo en cuenta tu vida actual, sí, veo ironía.

—La vida está llena de ironías.

—¿Ya no ejerces?

—No. Aunque parezca mentira, siento que ahora ayudo más a la gente que antes. Creo que este trabajo es mejor para mí. Me sienta bien.

Suavicé la voz. Quería tenerla más cerca, así que hice lo que me salía con más naturalidad. Comencé a flirtear.

—Pero no eres solo médica, también revisas gente en automóviles alquilados.

—Sólo a los lindos.

—Y llevas a los clientes a almorzar bien en Papaya King.

—Sólo a los muy lindos.

Cómo me gustaba. Por Dios que me gustaba.

—Dime algo: ¿ellos saben dónde estás ahora? Esos dos sujetos que aparecieron en tu casa, ¿te estaban buscando a ti o me estaban buscando a mí?

—Son dos preguntas diferentes.

—Contesta a alguna.

—Hago mi trabajo.

—Eso no responde a ninguna de las dos.

—No seas tan quisquilloso —protestó.

—De acuerdo, dime lo siguiente: ¿lastimarían a Adam? ¿O a mis niñas?

—¿Qué? ¡No! Claro que no.

Pareció escandalizada por la pregunta. Sentí un gran alivio cuando se escandalizó.

—¿Estás segura? ¿No lo harían para mostrarme su poder? ¿O para castigarme? Me extralimité al seguirte. Lo aclaraste bien cuando hablamos en la puerta de tu edificio.

—Algún día vas a tener que decirme cómo lo hiciste. Cómo encontraste mi casa. Soy muy cuidadosa.

—Tengo mis recursos. Dímelo otra vez: ¿no le harían nada a mi familia?

—¿Dañar a la familia de los clientes? Nos quedaríamos sin negocio en un abrir y cerrar de ojos. Eres demasiado astuto para no darte cuenta de eso. No funciona así.

—No sabes la alegría que me da oírte decir eso.

—Lo que sí me parece interesante es que no hayas mencionado a Thea en tu lista de preocupaciones.

Sí la había mencionado. Thea era una de "mis niñas". Pero no quería hablar de eso.

—Me quedo con el "no". Gracias.

—¿Thea? ¿Tu mujer? ¿Te acuerdas de ella?

No quería hablar de eso con ella. Thea y mis hijos eran míos. Sólo míos. Me cambiaron la vida. Yo cambié de tema.

—¿Cómo funciona? ¿Al final?

Se quedó callada un rato largo. Mientras esperaba su respuesta, sentía los latidos de mi corazón. Dijo:

—Te herirán. Te herirán una vez. Y lo harán bien. En un instante, estarás vivo y enfermo. En el siguiente, estarás muerto. Desaparecerán todos los problemas que tengas. Desaparecerán todos los problemas que nos hayas causado.

Las palabras no me sorprendían, pero oírlas en voz alta me impresionaba.

—¿Por qué me estás ayudando? —le volví a preguntar.

—¿Quién dijo que te estoy ayudando?

—Antes me ayudaste. Quiero saber por qué.

—¿Yo te ayudé?

—¿Me estás diciendo que no me ayudaste cuando estuve en tu apartamento? ¿En el armario?

No respondió.

Sonó el timbre en la casa de mi amigo.

50

No lo había oído nunca. Creí que era el timbre de la puerta. Sin duda, era el ruido de un timbre: invasor, electrónico, metálico. Se me aceleró el pulso. Sentí la fuerza bruta que surge cuando un espasmo agudo bombea adrenalina en el torrente sanguíneo.

—Hay alguien en la puerta —dije. Dudo de que haya podido disimular el pánico.

—¿Esperas a alguien? —Al principio pensé que ella también estaba asustada. Cuando añadió: "¿Servicio de habitación, tal vez?", me di cuenta de que no. Además de la burla discreta, había un mensaje en su tono de voz: me estaba diciendo que sabía lo del sujeto de guantes blancos. Y que creía que yo estaba en un hotel.

—No. No espero a nadie.

—Fíjate bien quién es. Deshazte de él.

—¿No es una trampa? ¿No son los dos hombres que estaban en tu apartamento?

—No que yo sepa. Yo no los mandé —hizo una pausa y reflexionó—: No, estoy segura de que no son ellos. No tocarían el timbre. Forzarían la cerradura o tirarían la puerta abajo, según el humor que tengan.

Parecía lógico. Darme cuenta de que esos hombres no usarían el timbre me calmó. Si hubieran ido a Boulder a verme, no tocarían a la puerta. Si me estuvieran buscando, lo más probable era que no los oyera llegar. Me despertaría y me encontraría con que uno me estaba sujetando los brazos a la cama, y el otro, tapándome la boca con una mano enguantada.

—Ve a ver quién es. Dile que se vaya —repitió Lizzie—. No hemos terminado de hablar, tú y yo.

Con el teléfono aún al oído, fui desde el dormitorio hasta

la puerta de entrada y miré hacia fuera a través de la mirilla. Había una niña, quizá de diez años, quizá de doce, delante de la puerta con una sonrisa extraña dibujada en el rostro. Miré hacia la derecha y la izquierda todo lo que me permitía la mirilla; el vestíbulo estaba vacío.

Abrí la puerta unos quince centímetros y asomé sólo la cabeza para disimular mi desnudez. Iba a decir: "¿Necesitas algo?", pero, antes de emitir sonido, la pequeña me echó un rápido vistazo, rio y salió corriendo hacia la escalera, que estaba a unos metros de distancia. La vi doblar y desaparecer escalera abajo.

—Así es como va a suceder —me dijo la voz de Lizzie, de pronto animada con el tono estimulante de un narrador de cuentos—. Así nomás. Abrirás la puerta –literal o figurativamente– sólo un poquito. Estarás con la guardia baja, apenas baja, y de pronto...

Apareció en la escalera donde se esfumó la niña unos segundos antes. Sin detenerse, avanzó por el corredor hacia mí. Estaba agitada –por el esfuerzo o la anticipación, no sé–; le subía y bajaba el pecho cada vez que respiraba. Yo oía el sonido de cada exhalación a través del teléfono.

Una falda color púrpura intenso, hecha de alguna tela suave, le ceñía las caderas y delineaba el contorno de los músculos firmes de los muslos. Un abrigo gris pálido le cubría el torso como una segunda piel. Se le marcaban los pezones y, para mí, resaltaban como faros en medio de un mar brumoso.

Estaba pálida. Tan pálida que el matiz de la piel apenas se distinguía del tono del abrigo.

—... algo que no te esperas. Alguien que no esperas —continuó, caminando despacio hacia mí—. Alguien que no representa una amenaza, que no despierta sospechas, o quizá –quizá– despierta un poco de sospecha.

Bajé la mano izquierda, la que sostenía el teléfono. Ella hizo lo mismo.

—Pero la sospecha aparecerá después, o no te darás cuenta hasta que sea demasiado tarde —dijo, mirándome directo a los ojos. Paralizándome—. Demasiado tarde. Sin embargo, la conciencia de tu muerte inminente será un pensa-

miento fugaz. No sufrirás el tormento de un miedo prolongado. No verás llegar la muerte con tanta anticipación como para
desesperarte. Esa parte es un regalo, nuestro regalo de despedida.

¿Regalo de despedida? Ella hablaba de mi asesinato como
si fuera el premio consuelo de un programa de televisión.

—¿Viniste a matarme? —le pregunté. Las palabras me
sonaron ajenas.

—Difícilmente —rio. En ese momento, ya estaba delante
de mí. Metió la cabeza por la abertura de la puerta, se puso en
puntas de pie y me dio un beso en los labios. Permaneció así
por un segundo, el tiempo suficiente para que me diera cuenta
de que el beso no era tan solo un saludo. Cuando separamos los
labios un centímetro más o menos, murmuró—: Si hubiera venido a matarte, ya estarías muerto.

Apoyó una bota contra la puerta y la abrió. La observé
mientras sus ojos trazaban una línea desde mis rodillas hasta
mis ojos. Sonrió abiertamente.

—Ahora puedo calcular la relación con mayor precisión.

—¿Pene-cerebro?

—Esa misma —reconoció—. ¿Me vas a invitar a pasar, o qué?

51

Lizzie estaba sentada en el sofá, en el ambiente principal del
apartamento. Me encontraba muy cerca de ella. Para no seguir
mostrando mi relación pene-cerebro, me puse una bata que
encontré en el armario. Los dos apoyamos los pies sobre la
mesita baja.

Era obvio que ella sabía todo sobre mi escondite de
Boulder.

—¿Entonces también sabes lo del doctor Gregory?

Se sonrió apenas en respuesta a mi pregunta.

—Por supuesto. A propósito, el hombre toma notas que
son una vergüenza. No dicen casi nada. Si yo hubiera hecho eso
cuando ejercía... —Puso los ojos en blanco con dramatismo—.
Espero que no le estés pagando demasiado.

Me pregunté si estaba bromeando. Supuse que sí. Algo me decía que sabía muy bien cuánto le pagaba al terapeuta.

—¿Hablaste con él? ¿Le habló alguno de... ustedes?

La pregunta le pareció divertida. Negó con la cabeza.

—Cuando llegue el momento, puede ser. Pero no, todavía no.

—Es un hombre peculiar, de principios. Muy honesto, quizá demasiado. No creo que acepte hablar con ustedes. Se vio envuelto en cuestiones legales raras en el pasado.

Lo sabía porque hice algunas averiguaciones en internet antes de llamar a Boulder para mi primera sesión. Pese a ser un psicólogo de pueblo, se cruzó con muchos personajes dudosos y acabó en unas cuantas situaciones comprometidas, así que su nombre figuraba en el registro público. Una de las cosas que me gustaron de él era que había sufrido castigos severos por hacer lo que creía correcto.

—Tiene una hija pequeña, ¿verdad?

—No lo sé. Nunca me dijo nada de su familia. No investigué esa parte de su vida.

—Bueno, nosotros sí investigamos y tiene una hija. Está casado con una fiscal. Su mujer tiene una enfermedad crónica. ¿Lo sabías?

—No. ¿Qué tiene?

—Esclerosis múltiple. Dadas sus circunstancias, es posible que no sienta demasiada compasión por tu iniciativa de contratar nuestros servicios.

—Al contrario, es posible que sí.

—No importa. El caso es que él y su mujer tienen una niña apenas menor que Berkeley. Se llama Grace.

¿Por qué a los Ángeles de la Muerte les interesaba esa clase de información? Sentí un escalofrío, y preferí no seguir profundizando en mis pensamientos.

—¿Y?

—Jeffrey siempre dice que...

—¿Quién es Jeffrey?

—El hombre con el que almorzaste en Nobu. No es su nombre verdadero, desde ya. Usamos nombres en clave como si fuéramos del Servicio Secreto o algo así. Me parece una tontería. Pero soy la única que piensa así. La única mujer. A los muchachos del grupo les gustan las intrigas.

—¿Jeffrey es el cómico?

—A veces es gracioso, sí. No lo subestimes. Sería un error de tu parte.

—¿Cuál es tu nombre en clave? ¿Lizzie?

Negó con la cabeza. No pensaba decírmelo.

—Me estabas por contar algo que Jeffrey siempre dice.

—Sí. Jeffrey siempre dice que si una persona tiene hijos, y esa persona se niega a responderte lo que quieres saber, entonces no estás haciendo la pregunta como es debido.

Sentí como si hubiera recibido un puñetazo en el estómago.

—¡Dios mío, qué cruel!

—Muy cruel —reconoció. Me tocó la rodilla. Pero no lo hizo con fuerza. Era un gesto de consuelo. Una caricia inexpresiva de amante. Recordé la textura de su mano cuando tocó la mía sobre el mantel plástico de Papaya King. Continuó—: ¿Sabes qué debes tener siempre presente sobre nosotros?

No estaba seguro de querer saber. Pero dije:

—¿Qué?

—Nosotros matamos gente. No muy seguido pero, cuando tenemos que hacerlo, matamos gente. No es un tipo de trabajo para los débiles o los de corazón blando. Quédate tranquilo, porque el equipo de operaciones no es débil ni de corazón blando.

Al oír eso, me levanté y me alejé del sofá en dirección a la ventana. Había una pequeña abertura entre los árboles que me dejaba ver las crestas de las Flatirons de Boulder, y suficiente luz de luna para observar las sombras en las superficies de las grandes rocas.

—Me lo advertiste —dije—. Me avisaste que llegué al umbral.

Se encogió de hombros.

—Sospecho que se supone que no debiste hacerlo.

Se volvió a encoger de hombros.

—¿Eres del equipo de operaciones, Lizzie?

—No me preguntes eso.

—Está bien. Qué tal esto: hoy me salvaste la vida, en tu

apartamento. Tengo dos preguntas al respecto. ¿Cómo sabías que estaba allí?

—Esa es una.

—La segunda depende de lo que contestes a la primera.

—Lewis y Gastón —respondió.

—Ya sé quién es Gastón. Lewis, supongo, es el vendedor de periódicos.

—Sí. En Nueva York, no se compra demasiada lealtad con algunos billetes de cien, como tal vez creas. Gastón saca más con las propinas que le doy todos los meses. Lewis se queda con el vuelto cada vez que le compro revistas. Si el total son doce dólares, le doy veinte, o incluso treinta. Da buenos resultados.

—Sobre todo si se trata de alguien que compra revistas todos los días.

—Lewis habla demasiado.

—Puede ser. Pero seguro que te es muy leal.

—No sé si "muy" leal. Pero su lealtad hacia mí, sin duda, es mayor que la que compraste con algunos billetes de cien. A propósito, Gastón estaba muy ofendido porque no le ofreciste más dinero. Trabaja para mí. Supongo que otra persona podría haber superado mi oferta para obtener sus servicios, si hubiese querido. Ese fue un grave error de tu parte, no haber averiguado cuál era el precio para superarme. Si quieres ganar en una subasta, tienes que estar dispuesto a ofrecer mucho por lo que te apasiona.

—Pero en este caso hubiese sido lo mismo, ¿no?

—¿Quién sabe? La lealtad cuenta, pero creo que, por el precio justo, Gastón se hubiera pasado a tu lado.

—Soy un tonto —comenté. No me lo discutió—. Está bien. Entonces, ¿por qué? Esa es la segunda pregunta. ¿Por qué me ayudaste?

—Eso no es asunto tuyo. Puedes decidir si aceptas o no mi ayuda. Pero no puedes exigir que te diga por qué te la ofrezco.

—Estás bromeando.

—No. Por Dios —respondió, exasperada de pronto—. ¡Piensa! No te llamé cuando estabas solo. ¿No es cierto? Estabas recorriendo todo el apartamento a tu gusto antes de que sonara el teléfono.

Traté de recordar. No me dio tiempo de ordenar mis recuerdos. Repitió:

—¿No es cierto? ¿No es cierto?

Tenía razón.

—No, no me llamaste hasta que las cosas empezaron a ponerse feas.

—Te llamé cuando Gastón me avisó que los muchachos estaban subiendo.

—De acuerdo.

—No me molestaba que estuvieras allí. Podrías pasarte todo el día en el apartamento y no encontrarías nada importante sobre mí. Así es como vivo. Llamé para ponerte sobre aviso. Eso fue todo.

—¿Bondad?

—Llámalo como quieras.

—¿Por qué?

—No estoy segura.

De hecho, le creí. Le creí que no estuviera segura.

—Entonces tengo una tercera pregunta —dije medio en broma—. ¿Dónde están todas las revistas que compras? No vi ninguna en tu apartamento. Ni una.

—Pero viste mi ropa interior. La más linda.

—Sí.

—Entonces, no protestes. Es mucho más interesante que la Vogue del mes pasado.

No lograba sacarle ventaja, ninguna que pudiera aprovechar. No estaba acostumbrado a eso, y no me gustaba. Y entonces me acordé de que tenía una.

—El jefe de los dos hombres que entraron. El de porte militar. Con lentes sin armazón. Enigmático. El que da la impresión de que puede estallar de ira en cualquier momento si sabes cómo provocarlo.

—Ted —dijo.

—Estaba buscando algo específico. El otro te buscaba a ti. Pero Ted estaba buscando algo que esperaba encontrar en tu apartamento y que no pudo encontrar.

Pareció preocupada.

—¿Dónde buscó?

—En tu mesita de luz. En los armarios del baño. En el del cuarto. En la cocina. ¿Qué estaba buscando, Lizzie?

—No lo sé.

Sí sabía. Decidí no presionarla. No en ese momento.

Le dije:

—Cuando pienso en todo esto, en la presentación, las negociaciones, los pagos. El lío en que me metí. ¿Sabes cómo los llamo? Los Ángeles de la Muerte. Como no conozco el nombre verdadero de la organización, uso ese. Ustedes son los Ángeles de la Muerte.

La miré para ver su reacción. Las arrugas de los ojos se le habían suavizado.

—Créeme, nos han dicho cosas peores. Pero ese nombre me gusta. "Ángeles de la Muerte". La mayoría de las veces, es lo que hacemos. La mayoría de las veces, nuestros clientes están muy agradecidos de que exista alguien que haga lo que hacemos. Nosotros oímos las súplicas y satisfacemos los deseos. Si la discapacidad es el diablo, entonces nosotros somos sus ángeles de la muerte.

—¿Pero otras veces?

—Otras veces –gracias a Dios, son pocas– hay gente como tú, gente que al final no quiere respetar las reglas. Gente que desearía no habernos conocido nunca y no haberse subscripto nunca. Cuando eso sucede, terminan viéndonos más como demonios que como ángeles.

—¿Es demasiado pedir un poco de compasión al final de la vida?

—Nuestra compasión es infinita, pero también es inflexible. Nuestra compasión no tiene más que un formato, el que describimos al comienzo del proceso de enrolamiento. Asumimos un compromiso delicado pero muy serio con nuestros clientes, y no es modificable. Tal vez el cliente titubee, eso no nos sorprende. Pero, aunque el cliente se equivoque, nosotros no dudamos en terminar lo que prometimos terminar. Honramos nuestros compromisos.

—¿Son tan desalmados? ¿Todos los de tu equipo? —Mis preguntas eran un modo indirecto de preguntarme en voz alta si Lizzie era tan desalmada como los demás. Como Jeffrey, o el de guantes blancos, o el de la camioneta de Ridgway, o el dúo que irrumpió en su apartamento esa tarde.

—¿"Desalmados"? Es una palabra muy dura. Comparémosla, por ejemplo, con "imprudentes". ¿Quién puede decir cuál de las dos características es la más dañina en un ser humano, en última instancia?

Fue una estocada certera e intencional. Logró herirme. Dejé pasar unos segundos para asimilar el golpe y de pronto me di cuenta de que no podía respirar. Además, sentí como si me hubieran abierto el arco de los pies y toda la sangre manara de mi cuerpo, vaciándome de la esencia de la vida.

Mientras tanto, Lizzie me decía que estaba enterada de todo lo sucedido con Adam. De los detalles más íntimos de Adam. De los míos. Y los de Thea.

—Quieres encontrar a tu hijo antes de recibir los servicios terminales, ¿verdad? Vine a ofrecerte mi ayuda.

—¿Por qué?

—"¿Cómo? ¿Por qué?". Para ser un gran empresario, haces demasiadas preguntas tontas. No nos queda mucho tiempo.

—¿Cuánto nos queda?

—No sé. Mucho, no. Pero primero, dime algo. ¿Por qué sólo Adam? ¿Por qué no tus hijas o tu mujer?

No tuve que pensar en la respuesta.

—Desde que me enteré del aneurisma, estuve con ellas todo el tiempo, cada minuto que pude, y les di más de lo que jamás pensé que podría darles. Ellas me dieron más a mí, por supuesto. Si me muero en este instante, estoy en paz con ellas. Con Adam, no.

Mantuvo los ojos cerrados. Los hombros caídos.

—Bueno, hay mucho trabajo que hacer. Pero estoy muy cansada. ¿Dónde está el dormitorio?

No entendí nada de lo que quiso decir. Ni lo del trabajo ni lo de la cama. Comencé a darme cuenta de que no sabía demasiado.

Ya estaba dormida cuando susurré en la puerta del cuarto oscuro la pregunta que me venía haciendo desde que encontré su teléfono celular en el cajón de ropa interior de su armario.

—Lizzie, ¿estás de mi lado?

52

Lizzie aún dormía a las ocho de la mañana del día siguiente. Yo estaba despierto desde hacía una hora, y ya había salido a comprar cosas para el desayuno, algunos periódicos y, sobre todo, frambuesas orgánicas y una gran cantidad de café.

La cocinita del apartamento de mi amigo daba al este, de modo que la luz matinal era intensa y brillante. En una especie de homenaje tonto, hice un esfuerzo consciente por permitir que los rayos de sol me fortalecieran y me sanaran de un modo que no tenía nada que ver con una infusión de vitamina D. Por si eso no funcionaba, bebí café y me obligué a comer unas cucharadas de yogur. También tomé un puñado de píldoras que me habían recetado distintos médicos.

Las jaquecas eran constantes, pero las náuseas estaban controladas por el momento. Era un alivio. Sabía que no duraría mucho, pero trataba de aprovecharlo mientras fuera posible.

Después de cambiar cada uno de mis teléfonos celulares a modo vibrador, arreglé mi creciente colección de teléfonos –ya iban tres; Lizzie no me pidió que le devolviera el suyo– en forma de triángulo sobre la mesa de la cocina.

Los titulares de los periódicos locales, y la mayoría de las primeras planas, se centraban en otro aparente golpe asestado por el francotirador que, según las autoridades, atacaba a personas que transitaban por la ruta principal hacia las montañas del estado de Colorado. Parecía que esta segunda vez había disparado al azar, al igual que la primera.

Quien viajara desde las comunidades urbanas situadas en el corredor del Front Range hacia las Montañas Rocosas conocía bien el lugar. La I-70 era el camino principal para todo el que fuera a esquiar, escalar o pescar. El tramo de la ruta a la altura de Genesee estaba rodeado de bosques a todo lo largo. Las laderas escarpadas y cubiertas de árboles ofrecían cientos de escondites para que un francotirador ingenioso se instalara sin ser visto.

La nota del periódico estaba repleta de detalles. La bala hirió a la víctima en el cuello, justo debajo del mentón. La mujer murió al instante. Aunque algunos lugareños informaron a los investigadores que oyeron el eco del disparo en los barrancos, no se presentó ningún testigo que señalara algún lugar en particular del angosto valle.

Al cierre de la edición, la policía aún no había podido determinar de dónde provino el disparo, pero estaba concentrando la investigación en el tramo sur del camino. Decidí que debía hablar con Thea por si tenía la intención de manejar de Ridgway a Denver o a la inversa.

Cuando estaba leyendo la sección deportiva de The Denver Post, uno de los teléfonos celulares comenzó a deslizarse sobre la mesa de mármol. Vi que a su lado se encendía la luz roja del segundo teléfono celular. Tenía un mensaje de correo electrónico. El identificador de llamadas del primero identificó la procedencia del llamado: Mary. Qué bueno. No estaba preparado para hablar con Thea en ese momento.

—Hola, jefe —saludó Mary.

Tenía la voz fría y apagada. Y algo más, también. El "algo más" me puso en guardia.

—¿Qué pasa? —le pregunté. Mientras hablaba, presioné una tecla para leer el mensaje de correo. El mensaje era sólo un vínculo. Hice clic en él: una noticia. Poco a poco, la página comenzó a descargarse. Mary me dijo:

—Acabo de recibir un llamado extraño de... bueno, de esa persona que conocemos que maneja una motocicleta. ¿Me escucha?

¿Qué? ¿Por qué hablaba así para referirse a su prima? Algo andaba mal. Muy mal.

—Sí, te escucho.

—Esa persona estaba mirando las noticias locales por un canal de cable. ¿Vio las noticias?

—Ya sé de qué me hablas.

TAXISTA AJUSTICIADO decía el titular que iba apareciendo en el teléfono celular. Tenía los ojos clavados en el aparato que sostenía con la mano izquierda. Mary seguía hablándome.

—Resulta que anoche asesinaron a un taxista cerca del río Hudson en la calle 151.

La escuchaba y simultáneamente leía la misma crónica en el teléfono celular, así que estaba preparado para oír lo que me dijo a continuación.

—La policía dice que el asesinato fue un ajuste de cuentas, no un robo. Un único tiro en la cabeza, y encontraron un fajo de billetes en uno de sus bolsillos. No intentaron ocultar el cuerpo. Ayer, usted me contó sobre ese taxista que fue tan amable y yo...

El fajo de billetes probablemente incluía dos de cien y uno de cincuenta con mis huellas digitales. La noticia que me estaba transmitiendo Mary era terrible, por supuesto, pero me sentía tranquilo. Tal vez, demasiado tranquilo.

—¿Dijeron el nombre del hombre asesinado? —En el momento que le hice la pregunta a Mary, la pantalla reveló el largo apellido ucraniano de Dmitri.

—El nombre de pila de la víctima era igual al del taxista de la historia que usted me contó en el avión.

Por un instante, traté de asimilar la tragedia de Dmitri y de entender qué podía haberle sucedido. La muchacha del Four Seasons, Jennifer Morgan, sabía el nombre del taxista y el número de registro del taxi. ¿Que cómo lo sabía? Yo se lo dije. El portero que le alcanzó el equipaje en la puerta del hotel sin duda también sabía todo sobre Dmitri. Cualquiera que hubiese notado que cargaban mis cosas en el taxi en la calle 58 hubiera podido distinguir el número del automóvil en el cartel del techo del taxi.

Quizás a Dmitri lo siguieron desde allí. Sin ninguna dificultad. Primero, hasta el bar donde lo estaba esperando. Luego, por el puente a Brooklyn, para ver dónde me bajaba.

Desde allí, de haberlo querido, hubieran podido seguirme a pie hasta el bar de Julio.

Pero ¿qué necesidad tenían de matarlo si lo siguieron y sabían bien adónde había ido?

¿Por qué matarlo si me rastrearon en todo el recorrido?

Sólo había una respuesta posible: quizá no siguieron a Dmitri desde el hotel.

No, debían de haber encontrado a Dmitri a partir de algunas pistas. Se valieron de la información que le di a la conserje para buscar a Dmitri y así averiguar adónde llevó el equipaje, en qué lugar se volvió a encontrar conmigo y adónde me condujo después.

¿Por qué?

La noche anterior, incluso antes de la llegada de Lizzie, los Ángeles de la Muerte ya sabían que yo estaba en Colorado. Lo único que tenía sentido era que hubieran decidido hablar con Dmitri porque estaban tratando de descubrir la identidad de alguno de los posibles miembros de mi red de apoyo en Nueva York.

Suponía que Dmitri les había contado todo. Si yo hubiese estado en su lugar, también lo habría hecho.

Después, para no dejar ningún rastro, los Ángeles de la Muerte lo mataron. Se aseguraron de que encontraran el cuerpo. Y me enviaron el mensaje de correo para avisarme. ¿Por qué?

Querían que yo supiera lo que hicieron.

—¿Sabes lo que debes hacer ahora, Mary?

—Sí.

—No repares en gastos. En nada. La seguridad es lo primero, para todos los que creas que puedan necesitarla. Todos. Más vale tomar precauciones de más. Te reembolsaré todo lo que gastes, pero, dadas las circunstancias, no creo que debas usar...

—¿La seguridad de quién es lo primero? —preguntó Lizzie detrás de mí.

Cubrí el auricular con la mano.

—Cuestiones de negocios. ¿Me puedes dejar solo un momento? —fingí una sonrisa.

—Claro —contestó, pero parecía ofendida.

También se veía muy sexy. Tenía el cabello despeinado, los ojos brillantes y más claros que la noche anterior, y estaba envuelta en la manta de la cama donde dormimos. Sólo dormimos.

Sostenía tres de las cuatro puntas de la manta debajo de la barbilla. La piel de los brazos y hombros que quedaban al descubierto tenía el mismo tono rosa pálido que ilumina las nubes bajas sobre el horizonte en esos amaneceres especiales que se dan una mañana de cada mil.

Esperé a que regresara al dormitorio y cerrara la puerta.

—Entiendo —asintió Mary, pasando por alto la interrupción o dando por sentado que no le diría nada al respecto—. ¿Lo va a necesitar?

Se refería al avión.

—Puede ser, si recibo noticias de Adam. Pero por ahora no hay novedades. Te aviso. Ocúpate de lo otro. Esa es tu prioridad, ¿está bien? La familia.

—Sí, la familia.

¿Había sarcasmo en ese "sí"? ¿O ironía? No lo sé.

53

Entré en el dormitorio y me apoyé en la pared cerca de la puerta del baño. Las cortinas seguían cerradas desde la noche anterior y el cuarto estaba oscuro y frío. Lizzie estaba acurrucada sobre la cama, mirando hacia otro lado, con la manta envolviéndole el cuerpo. No giró la cabeza hacia mí cuando me dijo:

—Si quieres que esto salga bien –para ti, para Adam–, vas a tener que confiar en mí. Sé que es difícil para ti, pero no te queda alternativa.

Estaba decidido a contarle lo que pasó con Dmitri. Comenzaría por confiar en ella de ese modo.

—Ayer, un taxista me ayudó a salir de la ciudad. Era un buen hombre. Anoche, lo asesinaron. Tus amigos me mandaron la noticia por correo electrónico.

Las palabras me sabían amargas por la culpa y la ira que sentía. El tono de mi voz, sin duda, manifestó cualquier amargura que les faltara a mis palabras. Después de una larga pausa, Lizzie suspiró hondo, como si el aire de sus pulmones fuera tóxico y tuviera que expulsar hasta la última molécula antes de poder seguir. Cuando habló, no hubo en su voz ningún rastro de asombro o de consternación.

—Mira, lo siento, de verdad. Pero debes tomar distancia. Aléjate. Es un mensaje. Eso es todo.

Levanté la voz, y la intensidad con la que hablé me sobresaltó.

—¿Eso es todo? ¿Un mensaje? Dios santo. Era un buen hombre, un hombre generoso. Me ayudó. Confió en mí. Fue amable conmigo cuando vomité en la maldita alcantarilla. Era un inmigrante que trabajaba para ayudar a su familia. ¿Un mensaje? Al pobre hombre lo asesinaron brutalmente.

Mi intensidad tampoco la alteró. Con el mismo tono que hubiera empleado una maestra para explicarle la división de tres cifras a un alumno con dificultades para la aritmética, contestó:

—No lo asesinaron. Lo ajusticiaron. La diferencia es importante. Te están diciendo que no busques ayuda. Que no levantes sospechas o des la alarma. Te están avisando cuáles serán las consecuencias si lo haces.

—¿Qué? —Estaba escandalizado. A esas alturas, ya nada debía escandalizarme. Pero estaba escandalizado.

—Están dejando en claro que se acerca el fin. Para ti. Te están pidiendo que no obstaculices su trabajo. Que no interfieras. Que no pongas a otros en riesgo. Que no los obligues a poner a otros en riesgo.

—¿Mataron a un hombre inocente para darme un mensaje?

—Intentaron decírtelo de un modo más civilizado. No les hiciste caso.

—¿Y por eso mataron a un hombre inocente?

—Su inocencia se acabó en el momento en que le pediste ayuda. —Giró en dirección a mí. Su mirada era más fría que nunca—. Te lo dije anoche: nosotros matamos gente. Tú contrataste los servicios de una organización que mata gente. ¿O no? —No pude responder—. Bueno, lo hiciste. Matar es una de las cosas que hacemos. Es nuestro negocio. No te sorprendas tanto de que hagamos exactamente lo que anunciamos que íbamos a hacer. No te asombres tanto de que hagamos precisamente aquello por lo que nos contrataste. Esa clase de ingenuidad es un lujo que ya no te puedes permitir.

—¿Gente inocente también?

—Todos los días muere gente inocente.

Apoyé las manos en la pared detrás de mí. Vi en mi mente el rostro de Dmitri curtido por el sol y el alcohol reflejado en el espejo retrovisor de su taxi. En el cuadro siguiente, lo vi muerto, la pálida piel hundida.

—Soy cómplice —respondí, en voz ya no tan alta. Más bien, sofocada. Por fin, estaba aceptando las consecuencias de la situación en la que me había metido. De lo que había hecho.

—Claro que eres cómplice —respondió. No había compasión en su voz. Ninguna concesión en su modo de hablar.

Me sentía perturbado, pero no totalmente dispuesto a aceptar la responsabilidad por lo ocurrido.

—Ninguno de ustedes me dijo que otros pudiesen estar en peligro además de mí.

—No nos preguntaste. —Las palabras le brotaron de la boca sin una pizca de duda.

Tenía razón. No pregunté.

—¿Y si me rindo? ¿Ahora? ¿Hoy?

—Nadie más sale lastimado.

—¿Y si no lo hago?

—Para no levantar sospechas, puede ser que te eliminen junto con otras personas. Nunca se sabe. Nunca lo sé. La cantidad de bajas extra no le importa a Jeffrey. No siempre es así, pero, a veces, si es en grupo ayuda a disimular el motivo. —Me dieron náuseas—. La naturaleza humana es rara. Nuestros clientes nos preguntan si su muerte dolerá. Preguntan sobre la seguridad de su familia. Sobre su hogar. Sus yates y aviones. Pero nunca preguntan sobre los extraños. Cuántos morirán. Es curioso.

Dejó que sus palabras surtieran efecto.

—El problema es que, si me rindo antes de encontrarlo, Adam también saldrá lastimado —expliqué.

Esperaba un comentario despectivo como respuesta. Pero no fue así.

—Sí, Adam saldrá lastimado.

Lizzie bajó los pies de la cama y se levantó. Durante dos lánguidos pasos a través de la habitación, arrastró la manta detrás de ella como una especie de velo nupcial relleno de plumas. Luego dejó que el borde se zafara de la mano derecha y siguió caminando hacia mí. Dio un paso más y quedó completamente desnuda.

Estaba pasando la página. Me sentí obligado a seguirle el juego. Por supuesto, ese era su plan. Me daba vergüenza admitir que me distraje con su desnudez, no solo por lo que acababa de suceder entre nosotros, sino porque sus intenciones eran tan obvias.

Más allá de las circunstancias, he aprendido, y aceptado, que soy incorregible para ciertas cosas. El instinto es el instinto: lo primero que noté fue que se había depilado el vello púbico.

Estaba apoyado contra la pared de enfrente. Lizzie se detuvo unos pasos antes de llegar a mí y esperó hasta que levanté los ojos y la miré. Luego, alzó la mano izquierda y, con un rápido movimiento, metió los dedos entre el cabello revuelto y se lo arrancó de la cabeza tirando de adelante hacia atrás.

Sostuvo la peluca en alto delante de ella como si fuera un guerrero sioux que, después de enfrentar y vencer a un formidable enemigo, le presentaba el cuero cabelludo a su cacique como un trofeo. Aunque no sabía en qué medida ella se sentía un guerrero triunfante, sí sabía, por mi parte, que yo no me sentía en lo más mínimo como un cacique.

Lizzie tenía la cabeza pelada como una bola de billar. No acepté el cabello que me ofrecía, pero reconsideré de inmediato mi observación anterior, más libidinosa: Lizzie no se había depilado el vello púbico. Lizzie había sacrificado su vello púbico –y su cabello, y el vello de las axilas, y probablemente todo su vello corporal– a las nocivas consecuencias de la quimioterapia.

Lo que vi a continuación fue que Lizzie seguía teniendo cejas. Era una estupidez fijarse en eso, pero me fijé. ¿Cómo hacía para tener cejas? Abrí la boca para hablar. De algún modo, supo qué parte del cuerpo le estaba mirando, y se dio cuenta de qué era lo que más me intrigaba.

—Implante de cejas —respondió, moviendo la cabeza. ¿El gesto con la cabeza era una expresión de desánimo dirigido a sí misma, a su vanidad o a mí? No sabría decirlo—. Y las pestañas, también. Tengo que cuidar las apariencias. Estoy segura de que entiendes por qué.

Pasó a mi lado, entró en el baño y cerró la puerta.

Estaba tan asombrado que ni siquiera me molesté en mirarle el culo de soslayo.

—Lizzie —dije, a través de la puerta.

—¿Qué?

—¿Qué trabajo es el que tenemos que hacer?

No me respondió de inmediato. Cuando ya casi me había resignado a que no me respondiera, me dijo:

—Tenemos que encontrar a Adam.

El ruido del agua que pegaba en las baldosas de piedra caliza puso fin a nuestra conversación. O eso es lo que creí. Cuando me alejaba de la puerta, oí que gritaba:

—No sabes todo. Para nada. No vayas a creer que sabes.

—En este momento, ese no es el peor de mis errores —comenté. Pronuncié las palabras en voz baja, sin pensar que a ella en realidad le importaba un carajo.

Unos segundos después, se abrió la puerta. Había vapor en el baño detrás de ella. Parecía que hubiera emergido de las profundidades de algún lugar oscuro, brumoso.

Todavía estaba desnuda.

Algunas mujeres se ponen incómodas cuando están desnudas. Si se las sorprende sin ninguna prenda de vestir, parece que no pueden asumir una pose que les parezca natural. No saben qué hacer con las manos o cómo repartir el peso del cuerpo. ¿Me apoyo sobre una pierna? ¿Sobre las dos? ¿Saco la cadera afuera? ¿No? ¿Me tapo acá? ¿Allá?

Lizzie no era ese tipo de mujer. Así como yo me sentía incómodo cuando perdía el control, ella se sentía cómoda estando desnuda.

—¿Qué dijiste? —preguntó.

—¿Quién eres?

—¿No lo entiendes? Eso no importa.

Para mí, sí. Y unos instantes después, cuando volvió al baño, pensé que acababa de descubrir la manera de obtener la respuesta a mi pregunta.

Utilicé el teléfono celular más nuevo para llamar a LaBelle a la oficina.

—Soy yo —dije.

—El identificador de llamadas no dice que es usted. Dice: "Fuera del área de cobertura".

—Estoy bastante cerca. Buenos días, LaBelle.

—Entonces, ¿va a ser así?

—Sí, LaBelle, va a ser así.

—Buen día. Ahora bien —continuó. Por el modo en que lo

dijo, el "ahora bien" era una oración completa para LaBelle. Por experiencia y por el tono particular que utilizó, sabía que la frase era el comienzo de una advertencia que debía tomar en serio—. No quiero enterarme de que anduvo manejando ninguno de esos automóviles suyos por la I-70. ¿Comprende lo que le digo? Si va a Ridgway, hay otros caminos para llegar a la montaña. Vaya por uno de esos, ¿está claro?

—Sí. Es terrible lo que está pasando. ¿Cómo estás?

—Mmmh, mmmh, mmmh —respondió—. Una mujer joven y con dos hijos. ¿Quién puede hacer una cosa así? Matar a una mujer así nomás al costado de la ruta. Esos pobres niños. ¿Qué pasa con este mundo?

El agua de la ducha seguía haciendo mucho ruido al golpear las baldosas, pero yo sabía que no me iba a servir de protección por mucho tiempo.

—Sí, lo sé. Necesito un favor.

—¿En qué lo puedo ayudar? —dijo, cuando se dio cuenta de mi urgencia. Si hubiera estado al lado de su escritorio, sé que la habría visto sacar un lápiz de la maraña de cabello sobre la oreja derecha. El lápiz estaría listo para empezar a escribir a uno o dos centímetros de la libreta que siempre tiene sobre el escritorio.

—Necesito que cotejes dos bases de datos. Una es de médicos que tengan título certificado en oncología. No sé quién expide los certificados, pero no creo que sea difícil averiguarlo. Define la certificación en términos bien generales; incluye todas las especialidades oncológicas, si es que las hay. La otra lista es la de médicos que tengan título certificado en neurología. Si existen especialidades en el campo, inclúyelas. Lo que quiero, puntualmente, son los nombres que aparezcan en ambas listas. Con sus direcciones y números de teléfono, si los puedes conseguir.

Hizo un ruido de desaprobación.

—Los sujetos a los que busca son los que pasan demasiado tiempo estudiando en la facultad, ¿sabía eso? Deberían pasar más tiempo en el mundo real. En la calle. Con la gente.

—Te entiendo. Lo más rápido que puedas, ¿de acuerdo?

—No hay problema. Si puedo conseguir la información en

formato digital, calculo que podré cotejarla y enviarle los resultados antes del almuerzo. ¿Quiere que le mande los nombres por correo electrónico?

—No, envíame un mensaje de correo de cualquier otra cosa. Si consigues los nombres, avísame que la información que estoy buscando está lista. Yo te llamo para que me pases los detalles. Si no, dime que sigues esperando.

—¿Por qué tanto misterio?

—Después te explico. Otra cosa: haz una búsqueda en internet. Anoche hubo un asesinato en Nueva York. Mataron a un taxista. Su nombre de pila era Dmitri. Fue cerca de la calle 150 en Harlem Oeste, Manhattan. ¿Tomaste nota de todo?

—Sí. Me estoy poniendo vieja, pero no más lenta. Hable todo lo rápido que quiera.

LaBelle me hizo sonreír.

—El siguiente paso es complicado. Averigua todo lo que puedas sobre su familia. A quién le enviaba dinero. Si se ocupaba de alguien, ese tipo de cosas. Vamos a abrir una cuenta fiduciaria para ayudarlos.

—¿Nosotros?

—Sí, nosotros.

—Bueno, primero me voy a ocupar de lo otro. Después le envío los datos sobre Dmitri, para que podamos abrir la cuenta.

—Eres una diosa.

—Es cierto. Dios sabe que es cierto.

Se abrió la puerta del baño. Lizzie se detuvo en el vano de la puerta. Esta vez tenía una toalla marrón alrededor del cuerpo. La piel que le quedaba al descubierto estaba apenas rosada y brillaba un poco, como si la iluminara por dentro la luz de una vela que se está extinguiendo.

—¿Quién es una diosa?

—Thea —respondí, sin dudarlo un instante. Corté la llamada.

—Ah, sí. La esposa. Me acuerdo.

54

Abrí el microondas para calentar un poco del café que había comprado a la mañana temprano y le serví una taza a Lizzie. Ella se sentó a mi lado en la cocina y tomó la taza con ambas manos, pero no la bebió.

Decidí confiarle mis sospechas cada vez mayores desde que me oculté en su cuarto secreto la tarde anterior, vi los insumos médicos y leí los informes.

—Los dos sujetos que entraron en tu apartamento, no estaban buscándome a mí, ¿no? Te estaban buscando a ti.

—Sí, me buscaban a mí —contestó. Era una declaración simple de su parte, pero me daba cuenta de que no pensaba ahondar más el tema.

Imité a mi terapeuta:

—Continúa.

Para mi sorpresa, obedeció.

—Estuvieron tratando de encontrarme para hablar de algunas cosas. De mi lealtad, supongo. No respondí a sus mensajes. Estoy segura de que no sabían que estabas allí. Si hubieran creído que estabas...

Esperé a que completara la frase. No lo hizo. Le pregunté:

—¿Ellos fueron para matarte?

—Puede ser. Es una posibilidad, pero no lo creo. A menos que fallen todas las demás alternativas, el hogar es suelo sagrado, ¿recuerdas? Tal vez querían protegerme –apartarme– porque tú te las ingeniaste para violar mi sistema de seguridad. Pero lo más probable es que quisieran llevarme a otro lado, para armar algo que pareciera convincente. Yo no tenía mucho interés en averiguar qué querían exactamente, y por eso me fui después de informar mi encuentro contigo.

—¿Por qué informaste el encuentro?

—Supuse que te estarían siguiendo, que nos vieron hablando. Si quería ganar tiempo, no tenía alternativa.

—Tu cáncer de mama reapareció, ¿no es cierto? ¿Los informes médicos que están en el armario son de todos tus alias?

—Sí.

—Lo siento. ¿Te estás atendiendo tú misma?

—Tengo ayuda externa, algunos asesores, pero sí, por ahora sí.

—¿Y los otros Ángeles de la Muerte? ¿No lo saben?

—Conocen mi diagnóstico, por supuesto, y saben bien cuáles fueron los primeros tratamientos por los que pasé. Descubrí que tenía un tumor hace más de tres años. El tratamiento inicial –tumorectomía, quimioterapia, radiación– dio buen resultado y la enfermedad estuvo en remisión por casi dos años. Hasta ayer creí que ellos no sabían nada sobre mi recaída. Ahora no estoy tan segura. Fui cuidadosa. Sé cómo reúnen información médica sobre los clientes. No se pueden haber enterado del avance de mi enfermedad por ninguno de esos canales.

—¿Tú eres cliente?

—Todos los empleados son clientes. Es un requisito.

—El hombre que estuvo en tu apartamento. El que pensaba que faltaba algo. Estaba buscando medicamentos, ¿no es cierto? ¿Se sorprendió de que no hubiera frascos de pastillas o algo así?

—Es probable —respondió Lizzie.

—¿Y si saben lo de tus alias? —Estaba pensando en los informes médicos que leí mientras estuve escondido en el cuarto secreto de su armario.

—No lo saben.

—¿Saben que estás aquí? ¿Conmigo? ¿En este instante?

Respiró parte del vapor que salía de su taza y negó con la cabeza.

—No lo creo. Me perdieron el rastro la otra noche, cuando me fui del apartamento después de que te apareciste en la puerta. No se me ocurre ningún motivo para que sospechen que estoy contigo.

—Espero que tengas razón.

—Yo también —observó.

Fui al refrigerador y regresé con un cartón de yogur natural y un puñado de frambuesas lavadas.

—Las frambuesas son orgánicas —comenté—. ¿Cuántos son ustedes? En total conocí a seis.

—Gracias. —Mezcló algunas frambuesas con el yogur—. Eso es raro. El cliente habitual conoce a tres o cuatro como máximo. Seis es mucho.

—Sospecho que soy más molesto que el cliente habitual. Probablemente la mayor cantidad de gente se deba a eso.

—Es cierto, eres molesto.

—No respondiste a mi pregunta.

—Conociste a menos de la tercera parte del grupo —hizo una pausa—. Creo que yo sólo conozco a la mitad. Estamos divididos en secciones.

—¡Caramba! Hay mucho más personal de lo que yo creía. Mucho más de lo que esperaba. Pensé que serían pocos.

—La mayor parte del tiempo no es necesaria tanta gente. En las épocas de mucho trabajo, necesitamos a todos. Pero no hay regularidad en este negocio. Nada es predecible. Y, seamos sinceros, no podemos contratar gente en forma temporal para que nos ayude cuando tenemos prisa. El negocio es redituable, pero los gastos, sobre todo los de personal, y los costos de logística, son altos. La confianza en los colegas adquiere un significado completamente distinto cuando lo que haces todos los días constituye un delito punible con la pena de muerte.

—Levantaron las oficinas que tenían en Park Avenue.

—¿Sabías lo de las oficinas? Nosotros sospechábamos que tal vez... yo pensaba que tal vez supieras. Sí que eres bueno. Bravo. —Fingió un aplauso, me mandó un beso volado y comió unas cucharadas de yogur. Cada cucharada iba adornada con una frambuesa—. No quiere decir nada que nos hayamos mudado. Y no importa mucho que supieras que estábamos allí. En cuanto tenemos el más leve indicio de que han descubierto nuestro escondite, estamos preparados para vaciar el lugar en veinte minutos. Incluso menos. Mientras tenga el tamaño necesario, podemos aprovechar el espacio de casi cualquier forma. Alquilamos oficinas amobladas o alquilamos los muebles por medio de un nombre ficticio. No guardamos ningún comprobante escrito. Ninguno. Ni una dirección, ni una cita. Nuestros teléfonos son todos celulares. Nuestras computadoras son todas portátiles que funcionan a través de redes inalámbricas. El sistema de contraseñas que utilizamos es de última generación. Nuestros registros contables están en el exterior y son indescifrables sin los códigos de acceso adecuados. Los informes médicos de los clientes se borran cuando ya no se necesitan. Si alguien altera algo en una de las máquinas, toda la información se borra mejor que con cualquier sistema de última generación. Las copias de seguridad están codificadas y bien ocultas.

—No sé qué quiere decir eso de que "se borran". —Pensé: "Adam lo sabría. Él me lo podría explicar".

—Quiere decir que somos buenos. Y que somos cuidadosos. La empresa entera cabe en el baúl de un automóvil alquilado y todavía sobra lugar.

—Si no cuentas a los empleados.

—Sí, si nos metieran a todos adentro, estaríamos un poco apretados.

Señalé el yogur con la cabeza.

—¿Quieres comer otra cosa?

—Saliste esta mañana, ¿no es cierto? ¿Para comprar esta comida?

—Salí, sí.

—No lo vuelvas a hacer; no salgas solo, sin mí. Si resulta que sí saben dónde estamos, y se dan cuenta de que estamos juntos, dudarán antes de matarnos al mismo tiempo y en el mismo lugar.

—¿Por qué?

—Por las apariencias. La filosofía de la empresa es arreglar muertes que no parezcan ajustes de cuentas, que no dañen la reputación de los clientes y que no dejen rastros que los relacionen con la compañía. Si nos mataran juntos, correrían el riesgo de manchar el recuerdo que tu familia tendrá de ti por matarte acompañado de una desconocida, y correrían el riesgo de que alguien me relacionara —y a ti también— con ellos. Te garantizo que preferirían no matarnos mientras estemos...

Parecía que le costaba pronunciar la última palabra.

—¿Debemos permanecer juntos? ¿En serio? —dije. Me pregunto por qué la saqué del aprieto.

—Sí.

—Thea podría oponerse. En estos momentos tengo que estar con ella. Y con las niñas.

—Se nota.

—¿Se nota?

Extendió la mano por encima de la mesa y me tocó igual que aquel día en Papaya King.

—Thea está por enviudar. Se está preparando para eso. Sabe cuánto quieres encontrar a tu hijo. Tendrás que convencerla de que eso es lo más importante para ti en este momento. Supongo que se ofenderá un poco, pero comprenderá. Elegiste a una mujer tenaz, resistente. Es uno de los rasgos más atractivos que tiene.

Es cierto, me casé con una mujer fuerte. Respondí: "Está bien", sintiéndome obligado a obedecer y sin que me gustara ese sentimiento de obligación.

—No hace falta que ella sepa que estamos trabajando en algo. Yo no se lo voy a contar.

—Me gustaría hablar con el doctor Gregory una vez más —comenté—. ¿Es muy riesgoso?

—No lo sabemos. Ese es el problema. ¿No lo puedes llamar? ¿Hablar con él por teléfono?

—No lo sé.

—¿Él sabe de nosotros? ¿Del pacto que hiciste?

—Hice una referencia al tema. Pero no sabe. —La primera oración era verdadera. ¿La segunda? Casi.

—¿Sabe lo de Adam?

—Todo.

—¿Por qué estás tan desesperado por encontrarlo? ¿A Adam?

—Para decirle que lo quiero, supongo. Para decirle que si existiera un modo de prolongar mi vida para seguir estando con él, lo haría. No puedo dejar que ustedes me maten antes de tener la oportunidad de decirle todo eso.

—¿Él no quiere oírlo?

—Yo creo que sí quiere oírlo. Pero no estoy seguro de que esté dispuesto a creerlo. Está dolido. Necesita oírlo de mis propios labios.

—¿Dónde está, en este momento?

—Ojalá lo supiera. Tengo detectives buscándolo por todas partes. No lo pueden encontrar. No dejó ningún rastro desde la última noche que pasó en Brown.

Entornó los ojos, luego miró hacia otro lado. Como al pasar, me preguntó:

—¿Qué te dice tu instinto? ¿Dónde crees que esté?

—Podría estar aquí, en Colorado. Observándome de lejos. Podría estar en algún lugar cerca de su madre. Ella vive en Cincinnati. Es un muchacho brillante. Además, sabe arreglárselas solo.

—¿Podría estar en cualquier parte?

—Sí.

—No pareces muy convencido de que esté aquí o en Ohio.

—Supongo que no.

—¿Dónde puede estar, entonces?

Sin dudarlo, respondí:

—Quizás en New Haven.

Mi respuesta no me podría haber sorprendido más.

—¿New Haven? —repitió. Diría que ella no se sorprendió tanto como yo.

—Adam se encariñó mucho con su tío Connie poco antes de que muriera. Connie vivía allí. Allí fue donde se hicieron tan unidos. Adam se sentía cómodo en ese lugar.

—¿Por qué regresaría Adam?

—No sé si lo haría. No sé por qué lo dije, ni por qué lo pensé. Me salió solo. Tú me pediste que me dejara llevar por mi instinto.

—Nos guiaremos por tu instinto —respondió, inclinándose hacia mí—. ¿Qué más estás pensando? ¿En este instante?

—Estoy pensando que tal vez debería buscar a Félix. Era el hombre que cuidaba a mi hermano cuando estaba enfermo, antes de morir. Félix es maya. Y es un hombre encantador. Si Adam está en New Haven, se comunicará con él.

—¿Estás seguro de que Félix sigue en New Haven?

—No, es sólo un presentimiento.

—New Haven no queda lejos de Brown, ¿no? —preguntó.

—Se llega por la Interestatal 95. —Traté de ser más realista—: Quizás esté equivocado en creer todo eso.

—Sí, quizá. Pero equivocado o no, la realidad es que pronto vas a morir. Hoy, probablemente no. Mañana, es posible. Dentro de unas semanas, sin duda. Es muy factible que estés equivocado con respecto a lo de New Haven, pero tal vez no. Tú sabes que morirás más satisfecho si lo averiguas. No ganas nada muriéndote sin sacarte la duda.

Nuestras miradas se encontraron. No hubo ningún desafío entre nosotros; el momento se parecía más a la intimidad que surge entre amantes en momentos especiales.

—¿Y tú, Lizzie? —le pregunté—: ¿Qué quieres hacer antes de morir? ¿Qué te dejaría más satisfecha?

—Te va a sorprender mucho lo que te voy a decir, pero siempre quise conocer New Haven.

55

Alan Gregory me dijo por teléfono que sólo le quedaba lugar en la agenda para una sesión, no dos. Yo no tenía turno, así que me sentí afortunado de que me concediera incluso esa cantidad de tiempo. Lizzie quiso quedarse en la sala de espera del consultorio de mi terapeuta.

—¿De verdad crees que ellos...? —le pregunté.

Me puso un dedo en los labios.

—No se trata de lo que yo crea. Es lo que sé. Confía en mí cuando hablo de morir. Yo sé tanto acerca de la idea de morir como tú de vivir.

La idea me dio escalofríos.

No quería perder el tiempo intercambiando comentarios sagaces con Gregory.

—¿Anotó algo de lo que le conté la vez pasada? Algo. Cualquier cosa. Dígame que no.

Advirtió mi tensión. De acuerdo, llamémoslo miedo. Advirtió mi miedo.

—Comentarios muy vagos —respondió. Meditó un instante antes de agregar—: Probablemente escribí algo así como "paciente habló de A.M.; manifestó preocupación".

A.M. Amplitud modulada. O Ángeles de la Muerte.

Lizzie sabía que yo les decía Ángeles de la Muerte. ¿Lo sabría alguien más?

—¿Eso es todo?

—Sí. Cuando tomo nota, soy breve a propósito. Pongo lo mínimo para ayudarme a recordar. Acuérdese, los hechos...

—Son basura. Ya sé. Lo que me preocupa es que no haya sido tan breve. ¿Tiene las notas aquí en el consultorio? ¿Ahora?

Dudó antes de contestar "sí".

—Por su seguridad, me gustaría que las destruyera. Ahora mismo.

—¿Por mi seguridad? —repitió. Observé que tragaba saliva antes de añadir—: ¿Es una amenaza?

—Mía no —contesté, y me reí con incomodidad por lo irónico del caso—. De cierta gente con muchos recursos que parece tener fácil acceso a sus registros.

Volvió a tragar saliva. Yo esperaba que me discutiera. Pero no lo hizo. Se puso de pie, se dirigió a un fichero de madera que tenía detrás del escritorio, abrió el último cajón, sacó unas hojas amarillas tamaño oficio de una carpeta roja y las metió de a dos o tres a la vez en una trituradora de papel. Finalizada la tarea, se volvió a sentar frente a mí.

—Gracias —le dije.

—Gracias a usted —replicó—. Parece que los dos somos vulnerables.

Gregory estaba mucho más calmo de lo que esperaba. Le dediqué una sonrisa y dije:

—Es parte de la intimidad, ¿sabía? La vulnerabilidad.

—Así dicen.

Me dieron náuseas y tardé casi un minuto en tragarme la erupción de contenidos estomacales que me iba subiendo por la garganta.

—Necesito encontrar a Adam antes de que ellos...

Vacilé; supongo que "me maten" me parecía una manera muy incómoda de terminar una frase.

—¿Lo maten? —aventuró el terapeuta. Lo incómodo era su especialidad.

—Sí. Voy a arriesgarme para poder hacer lo que quiero hacer. Si no vuelve a saber de mí, lea los obituarios en el periódico.

—¿Qué puedo hacer para ayudarlo?

Sonreí.

—Así es como comenzó conmigo. El primer día me hizo esa misma pregunta. Que cómo podía ayudarme.

—Es probable.

—Y me ayudó. Vine aquí con la idea de que tenía que comunicarme con mi hijo antes de morir, pero pensaba que podría ser otro acto de egoísmo de mi parte. Gracias por ayudarme a aclarar eso.

—De nada.

—Hay una cosa que puede hacer por mí. ¿Puedo firmar un permiso de algún tipo, algo que lo autorice a hablar con Adam? Si es que él quiere hablar con usted. Después de mi muerte.

—¿Para hablarle de la terapia?

—De lo que siento por él. De las cosas que he hecho. Y de por qué las hice. Los actos egoístas.

—¿Y los generosos?

—También.

—¿Y quién es usted? —preguntó.

—Creo que eso él ya lo sabe.

—Tal vez sí. Tal vez no. Sí, podemos firmar un permiso —asintió Gregory. Se levantó y fue a su escritorio, sacó un formulario impreso del archivero y escribió durante medio minuto, más o menos—. ¿Cuál es el apellido de Adam?

Se lo dije. Completó el formulario, me lo alcanzó y me dio una lapicera.

—Esto lo autoriza a hablar con él, ¿cierto? —pregunté.

—Sí.

—Quiero ir un poco más allá. Quiero que usted lo haga. No solamente si él quiere hablar. Quiero que usted lo busque si es necesario. Invitarlo a charlar. Tiene que contarle todo.

Dudó por un instante.

—Le pagaré por anticipado.

Se mostró ofendido.

—No hace falta. —Se llevó el formulario y agregó un par de líneas—. Con esto bastará —afirmó, devolviéndome la hoja—. Ponga sus iniciales allí, al lado de lo que he escrito. Y con una firma al final será suficiente. No se preocupe; me llevaré la autorización a casa. No la voy a dejar aquí.

—No, a su casa no. Póngala en un sobre en cuanto yo me vaya. Llévela al correo y envíesela a su abogado o algo por el estilo. Cuídese, ¿de acuerdo?

—¿Es necesario que haga todo eso?

Me acordé de Dmitri.

—Ellos saben que tiene una hija. Y que su mujer está enferma.

Se puso pálido.

—¡Dios santo!

—Lo siento mucho. Yo no les conté nada. Ni siquiera lo sabía. Y no sabía que ellos... Yo no sabía muchas cosas. De haberlo sabido, nunca...

Asintió con la cabeza.

—Uno de ellos está ahora mismo en la sala de espera. Le hablé sobre ella. Lizzie, ¿se acuerda? No sé si me está ayudando o si me está tendiendo una trampa. Pero cuando me vaya, voy a salir por la puerta trasera y voy a dejarla esperando donde está. Necesito escaparme de ella para poder despedirme de Thea y las niñas. Lizzie no puede participar de ese momento. No me extrañaría que entre aquí a buscarme.

—¿Qué quiere que haga si ella entra?

—Dígale que me acabo de ir.

—¿Es peligrosa?

—Ojalá lo supiera. —Me puse de pie para marcharme—. Pero no creo que le haga daño.

Tragó saliva y miró la hora.

—Todavía nos quedan veinte minutos.

—Lo sé. Pero si hay que correr para salvar el pellejo, es una buena ventaja —expliqué—. Gracias por todo.

Se me acercó y me dio un fuerte abrazo. Los ojos se le llenaron de lágrimas.

Los míos también, mientras salía por el ventanal que comunicaba el consultorio con el pequeño jardín detrás de la vivienda.

Utilicé un teléfono público para llamar a Mary. No contestó, así que llamé a LaBelle para averiguar dónde estaba el avión. LaBelle advirtió mi impaciencia, así que omitió las burlas de siempre. Me dijo que el avión y sus pilotos estaban en un aeropuerto en una ciudad de Carolina del Sur que no le era conocida.

—Está bien. No me digas dónde —la frené—. Si se comunica contigo y las cosas están bajo control con su familia, dile que se encuentre conmigo en Telluride. Avísame si no puede.

—¿Cuándo?

No sabía. Pensé en todas las cosas que tenía que hacer antes de eso. Al final respondí:

—Mañana por la noche.

—¿Y cómo piensa ir a la montaña?

—Por rutas secundarias, LaBelle. Secundarias. No te preocupes. No me va a agarrar ningún francotirador. Yo manejo muy rápido. Ya me conoces; soy más rápido que una bala.

—Usted es un mentiroso —comentó.

—Para algunas cosas, sí.

Su voz me decía que no le gustaba el hecho de no saber qué carajo estaba pasando. No necesitaba decírmelo.

Sentí un gran alivio de que Mary hubiera logrado alejar a su prima de los lugares en donde corría peligro. Eso estaba perfecto.

Recurrí al plan B. Fui a la puerta del hotel y tomé un taxi al aeropuerto. Saqué el Prius del estacionamiento y arranqué hacia Denver en lugar de Golden, que habría sido el camino más directo a la montaña. El desvío para llegar a mi casa en el sur de la ciudad me haría perder un tiempo valioso, pero sabía que lo recuperaría con creces si cambiaba el Prius por mi viejo Porsche para cruzar las Montañas Rocosas y llegar a Ridgway.

Dejé el Prius en mi garaje con las llaves puestas, firmé los papeles cediéndole la titularidad del automóvil a LaBelle, y los metí en la guantera. Cuando muriera, LaBelle descubriría que abrí un fondo educativo para ocuparme de sus tres hijos. Sin duda, valoraría eso mucho más que el Prius. El Prius era apenas el moño del regalo.

Pero el automóvil la haría sonreír.

56

A fin de evitar por completo el territorio del francotirador, podría haber tomado caminos desconocidos en dirección a las montañas, pero decidí que el peligro del francotirador era relativamente pequeño y que importaba más ganar tiempo. Importaba mucho más.

Me sentía fantástico al volante del viejo Porsche. Si no hacía caso a los límites de velocidad, el viaje al oeste de las montañas me llevaría poco más de cinco horas, y estaba resuelto a disfrutar de cada minuto del recorrido.

Sabía que quizá fuera la última vez que manejaba el Porsche. O que cruzaba las Montañas Rocosas. O que veía a mis niñas.

Hice a un lado esos pensamientos y me concentré en el automóvil y el camino. Cuando comenzamos a subir las cuestas, oí un ruido delator que me avisó que mi amiga alemana tenía un problemita de válvulas. Era propensa a los problemas de válvulas desde el día en que me enamoré de ella.

Entonces, vi a un hombre hablando por un teléfono celular cerca de la salida a Morrison. El corazón me dio un vuelco y no me tranquilicé hasta que pasé a su lado y confirmé que no tenía rifle. Sólo tenía un teléfono celular.

Me acercaba a Red Rocks. La subida se volvió más pronunciada. Más diversión.

El golpeteo de las válvulas se intensificó; mi muchacha me rogaba que le diera más revoluciones por minuto. En general le daba lo que me pedía. Estaba por bajar un cambio.

57

Dos hombres más. Dos teléfonos celulares más. Tres camiones grandes me obstruían el paso en la cuesta pronunciada pasando El Rancho.

Mierda.

Debí haber previsto lo que se avecinaba. A pesar de haber llegado a esa conclusión, cuando sucedió, me tomó totalmente por sorpresa. Cómo pude ser tan idiota.

Al principio, sentí que estaba participando en un simulacro para emergencias: un avión que se queda sin un motor, un tanque de oxígeno que falla a trescientos metros bajo la superficie del océano Pacífico, una cornisa que se desprende en los Bugaboos.

He estado en esas situaciones. Me ha pasado todo eso. Conocía las reglas: estudia la situación, decide qué hacer, actúa. Pero, sobre todo, reacciona. No hay tiempo que perder.

¿Que cuáles eran las variables esta vez?

La velocidad del Porsche. Alta: entre 130 y 140 kilómetros por hora.

La velocidad del camión de plataforma. Ese del que salían volando tambores negros. No tan alta: entre 50 y 60 kilómetros por hora.

Delante de mí, un camión Dodge viró bruscamente para esquivar un tambor, hizo una mala maniobra, voló por encima de la barrera de hormigón y cayó en el carril contrario. Mi atención estaba puesta en otro tambor metálico negro: en uno que venía directo hacia mí. No había tiempo para hacer cálculos, pero el tambor que se me venía encima estaba en la cúspide de una órbita que lo iba a llevar contra el suelo, muy cerca de mí y de mi Porsche.

¿A qué distancia? Demasiado cerca. Frené de golpe antes de bajar un cambio.

¿El tambor caerá delante del automóvil? ¿Sobre el techo? ¿En la ovalada cubierta trasera que protege el motor? Lo único que podía hacer era adivinar.

¿Qué harán los otros automóviles y camiones que van descendiendo por esa sección empinada de la I-70? Era imposible calcularlo.

¿Debo frenar más? ¿Acelerar? ¿Virar bruscamente? La opción de virar era bastante riesgosa: a mi izquierda, un Chrysler lleno de gente se había metido en una angosta franja de pavimento, entre mi automóvil y la barrera de hormigón que separaba los carriles de subida y de bajada. A mi derecha, una camioneta demasiado grande obstruía cualquier posibilidad de escape en esa dirección.

El tambor que me estaba destinado parecía suspendido en el aire, a la espera de mi reacción.

Acelerar era una opción muy tentadora. Estaba en una bajada pronunciada; la gravedad me daría un lindo empujoncito. Bastaba con subir un cambio, apretar el acelerador a fondo, y el Porsche haría el resto con gusto, respondiendo a mi orden de lanzarse al galope. Al automóvil le encantaría. Le encantaría.

Pero no aceleré a fondo. Frené. ¿Por qué?

Porque puse el piloto automático. Ya no estaba manejando, sino esquiando, y mi instinto me decía que me olvidara de todo y controlara la velocidad si quería mantener los dos esquís sobre el mismo lado de cada árbol.

De inmediato, cuando frené, el Chrysler y la camioneta quedaron delante de mí. Supuse que sólo tenía una décima de segundo para escapar del arco descendente del tambor. Acababa de comenzar a girar el volante hacia la derecha para iniciar mi escape, cuando oí un claro impacto en el cuarto trasero del automóvil, sobre la derecha. Pero el tambor negro seguía suspendido en el aire.

Los neumáticos cedieron ante el golpe inesperado en la parte de atrás y dejaron de aferrarse al pavimento; el Porsche comenzó a girar. Me di cuenta de que me acababa de rozar un automóvil al que no había visto.

Mierda.

Mientras veía cómo rebotaba el barril que me estaba destinado y seguía de largo sin causar daño, me pregunté si mi alemanita soportaría girar a esa velocidad y mantener las cuatro gomas adheridas al suelo.

La buena noticia era que el tambor siguió de largo. ¿La mala? Veía pasar la legión de tambores por el parabrisas –y no por los espejitos–, lo que me indicaba que, al menos en ese momento, mi cuadriga alemana apuntaba cuesta arriba, y esa no era la dirección en la iba segundos antes.

Sentí la fuerza de gravedad por el tironeo constante de la rotación. Las garras del Porsche no se aferraban al pavimento. Sabía que si el automóvil no encontraba pronto algún modo de agarrarse al planeta Tierra, me iba a estrellar contra algo, o íbamos a empezar a dar vueltas de campana. O ambas cosas.

Pensé: "Thea diría que esto es una imprudencia". Sin duda, tendría razón.

58

Despedirme de Thea y las niñas en Ridgway fue como drenarle la vida al alma con una bomba de alta potencia. El largo adiós me succionó el espíritu al punto que la densidad de lo que me quedó adentro hizo que cada paso que diera fuera torpe y pesado. Era un elefante que intentaba treparse a un árbol.

Me fui despidiendo poco a poco en el transcurso de un día. Por supuesto, todo el tiempo tuve que disimular que no estaba diciendo *au revoir*.

Como era de esperarse, Thea notó algo en mi comportamiento que la puso en alerta.

—¿Has recibido alguna mala noticia acerca de tu salud? ¿Algo nuevo que no me estás contando? —me preguntó con suavidad. Cuando contesté que no, me agarró, me aferró, me clavó sus fuertes manos en los bíceps y me increpó—: ¿Estás seguro? Dime.

Sus ojos me perforaron la coraza. Sentí que la intensidad de su fuerza me cortaba como un láser la duramadre en la parte posterior del cráneo.

—Estoy seguro —mentí.

—¿Por qué estás tan...?

—Por qué estoy tan... ¿qué?

—Algo está pasando. Estás demasiado... mimoso. ¿Es por Adam?

—No lo encontré. Tengo que encontrarlo, mi amor.

Thea suavizó la voz:

—Lo sé. Pareces... triste.

¿Lo sabe? ¿Cómo es posible? Estaba convencido de que no se me notaba el dolor que sentía. El hecho de que lo percibiera me quitó las defensas.

—Puede ser —dije—. Uno de estos días será el último que pase contigo. Y con Cal y Haven.

—Has sido un gran padre.

—Mejor padre de lo que temíamos que fuera —respondí, con un poco de humor en la voz—. Las niñas me facilitaron las cosas, pero Adam fue un desafío. Necesito encontrarlo antes de...

—Lo sé —repitió.

No, no podía saberlo, y creía que mi tristeza se debía a la lástima que sentía por mí mismo, a causa del problema de salud o de mi hijo desaparecido, y dejé que lo pensara. Porque, aunque no fuera del todo cierto, era verdad.

—Es difícil —aventuré, consciente de que estaba cambiando de tema.

—Cuando ya no estés —prosiguió—, si todo termina así...

—Yo...

—Shhh —me interrumpió—. Escúchame. Cuando ya no estés, cuando llegue el momento, prométeme que me visitarás en sueños. Que me vas a acariciar mientras duerma. Que vas a darme fuerzas para que pueda cumplir en todo con las niñas.

—Y con Adam —agregué.

—Y con Adam.

Quería decirle que era la persona más fuerte que conocía. Pero en cambio, le dije:

—Te lo prometo.

—Perdóname —continuó—. Sé que no te vas a morir mañana, pero... —Los ojos se le empezaron a llenar de lágrimas—. Voy a necesitar un ángel. En serio. Me siento tan, tan mal por ser egoísta en este momento, pero —sollozó con tal violencia que empezó a temblar— supongo que no soy tan fuerte como tú.

Ojalá Thea hubiera sabido que era mucho más fuerte que yo.

Dejé que todas las percepciones equivocadas quedaran flotando en el aire. Me sentí como el fraude que era.

59

Lo que creí que les estaba comprando a los Ángeles de la Muerte era paz mental. En su momento, me pareció un negocio razonable. Estaba dispuesto a sacrificar unos días de enfermedad ambulatoria a cambio de la promesa de que no tendría que soportar días sin fin cuando la dolencia o el padecimiento me quitaran la vitalidad que, en mi opinión, era esencial para mi bienestar. Mi razonamiento era sencillo: prefería morir unos días antes de tiempo que vivir demasiados meses o años en estado calamitoso.

Lo que no comprendí en ese entonces era que también estaba renunciando a otras cosas importantes con el trato.

La esperanza, por ejemplo. Estaba renunciando a la esperanza.

No a la esperanza en el sentido de que apareciera algo que me salvara la vida, que la ciencia encontrara una solución, o que la fe religiosa produjera un milagro y mi enfermedad alterara su inexorable camino hacia la muerte por intervención del destino o de alguno de los ídolos que incluimos en el listado de deidades que llamamos Dios.

Estaba renunciando a la esperanza en su forma más pura, más básica. A la esperanza de que tal vez tuviera un buen día más, o una buena hora más, o una comida íntima más, o incluso, una última sonrisa compartida con Cal y Haven, una noche más en la que todavía tendría fuerzas suficientes para acostarme en mi cama, debajo del edredón, y abrazar a mi mujer, y consolarla, y ser consolado por ella.

Un abrazo con mi hijo lejano.

Estaba renunciando a la esperanza de que a la noche siguiente pudiera ver las estrellas, o que a la mañana siguiente aún pudiera contemplar el amanecer. A la esperanza de tener un día más para rodearme de fotos de familia que me transportaran a través del tiempo a recuerdos que me hicieran reír y llorar, y sentirme agradecido por cada hora que pasé en la Tierra.

En lugar de comprar paz mental, les pagué a los Ángeles de la Muerte millones de dólares por una dosis de miedo que agitó moléculas en mi cuerpo que no sabía siquiera que tenía.

Miedo a la muerte, sí. Parece irónico, pero la idea de morir no había sido nunca antes uno de mis miedos paralizantes.

Lo peor era que empecé a temerle a la muerte antes de que llegara el momento. Del momento real.

Durante años tuve la noción absurda, descabellada, de que el valor de mi vida estaba determinado por lo que hacía con ella. De algún modo, acabé por convencerme de que, para estar realmente vivo, siempre tenía que estirar una banda elástica hasta el punto de ruptura. De algún modo, confundí diversión con vida.

Dios, qué absurdo. Qué irónico.

Era responsable de mis actos de juventud, pero en estos últimos años empecé a vivir bajo la ilusión de que, aunque maduré ya tarde –entre los treinta y cinco y cuarenta años–, al fin había madurado.

El día en que me despedí de Thea, Berk y Haven en Ridgway, con la idea clara de que nunca compartiría su futuro, me di cuenta de que en realidad sólo iba a madurar cuando supiera que la muerte era inevitable, y cuando aceptara las consecuencias de haber contratado a alguien para que me matara.

Mientras me despedía en silencio de las mujeres que amaba, con la certeza de una muerte inminente, ni una sola vez sentí ni el menor pesar por las grandes aventuras que me perdería al morir joven. Lo que de veras lamentaba era perder a Thea, a Berkeley y a Haven –y sí, a Adam–, y no ser parte de su futuro.

Qué maldita lástima. Qué maldito idiota que soy.

El Porsche estaba estacionado a la izquierda, en el garaje grande que teníamos en Ridgway. El daño en la puerta del conductor no se notaba, a menos que alguien tuviera algún motivo para acercarse al lado izquierdo del automóvil. Thea no tenía ningún motivo. No le gustaban los viejos automóviles deportivos, y su camioneta estaba en el otro extremo del garaje. Mi vieja amiga alemana no estaba en malas condiciones, pero se veía como si hubiera tenido un muy mal día en el autódromo de Talladega.

Nunca le conté a Thea la tragedia del camión de plataforma en la I-70.

Después de que me chocaron por atrás mientras trataba de esquivar el tambor negro y empecé a girar en esa cuesta empinada de la I-70, sentí que mi muchacha alemana luchaba por mantener los cuatro pies sobre la Tierra. Soportamos otro giro de ciento cincuenta grados –estaba casi en posición correcta en ese momento–, cuando me di cuenta de que las dos ruedas del lado del acompañante comenzaron a burlarse de la fuerza de gravedad y a elevarse sobre el asfalto. No mucho. Estaban quizás a unos cuantos milímetros del pavimento, tal vez a un centímetro.

Pero estaban en el aire –lo sentía–, y la ilusión que empezaba a hacerme de poder controlar el automóvil desapareció, al igual que el contacto de las gomas con la Tierra. "No es mucho —no cesaba de repetirme—. Son poquitos milímetros, quizás un centímetro, o dos. Va a volver a bajar. Seguro". Pero no fue así.

Y no vi que se me venía encima la barrera de hormigón a mi izquierda hasta que la embestí. Tenía la atención puesta en el lado derecho, en esas ruedas que levitaban, y en otro tambor que salió rebotando del maldito camión de plataforma. El Porsche se estrelló contra la divisora de concreto y me sacudió con violencia contra el cinturón de seguridad, mientras el aire se llenaba de chispas, y el ruido de abolladuras y rasguños metálicos me saturaba los oídos.

Pero, mirando hacia atrás, mi buena suerte fue que no choqué en ángulo contra la barrera divisora. El impacto contra la pared de concreto se produjo en el mismo instante en que el Porsche se acomodó cuesta abajo, y absorbió el golpe en forma pareja a todo lo largo de la lámina metálica del costado izquierdo. El choque repentino contra una barrera inmóvil evitó que el automóvil siguiera girando.

¿Y la mala suerte? El impacto contra la pared de cemento provocó que los neumáticos de la derecha se elevaran aun más. Antes de que mi cerebro registrara lo que estaba sucediendo, esos escasos centímetros de levitación se convirtieron en treinta centímetros, y los treinta se convirtieron en sesenta. Mi mente dio un salto hacia adelante en el tiempo e imaginé lo que ocurriría si esos neumáticos seguían elevándose y el Porsche y yo rodábamos por encima de la barrera al carril por el que circulaba el tránsito en dirección contraria. Al instante, me vi boca abajo, mirando a través de la telaraña de vidrios del parabrisas roto y examinando, por una fracción de segundo, el chasis del vehículo elegido por el destino para matarme.

Sin embargo, el Porsche no siguió rodando. La elevación de esos neumáticos derechos pasó a ser de veinte centímetros, no treinta. Muy despacio, los veinte centímetros se convirtieron en diez. Con un fuerte golpe y un sacudón chirriante, los diez centímetros de pronto desaparecieron.

Nos encontramos de nuevo en el suelo, y sentí una certidumbre repentina, una confianza innata de que conocía ese terreno: lo único que tenía que hacer para sobrevivir a esa tortuosa conflagración era esquiar entre los árboles que estaban delante de mí y mantener los dos esquís del mismo lado al pasar por cada tronco.

Me poseyó el instinto y puse tercera, me alejé de la barrera de hormigón, hábilmente esquivé un tambor que bajaba rebotando, pasé con elegancia a través de tres automóviles destruidos, hice un chirrido con los neumáticos al maniobrar con desesperación para meterme entre dos camiones de dieciocho ruedas y una Subaru que giraba sin cesar y, en cuestión de segundos, mi alemanita y yo salimos a campo abierto. Frené a fondo justo a tiempo para dominar el automóvil en la curva de casi noventa grados que de repente se apareció a la izquierda al pie de la colina.

Mientras realizaba esa maniobra desesperada, instintiva, trataba de mantenerme alerta por si aparecía el camión de plataforma que transportaba los tambores negros. Pero una vez que atravesé el cañón angosto y me encontré en las afueras de Idaho Springs, llegué a la conclusión de que el conductor había salido –tal como lo tenía planeado desde un principio– a la altura de la autopista 6, al pie de la colina. Y tenía la certeza, también, de que ya se había deshecho del camión. De todos modos, sin duda el vehículo era robado.

Los Ángeles de la Muerte desaparecerían. Hasta la próxima vez. Nadie, excepto yo, sabría lo que acababan de hacer.

El ruido de las válvulas se intensificó cuando forcé al destruido Porsche por la larga subida que comienza en Georgetown y continúa en la inhumana cuesta empinada. Bajé un cambio y aumenté las revoluciones por minuto para mantener el tintineo metálico bajo control.

Durante el resto del camino, hasta el túnel Eisenhower, no vi ni un alma al lado del camino con un teléfono celular en la mano. Tampoco vi a nadie que tuviera un rifle de largo alcance.

—Nosotros matamos gente. —Eso es lo que dijo Lizzie.

Antes, cuando salí del caos que causaron los tambores negros, no me di vuelta para ver la carnicería que dejaba en la ruta detrás de mí. No quise contar los cuerpos inertes o los fracturados y heridos. No quería saber nada de la cantidad total de vehículos destrozados. Reconozco que sentí un poco de alegría por no contarme entre las víctimas, pero el alivio sólo duró lo que proporciona una dosis de adrenalina.

Al sentimiento de alegría le siguió uno de egoísmo, y luego uno de culpa. Y, con ellos, venía la vergüenza.

—Nosotros matamos gente —había dicho Lizzie. Sí, es cierto que lo hacemos. Maldición, lo hacemos.

60

Dejé apagado el teléfono celular de Lizzie –el que encontré en el cajón de la ropa interior– mientras estuve en la montaña con Thea y las niñas. Si Lizzie seguía perteneciendo a las filas de los Ángeles de la Muerte, ya estaría enterada de que sobreviví al homicidio en masa que planearon en mi honor en la I-70, y sabría que estaba en Ridgway con mi familia. Era probable que también adivinara por qué estaba allí, y sin duda, por qué no quería hablar con ella.

Le tomé la palabra cuando me dijo que estaba a salvo en mi casa. Lo más importante para mí, por supuesto, era que le tomé la palabra cuando me dijo que mis niñas, todas ellas, también estaban seguras allí.

Tal como me lo prometió, LaBelle me envió un mensaje de correo electrónico con los resultados de la búsqueda que le encargué. Me decía que necesitaba más tiempo para rastrear los nombres de los médicos con título certificado, tanto en neurología como en oncología.

—No es tan fácil como cree —escribió—. Seguiré buscando hasta que lo consiga.

La mañana siguiente, poco después de las ocho, FedEx me entregó un paquete. Conocía al empleado de la compañía casi tanto como al cartero; solía venir con frecuencia a mi casa. Su visita no despertó ninguna sospecha en Thea.

En el delgado sobre había una sola hoja, con el membrete del Hotel Saint Julien de Boulder, el hotel nuevo que quedaba apenas a una cuadra del consultorio de mi psicólogo. En la hoja,

Lizzie escribió: "Lo encontré. Tenías razón. Está en New Haven. No tenemos mucho tiempo".

¿Se refería a Adam? ¿Por qué "no tenemos mucho tiempo"? ¿Por su salud? ¿Por la mía? ¿Por los planes de los Ángeles de la Muerte? ¿O es una trampa? ¿Será cierto que ha encontrado a Adam?

Llamé a LaBelle:

—¿Tuviste noticias de Mary?

—Buenos días para usted también. Y sí, nuestra querida Mary llamó. Ella se mantiene en contacto. —LaBelle hizo especial énfasis en *ella*—. Llamó para avisar que hay un problema con el generador auxiliar del avión. Van a enviar un repuesto a Centennial y esta tarde va a volar allá para que lo instalen. No quiere que nadie repare el avión, excepto la gente que suele trabajar para nosotros. Tal vez usted sepa por qué, pero Mary no quiso contarme. —LaBelle hizo una pausa para que le contara. Esperaba que le contara. No le conté nada—. Mary cree que el avión va a estar listo tarde esta noche. Dijo que puede contar con ella y que lo va a pasar a buscar a Telluride, como le pidió, pero que tendrá que ser por la mañana, después del amanecer.

—Por favor, dile que apure las reparaciones si puede, y yo trataré de llegar a Centennial esta noche. Que se prepare para pasar la noche en vela.

—No hay problema —contestó LaBelle. Un poco más y la oía chocar los talones; había recurrido a su tono de soldado obediente. A LaBelle no le gustaba que la dejaran afuera, y no intentó disimular su disgusto.

—¿Y lo otro, LaBelle? ¿La búsqueda que estabas haciendo para mí? ¿Hubo algún avance desde ayer?

—Avance, sí. Respuestas, no. Pero espero tenerlas pronto. Quizás al mediodía. Al final del día, seguro. Conseguir esas bases de datos resultó más difícil de lo que esperaba.

—No hay problema si tienes que gastar dinero. Envíame la información en cuanto tengas algo, ¿está bien?

—Quédese tranquilo. ¿Todavía quiere que le mande un mensaje de correo electrónico?

—Sí, o una nota. Solo avísame que tienes lo que quiero. Después te llamo.

—¿Algo más?

—No, creo que no.

—Bueno, yo sí tengo algo más que decirle. No sé si sabe, ni siquiera sé si le interesa, pero el francotirador atacó otra vez anoche. La víctima era un hombre de sesenta y dos años. La maldita bala casi le arranca la parte de atrás de la cabeza. ¿Y sabe qué pasó con la camioneta? Se detuvo sola en la banquina en la cuesta que va a El Rancho. Como si se hubiera quedado sin gasolina, ¿vio? Despacito y con suavidad. Aparte del vidrio roto –sólo había un agujerito en la ventanilla del conductor–, no le quedó ni un rasguño. Eso es lo que dijeron en el noticiario.

—¡Dios nos ampare! —exclamé.

—Si anda en automóvil, tenga cuidado.

—¿El Rancho? —dije. Entoné las dos palabras para que parecieran una pregunta, pero en realidad no le estaba preguntando nada. El Rancho era la salida de la Interestatal 70 que quedaba en la cima de la cuesta, el lugar donde vi al tercero de los tres hombres con teléfono celular, minutos antes de mi episodio con el camión de plataforma repleto de tambores.

Me pregunté si seguía creyendo en las casualidades. Me pregunté si ese hombre de sesenta y dos años no habría sido asesinado como advertencia. Como Dmitri.

—Eso dije. El Rancho. Hubo un desastre allí también, ayer. Chocaron decenas de automóviles, o algo así. Murió gente.

—No vi las noticias. No sabía lo del francotirador que atacó otra vez anoche —comenté. No le dije a LaBelle que no quise ver el noticiario porque no quería enterarme del total de bajas que produjo el torpe intento indiscriminado de terminar con mi vida en la interestatal, utilizando un camión de plataforma que arrojaba tambores.

LaBelle seguía hablando:

—Mmmh, mmmh. Imagínese no saber qué está ocurriendo. Imagínese algo así. Mmmh, mmmh.

61

El teléfono del cajón de la ropa interior de Lizzie comenzó a sonar cuando me encontraba atravesando la gran extensión de las altas planicies, a menos de una hora de Ridgway, en el lugar donde, año tras año, se lleva a cabo el festival del maíz dulce de Olathe Sweet, un evento que siempre vale la pena festejar. Casi podía saborear la apetitosa dulzura mantecosa del legendario maíz de la zona. Derramé una lágrima porque sabía que "casi" era lo más cerca que estarían mis labios de volver a probarlo.

Mis asociaciones mentales pasaron de Olathe Sweet a la mantequilla, de allí a los labios, y luego a Thea y las niñas. Desde la ruta hasta el horizonte, no vi otra cosa que un cielo lleno de labios que no volvería a besar.

El teléfono celular de Lizzie volvió a interrumpir mi momento de tranquilidad un rato después, cuando atravesaba Grand Junction para tomar la I-70 en dirección al este y cruzar las Montañas Rocosas.

Cuando estaba en las afueras del pueblo de Rifle, el teléfono comenzó a chirriar a cada minuto, más o menos. En lugar de apagarlo, atendí. ¿Por qué? Por aburrimiento, quizás. Ese trecho de la I-70 no es precisamente el tramo de ruta más vistoso de Colorado. Pero, sobre todo, atendí por la inquietante posibilidad de que Lizzie hubiera hallado a Adam de verdad.

—¿Sí?

—¿Dónde estás? —preguntó Lizzie con entusiasmo, como si creyera que llevaba todo el día esperando el momento para hablar con ella.

—En Rifle.

Se dio cuenta de la ironía y se rio. Su risa me hizo sonreír. Mi sonrisa era tan involuntaria como su risa.

—¿Vas a Connecticut?

—¿Por qué debería decírtelo? ¿Por qué debería confiar en ti?

—Porque encontré a tu hijo. Sé dónde está.

—Yo lo habría encontrado por mi cuenta.

—Puede ser.

—Intentaron matarme.

—No sé por qué te sorprende. Los contrataste para que te mataran.

—Murió mucha gente.

—No es el resultado ideal pero, para ellos, a veces es necesario. Te aseguro que consideran que la masacre fue culpa tuya.

—¿Mi culpa?

—Te estás poniendo difícil. Desde su punto de vista, estás interfiriendo. Podías haber exagerado cuando el primer tambor se te fue encima. El risco estaba allí, esperando a que te lanzaras. Era una muerte segura. Quién sabe, tal vez nadie más hubiera muerto.

Quería gritarle. Me dije que no serviría de nada. Y me inquietaba una palabra que utilizó.

—Dijiste "ellos".

—Nosotros —se corrigió. Lo dijo de mala gana. Por un instante, estuve tentado de otorgarle el beneficio de la duda que surgía de esa falta de ganas.

Pero ese impulso también se me pasó. Corté la llamada y apagué el teléfono. Deseé haberlo apagado antes de cometer el error de atender cuando estaba cerca de Rifle.

Me volvió a llamar un par de minutos más tarde, pero esta vez a mi teléfono. Me lo esperaba.

—No me cuelgues —protestó—. Me necesitas. No lo vas a encontrar.

—¿A no? Tiraré abajo todas las puertas de New Haven, si es necesario. Lo voy a encontrar yo solo.

—No tienes tiempo de tirar abajo todas las puertas de New Haven.

—Hasta ahora, la suerte estuvo de mi lado. —Le pude haber contado que esquié en superficies empinadas en bosques, que tengo una habilidad extraordinaria para mantener los dos esquís sobre el mismo lado en cada árbol. Pero era probable que ya lo supiera.

—No estamos poniendo en duda tu suerte. Adam te necesita.

—¿Por qué?

—Confía en mí, maldita sea. Te necesita.

—¿Está bien? ¿Está enfermo? ¿Herido? ¿Qué?

Antes, "enfermo" para mí quería decir gripe. Un resfrío.

Dolor de garganta. Con las niñas, quería decir otitis, o eritema infeccioso, que fue lo último que afectó a Cal. En un mal día, "enfermo" quería decir neumonía. Ahora, eso había cambiado. Ahora, "enfermo" se convirtió en una palabra tóxica. En una enfermedad mortal.

—Debes darte prisa.

—¿Por qué? ¿Me vas a decir qué pasa? —Mi pregunta era una orden. De lo más inútil. El tipo de orden que no podía hacer cumplir.

—Adam te necesita.

—Ya me lo dijiste. Pero dime por qué.

—Llévame a mí también —respondió.

¿Mi hijo me necesitaba y ella quería negociar? Mi ira finalmente estalló como el magma durante una erupción. Grité:

—¿Qué carajo pasa con mi hijo, Lizzie?

—Estoy en Glenwood Springs. Te esperaré en el Wendy's que está cerca de la rampa de salida. Se ve desde la ruta. Por como conduces, estarás aquí en quince minutos.

Estaba sentada en el restaurante de comida rápida, de espaldas a la puerta y a la ruta. Estaba tan segura de que iría a buscarla que ni siquiera se molestó en estar atenta a mi llegada.

Lo único que tenía delante de ella en la mesa era una botella de agua de marca BIOTA, una sigla inglesa que viene de la frase *"blame it on the altitude"*, "Échale la culpa a la altura". Es un agua mineral natural embotellada en Ouray, un lugar con desfiladeros y valles espectaculares que queda a la altura de Ridgway. ¿Me estaba insinuando algo con lo de la marca? No lo sé. Pero era probable.

Me senté en un banco de plástico frente a ella. Lizzie tenía puesto un sombrero que le cubría gran parte de la calvicie, pero no toda. No llevaba peluca. Ni mucho maquillaje. Se estaba mostrando oficialmente como una persona enferma bajo tratamiento de quimioterapia.

—No es como Papaya King, ¿no? —comentó, ocultándose detrás de unos anteojos oscuros.

—No —contesté. Incapaz de aguantar un segundo más, dije—: Cuéntame sobre mi hijo. ¿Qué pasa con él? —Me sorprendí a mí mismo por lo calmo que me mantuve al hablar.

—Quiero ir contigo. Si te cuento lo que sé, me vas a dejar aquí.

Me sentí reconfortado de que no simulara tener otras razones.

—No te dejaré aquí.

—Ya te deshiciste de mí una vez.

—Tenía que despedirme de mis niñas.

Unos segundos después, empezó a correrle una lágrima por el borde inferior de los anteojos de sol. Cuando la lágrima se deslizó hasta la comisura de los labios, la atrapó con la lengua. Imaginé el gusto salado que sintió en ese momento.

—Eso lo entiendo. Pero tengo que ir a New Haven contigo. Es tan importante para mí como lo fue tu visita a Ridgway.

Comenzaba a oscurecer en la montaña. No teníamos mucho tiempo. Con poco tránsito, el viaje desde Glenwood hasta la ciudad, cruzando las Rocosas, tomaba casi tres horas, incluso a la velocidad a la que pensaba manejar. Me fijé en la hora, miré a Lizzie y le dije:

—Nos tenemos que ir.

—¿Te compro algo para comer en el camino?

—No es muy buena idea —respondí, imaginándome las náuseas inevitables. Y luego el vómito inevitable.

Cuando estuvimos en el estacionamiento, le avisé:

—Tengo que entrar por la puerta del acompañante. La de mi lado no se puede abrir.

Examinó la chapa abollada y rayada en el costado izquierdo del Porsche.

—Lamento lo que le pasó a tu automóvil. Hacía mucho que lo tenías, ¿no?

"¿Qué no saben de mí?", me pregunté. Di unas palmaditas en el capó a mi alemanita.

—Sí, mucho tiempo. Pero es sólo un objeto —añadí—. Aunque hubo una época, no hace mucho, en la que todo ese daño me hubiera destrozado el corazón.

—Sí. Es sólo un objeto. —Apoyó la mano sobre la chapa del automóvil mientras daba la vuelta por detrás para subir del lado del acompañante—. Espera.

La miré. Estaba sacando una bolsita de nailon de la cartera.

—¿Qué pasa? —pregunté.

Abrió la bolsita y sacó los conocidos instrumentos del flebotomiano, o sea, el sangrador.

—Necesito hacerte un análisis de sangre.

Me quedé atónito.

—¿Para qué?

—Para ver si hay toxinas. Es posible que ellos –mis colegas– hayan decidido envenenarte. Son muy buenos para eso. Y tú especificaste que preferías las drogas a las balas.

—¿Cómo carajo...? —Me frené. ¿Qué más daba?— ¿Y si resulta que me envenenaron?

—Depende del agente que hayan utilizado. Si puedo identificarlo, tal vez pueda administrarte un antídoto. Sé cuáles son sus preferidos.

—¿Cómo vas a hacer para analizar la muestra?

Señaló con el brazo a un hombre que estaba sentado en una camioneta blanca en el estacionamiento.

—Es un mensajero. Va a llevar la muestra al laboratorio. Seguramente, tendré los primeros resultados antes de que lleguemos a Denver.

—¿No me estás engañando, Lizzie? Me vas a sacar sangre, no a inyectarme algo, ¿verdad?

—No sé cómo llegaste tan lejos en la vida sin saber en quién confiar. Pero no. No te estoy engañando. Si fuera a matarte...

—Sí, ya sé. Ya estaría muerto.

—¿Así que vas a confiar en mí? —comentó mientras me ponía un torniquete en el antebrazo y me limpiaba la curvatura del codo con un algodón embebido en alcohol. Berk le decía a ese lugar específico de su anatomía "el pozo del codo". Ese breve recuerdo, y lo que representaba, me provocó un principio de vómito.

Sin proponérmelo, di un respingo por el pinchazo que se venía. Dije:

—He decidido mostrarme vulnerable ante ti.

Llenó tres tubos de sangre y sacó el catéter de mi vena. Levantó la cabeza para mirarme y se bajó los lentes, para que pudiera mirarla a los ojos.

—¿Por qué lo dices?

—Es una larga historia.

Cubrió la pequeña herida, metió los tubos en un sobre chico y preimpreso en el que ya había escrito algo, y tocó la bocina. El hombre de la camioneta blanca vino hacia nosotros. Le dio mis muestras de sangre y le dijo: "Urgente", mientras le alcanzaba un billete de cien dólares. El hombre tomó el pedido, pero no pronunció palabra.

—¿Ahora nos podemos ir? —pregunté.

—Claro. Nos queda un largo viaje por delante. Tiempo de sobra para que me expliques la diferencia entre confianza y vulnerabilidad.

Coloqué la palma de la mano sobre el manubrio de la palanca de cambio. Puse el Porsche en primera, aflojé la presión sobre el embrague, salí del estacionamiento y aceleré por la rampa para tomar la interestatal. El motor tronó. Pasé a segunda.

—Y luego me contarás por qué no encontré ninguna revista en tu apartamento. Pero eso será después de que me digas qué carajo está pasando con mi hijo —dije.

62

Lizzie no quiso revelar nada más sobre Adam en todo el viaje. Tampoco quiso contarme cómo fue de Boulder a Glenwood después de que la abandoné en el consultorio del doctor Gregory, pero su asombro auténtico, ante las maravillas del cañón Glenwood y el torrentoso río Colorado que corría debajo de la ruta, me dio a entender que había hecho el viaje de noche en automóvil, o bien en avión.

Estábamos pasando por Eagle, cuando le conté todos los detalles que recordaba acerca del doctor Gregory y sobre mis revelaciones con respecto a la intimidad, la apertura y la vulnerabilidad. Pasamos a toda velocidad por las zonas de esquí. Permanecimos callados mientras ella admiraba la belleza de las altas cumbres de Vail Pass y del parque nacional White River. Pareció que tardamos solo unos minutos en cruzar las quebradas que se extienden entre Copper Mountain y Frisco, a la sombra de la cadena montañosa Tenmile. Unos segundos después, ya estábamos en la barranca sobre Dillon Reservoir. En la banquina había un cartel electrónico provisorio que advertía: HOMBRES TRABAJANDO EN EL TÚNEL. UN CARRIL HABILITADO AL ESTE. CAMIONES SALIR POR RUTA 6.

Dudé un instante entre hacer fila con otros mil automóviles que esperaban su turno para pasar por el único carril del túnel, o en unirme al convoy de cientos de camiones grandes que trataban de ascender por la ruta sinuosa y traicionera que cruzaba las Montañas Rocosas por el paso Loveland. Me decidí por el túnel.

Mientras ascendíamos por la cuesta empinada, mantuve al menos un ojo puesto en el costado del camino, en busca de hombres con teléfonos celulares, aventureros solitarios con binoculares o, incluso, el destello de una luz que se reflejara en el objetivo del rifle de un asesino apostado en su escondite. Cuando lograba adelantarme a una camioneta, la tachaba como un adversario potencial ya derrotado.

Lizzie seguía confiada en que los Ángeles de la Muerte no nos matarían mientras permaneciéramos juntos. Personalmente, no me sentía tan seguro.

Se quedó dormida al rato de iniciar el escabroso ascenso hacia los túneles mellizos que atraviesan las Montañas Rocosas. En ese momento, los cañones montañosos debajo de nosotros quedaron a oscuras por completo. No vi nada que me preocupara. Y avanzábamos a buen ritmo.

El tránsito se desaceleró más o menos en la mitad del trayecto de subida hacia los túneles, cerca del lugar donde los pocos árboles que quedan antes del límite forestal no son más que remedos, versiones patéticas de sus primos, allá abajo en el bosque. No me alarmé ni me asombré cuando el tránsito disminuyó el ritmo de marcha; lo que me desalentó fue que la obstaculización por la obra se extendiera hasta tan lejos. Aunque la ruta de ascenso tenía, felizmente, un carril exclusivo para camiones pesados, era común que los conductores subestimaran la pendiente, o sobreestimaran sus vehículos –o ambas cosas a la vez–, y que los más lentos obstruyeran dos de los tres carriles de ascenso. Cuando eso ocurría, el tránsito se frenaba mucho antes de llegar a los túneles. Pero nunca tanto como ese día.

Calculé que perderíamos al menos media hora por culpa de las reparaciones. La única alternativa que nos quedaba, para no tener que hacer una fila de tres kilómetros de largo para pasar por el túnel reducido, era ponernos en una fila casi igual en la ruta 6, el camino anterior al que cruzaba las Montañas Rocosas por el paso Loveland, a unos tres mil seiscientos metros sobre el nivel del mar. Se trataba de una montaña rusa sinuosa, panorámica, excitante y de doble carril, repleta de descensos bruscos y curvas cerradas. Pero si estaba atestada de camiones de dieciocho ruedas que se habían desviado del túnel, no era, por cierto, ninguna panacea en comparación con las demoras que estábamos teniendo en la I-70.

Traté de calmarme y de no mirar la hora. En cambio, me puse a observar a Lizzie mientras dormía. Avanzábamos hacia los túneles a paso de tortuga. Intenté sintonizar una estación de radio que anunciara por fin que habían atrapado al francotirador. No encontré ninguna.

Las válvulas del Porsche continuaban tintineando a modo de protesta cada vez que me descuidaba y dejaba que las revoluciones por minuto bajaran demasiado. Hay cosas que no cambian nunca. Y hay otras que cambian tan rápido que no te dan tiempo ni siquiera a enfocar la vista.

No llevaba mucho tiempo atascado en el tránsito –¿tres minutos, cinco?– cuando me empecé a sentir una presa fácil. Según mis planes, mis defensas contra el rifle de un Ángel de la Muerte francotirador eran la velocidad del Porsche y su facilidad de maniobra, y mis ganas de sacar provecho de ambas virtudes. Esas ventajas quedaron eliminadas con la subida en fila india. Traté de protegerme permaneciendo en el carril central, mientras hacía todo lo posible por disimular mi pequeño automóvil deportivo detrás de vehículos grandes. Me ubiqué detrás de una camioneta chica en el carril central y regulé la velocidad para tratar de que siempre me flanqueara una 4x4 por la derecha. Sin embargo, el lado izquierdo era mi mayor vulnerabilidad. Allí estaban los riscos; allí el francotirador contaba con su mejor ángulo visual. Por primera vez en la vida, me sentí contento de que tantos conductores de Colorado prefirieran las 4x4 y las camionetas grandes y aparatosas.

Me equivoqué a medias en mi cálculo del tiempo que tardaríamos en llegar a la entrada del túnel, a poco más de tres mil trescientos metros sobre el nivel del mar. Nos tomó cuarenta y cinco minutos, no treinta, subir la cuesta paso a paso hasta llegar al tramo final que desembocaba en el túnel.

En la zona lo conocen como el túnel Eisenhower, pero los dos pasajes en realidad se llaman Túneles Conmemorativos Eisenhower/Johnson. El que antes era el túnel Eisenhower ahora sólo corre en dirección oeste. El pasaje este, más moderno y de doble carril, era el que Lizzie y yo estábamos por tomar, y se llama Edwin C. Johnson en honor a un político del estado que, durante mucho tiempo, defendió la idea de construir rutas en las montañas y túneles grandiosos como estos.

Edwin C. consiguió lo que quería; el túnel que lleva su nombre es largo y grandioso. Se prolonga por casi tres kilómetros a través de la dura pared de granito que divide el sur de América del Norte en dos a partir de su centro geográfico. Todo el que maneja por esa ruta con frecuencia sabe que los dos carriles de cada pasaje ya no dan abasto para contener a tantos automóviles. Y cuando uno de los carriles de cualquier pasaje está cerrado por algún motivo, se forman filas de kilómetros de largo en las que los vehículos avanzan a paso de tortuga.

Lizzie se despertó por el estruendo que causó la bocina de un camión con acoplado. Estaba del otro lado de la ruta y venía cuesta abajo. Me pareció que ese camionero le hacía señas a otro, que salía del camino y se dirigía a una zona pavimentada donde podría revisar los frenos antes de iniciar la bajada empinada de la ruta a Dillon.

—¿Ya llegamos? —preguntó Lizzie, atontada por la siesta.

—Ojalá. Todavía estamos atrapados en el tránsito. Hay un solo carril abierto en el túnel. El camino se va a despejar cuando lleguemos al otro lado.

—Y después de eso, ¿cuánto falta?

—Una hora más o menos —respondí. Como no dijo nada, le pregunté—: Estuve pensando. Si ellos me envenenaron, ¿a qué debería prestar atención? ¿Cómo me doy cuenta?

—No quiero sugestionarte. Te estoy observando para ver si tienes algún síntoma. Deja que yo me encargue.

—¿Y?

—Hasta ahora, no veo más que paranoia —rio.

Yo no.

Un minuto después llegué, por fin, a la entrada del túnel. El carril izquierdo estaba bloqueado con conos anaranjados. Habían colocado unas estructuras altas con andamios rodantes para que los obreros –supuse que eran electricistas– pudieran arreglar las luces del techo. Rollos de cable colgaban de las cajas de electricidad por encima de nosotros. Pensé que los hombres estaban cambiando las instalaciones.

Con las luces del carril derecho intactas, además de las lámparas en los andamios para los trabajadores y las luces delanteras de los vehículos que avanzaban despacio por el pasaje, la iluminación del túnel era tan potente como la de un día nublado.

—¿Qué largo tiene? —preguntó Lizzie.

—¿El túnel? Poco menos de tres kilómetros.

Se estremeció.

—¿Eso quiere decir que estamos en el medio de una montaña? No me gustan los túneles. Sobre todo, no me gustan si no puedo ver la salida. Me siento atrapada. En la ciudad, ya no puedo usar los túneles que pasan por debajo del río; siempre cruzo por los puentes. Siempre.

—¿Y viajas en el subterráneo?

—Hasta lo que pasó en el metro de Londres, no me molestaba.

—En unos minutos, estamos afuera —le aseguré, tocándole la muñeca.

—¿Me lo prometes?

—Sí.

Pero un minuto después, ya no estaba tan seguro. No habíamos avanzado demasiado y la cola de automóviles delante de mí se había detenido por completo. Lizzie aguantó la falta de movimiento por unos treinta segundos, y preguntó:

—¿Qué pasa?

—No sé. Problemas por la obra, supongo.

—¿Por qué no nos movemos? Antes nos estábamos moviendo.

—Tal vez están cambiando de lugar uno de esos andamios y han bloqueado de momento los dos carriles.

Noté que movía la mano izquierda hacia mi cadera. Sentí que me presionaba con los dedos. Estaba ansiosa. Era como estar encerrado con un claustrofóbico en un ascensor detenido. Mi propio miedo, como había sugerido ella, era mucho más paranoico que fóbico. Dejando de lado las dificultades de Lizzie, mi mente comenzó a calcular las variables del caso. Estábamos atrapados a poco más de la mitad del camino, en un túnel de casi tres kilómetros de largo. El carril izquierdo estaba cerrado por reparaciones en las luces del techo. En los costados de cada carril había un camino elevado para uso peatonal en caso de emergencia. En el carril habilitado, el tránsito estaba detenido por completo tanto adelante como detrás de nosotros. Un túnel paralelo, a más de treinta metros hacia el norte a través de granito sólido, conducía el tránsito en sentido contrario al nuestro. La única conexión entre ambos lados eran pasajes peatonales que aparecían de tanto en tanto –utilizados por personal de mantenimiento– y que corrían perpendiculares a la ruta. Al parecer, la separación entre las entradas a los túneles era de al menos cuatrocientos metros.

Lo que yo me planteaba era lo siguiente: ¿era un buen lugar para que el francotirador de la I-70 se cobrara otra víctima? ¿Cómo haría, él o ella, para impedir que lo detectaran? ¿Cómo haría para escapar?

Deduje que impedir ser detectado era imposible. La iluminación del túnel era potente, había miles de testigos y cámaras de seguridad que cubrían cada metro cuadrado del interior.

¿Y escapar? De inmediato, pensé que los pasajes para el personal de mantenimiento permitirían realizar un escape casi sin complicaciones. El francotirador podría esperar dentro de cualquiera de los dos, disparar a alguien –a mí o a Lizzie, por ejemplo– mientras estábamos atrapados en el túnel con dirección al este, y luego correr unos treinta o cuarenta metros por la conexión peatonal hasta el túnel adyacente con dirección al oeste. Allí lo estaría esperando un automóvil. El asesino se subiría de un salto al vehículo y en menos de un minuto estaría del otro lado de la montaña.

Sin embargo, todo el episodio quedaría registrado por las cámaras de seguridad de ambos túneles. La patrulla estatal de Colorado sabría en cuestión de segundos qué vehículo perseguir. Como en la bajada oeste no hay otras salidas por varios kilómetros, sin duda la policía podría arrestar al francotirador en poco tiempo.

Hasta ahí había llegado en mis meditaciones, cuando de pronto se apagaron las luces del túnel. No centellearon. Sólo hicieron *puf*. Se apagaron. El corazón empezó a latirme con fuerza.

Pocos segundos después se encendieron unas luces débiles. El túnel estaba mucho más oscuro que antes del corte de luz. "Equipos electrógenos —pensé—. Luces de emergencia. Mucho menos voltaje".

—¿Qué fue eso? —preguntó Lizzie—. ¿Qué pasó? —Tenía la voz tensa por la preocupación. Supuse que el problema era su fobia a los túneles. No había hecho el razonamiento que yo venía haciendo. Todavía.

Antes de que pudiera responder a su pregunta, las luces enganchadas a los andamios comenzaron a apagarse. No todas de golpe sino al azar; una aquí, otra allá. Seguramente, los trabajadores recibieron instrucciones de apagar las luces en caso de corte de luz para no sobrecargar los generadores electrógenos de los túneles. Sin duda, la prioridad sería utilizar la mayor parte de la energía auxiliar para hacer funcionar los extractores gigantes, necesarios para succionar los gases venenosos que los automóviles de ambos túneles emanaban por el caño de escape. Las luces del techo eran un lujo.

—No estoy seguro. Parece que hubo un corte de luz. No es grave. Las luces delanteras de los automóviles proporcionan toda la luz que necesitamos para ver el camino de salida.

Lizzie me miró con atención, y entendí que se dio cuenta de que yo estaba tratando de resolver un acertijo. De haber sido una partida de ajedrez, y no una cuestión de vida o muerte, sería como un ejercicio de jaque mate en cuatro movidas. Sin embargo, sabía que no era una partida, y que no estaba atacando; tenía que pensar en las jugadas futuras para evitar que me hicieran jaque mate.

Porque esta vez jaque mate significaba la muerte. Y morir quería decir no ver a Adam.

—¿En qué estás pensando? —me preguntó. Estaba muy tranquila. No sabía cómo interpretar su cambio abrupto de actitud.

—Estoy pensando en que tal vez te equivocas en creer que tus colegas no serían capaces de matarnos juntos.

—Dime lo que estás pensando. Punto por punto.

—A unos cincuenta metros a la izquierda hay un pasaje peatonal que comunica con el otro túnel, el que va al oeste. Es para los operarios, no para la gente. ¿Lo ves? ¿Esa abertura en la pared? Se ve una sombra oscura.

—Sí, lo veo.

Alguien delante de nosotros tocó bocina. Otros idiotas se hicieron eco. Arriba, las luces de emergencia centellearon por unos instantes. Luego, esas también se apagaron. La parte superior del túnel pasó de las penumbras a la oscuridad total. La única fuente de iluminación que quedaba eran las luces delanteras de los automóviles.

La placidez temporaria de Lizzie desapareció. Comenzó a respirar por la boca, con dificultad.

—Continúa —me pidió.

—¿Te enteraste del francotirador que anda atacando gente en Colorado?

—Sí.

—¿Es uno de ustedes?

—No lo sé. Lo pensé. No descarté la posibilidad. No sería un plan inicial. Pero podría ser un recurso. Matan a algunas personas al azar. Luego te matan a ti. Tu muerte parecería azarosa también.

—Malditos —refunfuñé. Luego seguí con mi explicación—: Para que entiendas mi razonamiento, digamos que el francotirador es un Ángel de la Muerte, y la organización ha decidido que este es el momento de eliminarnos. Si alguien nos mata aquí, podría escapar por ese pasaje peatonal. Dos tiros rápidos y una carrera corta por el pasadizo. Estaría sincronizado de modo que, del otro lado, hubiera un automóvil esperándolo. Lo único que no se me ocurre es cómo harían para evitar las cámaras de seguridad.

Sin dudarlo un instante, Lizzie contestó:

—Humo.

—¿Dónde?

—No, no, no hay humo. Me refiero a que recurrirían al humo para no ser vistos por las cámaras de seguridad.

—¿Y cómo nos verían a nosotros?

—Nos buscarían antes de producir el humo y luego, si fuera necesario, nos seguirían con visores infrarrojos. Las cámaras de seguridad del túnel necesitan luz, y así no podrían registrar nada.

La seguridad con la que hablaba del plan táctico me decía que la estrategia que ella imaginaba no era ninguna novedad para los Ángeles de la Muerte. Estaba claro que Lizzie los había visto usar humo para desviar la atención. Tenía curiosidad por conocer más detalles acerca de las tácticas que utilizaban, pero me parecía que ya no me quedaba tiempo para seguir averiguando.

Delante de nosotros, los conductores comenzaron a apagar los motores. La gente descendió de los vehículos y empezó a reunirse; desconocidos comenzaron a charlar con desconocidos. Muchos dedos señalaron en la misma dirección. ¿A qué? No lo sabía.

—¿Salimos? —pregunté.

—Sí —respondió—. Si ya nos localizaron –conocen este automóvil, así que seguro que ya nos localizaron–, ahora nos estarán observando con un visor infrarrojo. Tenemos que salir de su línea visual para que no nos encuentren tan rápido cuando empiece el humo. Tenemos que poner algo entre ellos y nosotros para bloquear la señal infrarroja. Si no, seremos...

Completé su idea mentalmente: "blancos fáciles".

Salió del automóvil primero. Pensé en la posibilidad de bajar la ventanilla de mi lado y salir por allí como un corredor de carreras. Pero, en cambio, me contorsioné sobre la palanca de cambios y bajé por la puerta del acompañante de un modo más convencional. Los dos seguíamos tratando de comportarnos con naturalidad.

—¿Nos ponemos detrás del automóvil que está adelante? —pregunté en voz baja.

A lo lejos, alguien gritó:

—¡Fuego! ¡Ese automóvil se está incendiando! ¡Miren, hay humo!

Otra persona gritó:

—Ruthie, ¡mira! Salgamos de aquí. ¡Corre! ¡Corre! ¡Mierda! ¡Fuego!

Salté y subí al parachoques del automóvil que estaba delante del Porsche para ver lo más lejos posible. Al principio, no pude divisar el humo.

Luego, lo vi.

De la fila de automóviles, salía humo blanco a gran velocidad en forma de grandes bocanadas, como nubes de tormenta, o como los gases que emanan de un caño de escape. Giré los ojos a la izquierda y, del otro lado del carril bloqueado, encontré la abertura rectangular en la pared de azulejos. El humo nacía justo detrás del pasaje peatonal. La nube avanzaba en dirección a nosotros.

—Humo, Lizzie —dije, mirando hacia adelante—. Y está casi a la misma altura del pasaje que comunica con el otro túnel. Tenías razón. —Cuando me di vuelta para ver por qué no me respondía, ya no estaba.

63

Me bajé del parachoques y me agaché detrás del automóvil. Me pregunté cómo me veía en el visor infrarrojo del francotirador. "Verde", pensé. Me vería verde.

La ola de pánico que surgió en el túnel a raíz del humo era predecible, y fue casi inmediata. La gente saltaba fuera del automóvil y todos comenzaron a subir a las escaleritas situadas en las paredes del túnel para llegar a los pasajes peatonales de emergencia, pero, como estábamos atrapados cerca de la mitad del túnel, la muchedumbre no sabía en qué dirección correr. Algunos empujaban tratando de regresar por donde habíamos entrado, lejos del humo. Otros decidieron atravesar el humo para llegar a la entrada este.

Los ánimos estaban encendidos. La gente que corría se

transformó en gente que atropellaba. Los gritos se transformaron en alaridos. El miedo se transformó en pánico.

En treinta segundos, la visibilidad era menor a la longitud de dos automóviles. El humo se iba espesando.

Empecé a arrastrarme a gatas, me pegué al suelo para tratar de quedar por debajo de la peor capa de humo y busqué a Lizzie. Cuando gateaba hacia el Porsche, oí el disparo de un rifle y el ruido metálico de una bala que perforaba metal. Antes de que el volumen del griterío subiera aun más, un segundo disparo impactó en mi automóvil justo encima del neumático delantero del lado del conductor. Ese segundo disparo le erró a mi cabeza por no más de treinta centímetros. Me lancé hacia delante en busca de la seguridad relativa que me brindaba la sombra del otro automóvil. Susurré:

—¡Lizzie!

—Estoy aquí abajo —dijo. Sentí dedos en el tobillo.

—Vendrán por nosotros.

—Sí. Y pronto. ¿Se te ocurre alguna idea?

—Sígueme —respondí. La tomé de la mano.

Gateamos, nos pusimos en cuclillas, saltamos y corrimos, en un intento desesperado por permanecer a la sombra de la fila de automóviles mientras nos abríamos camino por la derecha en el sentido del tránsito. En el sentido del humo. En el sentido del francotirador.

A pesar de que los vehículos estaban detenidos por completo, la mayoría de la gente que abandonaba los automóviles seguía luchando por hacerse un lugar en los pasajes peatonales de emergencia. Lizzie y yo permanecimos dentro del túnel, utilizando cada automóvil en la fila para proteger el calor de nuestro cuerpo de los sensores infrarrojos del rifle del Ángel de la Muerte.

Lizzie se detuvo delante de mí segundos después, cuando nos dimos cuenta de que no íbamos a poder engañar a quien nos estaba disparando. Otra bala pasó zumbando entre nosotros. El proyectil desportilló uno de los azulejos de la pared detrás de nosotros.

Lizzie se sentó en el suelo y apoyó la espalda contra una camioneta Dodge vieja. Yo hice lo mismo. El francotirador sabía dónde estábamos, y obviamente estaba en una posición espléndida para interceptarnos antes de que llegáramos al pasaje peatonal.

—Es imposible que esté en uno de los caminos de los costados. Hay demasiada gente —explicó Lizzie—. Tiene que estar arriba, en...

—Uno de los andamios —la interrumpí—. Tienes razón.

En ese momento, estábamos a tan solo dos automóviles de distancia del pasadizo peatonal que unía ambos túneles. El humo se había convertido en una niebla espesa y estable. Las luces en forma de vapor tubular de los faros delanteros de los vehículos estacionados rebotaban y volvían a los automóviles. Yo sabía que la inmovilidad de la nube de humo indicaba que el sistema de ventilación de los túneles no estaba funcionando.

Si muchos conductores habían dejado el motor encendido, la asfixia por monóxido de carbono era un factor que debíamos tomar en cuenta.

Teníamos que actuar.

—Tengo una idea —dije, y se la conté.

—Sí, por qué no —me apoyó. Se dio vuelta, levantó la mano y abrió la puerta de la camioneta vieja.

Primero entré yo, reptando por el piso del automóvil hasta llegar al hueco de los pies en la parte del conductor. Ella entró detrás de mí e hizo lo mismo que yo, pero se quedó en el piso del lado del acompañante. Como supuse, las llaves de la camioneta estaban puestas. Puse la palanca de cambios en punto neutro, y con una mano encendí el motor y con la otra presioné levemente el acelerador. Después de unos carraspeos, el automóvil cobró vida.

—¿Lista? —le pregunté—. A la cuenta de tres. Uno, dos...

El último número se perdió en la agitada sucesión de hechos que siguieron. Me subí al asiento del conductor, apreté el embrague y puse la palanca de cambio en primera. Lizzie saltó y se ubicó en el asiento del acompañante. La dureza del embrague me desconcertó por un instante y casi ahogo el motor cuando giré el volante con fuerza hacia la izquierda, rogándole a la camioneta que acelerara. Pero el vehículo era pura fuerza y poca aceleración. Cuando la transmisión finalmente entendió lo que quería que hiciera, me di cuenta de que la camioneta tenía mucha potencia. Después de un corto desplazamiento inicial, salimos de nuestro carril de un salto y comenzamos a devorarnos la fila de conos anaranjados que delimitaban la zona de reparaciones en el carril izquierdo.

Lizzie se cruzó delante de mí y mantuvo la mano izquierda en la bocina para que cualquier peatón que anduviera por allí tuviera una buena probabilidad de sobrevivir y salirse del camino. De tanto en tanto, echaba una mirada a la pared de azulejos a mi izquierda, sólo lo suficiente para mantener la camioneta más o menos en línea recta mientras aumentaba la velocidad y pasaba a segunda. El humo me impedía saber cuánto faltaba para que la camioneta se estrellara contra la primera estructura de andamios.

No faltaba mucho. El intervalo que transcurrió entre el instante que divisé los andamios y el impacto contra la estructura metálica no fue de más de medio segundo, apenas el tiempo suficiente para agacharme, pero no suficiente para pronunciar un "agárrate" de advertencia a Lizzie. La estructura metálica resultó ser más sólida de lo que me imaginaba y, al principio, pensé que era tan fuerte que frenaría el avance de la camioneta. Pero apreté el acelerador a fondo al primer contacto y, en otro medio segundo, quedó claro que la camioneta la arrastraría.

Tres segundos después, tal vez cinco, habíamos superado la peor parte del humo. Lizzie estaba inclinada hacia delante en el asiento, mirando la parte superior de los andamios. Gritó:

—¡Todavía está allí! ¡Lo veo!

La camioneta desaceleró, pero la estructura metálica se siguió moviendo. Vi que comenzaba a balancearse, pero no parecía que fuera a perder el equilibrio y desmoronarse. La palanca de cambios gruñó cuando cambié la transmisión de nuevo a primera y pisé el acelerador a fondo. El segundo impacto contra la camioneta desestabilizó la estructura de andamios aun más.

Lizzie y yo miramos hacia arriba mientras la torre se inclinaba hacia nosotros. Luego se bamboleó durante un instante en dos ruedas y finalmente comenzó a desplomarse sobre la camioneta. El francotirador no pudo mantener el equilibrio debido al rápido balanceo. Cuando los andamios se derrumbaron, salió volando por encima de la baranda de seguridad en sentido contrario y rebotó contra el muro del túnel. Nosotros nos agachamos instintivamente en el asiento para protegernos del impacto de la pesada estructura contra el techo de la camioneta. Pero el golpe no fue grave; la mayor parte de la torre no cayó sobre el lado donde estábamos sentados.

Al instante, sentimos otro sacudón. Venía de abajo. El cuerpo del francotirador acababa de pasar por debajo de la camioneta. Clavé los frenos y grité:

—¡Ahora!

Lizzie y yo ya habíamos planeado nuestra siguiente movida. No bien se detuvo la camioneta, saltamos y comenzamos a correr hacia la entrada este, mientras hacíamos una rápida inspección de los vehículos abandonados disponibles, para elegir uno y continuar con la etapa siguiente del plan de escape. Sin consultarme, Lizzie corrió a toda velocidad, pasó cuatro automóviles y se metió en el asiento derecho de un BMW M3. Fue una gran elección. El automóvil era un cohete.

Localicé la llave, arranqué el motor, puse la palanca de cambios en primera, giré el volante con fuerza a la izquierda y me metí en el carril cerrado a través de un espacio entre los conos anaranjados. Aceleré durante todo el tramo de túnel que quedaba, bajé la velocidad sólo una vez para esquivar a un peatón aterrorizado.

Cuando nos acercábamos a la puerta este, ya rondábamos los 130 kilómetros por hora.

64

Por supuesto, en cuanto detectaron la falla eléctrica, los supervisores del túnel cerraron los dos pasos al tránsito. Cuando el humo comenzó a tapar los carriles hacia al este y a escurrirse por las puertas de salida, los conductores detenidos en la entrada este seguramente se imaginaron que el tiempo de espera para atravesar el túnel iba a ser largo.

Cuando Lizzie y yo salimos por la entrada este del túnel

rumbo al oeste en el M3 robado, dos policías ya estaban desviando los automóviles que esperaban entrar en el túnel. Les indicaban a los conductores que giraran en U, volvieran por donde habían venido y salieran por Loveland Pass, la única ruta alternativa cercana para cruzar hacia la vertiente oeste. Al ver lo que sucedía, clavé los frenos y bajé la velocidad para colarme en la procesión ordenada que estaba retrocediendo cuesta abajo. Tenía miedo de que uno de los policías nos parara y preguntara cómo habíamos logrado salir del túnel, pero el que nos vio venir nos hizo señas de que estaba todo bien y de que no nos detuviéramos. La mayoría de los automóviles que estaban en la fila se sumaron a la hilera que marchaba con lentitud hacia la salida por Loveland Pass.

Nosotros, no. Lizzie y yo nos dirigíamos a otro lugar. Nos pasamos al carril izquierdo y me mantuve cerca del límite de velocidad hasta que llegamos a Silver Plume. En ese momento, dejé que el M3 estirara un poco las piernas y arremetí contra el declive de la cuesta de Georgetown como si todavía estuviese en el Porsche. Íbamos a New Haven.

Al principio, supuse que disfrutaríamos de una hora de tranquilidad, por lo menos, hasta que la propietaria del M3 —los papeles del seguro que estaban en la guantera decían que la dueña era Carrie Belvedere de Littleton— se diera cuenta de que le habían robado el automóvil. Y antes de que a Carrie le permitieran volver a entrar en el túnel, tendría que haber luz, como mínimo. Tendrían que determinar el origen del fuego. Tendrían que revisar, y volver a revisar, el sistema de ventilación. Posiblemente, tendrían que examinar la calidad del aire dentro de los túneles. Tendrían que investigar las denuncias de los disparos.

Tendrían que resolver el misterio de la estructura de andamios derrumbada y de la camioneta Dodge destruida, con un cuerpo atrapado debajo de ella.

Lizzie estuvo en desacuerdo con el tiempo que calculé que llevaría todo eso.

—A los dueños de los automóviles no los van a dejar entrar en el túnel durante un buen rato. Todo el túnel es el escenario del crimen. La policía va a cerrar las vías de acceso durante horas. Quizá toda la noche. Puede ser que usen el otro paso como ruta de doble mano, pero el lado donde estábamos nosotros va a estar cerrado por un tiempo.

—¿Entonces, nadie nos está buscando? —pregunté, esperanzado.

—Ninguna autoridad legal.

Los Ángeles de la Muerte nos siguen buscando.

—Oh.

—Ellos no están acostumbrados a sufrir bajas. Que yo sepa, nunca había ocurrido. Ahora, las cosas se van a complicar.

Lizzie dijo "ellos".

—¿Para ellos? —pregunté.

—Sí. Para nosotros, también.

—¿Tratarán de atacarnos otra vez durante el trayecto?

—No esperaban fracasar en el túnel. Esa operación fue muy compleja.

—¿Eso quiere decir que no?

—Si tenemos suerte, no saben dónde estamos en este momento.

—¿Antes sí? ¿Antes sabían dónde estábamos?

—Todos tus vehículos tienen receptores GPS —contestó. Parecía desilusionada de que no lo hubiera deducido por mi cuenta.

—¿El avión también?

—Los aviones son fáciles de rastrear. Lo puede hacer cualquiera por internet. Están furiosos contigo. Dejaste bien sentado que preferías que no te dispararan. En general, ese tipo de opciones se respeta. El hecho de que planearan eliminarte con una bala es una muestra clara de que se les acabó la paciencia. Ahora todo vale. Todo.

—¿Mi casa?

—Tal vez tu casa, no.

—¿Mi avión?

—Tu avión, sí. ¿Quieres un consejo? No vueles sobre agua. Si lo quieren derribar, les convendría mucho más que fuera en el agua.

65

Lizzie encontró un teléfono celular en la cartera de Carrie Belvedere. No bien estuvimos cerca de la ciudad de Georgetown, donde había una torre de comunicaciones confiable, usé el teléfono para llamar al móvil de Mary.

—Hola, soy yo. ¿Quedó registrado el número desde el que te estoy llamando?

—Sí.

—Llámame desde un teléfono fijo.

Veinte segundos después, en el minúsculo aparato comenzó a sonar la introducción de "Material girl", de Madonna. Habíamos avanzado unos ochocientos metros por el valle al otro lado de Georgetown. El duro hábitat montañoso volvía defectuosa la señal del teléfono celular, pero me conformaba con que tuviéramos cualquier tipo de cobertura en ese tramo de la I-70.

—¿Qué pasa? —preguntó Mary.

—¿Estás en Centennial?

—Sí —respondió—. El avión estará listo en una hora. Voy adonde quiera, cuando quiera. Pero usted sabe que no puedo volar a Telluride de noche. Para eso habrá que esperar que sea de día.

—No hay problema. Hubo un cambio de planes. ¿Estás lista?

—Lo escucho.

—Bien. Esto es lo que quiero que hagas.

Esperé hasta que pasamos por la salida a la ruta 40 para decirle a Lizzie:

—Me ibas a contar lo de las revistas.

—¿Sí? Es curioso, nunca le conté a nadie lo de las revistas. No es que nadie me haya preguntado, tampoco.

Le toqué la pierna.

—Las revistas son tu Adam, ¿no es cierto?

Tomó una pequeña bocanada de aire.

—Hice la residencia en oncología en Texas. En Baylor —dijo cuando ingresábamos en los cañones al oeste de Idaho Springs—. Allí conocí a mi marido.

Parecía que esas revelaciones mundanas la agotaban. Esperé casi cuatrocientos metros a que continuara. Tuve que morderme la lengua para no decirle: "Cuéntame".

—Nos casamos. Tuvimos dos hijos. Dos niñas. Mi marido es, era, de Jordania. Es pariente no muy lejano de la familia real.

—¿Sí?

—Eso es importante, el hecho de que es extranjero. Y de que tiene... conexiones.

—Ajá.

—Nos mudamos a Dallas. Pasaron muchas cosas entre nosotros. La mayoría no muy buenas. Pero nada fuera de lo normal. Era un matrimonio que se estaba acabando en una de las tantas formas en que se acaban los matrimonios. Una semana de otoño, cuando las niñas tenían cuatro y dos, viajé a Nueva Orleans para asistir a un congreso médico. Cuando regresé, no estaban.

—¿Se llevó a tus hijas?

—Se llevó a mis hijas. Se las llevó a Jordania.

—¿A Jordania? —repetí sus palabras para ganar tiempo y mirar hacia delante. Para imaginarme hacia dónde iba.

—Al principio, creo que sí. Él nunca se comunicó conmigo, así que no estoy segura. Pero más tarde, cuando entré en la empresa, conseguí unos registros en los que constaba que las niñas pasaron por inmigraciones en Amán esa semana.

—¿No hay tratados internacionales con Jordania? ¿Para traerlas de vuelta? ¿Y qué sucede con el tema de la custodia y...?

—Shhh —me calló con suavidad—. Soy meticulosa. Revisé todas las alternativas miles de veces de todas las formas posibles. No importa lo que diga la ley o lo que digan los tratados, Roger no se hubiera quedado nunca en Amán. Jamás. Ni siquiera por las niñas. Odiaba ese lugar. Detestaba a sus padres. Adónde se llevó a mis hijas, eso no lo sé. Pero les consiguió pasaportes nuevos, estoy segura. Nombres nuevos. Quizás incluso una madre nueva. Él tiene buenas relaciones. ¿Y yo? Me pasé los últimos ocho años de mi vida buscando a mis hijas.

Disminuí la velocidad cuando nos acercamos a los controles en Idaho Springs. Al parecer, la combinación de los recuerdos y la llegada a la civilización calmaron a Lizzie. No muy lejos de allí, del otro lado de la ciudad, estaba la cuesta empinada donde tuve el episodio con el camión de plataforma que llevaba tambores de combustible. Me dije que no debía desconcentrarme.

—¿Las revistas? —dijo Lizzie.

Lo sentí como un exabrupto.

—¿Sí? —respondí

—En mi trabajo actual, tengo mucho tiempo libre. Para mí, es muy importante el tiempo libre. Lo utilizo para viajar. Me imagino lugares donde le gustaría vivir, lugares con los que soñaba en voz alta cuando estábamos juntos. Era un hombre inquieto, nunca se sentía satisfecho, siempre creía que la felicidad lo estaba esperando en otro lugar. Tal vez con otra persona. Así que viajo a lugares donde me lo imagino. Lugares cálidos. Al lado de una piscina. Con cancha de golf. En Scottsdale. Las Vegas. Austin. En todo Hawai. Palm Springs. Es una larga lista. Lugares de Europa también. Pero solo del sur. Provenza. Sicilia. Barcelona. El norte de África también. Túnez. Y en México. Estuve en Costa Rica buscándolo. Por todo Oceanía. En Tailandia, también. Fui allí después de lo del tsunami y miré los rostros de todos los niños muertos.

—¡Por Dios!

—Cuando llego a un lugar donde veo que él podría vivir, llevo una lista de los colegios buenos, los colegios privados, los mejores colegios –el hombre con el que me casé es un esnob– y me quedo afuera mirando a los niños que ingresan, o voy más tarde, cuando salen. Tomo fotos. Luego, en el hotel, examino todos los rostros de todas las niñas pequeñas. En busca de las mías. En busca de mis niñas.

—¿Cómo se llaman?

—Andrea y Zoe —sonrió—. De la A a la Zeta.

—Lo siento tanto.

—Todas las revistas que compro tienen fotografías de niños. La mayoría son niñas. Niñas bonitas. Niñas felices. Niñas a caballo. Niñas en la playa. Niñas que bailan. Niñas que sueñan con ser estrellas pop. Todas las noches, doy vuelta las páginas esperando... —su voz era casi inaudible—. Esperando.

Bajé un cambio para comenzar a subir la cuesta hacia El Rancho.

—Todos los días, cuando salgo del apartamento, tiro las revistas de la noche anterior al incinerador. Si dejo que se apilen, si dejo que me recuerden el fracaso de mi esfuerzo, me desmorono. Así que las tiro. Cada noche empiezo otra vez. Nuevas niñas. Nuevas esperanzas. Nuevos rostros.

Se quedó dormida cuando bordeábamos la saliente a la altura de El Rancho. Quería despertarla y consolarla y convencerla de que me contara qué pasaba con mi hijo. Pero no lo hice. Me tranquilicé diciéndome que lo sabría en pocas horas.

No hay ningún camino que vaya hacia el norte a lo largo de la precordillera de las Montañas Rocosas una vez que los conductores salen de la I-70 para dirigirse a las altas planicies. La ruta más cercana es la I-25, que serpentea por el corazón de Denver a unos dieciséis kilómetros al este de las montañas: demasiado lejos para mi propósito de esa noche. Aunque hubiese preferido quedarme en una autopista, la mejor de entre las malas opciones era tomar Wadsworth Boulevard en dirección norte hacia mi destino.

El tránsito era tolerable, la onda verde de los semáforos era aceptable, y Lizzie y yo tomamos el camino de acceso al aeropuerto exactamente cincuenta y ocho minutos después de haber salido del túnel. Estábamos llegando temprano.

Detuve el vehículo robado en la estación de servicio de aviación donde había quedado en reunirme con mi avión. Lizzie se despertó, vio dónde estábamos y me preguntó si tenía cambio. Le di las monedas que tenía en el bolsillo. Se bajó del automóvil y fue hasta un teléfono público cerca de la esquina. La seguí y escuché a escondidas. Ella sabía que yo estaba escuchando, pero aparentemente no le importó. Llamó al laboratorio para averiguar los resultados de mi análisis de sangre. La vi tomar nota durante casi un minuto. Todo lo que le oí decir durante la conversación fue "sí, qué más", "ajá" y "entendí".

—¿Y bien? —le pregunté cuando colgó.

—Por ahora, parece que está todo bien. No hay anomalías hepáticas. Eso es una tranquilidad. Pero algunas cosas que les pedí que se fijaran no están listas. Voy a tener que volver a llamar mañana por la mañana.

—¿Por qué no usaste tu teléfono celular?

—Habrás notado que mis colegas están muy bien conectados con la red de telefonía móvil.

Asentí con un gesto.

—¿Qué pasa con Adam, Lizzie? Por favor, dime.

Meneó la cabeza.

—Me abandonarás aquí. No puedo dejar que eso suceda.

El Lear que venía de Centennial tardó diez minutos más en llegar. Reconocí la espiral verde de la cola cuando cruzó el punto medio de la pista de aterrizaje. Cuando carreteaba hacia la estación de servicio, vi a través del parabrisas que Mary estaba en el asiento derecho.

—Ese es nuestro avión —le avisé a Lizzie.

No me oyó. Estaba a mi lado en el sillón de la sala de embarque, acurrucada en posición fetal. Otra vez, se había quedado profundamente dormida.

Mike vino a buscarnos y nos acomodó en el avión; Mary se quedó en la cabina de mando. La rueda delantera se elevó a las 10.54. Poco después del despegue, Mary se acercó a nosotros. Parecía prestar demasiada atención a Lizzie, que estaba en el sofá en la parte posterior de la cabina.

Le di un fuerte abrazo a Mary y le pregunté por su prima. Hablamos en voz baja.

—Se fue a pescar por unos días. El barco está alquilado a nombre de mi mamá. Creo que está a salvo.

Me gustó el plan.

—Gracias. Gracias por todo.

—No es nada.

—¿Cuál es el tiempo de vuelo esta noche? ¿Tienes idea? —le pregunté—. ¿Cómo están los vientos?

—El curso del jet no nos ayudará mucho. Tendremos problemas climáticos cuando crucemos los Grandes Lagos. Calculo que tardaremos unas cinco horas. Más, si tenemos que esquivar una tormenta o dos. Con un poco de suerte, llegaremos justo antes del amanecer. Como salimos apurados, no tuvimos tiempo de traer comida. ¿Tiene hambre? Me puedo fijar si quedó algo en la cocina.

—Estoy bien. Trataré de dormir. —Hice un gesto indicándole que se sentara frente a mí—. ¿Me puedes hacer dos favores? No te preocupes por la turbulencia. Y evita pasar por los Grandes Lagos.

Frunció el ceño. Pero contestó:

—De acuerdo.

—¿Cómo anduvo todo en Centennial? —le pregunté.

Otra vez, le echó una mirada a Lizzie.

—Cuando usted llamó, el generador ya estaba instalado y estábamos por probar el sistema eléctrico. Después de hablar con usted, les dije a todos que había cambio de planes y que podíamos terminar al día siguiente. Si alguien nos estaba observando, daba la impresión de que lo dejábamos por esta noche. Cerramos el hangar, apagamos las luces. Los mecánicos se fueron a su casa sin sospechar nada.

—¿Cómo anduvo todo con Jimmy Lee? ¿Tuviste algún problema para que te diera el Lear?

Hizo un gesto de descreimiento.

—¿Está bromeando? ¿Con el ofrecimiento que le hice? Jimmy ni lo dudó. Mike aceptó volar una noche más cuando le dije que había una gratificación de mil dólares por cada tramo, además de una suma generosa para los gastos de estadía. Supongo que a usted no le molestará.

Mike era un piloto amigo de Mary. El Lear, el avión de Mike, pertenecía a la compañía de seguros en la que trabajaba mi amigo Jimmy Lee en el Centro Tecnológico de Denver. Mary hizo un arreglo para intercambiar horas de vuelo en mi Gulfstream por unas horas en el Lear. El Lear era un poco más veloz que el Gulfstream, pero mi avión era más grande y tenía mayor radio de acción. Le dije que ofreciera una hora y media de vuelo en el Gulfstream por una hora de vuelo en el Lear para garantizar el acuerdo. Era muy buen negocio para la empresa de Jimmy. Yo sabía que aceptaría.

—No me molesta en absoluto. Tú recibirás la misma bonificación que Mike. Avísale a LaBelle. ¿No los vio nadie volver a Centennial?

—Cuando salí del aeropuerto, fui en automóvil hasta el apartamento de Mike en el Centro Tecnológico. Vive en uno de esos rascacielos cerca de Belleview y guarda el automóvil en el garaje del edificio. No se ve desde la calle. Usamos su automóvil. No asomé la nariz hasta que estuvimos de nuevo en el hangar. Si alguien me siguió, creerá que ando con algún amante —sonrió.

—¿Confías en Mike, Mary?

—Mike es buena gente, sí.

—¿Cuál es el plan de vuelo para esta noche?

—La Agencia Federal de Aviación cree que nos dirigimos a Hartford. Es una de las rutas habituales de Mike, así que, si alguien está rastreando el avión, no sospechará nada raro; pensará que Mike está llevando a un ejecutivo que tiene una reunión a la mañana. En unas horas, enviaremos un plan de vuelo enmendado. ¿Está seguro de que no quiere que vayamos a Hartford o a uno de los aeropuertos de Nueva York? Se llega bastante rápido manejando a New Haven desde cualquiera de esos lugares. Puedo arreglar que lo espere un automóvil.

—No, por desgracia, no hay tiempo. Tenemos que ir a New Haven. No creo que nadie se dé cuenta de lo que estamos haciendo. No hay motivo para que alguien esté vigilando este avión, ¿no es cierto?

—No, creo que no. Mike y yo nos quedaremos esperándolo en New Haven. Por si necesita ir rápido a otro lado.

—Gracias, pero no. Quiero que regreses a Denver. Carga el tanque y vuelve a casa. Mantente en contacto con LaBelle.

—Pensé que Thea tal vez necesitara el Gulfstream.

—Mike y yo vamos a tener que descansar un poco antes de arrancar de nuevo.

—Entonces, déjennos y lleven el avión a algún lugar cercano donde puedan descansar. No se queden en New Haven, ¿de acuerdo?

—De acuerdo. —Mary miró una vez más a Lizzie, que seguía durmiendo en el sofá. Se le había caído el sombrero y la calva quedó al descubierto—. ¿Sabe una cosa? En todo el tiempo que la seguí, jamás me di cuenta de que usaba peluca.

—Yo tampoco —comenté—. Es buena, la peluca.

—¿Tiene cáncer?

Asentí con la cabeza.

—Esto tiene que ver con la familia, ¿verdad, jefe?

En ese momento, me di cuenta de que quizá Mary vio algo cuando seguía a Lizzie a pedido mío. Qué vio, no lo sabía.

—Estoy buscando a Adam, Mary. Sigue sin aparecer. Ella me está ayudando. Eso es lo que pasa. Y todo esto se trata sólo de eso. Recibí información de que puede ser que esté en New Haven y de que tal vez me necesite.

—Entendido —respondió.

Me besó en la mejilla y fue hacia la cabina de mando del Lear. Antes de llegar a la puerta, inclinó la cabeza en dirección a Lizzie y me preguntó:

—¿Cómo se llama? ¿Cómo le digo?

—Lizzie. Dile Lizzie.

Cuando Mary desapareció, me di cuenta de que no había recibido noticias de LaBelle acerca de su investigación sobre la verdadera identidad de Lizzie. Revisé el teléfono celular para ver si no tenía un mensaje de texto.

Había uno. Por la hora, había entrado durante el caos del escape del túnel. No me sorprendí de que no me hubiera percatado del mensaje, que decía: "Tengo la info. Lista corta. LB".

Me quedé mirando la pantallita largo rato antes de levantar el teléfono del avión y marcar el número de la casa de LaBelle.

66

LaBelle tardó casi un minuto en fingir que superaba el hecho de que seguía tan a ciegas sobre lo que estaba pasando que ni siquiera alcanzaba a divisar una lucecita al final del camino. ¿Por qué yo estaba en el Lear de la compañía de Jimmy Lee? ¿Dónde estaba mi avión? ¿Dónde estaba Mary? ¿Adónde carajo iba yo con tanta prisa?

No le dije nada. Pero tampoco intenté frenarla. Me encantaba oírla hablar. Me hacía sentir bien con simplezas. Y sabía que al final iba a decirme lo que quería saber: los nombres de todos los médicos estadounidenses que tuvieran títulos certificados para ejercer tanto en neurología como en oncología.

—¿Médicos o médicas? —me preguntó con un suspiro exasperado, aceptando por fin, o al menos reconociendo, su derrota.

—Médicas.

—Hay tres mujeres en su lista. Pero solo dos hombres. ¿Cómo se interpreta eso? Piénselo. La número uno del clan de las que recibieron demasiada educación es Antoinette Fleischer. Es profesora en la Facultad de Northwestern. La segunda es Priya Micezevski; trabaja en forma particular en Tallahassee. En la actualidad, se dedica a la neurología, no a la oncología. —Luego de una pausa significativa, agregó—: Supongo que ese es su apellido de casada. ¿Priya Micezevski?

No mordí el anzuelo.

—¿Y la tercera?

—Jolie Borden. Se recibió en la Facultad de Medicina de la UCLA. Hizo la residencia en Baylor. Pero no pude encontrar ninguna actividad profesional actual. Lo último se remonta a cinco años. Tal vez ya no ejerce. Se le quemaron las neuronas con tanto estudio.

¿Jolie? Sus padres la agraciaron con la palabra que en francés significa "bonita".

—Su edad, ¿la tienes?

—¿De la doctora Jolie? Tiene, a ver... treinta y ocho. Sí, treinta y ocho.

Miré a Lizzie. Los informes médicos que encontré en su apartamento eran de mujeres de treinta y siete. Bastante cerca. ¿El día de Papaya King? Hubiera apostado que no tenía más de treinta y cinco.

—¿Cuál es la última dirección que se le conoce?

—Highland Park. Es un barrio de...

—Ya sé. —Dallas.

—¿Entonces la señorita Jolie es su muchacha?

—Tú eres mi muchacha, LaBelle. ¿Te he dicho últimamente que eres una genia? Bueno, lo eres. Necesito una cosa más. Por favor, reúne toda la información que puedas sobre la número tres. Gasta un poco de dinero si hace falta. Te llamo pronto. Tengo prisa.

Alejé el auricular del oído para colgar. Pero LaBelle seguía hablando, su voz tan característica acortaba la brecha entre el teléfono y mis oídos.

—¿Se dio cuenta de que no hay ningún nombre común en esta lista? Antoinette, Priya, Jolie. Esos no son nombres comunes. ¿Se dio cuenta? Yo sí. Bueno, tal vez las mujeres comunes no estudiemos tanto como otras, pero al menos sabemos cuándo parar.

Sonreí mientras colocaba el auricular en el aparato.

67

Me quedé un rato mirando a Lizzie mientras dormía, y luego me senté en la otra punta del sofá. En mi mente, estaba tratando de convertir a la Lizzie que conocía en la nueva Jolie. Pero antes de lograrlo, yo también me quedé dormido.

Al despertar, me encontré con que Lizzie estaba encima de mí, sus labios a centímetros de los míos. Me sostenía las muñecas con las manos. Su fuerza me sorprendió, y a la vez, no tanto. Podía haberme soltado. Pero no quise. Ni siquiera tuve la intención.

—Hola —dije, después de una pausa para cerciorarme de que no estaba soñando.

El "hola" que utilicé era mi "hola" encantador, el seductor, una variación del mismo tono que empleé casi veinte años atrás en la mansión de Buckhead con Bella, esa víspera del Día de Todos los Santos que pasamos en las afueras de Atlanta. Y en otras ocasiones afortunadas antes de esa noche, y después.

—Esto es importante —me anunció.

—Está bien.

—Lo digo en serio. Es importante.

—Dije que está bien.

—¿Lo pensaste?

—¿Qué cosa? —le pregunté.

Pero creo que ya sabía a qué se estaba refiriendo.

—Ya sabes —dijo.

—No, no sé —contesté.

Pensé que sabía.

—En todo este tiempo, desde el día en que te rapté en Park Avenue y que viajamos en el asiento trasero del automóvil alquilado... ¿Pensaste en mí? ¿En... nosotros? —Con esa última palabra cambió de lugar el peso del cuerpo, y sentí una presión debajo de la cintura.

Empecé a prestarle atención. A excepción de esa parte de mi ser que no podía dejar de pensar en mi hijo, había capturado mi atención por completo.

—¿En ti? —dije, con toda tranquilidad. Pero no me sentía tranquilo en absoluto.

Me acercó los labios aun más.

—¿Pensaste? Cómo se siente mi piel al tacto. Qué sabor tengo. Aquí —me besó, buscando la punta de mi lengua con la punta de la suya— y... allí. Lo buena que soy en lo que hago.

—Sí. Pensé en esas cosas. En todas esas cosas. Y en otras también. —Las palabras me brotaron de los labios a borbotones. Quería parecer un galán. No me salía.

Si el flirteo tiene que ver con divertirse y sacar ventaja, la seducción ¿con qué? ¿Me estaban seduciendo? Parecía que sí. Pero ¿por qué?

—¿Pensaste si —acentuó el "si" en forma exagerada— íbamos a hacerlo? ¿Pensaste en eso?

—¿Hacer qué?

Yo sabía qué, por supuesto. Pero estaba disfrutando del juego. No quería que terminara. Por otro lado, sí quería. Me dije que era mejor que le siguiera la corriente, que su juego podía acercarme a Adam.

—Acostarnos —dijo, respondiendo a mi pregunta de inmediato y, a la vez, convirtiendo la expresión en algo que ni siquiera parecía vulgar—. Te preguntaste si tú y yo íbamos... a acostarnos. —Como punto final, estiró las piernas de modo que todo el peso de su cuerpo estaba sobre mí. Sentí la presión de su ingle contra la mía, y el peso dúctil de su torso en mi pecho.

—¿No será "cuándo" lo que quieres decir y no "si"? —le pregunté.

Suspiró y retrocedió medio centímetro.

—Esto es importante —repitió—. "Cuándo" implica certeza. Yo me refiero a otra cosa. Me refiero a la delicia –al encanto– de no saber bien. La gratificación de la expectativa. El optimismo de... la esperanza.

—Creí que...

Me puso el dedo en los labios.

—Shhh. Dime con franqueza, ¿lo pensaste? —me preguntó. Me pareció detectar una nota de frustración en su voz, cierto desánimo, como si se viera forzada a empezar desde el comienzo otra vez. Rotó la cadera un poquito, y se frotó contra mí. Una vuelta en el sentido de las agujas del reloj. Una vuelta en sentido contrario.

—¿Lo pensaste? —repitió.

—Sí —respondí, tratando de concentrarme—. Lo pensé.

—¿Estuvo bueno?

—¿Qué cosa? ¿Qué estuvo bueno? —Ya no le seguía el juego. La nueva pregunta me confundió.

—¿Estuvo bueno? ¿Lo que pensaste? El *si*.

—Genial. Más que bueno. Estuvo genial.

—¿Lo dices en serio? ¿O todo esto es un preludio para ti? ¿Estás dando vueltas conmigo esperando a que llegue el momento del lavarropas?

La referencia a Bella y a Buckhead era una broma. Pero sus palabras me sacaron del trance. ¿Cómo era posible que Lizzie supiera eso? Clavó los ojos en los míos y esperó mi respuesta.

—¿Tú sabes lo de Buckhead? —pregunté—. ¿Cómo lo sabes...?

Movió la cabeza para desviar mi atención.

—Cuéntame lo que pensaste. Los "si". Quiero saber. Todo lo que pensaste. Todo.

—Me encanta la expectativa. Me encanta el "si".

Sus ojos me decían que no me creía.

—¿Más de lo que te encanta el "cuándo"?

Moví la cadera imitando su contorneo.

—Podré contestarte a eso en unos minutos.

—Eres casado —me regañó.

¿Otra broma? Ya no estaba tan seguro.

De pronto –como si hubiera caído presa del cansancio–, me apoyó la cabeza calva en el hombro. Con una mano comenzó a acariciarme los músculos del cuello. Los dedos de la otra se deslizaron hasta mi cabello y se quedaron allí. Sentí que me acariciaba el pecho con el mentón cuando comenzó a hablar otra vez.

—Te diste cuenta de que la vida, como la muerte, se trata en gran parte de los "si" y no de los "cuándo". Cuando nosotros...

—Ellos.

La interrumpí porque intuí que había cambiado de rumbo e imaginé hacia dónde se dirigía. Había dejado de hablar de sexo y comenzado a hablar de los Ángeles de la Muerte. Yo no quería que ella fuera parte de esa gente. No en ese momento.

—Ellos —se corrigió—. Cuando ellos cumplen con un contrato, cuando brindan servicios terminales, borran el *si*. Lo que dejan pendiente es sólo el *cuándo*. Y la ventana del cuándo que dejan abierta es minúscula. Solo días. A veces semanas. Pero no mucho tiempo, nunca mucho tiempo.

—¿Sí?

Casi digo "continúa". Pero dije "sí".

—Lo que ellos hacen no es simplemente acelerar la muerte. Lo que nosotros... ellos hacen es quitar la parte más esencial de la vida.

—¿Que es...?

—La parte que no conocemos.

—¿El si?

—Sí. El si.

—¿Cuándo moriremos? ¿Eso es parte del si?

—Una parte esencial. Pero existen otros si que nos colman, que mantienen vivos nuestros deseos, que nos hacen seguir poniendo un pie delante del otro. Que nos levantan de la cama todas las mañanas.

—¿Por ejemplo?

—A quién amaremos.

—¿A Adam? —dije, percibiendo las huellas en la arena. "A Andrea y Zoe –pensé–. Esto tiene que ver con Adam y Andrea y Zoe".

—Sí, sí. Pero, en tu caso, Berkeley también. Y Haven. En un momento, fueron si. Pero los si siguen y siguen. Una vez que amas, ¿cuánto tiempo llegarás a amar? Y Thea. La esposa.

—Y cómo. ¿Cómo llegaré a amar? —añadí.

En ese momento, mi cadera se movía involuntariamente. Con menos sensualidad. Con más afecto. ¿Cuál era el resultado? En ese instante, yo estaba más concentrado en el cómo que en el si.

—¿Cómo? —dijo ella. Sentí que una risa ahogada le sacudía el cuerpo. Murmuró—: Sí. ¿Cómo? Eso también. Es uno de los si.

Dejó de mover la cadera. Sospeché que hacía un rato que estaba quieta, pero no me di cuenta hasta ese momento. Bajó la voz un par de octavas hasta alcanzar el tono grave de un cantante de salón-bar después de pasarse la noche tocando el piano.

—Si yo me quitara el pantalón, y te bajara el tuyo, y te deslizara dentro de mí en este instante, todas esas cosas se desvanecerían. Toda la curiosidad. Por completo. Mil si se transformarían en un cuándo único y fugaz. Moriría la esperanza, la sorpresa. Todo por un cuándo solitario.

—Quizás, un cuándo sensacional —respondí, tratando de aferrarme a la seductora ilusión antes de que desapareciera.

—Quizá. Pero quizá no. Quizás un cuándo más terrenal. No hay garantías en el amor. O en la vida. El si no se convierte siempre en cuándo. Y el cuándo no siempre justifica la espera.

—¿De qué estás hablando, Lizzie?

—Te estoy hablando de ti. Te estoy hablando de mí. De nosotros. Te estoy diciendo por qué te estoy ayudando. Con lo de Adam.

—¿Sí?

Aún recostada sobre mí como una amante exhausta, repitió:

—Esto es importante. Es tan, tan importante.

—Está bien.

—Abrázame —me pidió. La abracé. En cuestión de segundos, se quedó dormida sobre mi pecho.

Su pequeña seducción deliciosa y confusa, sin duda, me dejó pensando en el si. Que, después de todo, era donde habíamos comenzado. Y donde siempre debió haber terminado.

Mi corazón con Thea.

Cuando se le normalizó la respiración, me di cuenta de que me había vencido. Cualquier ventaja que hubiera habido en nuestro enamoramiento mutuo ahora era suya, no mía. Lo que yo no sabía era por qué ella sentía que necesitaba sacarme ventaja.

68

Cuando salimos del aeropuerto de New Haven, Lizzie me pidió que permaneciera alejado mientras ella le decía a un taxista somnoliento la dirección a la que íbamos. Luego, me dejó entrar. Era la encarnación del deber. El episodio en el sofá del avión parecía no haber sucedido nunca.

—En poco tiempo sabré adónde vamos —dije, aparentando paciencia.

—Sí. En poco tiempo.

—Estamos yendo a ver a Adam, ¿no es cierto?

—Tú estás yendo. Adam no es uno de mis si —respondió—. Mis hijas no están en New Haven. Roger detesta la nieve. Pero sí, tendrás noticias de Adam.

Había suficiente tristeza en sus palabras para llenar un lago. Permanecí callado durante varios kilómetros. Aproveché el tiempo para ensayar qué le diría a Adam, cómo le haría entender los "si" que traté de evadir, el "cuándo" que se aproximaba. Los errores que cometí.

—No están muy lejos —Lizzie interrumpió mi meditación.

Sabía a qué se refería. Pero, para que siguiera hablando, le pregunté:

—¿Te refieres a los Ángeles de la Muerte?

Asintió con la cabeza.

—¿Cuán lejos crees que están?

—¿En qué momento exacto los pilotos cambiaron el plan de vuelo para traernos a New Haven?

—A los cuarenta y cinco minutos de haber salido. Quizá cincuenta. ¿Por qué?

—El avión en el que estábamos te lo dio Jimmy Lee, ¿verdad?

Su pregunta me impactó.

—Sí. Es de su empresa. ¿Cómo sabes lo de Jimmy?

¿Me habría escuchado hablar con Mary cuando estábamos en el auto? ¿O en el avión? Sí, debía de haber sido así. No me sorprendía.

La miré y vi otra verdad en sus ojos. Las piezas cayeron en su lugar. El rompecabezas se completó. Era como ver a Adam resolver el cubo mágico. Lizzie me estaba diciendo que no era que Jimmy Lee conocía a un sujeto. Jimmy Lee era uno de los sujetos.

Mi amigo era uno de los Ángeles de la Muerte.

—Ya saben que estamos en New Haven —concluí, digiriendo la noticia, aceptando la derrota.

—Les va a llevar un tiempo movilizarse, pero sí, saben que estamos en New Haven.

—¿Jimmy es uno de... ellos? ¿Uno de ustedes?

Negó con la cabeza. No estaba negando que fuera un Ángel de la Muerte. Lo que me estaba diciendo era que no divulgaría ninguna información acerca del personal de la empresa. De un modo perverso, yo comprendía su lealtad. Sin embargo, no podía quedarme sin hacerle otra pregunta.

—¿Él trabaja en la parte de servicios terminales? —Quería saber si el cuerpo de mi viejo amigo no estaría estrujado debajo de una camioneta Dodge en el túnel. Quería saber si sus dulces hijos quedaron huérfanos. Si yo dejé huérfanos a sus dulces hijos.

Lizzie me tocó la mano. Una vez más, negó con la cabeza. No pensaba responder eso, tampoco.

—¿Lo maté en el túnel?

—Eso no lo sabrás nunca. Y es mejor así. Si él estuvo allí, era para matarte.

—Sí, pero yo lo contraté para que me matara. Es diferente.

—No es tan simple. En una época yo pensaba que sí. Pero no es cierto.

—¿Cuánto tiempo tenemos hasta que lleguen?

—Tal vez unos minutos. Tal vez unas horas. No más que eso. Nuestros —sus— recursos son sorprendentes. A veces, el poder que tienen es asombroso.

—¿Se nos pueden haber adelantado?

—Es posible —admitió—. Depende de dónde estaban las fuentes más cercanas cuando se enteraron. Sin duda, no más allá de Nueva York. Si resulta que se nos adelantaron, vamos a caer derecho en su trampa. ¿Estás de acuerdo con eso? ¿Con caer derecho en su trampa?

—Si puedo ver a Adam antes, sí.

Me apretó la mano.

—Bueno, ese sigue siendo el plan.

69

Lizzie se seguía negando a revelar nuestro destino. El corazón se me fue a los pies cuando me di cuenta de que el taxi se detenía delante de un edificio que reconocí por una visita previa que hice con Connie cuando todavía le quedaba algo de movilidad. Habíamos ido a ver a un amigo suyo del departamento de filosofía que se estaba recuperando de una operación de próstata. Sin proponérmelo, dije: "No".

Lizzie le arrojó unos billetes al conductor y me ayudó a bajar del taxi. Estábamos en la puerta de entrada.

—Te dije que él te necesitaba. No te mentí. ¿Qué sabes acerca de la insuficiencia hepática aguda?

Sobre su cabeza, se leía el cartel en el frente del edificio: "HOSPITAL YALE-NEW HAVEN".

—Dios mío, ¿dónde está? ¿Está aquí?

—¿Qué sabes acerca de la insuficiencia hepática aguda? —repitió.

—Nada.

—Cuando estemos adentro, te voy a llamar "doctor". ¿Está claro?

—Sí.

—Eres médico, un colega mío de otra ciudad. Es lógico que estés desorientado.

—De acuerdo.

—Cuanto menos hables, menos errores cometerás.

—Sí —dije. Me costaba poner un pie delante del otro. Sin duda, desplomarme sería cometer uno de esos errores.

Llegamos para el cambio de turno matutino y los pasillos que daban a los ascensores estaban llenos. Lizzie me alejó y dijo que aguardásemos. Al instante, llegaron dos ascensores al mismo tiempo. El pasillo se vació.

—Creo que tendremos suerte. Es una buena señal.

Yo no sentía que tuviera mucha suerte.

Llegó un tercer ascensor. Entramos los dos solos. Muy despacio, las puertas se cerraron. Teníamos el ascensor para nosotros.

Un dato que se conoce poco: los ascensores de los hospitales son los vehículos más lentos del planeta. Son los holgazanes del desplazamiento vertical. En general, su apatía me exasperaba. Sin embargo, ese día el lánguido avance le dio tiempo a Lizzie de contarme una historia que yo estaba desesperado por escuchar.

—Hace dos días, a Adam lo dejó en la guardia un hispano. Supongo que habrá sido el amigo de tu hermano, Félix. Le dijo a la enfermera a cargo que el nombre del muchacho era Adam, que hacía dos semanas que estaba enfermo pero se había puesto mucho peor en las últimas veinticuatro horas. Dijo que iba a volver al automóvil para buscar sus documentos y sus pertenencias. No regresó. Adam no tenía ningún documento con él, ninguna información acerca de su cobertura médica. Nada. Se presentó con fiebre, fatiga, náuseas, vómitos, el sentido de orientación muy alterado. Los médicos de guardia tardaron varias horas en determinar lo que le sucedía. Tu hijo padece insuficiencia hepática aguda.

—¿Padece qué? —pregunté. Estaba desconcertado. Y tenía ganas de discutir. Traté de revertir sus palabras, de cambiar la realidad—. Nunca tuvo problemas hepáticos.

La verdad es que de hecho yo no sabía eso. Nunca pregunté nada sobre el historial médico de mi hijo. Ella se dio cuenta de que eran tácticas de desesperado y bajó la voz.

—No creo que ellos conozcan la causa. No siempre es fácil determinar la etiología. Lo más probable es que sea algo infeccioso, pero podría ser algo tóxico o bien algo metabólico. Incluso podría ser una complicación de un problema cardíaco crónico que nunca se detectó.

—¿Cuál es tu miedo? —le pregunté. Me daba cuenta de que temía algo.

—En el peor de los casos, si se trata de una hepatitis viral fulminante, podría ser crítico. Muy grave.

Algunas de sus palabras tenían sentido. Otras, no. "Fulminante" era una de ellas. Mis conocimientos de tecnología médica no me servían.

—Pero ¿él está bien? ¿Saldrá de esto?

—Está muy enfermo. Prepárate. No tendrá buen aspecto.

—Quizá no sea él. Hay muchos Adam en el mundo. —Quería que no fuera él.

—Es él —afirmó Lizzie. Segundos antes de que se abrieran las puertas del ascensor, agregó—: No tenemos credenciales de identificación, así que vamos a hacer trampa. Improvisa conmigo. Confianza y arrogancia. ¿Estás listo?

—Sí. ¿Dónde estamos?

—En terapia intensiva.

—Mierda.

—¿Quieres un consejo?

—El que sea.

—Si te falla la confianza, recurre a la arrogancia. Exagera si es necesario.

Lizzie se dirigió a la amplia sala de enfermería que estaba separada de las habitaciones de los pacientes por un corredor ancho. Entró como si hubiera estado allí cientos de veces. Después de buscar en un fichero, sacó un informe médico cubierto en plástico que tenía una etiqueta con el nombre "Adam Doe".

—¿Ya llegaron estos análisis? —le preguntó a la asistente, que la miraba por encima del hombro.

Era una mirada de cansancio y, sobre todo, de aburrimiento, pero en parte de curiosidad. De seguro estaba pensando si conocía a Lizzie. Pero era el final de su turno y no estaba segura de si en realidad le importaba si la conocía o no. Finalmente, con tono de desinterés, no de sospecha, respondió:

—El de sangre bajó hace diez minutos.

Lizzie se sentó frente a una computadora y se conectó al sistema. En cuestión de segundos, la pantalla quedó repleta de columnas con valores de laboratorio. Imprimió un par de páginas, levantó un auricular y marcó unos números.

—Hola. Te hablo de terapia intensiva. Necesito saber cuándo creen que estará el último hepatograma de Adam Doe... Sí, ya sé que va a aparecer en la computadora cuando esté. El problema es que no está... De acuerdo, ¿lo harás ahora?... ¿Me lo prometes?... Perfecto, gracias.

Tomó las páginas de la impresora y dijo: "Vamos, doctor". Luego de un instante, me di cuenta de que me hablaba a mí. La seguí desde la sala de enfermería a través de un pasillo hacia un vestíbulo que comunicaba con la habitación de Adam.

—Bata y guantes. Haz lo que yo hago —murmuró. Se estaba poniendo una bata amarilla sobre la ropa.

Comencé a hacer lo mismo. Pero no podía sacar los ojos de un joven adolescente, visible a través de la ventana que estaba en el medio de la puerta.

Era Adam. Mi Adam. Estaba amarillo. No del mismo tono de la bata que yo tenía. Su color era como el de la mostaza. Dios, se veía muy enfermo.

—Concéntrate —insistió Lizzie—. Haz lo que yo hago. Vamos. Actúa como si ya hubieras estado aquí.

De algún modo, logré ponerme la bata sobre la ropa y unos guantes de látex en las manos.

Lizzie me alcanzó un barbijo.

—Sostenlo sobre tu rostro. No te preocupes por atarlo. —Obedecí—. Tú eres su médico, no su padre —me recordó.

Entramos en la habitación y nos paramos al lado de la cama de Adam. Ella tomó la tablilla que colgaba del pie de la cama para leer las anotaciones que habían hecho los médicos, y luego comenzó a leer las etiquetas de las bolsas que colgaban del portasueros. Yo leí su rostro amarillo. Tuve que hacer un esfuerzo inconmensurable para no meterme en la cama y abrazarlo. Estaba conectado a cincuenta cables, rodeado de una decena de monitores. Lizzie me dijo:

—Le están dando neomicina para tratar una encefalopatía. El informe médico dice que hasta ahora no se produjo ningún edema. Eso es bueno.

—¿Edema? —susurré. Por cierto, la palabra me resultaba conocida, pero no podía hallarle una definición. "Yo debería saber lo que quiere decir —pensé—. Debería saberlo".

—Inflamación del cerebro. Sería una complicación grave.

Mierda.

—¿Me puede oír? —le pregunté.

—Lo dudo. No. —Hizo una pausa—. Puede ser.

—Necesito decirle algunas cosas.

El intercomunicador sonó desde algún lugar cerca de la puerta. Me sobresalté.

—Doctora, llegaron los análisis —informó la asistente de enfermería con su voz de aburrimiento.

—Gracias. Voy para allá —contestó Lizzie. Y murmuró dirigiéndose a mí—: Voy a ver los resultados de los análisis. Tú quédate aquí. Recuerda, eres médico, no padre. —Dio un paso en dirección a la puerta, se detuvo y se dio vuelta hacia mí—: Lo que yo temía está sucediendo. Adam necesita un trasplante. Sin el trasplante, podría morir. Están buscando un donante de hígado.

—¿Qué?

—Podría morir si no recibe un hígado nuevo.

—¿Cuándo?

—Pronto.

—¿Qué es pronto? ¿La semana que viene? ¿El mes que viene?

—Antes —respondió. Salió de la habitación.

70

¿Lo sabía yo en ese momento?

No en un sentido completo. En realidad, no. No podría haberlo explicado. No podría haber coreografiado los siguientes pasos. Pero tenía una premonición acerca de lo que vendría y pude haber predicho cómo se vería la escena cuando finalmente cayera el telón. Creí conocer el "si" incluso si no conocía el "cuándo". O quizá conocía el cuándo, pero no el si. Todo estaba al revés.

Mi hijo se moría.

Eso nunca fue parte del plan. Eso nunca fue parte del acuerdo con los Ángeles de la Muerte. En absoluto. Pero, de pronto, me sentí sereno. Por primera vez en mucho tiempo, estaba sereno.

No sé si Adam escuchó todo lo que pude decir en los tres o cuatro minutos que tuvimos a solas en la habitación del hospital. Le hablé de los Ángeles de la Muerte y de la intimidad y de mi cobardía y del amor y de Thea y Cal y Haven, y de Lizzie y de mí y de cómo yo creía haber cambiado y en qué medida él era gran responsable de ese cambio, y por qué cambié, y traté de explicarle por qué había logrado cambiar.

Le dije que lo sentía mucho y le pedí que me perdonara. Le dije que había un psicólogo en Boulder que se llamaba Alan Gregory que le daría todos los pormenores que yo nunca tendría oportunidad de darle.

Le dije que lo amaba.

—Tienes que vivir —le imploré—. Nada de esto importa si tú no vives.

—Debemos irnos. —Lizzie estaba detrás de mí. Su voz era firme y suave a la vez. No la escuché entrar en la habitación—. Es muy riesgoso que permanezcamos aquí. En cuanto termine el cambio de turno o aparezca alguno de sus médicos, estaremos en problemas.

Me incliné, me quité el barbijo de la cara y besé a mi hijo en la frente amarilla.

—Adiós, Adam.

Lizzie lloraba cuando salimos de la habitación. Yo estaba hecho una ruina. Yo era el hombre que pensé que sería si me hubiera estrellado contra alguno de los dos árboles que estaban al final de la caída en los Bugaboos.

Sentí un dolor que no se parecía a nada que me hubiera pasado en la vida. Pero estaba sereno.

71

Bajamos a la recepción por la escalera.

—Lo siento —me dijo—. Lo siento mucho.

Lo dijo más de una vez. ¿Cuántas veces? Yo estaba llorando demasiado para prestar atención. Me sequé las últimas lágrimas y asentí con la cabeza.

—Quiero encontrar a Félix —expresé—. Quizá pueda decirme algo. Contarme qué pasó.

—Claro —respondió. Ya casi llegábamos a la planta baja—. No creo que sea muy difícil encontrarlo.

Todo era banal. Era tan solo por decir algo. Los dos sabíamos que Félix no tenía ninguna respuesta que cambiara las cosas.

Doblé hacia la entrada principal, la que habíamos utilizado para ingresar en el edificio. Ella me arrastró en otra dirección. La seguí por unos pasillos hasta la guardia.

—Salgamos por aquí. Por las dudas.

Por las dudas de que los Ángeles de la Muerte estén esperándonos. Observando. Apuntando. No me dio miedo pensar en eso. En absoluto.

Afuera, el aire matutino estaba fresco. A unos veinte metros de la puerta de la guardia, pero aún bajo el largo techo que protegía la entrada, Lizzie dio un brinco y se sentó en el ancho parachoques trasero de una ambulancia que había llegado más temprano trayendo un paciente. Dio unos golpecitos en el sitio que quedaba vacío al lado de ella. Me senté. De inmediato, sentí que el frío del metal me atravesaba los pantalones.

—Es posible que no le consigan un hígado a tiempo. Es algo que tienes que saber. Él está muy enfermo y es difícil conseguir órganos en tan poco tiempo. Podría empeorar mucho, muy rápido. La insuficiencia hepática aguda a veces avanza a pasos agigantados.

Traté de usar la lógica para calmarme.

—Pero él tiene prioridad, ¿no? Es joven, saludable. ¿No funciona así, el sistema? Él tiene prioridad, ¿no es cierto?

Tomó su teléfono celular y marcó un número. Segundos más tarde, dijo:

—Con la unidad de terapia intensiva, por favor.

Al instante, oí el sonido de la voz aburrida de la asistente. Dijo:

—Terapia intensiva.

—Voy a darte los datos de las personas a cargo de Adam Doe, el adolescente con insuficiencia hepática. ¿Lista para tomar nota? —Lizzie dictó el nombre de Adam; el nombre, la dirección y el teléfono de Bella, y luego mi nombre, mi dirección y mi teléfono. Proporcionó los datos de Adam como alumno de Brown y los de su cobertura médica. Lo que más me sorprendió fue cuando recitó una versión concisa de la historia clínica de mi hijo.

Ella sabía todas las vacunas que había recibido y que tuvo neumonía a los ocho años. Sabía a qué era alérgico. Yo no sabía nada de todo eso.

—¿Anotaste todo? Bien. ¿Alguna pregunta? ¿No? Bueno, ahora tienes que llamar a todos de inmediato, comenzando por sus médicos, y luego a sus padres, para que sepan lo que está pasando. Pídele a otra persona que ponga sobre aviso al Banco de Órganos de Nueva Inglaterra y a la Red Unida para el Intercambio de Órganos, y asegúrate de que se apuren para resolver esto. Dile al equipo de trasplantes que esté atento. Haz que preparen una sala de operaciones. ¿Entiendes lo que te estoy diciendo? Este muchacho necesita un hígado. Ve a conseguirle uno. No le queda mucho tiempo.

Colgó. Me dijo:

—Él ya era un paciente prioritario. Ahora tal vez lo sea más. Pero no hay ninguna garantía. Depende mucho de lo rápido que empeore.

—¿El hospital va a llamar a Thea y a Bella?

—Sí.

Thea llamaría a LaBelle. LaBelle llamaría a Mary. Mary y Trace llevarían a Thea a New Haven en el avión. En el camino, pasarían a buscar a Bella.

Lizzie me abrazó. Yo la abracé a ella. Los dos lloramos. Pero las lágrimas no me enfriaron la carne. Estaba sintiendo el "sí". Me calentaba como un viento cálido que sopla desde el sur.

Segunda parte

Su historia

72

¿Acaso alguno de los dos –mi paciente, o la mujer a la que él llamaba Lizzie– sabía que los estaban filmando con una cámara de seguridad de la guardia del Hospital Yale-New Haven?

Pensé mucho en eso. Quizás ella sabía. Dudo de que él se haya detenido a pensar en ello. En ese momento, él tenía muchas otras cosas en la cabeza. Pero la cámara de seguridad estaba allí, captando todo lo que aconteció en los minutos que siguieron.

Yo vi una versión editada de la filmación por primera vez esa misma noche en CNN. No vi la versión completa hasta unos días más tarde. No porque no se pudiese conseguir. Estaba en todas partes; la habían subido billones de veces a internet. No vi la versión completa hasta unos días más tarde porque no tuve el valor de hacerlo.

El abrazo que se dieron en el parachoques de la ambulancia duró mucho tiempo. Era difícil saber quién necesitaba más consuelo de los dos, pero verlos abrazarse y ver temblar su cuerpo de tanto en tanto por el llanto contenido era tan íntimo y conmovedor que dolía mirarlo.

Cuando se desprendieron –ella se soltó primero, no él–, ella levantó las manos, le tomó el rostro y lo aproximó a centímetros del suyo. Le habló durante casi un minuto. Mientras hablaba, lo acariciaba con la mano derecha, subiendo con la punta de los dedos hasta el cabello. La mano izquierda la mantuvo totalmente quieta en su mejilla, sosteniéndolo.

En un momento, ella dijo, creo:

—Llegó el momento.

Él no emitió sonido. Sin embargo, asintió con la cabeza. Vi esa parte del video al menos veinte veces, la mayoría en cámara lenta, tratando con desesperación de entender las palabras que ella formó con los labios. Decenas de sitios Web ofrecieron interpretaciones de sus sutiles movimientos de labios. Cada una de ellas presentaba alguna diferencia.

Presentadores televisivos discutieron acerca de sus palabras. Especialistas con deficiencias auditivas debatieron sobre el arte y la ciencia de la lectura de los labios.

Todavía no estoy seguro de qué le dijo ella exactamente después de "Llegó el momento". Pero, fuera lo que fuese lo que haya dicho, él le contestó asintiendo con la cabeza. Estaba de acuerdo con ella. Estoy seguro, ciento por ciento seguro, de que él estaba de acuerdo.

Cuando ella terminó de hablar, y él asintió una vez más, creo que le preguntó:

—¿Estás seguro?

—Sí —creo que respondió.

Ella suspiró. Es fácil darse cuenta de que suspiró. Se la ve llenar los pulmones de aire y luego exhalarlo con fuerza. Esbozó una leve sonrisa, metió la mano en la cartera y extrajo un sobre, un sobre tamaño oficio. Sacó una hoja de papel de adentro del sobre y se la dio. Él tomó la lapicera que ella le ofrecía y comenzó a firmar el papel sin leerlo.

—No, léelo —le dijo.

Espero haber dejado claro que la lectura de labios no es una de mis mejores habilidades, pero estoy seguro de que ella le dijo eso. No sé si valdrá la pena mencionarlo, pero la mayoría de las opiniones que se difundieron por televisión e internet concordaron con mi conclusión. La interpretación del "No, léelo" no fue discutida.

Él obedeció. Leyó el papel, lo firmó y se lo devolvió. Ella también lo firmó, volvió a poner el papel en el sobre, y se lo entregó a él. Entonces él metió el sobre en el bolsillo de la chaqueta. Le leí los labios con claridad cuando dijo:

—Gracias. Gracias.

Luego se pusieron de pie, tomados de ambas manos. Izquierda con derecha, derecha con izquierda. Tenían los labios tan cerca que el vapor que exhalaban formaba una sola nubecita. Esa parte de la cinta es apasionada, casi erótica. Mejor, sin el casi: definitivamente erótica.

Ella hizo el siguiente movimiento. Abrió las puertas traseras de la ambulancia, pero él se metió en el vehículo primero. Ella subió después de él. Dejó la puerta abierta unos diez centímetros. Creo que fue a propósito.

Una médica residente, una joven negra robusta que tenía pantalones verdes amplios y caminaba con las manos bien metidas en los bolsillos de un abrigo grueso, apareció en la parte inferior de la pantalla en el momento en que Lizzie se trepaba a la ambulancia. La joven médica volteó la cabeza y abrió la boca como si fuera a decir algo. Imaginé que diría: "¡Eh! No se puede entrar ahí".

Pero no dijo nada. Había terminado su turno y se iba a su casa. Probablemente no tenía ganas de hacer alboroto. Probablemente quería olvidarse de las últimas veinticuatro horas de su vida. Quería una cama. Quería dormir. La residente ni siquiera aminoró la marcha. Bajó la cabeza y siguió de largo.

La cámara de seguridad no tiene sonido.

No hay sonido.

Por el lugar en que estaba colocada la cámara, la mayor parte de las cosas que describí se veían en la parte superior de la pantalla, a la derecha. La forma geométrica de la ambulancia quedaba un poco distorsionada por el ángulo de enfoque, como si la hubieran dibujado para usarla en una caricatura que exagera la perspectiva.

Después de que la joven residente pasó por la ambulancia y salió de cuadro, la lente de la cámara no captó ningún movimiento en la parte superior de la pantalla, nada, ni un pájaro que volara en el cielo, ni una ardilla en un árbol, ni un gato que se escabullera por debajo del vehículo.

Nada, por largos noventa segundos.

En la parte inferior de la pantalla, donde se veía la puerta de entrada a la guardia, hubo movimiento. Más o menos cuando había transcurrido la mitad del tiempo que estuvieron juntos dentro de la ambulancia, una enfermera salió corriendo por la puerta de la guardia, sobresaltada. Miró a su alrededor, a la izquierda, a la derecha, y a la izquierda otra vez.

Ella vio lo que vimos nosotros en el video: solo una ambulancia estacionada.

¿Habrá notado que la puerta trasera de la ambulancia estaba un poco abierta? Aparentemente, no. Si se fijó, no le dio importancia. En la filmación, no se sabe qué la sobresaltó, qué la hizo salir, qué la llevó a mirar a su alrededor. Fuera lo que fuese, no vio rastro de ello.

Volvió a entrar en el hospital y, suponemos, regresó a su puesto en la guardia.

Lo siguiente que se ve en el video es que la mujer a la que él llamaba Lizzie abrió las puertas y bajó de la ambulancia. Se estiró la chaqueta, se acomodó las mangas, se quitó el sombrero y dejó al descubierto una sorprendente calva brillante. Comenzó a caminar con plena determinación, balanceando las manos al costado del cuerpo, hacia la puerta de entrada a la guardia.

Iba a volver a entrar.

73

Ver asesinar a alguien con un rifle de alta potencia y sin sonido es algo escalofriante, aterrador.

Aunque parezca extraño, me aterrorizó más ver el ataque la segunda y la tercera vez que la primera. La primera vez me sobresalté. Las otras, me horroricé.

La bala paralizó a Lizzie cuando estaba a mitad de camino hacia la guardia del hospital. Extraña, irónicamente, el impacto en principio la enderezó como si alguien –¿un maestro?, ¿su madre?– acabara de ordenarle que corrigiera su postura y ella obedeciera por instinto. Pero eso duró menos que un suspiro.

Antes de que llegara a completar otro paso con el pie derecho, se desplomó y, de inmediato, comenzó a extenderse por el camino de entrada una mancha oscura que nacía de un punto aun más oscuro que se le veía en el cuello. En la parte superior del cuello. A cinco centímetros de la oreja.

La U que formaba su cuerpo sobre el suelo quedaba abierta en dirección a la cámara. Tenía las piernas desplegadas de un modo raro y la rodilla izquierda doblada. Unos segundos después, hizo un movimiento con la mano derecha, como si estuviera buscando algo que se le cayó. Ahora, cada vez que veo esa mano que se mueve –en la pantalla, en mis sueños–, me pregunto si no sería su mano alternativa.

Luego, se quedó quieta. Estaba muerta.

En el video, el disparo del francotirador que la mató no se escucha. En la realidad de New Haven, a las siete de la mañana, el disparo debe de haber hecho un ruido terrible. Pero a los que no estuvimos allí no nos queda más que la crudeza de ese informe.

La misma enfermera que había salido de la guardia minutos antes salió de nuevo, apurada. Esta vez, vio el cuerpo de Lizzie sobre el suelo y el creciente charco de sangre cerca de su cabeza calva. La enfermera se dio vuelta y gritó algo hacia dentro.

Vemos que la enfermera grita. Suponemos que grita pidiendo ayuda. Pero no la oímos gritar. Por un largo rato, con la boca abierta y los ojos en llamas, está tan callada como los atormentados de Munch.

Los paramédicos de la ambulancia fueron los primeros en acudir a su llamado. Uno de ellos, una mujer, corrió y se arrodilló al lado del cuerpo inerte de Lizzie. Su compañero se dirigió por costumbre a la ambulancia para buscar algún instrumento, o la camilla. Lo vemos treparse al vehículo y volver a salir, conmocionado, veinte segundos después. Le gritó algo a su compañera.

En los siguientes minutos caóticos, toda pista valiosa que los forenses podían haber hallado en las dos escenas delictivas quedaron borradas por el personal médico que actuó como está entrenado para actuar.

Como el cuerpo de mi paciente ya los estaba esperando en una camilla en la parte trasera de la ambulancia, lo llevaron a la guardia a él primero. Levantaron el cuerpo de Lizzie apenas segundos más tarde. Todos los médicos y enfermeras que habían salido corriendo formaron parte de la escolta de Lizzie; se ubicaron delante de la camilla, a los costados o bien la siguieron por detrás de regreso al hospital.

Las últimas imágenes de la filmación son conmovedoras. No queda nadie. Comienza a caer un poco de nieve.

En la parte superior de la pantalla, las puertas de la ambulancia permanecen abiertas. Sobre el margen izquierdo, en la mitad del cuadro, la mancha oscura de sangre que salió del cuello de Lizzie forma un charco del tamaño de un melón pero con la asimetría de una berenjena. Llama la atención que nadie lo haya pisado.

De pronto, un policía aparece por la puerta de la guardia, agachado, con una pistola en la mano izquierda. Después de diez segundos de tensión –apunta la pistola hacia un lado, luego hacia otro–, se da cuenta de que no hay nadie a quien disparar. Se endereza y exhala. Baja el arma a un costado del cuerpo. Está muy claro que lo que dice a continuación es: "Mierda".

74

La mayor parte de lo que sé con respecto a lo que sucedió luego fue por mirar los noticiarios.

Hubo muchas noticias sobre el caso. Durante unas horas, el hospital de Yale trató con ahínco de crear la ilusión de que Adam Doe era un paciente más. Pero debido a la atractiva filmación de la cámara de seguridad, la historia se transformó en una obsesión nacional.

El cuerpo de mi paciente apareció de costado en la camilla que estaba en la parte trasera de la ambulancia. Había recibido un único disparo en la cabeza. La herida de bala estaba detrás de la oreja derecha. El disparo había borrado casi por completo el tronco cerebral.

La pérdida de sangre fue mínima.

Por supuesto, esa había sido la idea de Lizzie desde el principio: minimizar la pérdida de sangre. Un médico de la guardia declaró que el tiro fue "de precisión quirúrgica". Agregó que su paciente –mi paciente– "era hombre muerto antes de oír el disparo". Los valerosos esfuerzos que se hicieron en la guardia no cambiaron esa realidad.

El sobre que Lizzie le había dado estaba enganchado al cinturón del pantalón cuando lo llevaron a la guardia. En el frente del sobre, él había escrito: "LEER ESTO PRIMERO". Dentro del sobre, había un impreso con los resultados de un análisis de sangre que se había realizado la noche anterior en un laboratorio de Colorado. Los valores importantes, resaltados con naranja fluorescente, confirmaban varias cosas.

Entre ellas, que el hígado de mi paciente estaba sano.

Más importante aún, los valores confirmaban que él era un donante compatible para su hijo, Adam, que, daba la casualidad, estaba en la unidad de terapia intensiva de ese hospital porque padecía insuficiencia hepática aguda. Para ser precisos, tenía una hepatitis fulminante.

La hoja de papel que había firmado mi paciente también estaba en el sobre. Era el papel que Lizzie se había cerciorado de que leyera antes de que se metiera en la ambulancia para morir. Era una orden legal en la que se especificaba que mi paciente le donaba el hígado a su hijo. Los demás órganos que resultaran útiles, los donaba a cualquier persona cuyo hijo o hija los necesitara con tanta desesperación como Adam necesitaba el hígado de su padre.

El médico de guardia a cargo de mi paciente leyó la carta y analizó los datos del laboratorio en cuestión de minutos. De inmediato, le ordenó a su equipo que tomara las medidas necesarias para preservar y preparar el cuerpo para la remoción de órganos y tejidos.

Después de una serie de discusiones entre el equipo de trasplantes y los detectives de homicidios que aparecieron para investigar las dos muertes, comenzó de prisa la cirugía para remover los órganos y tejidos de mi paciente.

Nueve personas fueron beneficiadas. Adam recibió el hígado de su padre. Según dijeron en todos los noticiarios, la operación fue larga pero no presentó complicaciones. Un vocero del hospital informó que una vez que Adam se recuperara, pensaba regresar a Cincinnati para reponerse junto a su madre.

La esposa de mi paciente, Thea, se negó a aparecer en los medios. Al igual que un vocal de la audiencia, yo tenía curiosidad por saber cómo reaccionó ante el asesinato de su marido y, sobre todo, por saber cómo reaccionó ante las circunstancias que rodearon el asesinato. Pero Thea guardó silencio. Por el contrario, a la madre de Adam, Bella, le gustaba hablar con los periodistas. Demasiado, me pareció. Hasta los medios se cansaron rápido de ella.

Veinticuatro horas después de los asesinatos, la policía de New Haven seguía sin poder determinar el lugar donde se había originado el disparo del francotirador que mató a Lizzie. De un vehículo, arriesgaron algunos. Algo con el espacio suficiente para que el francotirador pudiera moverse.

No se acercó nadie que asegurara haber presenciado el disparo. No se encontraron pruebas que permitieran determinar el lugar donde se instaló el francotirador. A la semana, las cosas seguían igual. Estancadas. Y a las dos semanas, también.

El portero del edificio de Nueva York donde vivía Lizzie –un hombre llamado Gastón Rezzuti– llamó a uno de los periódicos de prensa amarilla más difundidos y le ofreció echar un vistazo al apartamento de la infame propietaria a cambio de doscientos mil dólares. Al final, aceptó setenta mil y abandonó su empleo de portero antes de que lo despidieran.

El fotógrafo del periódico que entró en el apartamento de Lizzie encontró una colección de recuerdos familiares envueltos en una bolsa y escondidos en un aparador sin puerta. La mayoría eran fotografías de dos niñas pequeñas. Andrea y Zoe. Algunas eran de esas dos niñas con sus padres.

También había cartas de amor de un hombre llamado Roger. Las dos pequeñas eran de ella y de Roger.

Jamás escuché que se mencionara a los Ángeles de la Muerte en las noticias, ni siquiera hubo una alusión.

La parte más jugosa de la historia, en lo que concierne a los medios de comunicación, era el misterio de los dos asesinatos intrigantes. Los dos se relacionaban con Lizzie. En uno, ella era la víctima: una mujer joven con cáncer de mama avanzado que murió a causa del disparo de un francotirador desconocido, en la vereda de entrada a la guardia del Hospital Yale-New Haven. En el segundo caso, ella era la perpetradora: las huellas digitales y los restos de pólvora que se hallaron permitieron determinar que ella le disparó al hombre en la intimidad de la ambulancia que estaba estacionada fuera de ese mismo hospital. Al igual que ella, su víctima –un individuo al que aparentemente apenas conocía– no estaba muy lejos de la muerte natural en el momento en que fue asesinado.

Según las noticias, ella mató al hombre, un saludable empresario del campo de la tecnología médica, para que su hijo recibiera su hígado.

Pero ¿por qué?

Oí muchas teorías. Ninguna de ellas siquiera se acercaba a la verdad. ¿Cómo podrían acercarse a la verdad? ¿Quién podría haber adivinado la verdad?

Al parecer, un BMW robado y luego recuperado en un aeropuerto en las afueras de Denver, y unas entrevistas con un par de pilotos, relacionaban a los asesinados en Connecticut con un viejo Porsche 911 abandonado y con una camioneta destruida que apareció con un cuerpo debajo, ambos hallados en el sector este del Túnel Eisenhower. Además, los relacionaron con otros hechos sorprendentes de la noche anterior.

Una vez más, oí muchas teorías. Algunas de ellas pretendían vincular a mi paciente con los asesinatos que en los últimos días venían aterrorizando a los conductores en las rutas de Colorado. El hecho de que el francotirador no se cobrara más víctimas después de la tragedia de New Haven solo sirvió para alimentar esa especulación.

Pero, en realidad, nada tenía sentido.

A menos que incluyera a los Ángeles de la Muerte. Entonces sí todo adquiría algún sentido.

No obstante, jamás le hablé de ellos a nadie. Jamás se lo conté a mi mujer, que es fiscal de distrito. Ni a mi mejor amigo, un policía de Boulder. La advertencia de mi paciente —"Saben que usted tiene una hija"— me seguía resonando en la cabeza como el estribillo de una irritante canción pop.

Por las noticias, me enteré de muchas cosas de la mujer a la que él llamaba Lizzie. Pero todo de lo que me enteré tenía que ver con su vida casi cinco años antes de su muerte.

Su nombre verdadero era Jolie Borden. Resultó que su marido, Roger, era un estadounidense jordano cuyo nombre de origen era Rajá, que había viajado a los Estados Unidos para estudiar. Fue la abogada de Roger quien habló con la prensa. Sostuvo que su cliente y sus dos hijas habían sido abandonados ocho años atrás por la mujer que resultó víctima del francotirador en la puerta del hospital. Después de buscar a su esposa durante varios años, su cliente había decidido empezar una nueva vida con sus hijas.

Observé la actuación silenciosa de Roger con ojos impasibles, de psicólogo. Estaba seguro de estar viendo a un hombre que mentía con la misma facilidad con la que yo respiraba. Un hombre capaz de mentir sin decir una sola palabra.

La abogada pidió a los periodistas que dejaran en paz a su cliente y a sus hijas para que pudiesen hacer su duelo. Si eso era dolor, yo era un unicornio.

Un corresponsal de la CNN, también de ascendencia jordana, reveló que el nombre verdadero de Roger, Rajá, traducido en líneas generales quiere decir "esperanza". Parece que el periodista no se dio cuenta de la ironía.

75

Asistí al funeral de mi paciente, que tuvo lugar en Denver cinco días después de su muerte. Si alguno de los presentes me hubiera preguntado de dónde lo conocía, estaba preparado para inventar algo.

Adam aún convalecía en New Haven y no pudo asistir, pero sí estaban presentes las dos encantadoras hijas de mi paciente. También tuve la oportunidad de ver a Thea por primera vez. La descripción que él había hecho de su mujer era tan exacta que sentí que ya la conocía. Durante el largo servicio, estuvo acompañada por un hombre de la edad de su marido que se mantuvo a escasos centímetros de ella. Parecía que alguna parte de su cuerpo siempre estaba en contacto con alguna parte del de ella. El hombre tenía ojos brillantes y sonrisa contagiosa. Me di cuenta de que ella se sentía segura con él. Le pregunté en voz baja a la mujer que estaba sentada a mi lado:

—¿Sabe quién es ese hombre? ¿El que está con Thea?

Me dijo que era un amigo de la familia. Su nombre era Jimmy Lee.

76

Casi tres meses después de los sucesos de New Haven, mi socia, Diane, asomó la cabeza por la puerta de mi consultorio al final de un largo martes. Me avisó que en la sala de espera había un joven que quería verme.

Me quedé pensando mientras hacía la corta caminata hacia la entrada. Esa tarde no tenía más sesiones programadas.

La persona que estaba sentada en la sala de espera, inmersa en una revista científica, era un muchacho alto y delgado, con una cabellera espesa y desaliñada y ropa poco adecuada para el clima de enero en Colorado.

—¿Doctor Gregory? —me preguntó.

"Carajo", pensé, e imaginé que venía a entregarme un fajo de documentos legales que yo no quería recibir. No sería la primera vez que me pasaba eso en circunstancias casi idénticas.

—Sí.

—Soy Adam. Usted me escribió una nota acerca de mi padre.

—Así es.

Había escrito una nota dos semanas después de la muerte del padre de Adam y se la había enviado a la casa de su madre en Ohio. En el sobre, escribí: "CONFIDENCIAL". En la carta, me presenté como un psicólogo que había estado trabajando con su padre y le aclaré a Adam que, si le interesaba, yo tenía permiso de su padre –incentivo, en realidad– para proporcionarle información que surgió durante el tratamiento terapéutico. Le di mi opinión de que podría interesarle lo que tenía para contarle y le pedí que se comunicara conmigo cuando se sintiera mejor.

No tuve noticias de Adam pero, por lo que sabía de él, su silencio no me sorprendía. Tampoco me sorprendió que mi primera comunicación con él, cuando sucedió, fuera a modo de emboscada en mi consultorio.

Le di la mano –su saludo carecía no solo de carácter sino de entusiasmo– y lo invité a pasar a mi consultorio. Dejó caer una mochila pesada sobre el suelo al lado del sofá y se sentó.

—Es un gusto conocerte —le dije—. Escuché muchas cosas sobre ti.

Asintió con la cabeza como si estuviera de acuerdo con algo; tal vez, que en verdad era un gusto conocerlo. Más allá de lo que yo pensara acerca de por qué él estaba allí, Adam me estaba haciendo saber que no había ido a Boulder a suplicar. Se parecía a su padre. Sus ojos eran tan parecidos que me costaba quitarles la vista.

—Bueno, ¿qué me tiene que hablar? —me preguntó.

Era obvio que su pregunta era gramaticalmente incorrecta, un tanto provocadora y un poquito irrespetuosa. Supuse que hasta el último pedacito del paquete era intencional. Adam no pensaba facilitarme las cosas. Recordé que tampoco le había facilitado las cosas a su padre el día en que apareció de improviso en la puerta de su casa y le preguntó si la pequeña que intentaba escabullirse era su hermana.

Cuando recordé el relato de la primera visita de Adam a su padre, me relajé. Desde el punto de vista terapéutico, de pronto supe dónde me encontraba.

Estaba sentado en mi consultorio con un joven que tenía que estar preguntándose qué consecuencias tendría en su vida el hecho de haber perdido a un tío, dos padrastros y un padre.

Estaba sentado en mi consultorio con un joven que había estado huyendo de un padre que lo amaba, un padre que él estaba seguro de que estaba destinado a abandonarlo.

Un joven que tenía que estar preguntándose cómo sería vivir sabiendo que hasta la última molécula de su sangre era filtrada a través del hígado que le había donado su padre muerto.

Un joven que tenía que estar preguntándose acerca de la cobardía de su padre y el porqué de su sacrificio, que debía de estar preguntándose acerca de las traiciones y la benevolencia que tuvieron lugar aquel día en New Haven.

Un joven que era brillante para muchas cosas pero que, al igual que su padre, probablemente desconociera el vínculo inviolable que existe entre la intimidad y la vulnerabilidad.

Yo no sabía demasiado sobre los Ángeles de la Muerte, o sobre el trabajo que hacían, o sobre la postura de los grandes pensadores con respecto al valor esencial de la vida. Tampoco era un especialista en la psicología de pacientes trasplantados.

Sin embargo, sabía algo sobre los muchachos jóvenes como

Adam. Muchachos en la búsqueda de comprensión con respecto a las cosas extrañas que suceden entre padres e hijos, las cosas raras que ocurren en las familias. En ese aspecto, me sentía en terreno firme.

—Tengo novedades de tu padre. Cosas que él quería que tú supieras.

—¿Sí?

—Sí.

Adam había recorrido un largo camino hasta aquí. Y, aunque no lo sabía, había venido a escuchar una larga historia.

—Cuénteme —me dijo.

Tuve que hacer un esfuerzo para no sonreír.

Agradecimientos

La idea para este libro, y algunas de sus escenas, surgieron durante el corto tiempo que pasé con un hombre llamado Peter Barton. Y se deben a su inspiración. Me hice amigo de Peter cuando ya enfrentaba su muerte inminente, y el tiempo que pasamos juntos me enseñó cosas muy valiosas sobre la capacidad de una persona muy especial para seguir viviendo hasta exhalar el último suspiro. Peter afrontó el fin de su vida con un coraje y una entereza que, para mí, fueron sorprendentes. Mi consejo, para los lectores interesados, es que lean la crónica de la vida (y muerte) de Peter, que escribió con Laurence Shames, *Not Fade Away: A Short Life Well Lived* [No darse por vencido: una vida corta bien vivida]. En sus páginas se encontrarán con una encantadora y edificante historia, muy diferente de la que acaban de leer. Gracias, Hawk, por ese don.

Mi círculo de gratitud incluye a Don Aptekar y David Greenberg, dos amigos en común que nos presentaron a Peter y a mí. Durante el proceso, Dave me suministró, sin darse cuenta, gran parte del material que dio forma a esta historia. Les agradezco mucho a ambos.

Ya estaba en deuda con Kern Buckner. Ahora le debo un poco más. No creo que hubiera podido imaginar los sucesos que describo en los Bugaboos de no haber sido por la fascinante historia que Kern me contó sobre su propia experiencia por las pendientes de Steamboat Springs.

Cuando le presenté la idea para este libro, primero a mi agente, Lynn Nesbit, y luego a mi editor, Brian Tart, estaba preparado para enfrentarme con cierta oposición. No obstante, me alentaron mucho. Seis meses después, cuando vieron el resultado, temí encontrarme, esta vez, con mayor oposición. Pero la buena suerte que me ha acompañado a lo largo de mi carrera —la que me puso en manos de editores profesionales que me han permitido tomarme tantas libertades con las convenciones de las series de ficción— se mantuvo firme. Lynn y Brian me apoyaron con entusiasmo en cada momento del proyecto. Mi gratitud nunca será suficiente.

La inteligente edición de Brian hizo de esta historia un relato mucho más agudo y directo. Él es una de las tantas personas que, entre bastidores, convierten los manuscritos en libros. Claire Zion,

Neil Gordon, Kathleen Mathews Schmidt, Lisa Johnson, y muchos más de Dutton, e Hilary Dale, de TimeWarner, Reino Unido, realizaron una labor muy importante para lograr que este proyecto llegara a las librerías. Se han ganado toda mi gratitud.

Los primeros lectores se vieron obligados a soportar una gran cantidad de errores. Al Silverman, Elyse Morgan, Doug Price, Jamie Brown, Terry Lapid, Jane Davis y Laure Barton fueron quienes se tomaron el trabajo de hacerlo. Les agradezco mucho sus críticas y esfuerzos, pero estoy aun más agradecido de poder considerarlos mis amigos. Nancy Hall puso su marca indeleble luego, conforme avanzó el proyecto, cuando los ojos me comenzaron a fallar. Gracias a todos.

Por los largos meses que paso, cada año, escribiendo y editando, me parece vivir en dos mundos paralelos. Uno ha quedado impreso en estas páginas. El otro es real. Cualquiera que tenga la (mala) suerte de vivir en la misma casa con un novelista puede atestiguar que, a menudo, el límite entre ambos mundos no es muy nítido. ¿Xan y Rose? Gracias por soportarme, apoyarme y creer en mí. Mi madre, Sara White Kellas, sigue siendo mi admiradora número uno.

Hace quince años, dos personas que no conocía, Jeffrey y Patricia Limerick, respondieron con entusiasmo a la lectura de mi primer manuscrito. No tenían que hacerlo, sin duda, pero hablaron con un viejo amigo de Viking, y lo convencieron de que lo leyera. A él también le gustó y se lo recomendó a uno de los editores principales de la editorial. ¿El resultado? Los Limerick lanzaron mi carrera, y gané dos amigos maravillosos. Por desgracia, Patty –y unos cientos de amigos más y personas queridas– lloraron la muerte de Jeff el año pasado, cuando una enfermedad repentina le quitó la vida. Gracias, Jeff: siempre quedará una parte de tu espíritu en todas las páginas que escriba. Te echamos mucho de menos.